CHARLOTTE LINK

LA BELLE HÉLÈNE

*traduit de l'allemand
par Jean-Marie Argelès*

ARCHIPOCHE

Ce livre a été publié sous le titre
Cromwells Traum oder die schöne Helena.

Il a été proposé à l'éditeur français
par l'agence Edito Dialog, Michael Wenzel, Lille.

www.archipoche.com

Si vous souhaitez recevoir notre catalogue
et être tenu au courant de nos publications,
envoyez vos nom et adresse, en citant ce livre,
aux Éditions Archipoche,
34, rue des Bourdonnais 75001 Paris.
Et, pour le Canada,
à Édipresse Inc., 945, avenue Beaumont,
Montréal, Québec, H3N 1W3.

ISBN 978-2-35287-498-0

© Charlotte Link-Amos et AVA GmbH, 1999.
© L'Archipel, 2012, pour la traduction française.

LIVRE PREMIER

Prologue

Tard dans l'après-midi, il s'était mis à neiger. Les flocons tombaient régulièrement, sans répit, avec lenteur et douceur d'abord, comme effrayés par le monde inconnu et menaçant qui les attendait sur les champs sans vie au-dessous d'eux, à l'image de ces arbres noirs et dénudés dont les squelettes dressaient mille bras qui se détachaient avec une netteté effrayante sur le gris clair d'un ciel d'automne nuageux. Peut-être avaient-ils également peur des vieux chênes silencieux aux lourdes branches ou bien de l'herbe collée contre le sol par le vent, d'où toute vie paraissait avoir disparu. Peur des écueils qui, déchiquetés et fissurés, forts et inébranlables comme ils l'avaient été des siècles et des siècles durant, bravaient la mer furieuse. Elle lançait depuis des temps immémoriaux ses hautes vagues orgueilleuses à l'assaut des rives où, dressées, cabrées, elles se fracassaient sans jamais pouvoir vaincre la roche impassible.

La couche neigeuse avait peu à peu fini par ensevelir la campagne, recouvrant les arbres et l'herbe, tapissant même les écueils d'une pellicule que les embruns ne parvenaient plus à entamer. Le vent avait lui aussi forci. Venu du nord, après avoir effleuré de son souffle les hautes terres glacées d'Écosse, il fondait à présent avec une froide violence sur l'Angleterre, balayant le Yorkshire, courbant les arbres et fendant les masses de nuages bas et menaçants. Il faisait à sa guise tourbillonner, sautiller et danser les flocons de neige qui, soudain multipliés, précipitaient leur chute et, cristaux de glace durcis, venaient lourdement frapper le sol.

Non loin de la côte, dans un petit bois offrant une légère protection, quatre enfants jouaient, trois garçons d'environ douze ans et une fillette plus jeune. Trempés de sueur, ébouriffés, ils avaient la mine penaude.

— Nous n'aurions pas dû nous sauver, dit la petite.

Très mince, elle avait de longues tresses d'un brun foncé et des yeux bleus. L'angoisse se lisait sur son visage malicieux aux joues rougies par le froid. Ses compagnons la toisèrent avec un air de supériorité condescendante.

— Peuh ! Qui pourrait bien avoir peur des nurses ? déclara le plus grand des trois, un joli garçon de haute taille, aux cheveux blonds. Elles sont comme de petits chiens qui aboient mais ne mordent pas.

Il avait lu cette phrase récemment, dans un roman d'aventures, et elle lui semblait convenir à la situation. Les autres en furent impressionnés.

— Jimmy a raison, dit l'un. Ce n'est pas la peine de s'inquiéter. On voit bien qu'Hélène est une fille !

Les yeux de celle-ci flamboyèrent de fureur.

— C'est toi qui oses parler comme ça, Thomas Connor ! cria-t-elle. Et qu'est-il arrivé l'autre jour, quand nous avons grimpé sur le toit de l'écurie et que Jimmy saignait du nez après s'être cogné ? C'est moi qui ai dû aller trouver les nurses, parce que vous aviez la frousse, tous tant que vous êtes !

Thomas rougit.

— C'est sûr que, dans un tel cas, une petite fille a beaucoup plus de chances de les amadouer, surtout quand elle sait, comme toi, pleurer très fort !

Il sembla un instant qu'Hélène allait à nouveau se mettre en colère, mais le troisième garçon s'empressa de se mêler à la discussion :

— Arrêtez de vous disputer. Nous dirons que nous avions l'intention de rester à proximité de la maison, mais que nous nous sommes un peu éloignés par mégarde et que nous nous en sommes aperçus trop tard.

Les autres furent d'accord. Il aurait été trop bête de gâcher un temps aussi précieux.

— À quoi on va jouer ? demanda Jimmy. Alan, propose quelque chose !

Celui qui avait apaisé la querelle naissante réfléchit brièvement.

— Nous allons jouer aux pirates, déclara-t-il. Nous sommes trois corsaires ennemis, et Hélène est la jolie princesse qu'on ne cesse d'enlever.

— Oh oui, c'est une bonne idée ! s'écria Thomas. Mais c'est moi qui suis marié avec Hélène !

— Je ne veux pas être mariée avec toi, répondit Hélène qui lui en voulait toujours.

— Bon, alors elle sera ma femme, décréta Alan, mais Jimmy le contredit aussitôt :

— Ça n'est pas possible, elle est ta cousine.

— Et alors ? Qu'est-ce que ça peut faire ?

— Nous, nous ne sommes que ses amis. C'est entre nous deux qu'il faut choisir !

— C'est moi qui décide, trancha Hélène en les regardant tour à tour.

Thomas, pour avoir été aussi mufle avec elle, n'entrait pas en ligne de compte : il allait voir ce qu'il avait gagné dans l'affaire ! Elle aimait beaucoup Alan, mais épouser son propre cousin n'avait rien d'excitant. Il ne restait alors plus que Jimmy qu'elle adorait parce qu'il était le plus beau de tous.

— J'épouse Jimmy ! proclama-t-elle.

À la même heure, non loin de l'endroit où jouaient les enfants, deux messieurs étaient assis l'un en face de l'autre dans la vaste bibliothèque d'une grande propriété, Woodlark Park. Plus très jeunes mais portant beau, ils étaient vêtus d'habits élégants, taillés dans des tissus coûteux. Conversant de manière fort amicale, ils paraissaient d'excellente humeur.

— Mon cher Charles, dit l'un d'eux, ta proposition est l'une des meilleures qu'il m'ait été donné d'entendre ces derniers temps ! J'avais moi aussi envisagé un projet de ce genre. Marier un jour mon Jimmy à l'une de tes filles !

Celui auquel il s'adressait, lord Charles Ryan, propriétaire de Woodlark Park, eut un sourire de satisfaction :

— Je suis heureux que tu sois d'accord, Henry, ce genre de choses se prépare de longue date.

— Tel est bien mon avis, répondit lord Henry Golbrooke. Eh bien, à laquelle de tes filles as-tu songé ? Emerald ou Elizabeth ?

Lord Ryan eut une seconde d'hésitation.

— Pour dire la vérité, ni à l'une ni à l'autre. Mais à ma nièce Hélène. Hélène Calvy.

— Hélène ?

— Oui, la fille de la sœur décédée de ma femme.

— Hélène Calvy, répéta lord Golbrooke. Ma foi, Charles, je suis surpris, mais je n'ai absolument rien contre ton projet. J'ai connu lord et lady Calvy, les parents d'Hélène. C'étaient les personnes les plus distinguées que j'aie jamais rencontrées. Hélène est en outre une fillette charmante. Je pensais seulement que tu te soucierais en priorité de tes propres enfants !

Charles Ryan prit sur la table la bouteille de brandy et se resservit ainsi que son hôte.

— Vois-tu, Henry, déclara-t-il avec lenteur, Hélène est pour nous comme notre propre enfant. Nous l'aimons et je ne pense pas qu'il lui manque quoi que ce soit chez nous. Mais nous sommes néanmoins peu sûrs de nous et voudrions éviter tout ce qui pourrait susciter chez elle le sentiment qu'on la... délaisse. C'est pourquoi j'entends la doter en priorité.

Son ami sourit.

— Voilà des scrupules tout à fait superflus. Jamais il ne pourrait venir à l'esprit d'Hélène qu'elle soit reléguée à l'arrière-plan. Je suis cependant heureux de ton choix. Quel âge a la petite à présent ?

— Six ans.

— Bien, bien. Jimmy en a treize. Une certaine différence d'âge n'est pas pour nuire.

— Quand le mariage devra-t-il avoir lieu, à ton avis ? demanda lord Ryan.

— Oh, rien ne presse, répondit Golbrooke, ce n'est pas la peine d'arrêter une date précise. Il faut encore que Jimmy voie le monde, qu'il voyage. Je pense que le mieux est d'attendre qu'Hélène ait seize ou dix-sept ans. Jimmy aura alors vingt-quatre ans.

— D'accord. Dressons alors le contrat.

Ils rédigèrent deux actes arrêtant la promesse du futur mariage entre Hélène Calvy et James Golbrooke.

« Le 16 décembre, A. D. 1630, Woodlark Park, Yorkshire », écrivit lord Ryan.

— Bon, Henry, dit-il ensuite, ton paraphe maintenant !

Les deux hommes signèrent d'une plume alerte, les actes furent enroulés et cachetés à la cire chaude. Lord Ryan leva son verre.

— À ta santé, Henry !

— À celle des enfants !

1

Woodlark Park reposait dans la paix du petit jour. Les oiseaux gazouillaient sur les branches, les parterres étaient couverts de fleurs aux couleurs magnifiques, un vent léger caressait les feuilles des arbres teintées de rouge et d'or. Un soleil éclatant surgit de l'horizon, à l'est, entamant son ascension vers un ciel d'un bleu immaculé. L'été 1640, torride et sec, se poursuivait par un mois de septembre chaud et lumineux.

Dans la ferme éclata le chant d'un coq ; des chevaux s'ébrouèrent, des sabots de bois claquèrent. On entendit les voix des valets. Un rire de femme se mêla aux aboiements furieux d'un chien, au cliquetis des bidons de lait et aux coups de marteau sonores du forgeron.

Le manoir était un peu à l'écart des écuries et les bruits n'y parvenaient qu'étouffés. C'était une bâtisse plus que centenaire, belle et pleine de charme, aux lignes droites d'un pur classicisme, sévères mais harmonieuses, dont l'austérité était tempérée par les nombreux arbres qui, comme plantés au hasard, l'entouraient. On pouvait se promener sous leur ombre, sur le gravier des chemins, choisir de prendre le soleil sur des pelouses aux molles ondulations ou encore admirer des poissons colorés dans de petits lacs artificiels aux eaux étincelantes. Woodlark Park passait pour la propriété la plus riche de toute la région, surtout depuis que, huit ans auparavant, Blueberry Hill, la demeure des Golbrooke, avait été réduite en cendres jusqu'aux fondations.

En cette matinée ensoleillée, Hélène Calvy se réveilla très tôt. Sa chambre, au second étage, étant tournée vers le sud-est, son lit baignait dans une lumière crue. Elle mit quelque temps à recouvrer ses esprits, car elle sortait d'un rêve agité dont elle avait peine à se libérer. Elle avait eu la vision d'une foule d'êtres inconnus, à l'apparence fort amicale dans un premier temps, mais qui, de plus en plus bruyamment, avaient entrepris de se quereller. Leurs visages étaient proches mais flous.

Hélène fronça les sourcils. Puis décida que la scène avait été trop étrange pour mériter plus ample intérêt. Jetant un coup d'œil par la fenêtre, elle aperçut le bleu profond du ciel et le rouge des rayons du soleil. Ah, quel bonheur cet été qui n'en finissait pas ! Les journées, parmi les rosiers en fleurs et le scintillement d'or des feuillages, se succédaient sans fin, tièdes et odorantes. Quel plaisir de flâner en habits légers, une délicate ombrelle à la main, des fleurs dans les cheveux ! Comme il était simple de vivre ainsi, dans la gaieté et l'insouciance ! On pouvait aller à des fêtes données dans des jardins ou organiser des repas en plein air, galoper à cheval dans les prés ou tout simplement se promener dans les collines. Que tout cela était agréable, surtout quand on rencontrait un jeune monsieur qui ne restait pas insensible à vos charmes !

Hélène s'étira avec volupté et caressa du pied la fraîcheur du drap. Elle baignait dans l'état de total bien-être de celle qui voit s'ouvrir devant elle une journée, voire des semaines entières, qu'aucune crainte ne viendra assombrir, des heures infinies de joie exubérante et d'insouciance.

Un bruit se fit entendre dans le couloir. Hélène reconnut la voix chuchotante de sa tante, lady

Catherine Ryan. Tante Catherine se levait souvent avant le reste de la famille, parce qu'elle aimait sortir à cheval aux premières heures du jour. Hélène l'accompagnait de temps à autre, mais elle se sentait aujourd'hui trop paresseuse pour quitter son lit. Elle était en train de remonter sa couverture quand la porte s'ouvrit et qu'une jeune fille montra sa tête.

— Hélène, tu es réveillée ?

Hélène, les cheveux en désordre, se redressa.

— Ah, c'est toi, Emerald, entre donc.

Refermant la porte derrière elle, sa cousine se glissa dans le lit.

— Je m'ennuyais tellement que ça m'a donné l'idée de venir te voir.

— Hum ! fit Hélène.

Elle se disputait souvent avec Emerald qui, gâtée et lunatique, voulait toujours avoir le dernier mot. À seize ans, comme Hélène, c'était une créature exceptionnellement belle, avec des cheveux blonds comme les blés et de petits yeux verts. L'obstination se lisait sur ses traits. Elle différait par là totalement de sa sœur Elizabeth, plus âgée de deux ans, un être d'une grande bonté, un ange de douceur et de compréhension, mais avec qui, il fallait le reconnaître, il était impossible d'aborder certains sujets, raison pour laquelle Hélène et Emerald, en dépit de leurs querelles, ne cessaient de chercher à se voir.

— Devine un peu qui va me rendre visite ce soir, dit Emerald, s'installant à son aise et poussant du même coup Hélène contre le mur.

— Je n'en ai pas la moindre idée.

— Devine quand même !

— Eh bien… Peter Parson, peut-être ?

— Comment le sais-tu ? s'indigna Emerald.

— Tout le monde est au courant, répondit Hélène en bâillant.

— Ah, il est tout simplement sublime, s'enthousiasma Emerald. Tu sais, je ne serais pas étonnée si un jour nous nous mariions.

— Je peux sans peine m'imaginer meilleur parti que Peter Parson, je le trouve ennuyeux à mourir !

— Il est loin d'être aussi ennuyeux que Thomas Connor.

— Qu'est-ce qui te fait penser à Thomas Connor ? demanda Hélène d'un ton vif.

Emerald ricana.

— Ne prends pas cet air-là. Vous vous aimez, non ? Il te rend visite tous les après-midi et vous dansez ensemble à tous les bals. Vous allez vous marier ?

— Tu voudrais me laisser un peu de place ?

Emerald se poussa légèrement.

— Oui ou non, est-ce que vous allez vous marier ?

Hélène soupira.

— C'est absurde. De toute façon je suis promise à James Golbrooke.

— Quelle importance ? Cela fait des années que James Golbrooke est parti. Père te permettrait d'épouser Thomas Connor si tu le voulais absolument. En plus, tu ne manques pas d'autres admirateurs.

C'était exact. Après l'incendie de Blueberry Hill, les Golbrooke étaient partis très loin du Yorkshire, rejoignant leur autre domaine des Cornouailles. Lord Henry y était décédé peu après. La plupart des jeunes gens savaient que son fils, le jeune lord James Golbrooke, et Hélène Calvy étaient promis l'un à l'autre, mais cela ne dissuadait aucun d'eux de chercher à gagner les faveurs de celle-ci. Elle avait notamment une amourette superficielle avec Thomas Connor, son compagnon de jeux d'antan ; pour eux, ce n'était qu'un flirt plein d'attrait, et Hélène n'avait certainement jamais envisagé de l'épouser. Il avait été très tôt décidé qu'elle serait un jour la femme de James Golbrooke, et c'était pour elle chose acquise.

— Tu sais, poursuivit Emerald, je trouve curieux que Père ait conclu un contrat uniquement pour toi. En fait, c'est pour moi qu'il aurait dû le faire.

— Aurais-tu peur de ne pas trouver d'époux par une autre voie ? demanda Hélène avec méchanceté.

Emerald la regarda avec colère.

— Prends garde à ce que tu dis, Hélène ! Et attends un peu ! J'épouserai un jour l'homme le plus puissant et le plus riche du monde, je te le jure !

— Il te faudra alors trouver mieux que Peter Parson !

— Tu peux me faire confiance pour ça. Et à ce moment-là, toi, avec ton Jimmy Golbrooke, tu te sentiras parfaitement minable.

— Je voudrais à présent m'habiller, dit Hélène. Tes fabuleux rêves d'avenir, tu peux te les raconter toute seule.

Vexée, Emerald haussa les épaules et quitta la pièce. Sautant du lit, Hélène se dirigea vers la fenêtre d'un pas mal assuré et l'ouvrit en grand. La matinée était superbe. Les prairies, humides de rosée, vertes et engageantes, s'étendaient à perte de vue, les cimes des arbres bruissaient doucement sous l'effet d'une brise légère qui apportait jusqu'à la jeune fille une odeur de fleurs. Que ces séjours dans le Yorkshire étaient agréables ! Chaque fois qu'elle s'y retrouvait, Hélène retombait amoureuse de ce pays. La famille passait la plus grande partie de l'année dans sa demeure londonienne et, quels que fussent l'attrait et la beauté de la grande ville, Hélène y éprouvait toujours un peu de nostalgie en pensant à Woodlark Park.

Ayant refermé la fenêtre, elle sonna sa femme de chambre qui se présenta peu après. Guère plus âgée que sa maîtresse, elle avait un large visage sympathique avec des yeux où brillait l'intelligence.

— Bonjour, miss.

— Oh, bonjour, Prudence. Aide-moi à m'habiller, je te prie. La robe d'équitation marron !

— Vous comptez partir vous promener à cheval, miss ? C'est vrai que nous avons aujourd'hui une journée merveilleuse. Il fait chaud comme en plein été.

Tout en bavardant avec entrain, elle allait et venait, apportant du linge, des rubans et des jupons. Elle aimait bien Hélène, affection payée de retour. Elles étaient presque comme des amies, se confiant de nombreux secrets, évoquant leurs soucis et leurs joies. C'est ainsi que Prudence rapporta en ce jour le tout dernier potin qu'elle venait d'entendre de la bouche de la femme de chambre de lady Brownburgh : le fils de sa maîtresse aurait abandonné sa jeune épouse pour s'enfuir avec une autre.

— Ce n'est pas possible, s'indigna Hélène. Pauvre Louise Brownburgh. Elle vient tout juste de l'épouser. Est-ce certain ?

— Bien sûr ! Eh oui, pauvre femme. J'ai dit dès le début que c'était un vaurien !

Tout en parlant, Prudence coiffait Hélène d'une main experte, lui relevant les cheveux.

— Voilà, miss, vous pouvez à présent aller prendre votre petit-déjeuner, les autres sont déjà tous à table.

Hélène se hâta de sortir et dévala l'escalier lambrissé de chêne. Des voix montaient de la salle à manger. Hélène entra.

— Bonjour, lança-t-elle avec un grand sourire.

Assise autour de la grande table, la famille était plongée dans une conversation animée. Il était manifestement question des récents conflits opposant le roi aux chefs du Parlement. Tous les Ryan étaient des royalistes convaincus et fidèles, sauf David qui, à dix-huit ans, se montrait critique envers le roi et ne manquait pas une occasion de le proclamer, ce qui, chaque fois, provoquait une dispute entre lui et son père. Pourtant, à l'entrée d'Hélène, ils interrompirent leur discussion et tournèrent les yeux vers elle.

Lord Charles Ryan, un seigneur rondelet aux cheveux blancs, au visage à l'expression habituellement bonhomme mais pour l'instant rouge de colère, était assis au haut bout de la table. Visiblement irrité, il ne se calma que lentement, son épouse lui ayant posé la main sur le bras dans un geste d'apaisement. Lady Catherine était une femme délicate, blonde, aux traits d'une grande finesse respirant la bonté et trahissant encore beaucoup de sa beauté d'antan. Centre de gravité de sa famille, faisant office de médiatrice dans les querelles et de confidente en toute circonstance, elle disposait d'une force et d'une énergie dont peu la croyaient capable.

Trois de ses enfants avaient pris place à ses côtés, Alan, l'aîné, ainsi qu'Elizabeth et Emerald, ses filles. Ils étaient blonds comme leur mère, avec les mêmes yeux verts. David leur faisait face, placement symbolisant en quelque sorte les rapports entre eux. Seul des quatre enfants à avoir les cheveux noirs et les yeux bleus de son père, il était le rebelle de la famille. Tandis qu'Alan et Elizabeth se distinguaient par leur douceur et leur égalité d'humeur et que, chez Emerald, on remarquait dès l'abord une obstination capricieuse bien que très calculée, David était tout à la fois fougueux et emporté, amical et affable. Très beau garçon, il montait et maniait les armes à merveille et – à en croire ce que prétendaient quelques jeunes filles à l'abri de leurs éventails – il embrassait comme aucun autre. Jamais il ne filtrait d'information précise quant à ses affaires de cœur, mais chacun savait qu'il avait tenu dans ses bras les filles les plus belles et les plus courtisées du comté.

— As-tu bien dormi, ma chérie ? demanda Catherine en apercevant Hélène.

Celle-ci fit signe que oui, puis embrassa sa tante et son oncle sur le front avant de s'installer à côté de David.

— Je suis désolée de mon retard, glissa-t-elle.

David eut un sourire moqueur.

— Tu ne pouvais arriver à un meilleur moment. Père et moi étions au beau milieu d'une dispute splendide !

Des rides de colère réapparurent sur le front de lord Ryan.

— Cette dispute est loin d'être terminée, assena-t-il. Pas avant que tu n'aies modifié ton opinion puérile et inconsidérée.

— Père, pourquoi ne pouvez-vous accepter mon opinion ? s'étonna David. Il est inutile d'essayer de me faire entendre raison, l'absolutisme de ce roi…

— Je t'en prie, David, l'interrompit lady Catherine, ne recommençons pas cette éternelle querelle, et surtout pas pendant le petit-déjeuner !

Comme de coutume, tous obéirent à cette voix douce.

— Hélène, désires-tu nous accompagner ce matin ? questionna Elizabeth, une jeune personne délicate, merveilleusement belle.

Tous les jeunes gens qui la connaissaient, ou presque, l'aimaient sans véritablement oser la courtiser. Dans tout ce qu'elle disait et entreprenait, elle faisait montre d'une calme sérénité et d'une douceur compréhensive. Rien n'était de nature à la bouleverser et elle trouvait toujours les mots pour consoler et conseiller ceux qui étaient dans la peine.

— Où donc allez-vous ? s'informa Hélène en enfournant un morceau de gâteau.

— Elizabeth, Emerald et moi rendons visite, après le petit-déjeuner, à lady Fentworth, expliqua Catherine. À la suite de son accident de l'année dernière, elle ne peut plus sortir de chez elle et est heureuse d'avoir un peu de distraction.

— Mais vous pouvez vous passer de moi, n'est-ce pas ? demanda Charles. Je voudrais en effet me rendre à une discussion d'affaires.

— Bien sûr, dit sa femme avec un sourire. Et toi, Hélène, qu'en dis-tu ?

— Si vous n'avez rien contre, je préférerais faire une promenade à cheval avec David et Alan.

— Bien, il n'est pas nécessaire de débarquer à quatre. Emerald, Elizabeth, dépêchez-vous donc de finir de manger !

Malgré cette invite, tout le monde prit son temps. Hélène aimait ces repas partagés et leurs conversations, toujours animées et généralement joyeuses. Elle aimait par-dessus tout taquiner David, avec qui elle vivait depuis l'enfance en étroite camaraderie, tandis qu'Alan avait toujours été pour elle un grand frère sage. Ayant terminé, tous se levèrent de table.

— Ne galopez pas comme des fous surtout ! recommanda Catherine. Alan et David, prenez soin d'Hélène !

— Bien entendu, Mère, la tranquillisa Alan, mais Hélène est aussi sûre en selle que nous.

— Revenez-vous tous déjeuner ? s'enquit la cuisinière.

— Je pense que oui, répondit Catherine en enfilant ses gants de cuir élégants et en caressant les cheveux d'Hélène. Sois prudente, lui dit-elle tendrement.

Puis, suivie de ses filles, elle quitta la demeure. Dans la cour, une voiture et trois chevaux attendaient. David aida Hélène à se mettre en selle sur sa jument alezane, puis son frère et lui enfourchèrent leur propre monture et, une fois l'entrée du domaine franchie, les trois partirent au trot dans les prairies. Les chevaux s'ébrouèrent, donnèrent des coups de tête à gauche et à droite avant de prendre le galop sans y avoir été poussés. Se penchant en avant, Hélène lâcha la bride à sa jument. Il était merveilleux de galoper ainsi, de sentir le vent lui fouetter la figure, d'entendre le martèlement des sabots, de voir s'enfuir au-dessous d'elle la terre verte. Elle s'aperçut qu'elle allait plus rapidement que les autres et cela lui donna des ailes. Elle fonça, comme enivrée, et ralentit l'allure au moment seulement où sa monture commença à renâcler. Elle la stoppa et se retourna pour voir arriver David et Alan.

— Vous êtes-vous endormis en chemin ? se moqua-t-elle.

— Ne sois pas si insolente, espèce de sorcière, répliqua David. Tu as le meilleur cheval, c'est tout.

— Avoue que je suis meilleure cavalière. Mon Dieu, que c'était agréable !

Tous trois respiraient bruyamment, échevelés, les joues rouges. Ils laissèrent leurs chevaux trotter un petit instant puis David et Alan décidèrent d'aller nager. Hélène ne put dissimuler combien elle était vexée.

— Vous n'êtes pas gentils, bouda-t-elle, vous savez bien que je ne peux pas aller avec vous !

— Pourquoi ? Accompagne-nous donc !

— Non, une dame ne se baigne pas dans la mer, déclara Hélène d'un air digne, et surtout pas en compagnie de deux messieurs.

— Ça serait pourtant drôle, estima David. Viens, Hélène !

— David ! le réprimanda Alan qui se tourna ensuite vers sa cousine. Tu nous en veux, Hélène ? Tu sais, il fait si beau !

— Allez ! Baignez-vous ! Je rentre à la maison chercher meilleure compagnie !

— Cela serait-il par hasard Thomas Connor ? demanda David d'un ton équivoque. Il t'attend depuis des heures !

— Ma foi, il ne me laisserait en tout cas pas en plan comme vous, rétorqua Hélène. Amusez-vous bien !

Tournant bride, elle s'éloigna au galop. Arrivée au domaine, elle sauta de cheval, donna les rênes à un domestique et se hâta vers le hall d'entrée. Elle y trouva une fraîcheur et une ombre qui tranchaient avec la chaleur du dehors. S'arrêtant devant un miroir, elle arrangea ses cheveux noirs. Aucun membre de la famille n'était sans doute déjà rentré, mais cela n'avait pas d'importance. Elle allait se changer puis s'asseoir dans le jardin avec un livre ainsi que quelque chose de frais à boire et passer délicieusement le reste de la journée dans la nonchalance et la somnolence. Mais auparavant, pourquoi ne pas jeter un œil dans le petit salon de Catherine pour voir si par hasard sa tante serait déjà de retour ? Elle ouvrit la porte en fredonnant et s'immobilisa sur le seuil, stupéfaite. Elle s'attendait à ne trouver personne, mais, à son arrivée, un jeune homme se leva de l'un des sièges tendus de brocart. Très grand, vêtu avec distinction de velours vert foncé et de bottes de cuir luisantes, il tenait à la main un haut-de-forme. Ses traits évoquèrent quelqu'un pour Hélène, sans qu'elle réussît sur l'instant à se rappeler qui.

L'inconnu s'inclina profondément.

— Votre serviteur, miss, dit-il en souriant, puis-je me présenter ? Lord James Golbrooke.

Hélène ne put réprimer un cri de surprise. Ce jeune gentleman était Jimmy Golbrooke. Elle avait gardé de lui l'image d'un adolescent, mais il avait changé du tout au tout. Jamais elle ne l'aurait reconnu.

— Lord James Golbrooke, reprit-elle d'un ton joyeux, après avoir recouvré ses esprits. Je suis Hélène Calvy !

Ce fut lui qui, cette fois, la regarda avec étonnement car, dans son souvenir, Hélène n'existait que sous les traits d'une fillette petite et mince, une bonne camarade de jeu comme une autre. Il savait bien entendu qu'elle était devenue adulte, mais il était néanmoins étrange de la découvrir telle. Au demeurant, la situation était extrêmement désagréable pour l'un comme pour l'autre. S'il était déjà difficile à d'anciens amis d'enfance de se retrouver face à face après tant d'années, savoir qu'ils seraient vraisemblablement mari et femme dans l'année les inhibait davantage encore.

Hélène prit place dans un fauteuil.

— Asseyez-vous, lord Golbrooke.

Si elle s'était écoutée, elle aurait quitté la pièce, mais il n'était pas possible de laisser un hôte seul. Elle devait remplacer sa tante en son absence. De plus, il ne fallait pas que Jimmy la prît pour une campagnarde lourdaude. Mais c'est terriblement difficile, pensa-t-elle.

Jimmy s'était rassis en face d'elle.

— Je crois que je suis arrivé à un très mauvais moment, dit-il. D'ailleurs, ne rencontrant personne, j'ai aussitôt voulu m'en retourner, mais le serviteur m'a assuré qu'Alan allait rentrer incessamment.

— Vous êtes venu voir Alan ?

— Eh bien, sourit Jimmy, je ne prétendrai pas que son absence m'est désagréable !

Hélène rosit et baissa les yeux, flattée.

— Vous rentrez directement de Cornouailles ? s'enquit-elle.

— Oh non, j'en suis parti voilà deux ans déjà. J'arrive de Paris.

— De Paris ? Ah, comme j'aimerais m'y rendre un jour. Ce doit être une ville merveilleuse !

— Elle l'est, aussi bruyante et animée que Londres, mais plus excitante et d'ailleurs aussi plus dissolue. La morale générale n'y est pas soumise à des règles par trop strictes.

— Réellement ? Si seulement je pouvais moi aussi y aller un jour !

— Mais, miss Calvy !

Hélène rougit de nouveau.

— Ce n'était bien sûr pas ce que je voulais dire, se défendit-elle. Seulement… Rendez-vous compte, je ne suis encore jamais sortie d'Angleterre !

— Vous ne devriez alors pas commencer par Paris. La ville est dangereuse pour les jeunes filles !

Il est vraiment très sûr de lui, songea Hélène et, il n'y a pas de doute, il me courtise à chacun de ses regards !

Jimmy, de lui-même, donna alors une nouvelle tournure à la conversation, parlant de la France et des Cornouailles où sa famille et lui habitaient depuis 1632. Chacun d'eux, durant leur entretien, s'occupait à examiner, discrètement mais attentivement, son vis-à-vis.

Durant ces dernières années, Jimmy n'avait pourtant pas autant changé qu'Hélène l'avait cru d'abord. En réalité, elle était trop petite au moment de la séparation pour avoir gardé de lui une image très nette, ce qui expliquait qu'il lui parût si peu familier. Il avait vingt-trois ans, une silhouette élancée mais vigoureuse, des gestes élégants. Dans son visage bien proportionné, au nez droit et aux lèvres minces, une franche amabilité s'alliait à l'expression d'une certaine frivolité, d'une insouciance charmante. En cela, il ressemblait à Thomas Connor, mais en moins cynique, en plus fin, plus sensible. Ses cheveux légèrement ondulés, tombant sur ses épaules par-dessus un large col de dentelle, avaient foncé. Mais ce qu'Hélène voyait de plus excitant en lui, c'étaient les yeux. On les aurait en effet crus d'ambre pur et elle n'avait jamais rien vu de pareil. Il est superbe, se dit-elle.

Jimmy ne pensait pas différemment en la contemplant. Il avait fait la connaissance de nombreuses femmes, notamment en France dans la dernière période, et, de ce point de vue, la vie l'avait gâté. Mais il trouvait cette jeune fille ravissante. Elle avait grandi, plus qu'il ne l'aurait jamais cru, et était de constitution fine et délicate. Elle avait la peau claire, malgré la promenade à cheval qui lui avait rougi les joues. Le visage aigu de la petite fille s'était arrondi, l'expression des lèvres adoucie. Ses cheveux, coiffés en anglaises à la mode, descendaient le long des tempes et, relevés sur la nuque, étaient ornés de rubans. Châtain foncé et brillants, le soleil les illuminait et, par endroits, y faisait naître des reflets d'un roux cuivré. Pour une raison quelconque, Jimmy s'était figuré qu'elle avait les yeux marron. Il devait pourtant constater à présent qu'ils étaient bleus, qu'elle avait le regard vif en même temps qu'un peu inquiet.

Ils parlaient depuis un bon moment quand Hélène entendit à l'extérieur les voix de sa tante et de ses cousines. Elle se leva d'un bond.

— Ma tante, dit-elle. Venez, je vais vous présenter !

— Je crois que je vous ai retenue trop longuement, miss Calvy, s'excusa Jimmy, embarrassé, je n'avais pas remarqué qu'il était déjà midi.

— Je serais heureuse que vous restiez pour le déjeuner, et ma tante certainement aussi.

Hélène ouvrit la porte.

— Tante Catherine, puis-je vous présenter notre hôte ? Lord James Golbrooke !

Jimmy Golbrooke avait eu à l'origine l'intention de passer l'hiver dans le Yorkshire, car le comte de Fallingham, un ami intime des Golbrooke, l'avait invité à loger chez lui aussi longtemps qu'il le voudrait. Mais, trois semaines à peine après son arrivée, il fut averti que sa présence à Londres était absolument nécessaire pour des raisons d'affaires. Il repartit donc, non sans être au préalable convenu avec lord Ryan qu'il rencontrerait la famille de sa fiancée, l'année suivante à Londres.

— En mai, ma nièce aura dix-sept ans, dit lord Ryan, son anniversaire serait une belle occasion de célébrer le mariage.

Durant la brève période où Jimmy resta dans le comté, Hélène et lui se virent souvent. Les fêtes se succédaient en ce chaud mois de septembre, soirées dansantes, soupers, représentations théâtrales. On organisait des promenades en voiture, des sorties à cheval, et, chaque fois, Hélène et Jimmy étaient au nombre des invités. Ils demeuraient assis côte à côte, dansaient ensemble, conversaient. Jimmy parlait beaucoup des Cornouailles, de son domaine de Charity Hill dans la riante campagne du sud-ouest du pays. Hélène ne se lassait pas de l'entendre. Souvent, il lui rendait visite l'après-midi, et ils parlaient durant des heures dans la véranda. Elle le trouvait très beau et se sentait si heureuse et si sûre d'elle-même qu'elle se serait volontiers précipitée sur lui pour qu'il la prît dans ses bras. Elle s'en abstenait, car c'eût été inconvenant et quelqu'un aurait pu les surprendre. Mais elle était chaque jour plus amoureuse.

Ses rapports avec Thomas Connor, le jeune homme avec lequel elle avait jusqu'ici passé le plus clair de son temps, étaient devenus difficiles. Thomas et Jimmy étaient de vieux amis et se rencontraient souvent, mais la rivalité entre eux était perceptible.

— Alors, tu vas bientôt épouser Jimmy Golbrooke ? demanda un jour Thomas. Est-ce que ça te plaît de devenir une lady ?

— Tu sais que notre mariage est décidé depuis toujours, répondit Hélène.
— Je le sais. Mais je crois que tu le trouves en réalité extrêmement attirant.
— Je l'aime !
— Eh, eh, dit Thomas en riant, tu vas peut-être un peu vite en besogne, Hélène !
— Et toi, tu es jaloux, répliqua Hélène, irritée de ne pas voir ses merveilleux sentiments pris au sérieux.
— Non, je ne suis pas aussi jaloux que tu le crois, et je te souhaite même d'être heureuse.

Hélène aurait préféré un peu plus de chagrin ou de colère. Constatant pourtant, flattée, que cette situation ne le laissait pas tout à fait indifférent, elle en conçut quelque vanité.

L'hiver fut terriblement froid mais, pour Hélène, il passa comme l'éclair. Sa tante et elle s'occupaient du matin au soir à la confection du trousseau et, entretemps, parvenaient régulièrement des lettres de Jimmy, lettres attendues impatiemment qu'elle lisait une dizaine de fois. Il parlait avec drôlerie et tendresse, avec joie aussi, du temps où ils vivraient ensemble.

Le printemps arriva, la neige fondit, les premiers bourgeons et les premières feuilles percèrent sur les arbres et les buissons. Les Ryan prirent congé de Woodlark Park. Pour Hélène, qui allait désormais habiter tout au sud de l'Angleterre, ce serait une longue séparation dont elle ignorait la durée. Mais l'excitation joyeuse qui l'habitait ne laissait place ni à la tristesse ni à la mélancolie. Elle parcourut la demeure et le parc pour tout revoir une dernière fois, l'esprit déjà ailleurs. Ils prirent la route pour Londres en avril 1641.

2

En ce beau printemps, Londres offrait un spectacle coloré, plein d'animation. Des centaines de promeneurs, heureux de profiter du soleil après un rude hiver, emplissaient les rues. Toutes les places étaient noires de monde : marchands ambulants, mendiants, dames distinguées aux ombrelles de soie, messieurs en habits élégants et portant perruques frisées, enfants jouant à chat autour des fontaines. C'était partout un enchevêtrement de voitures, luisantes de propreté sous le soleil, tirées par des chevaux s'ébrouant et piaffant joyeusement, tout heureux de ne plus avoir, dans un froid glacial, à se frayer leur chemin sur la neige gelée. On voyait partout des jeunes filles vêtues avec simplicité proposer aux passants de gros bouquets de fleurs. Un ivrogne heureux de son sort allait d'un mur à un autre en titubant, brandissant une bouteille vide et criant :

— Frères, profitez de la vie !

Si la scène choquait certains, rares à vrai dire, la plupart des spectateurs riaient, sensibles à la bonne humeur contagieuse du bonhomme.

Mais la médaille avait son revers. Des mendiants en haillons étaient assis sous les porches, estropiés souvent, des unijambistes ou des manchots, des aveugles, tendant une main anguleuse et suppliant d'une voix grêle :

— Un petit bout de pain, les amis, pitié !

Parfois ils recevaient une aumône mais, le plus souvent, ils étaient impitoyablement repoussés et frappés à coups de pied quand ils s'agrippaient aux vêtements des riches en implorant quelque pièce. Un vieil homme, le visage parcheminé ruisselant de larmes, avait perdu tout contrôle. L'air hagard, il criait :

— Le roi m'a pris tout ce que j'avais ! Regardez-moi : j'étais un pauvre paysan, je ne possédais pas grand-chose, mais cela me suffisait, à ma femme et à mes enfants. Or le roi m'a tout pris, tout, tout ! Pourquoi ? Je vous le demande. Pourquoi ? Pour son palais, pour ses grandes fêtes, pour la cour catholique de la reine, pour festoyer pendant que le peuple meurt de faim ! Oh, mon Dieu, réprouve et maudis les Stuart, tous tant qu'ils sont !

L'homme pleurait sans pouvoir s'arrêter. Deux gardes se précipitèrent sur lui, le ceinturèrent et l'arrêtèrent sans prêter attention à ses protestations.

Londres était une ville où pauvres et riches se côtoyaient, une ville sale aux ruelles étroites et surpeuplées, aux pavés inégaux et aux maisons de guingois. Bruyante, résonnant de cris et emplie de puanteurs, c'était néanmoins une belle ville, confiante et joyeuse, aimée de ses habitants. Trépidante, elle offrait sa chance à quiconque avait l'intention, plein d'énergie, de faire son trou dans la vie.

Hélène aimait Londres, elle aussi, tout comme elle aimait la grande maison noble de Drury Lane où habitait la famille. Elle lui inspirait un fort sentiment de sécurité, car c'était une vieille demeure douillette, moins imposante que le manoir de Woodlark Park.

Quand, au printemps, la soirée était douce, Hélène avait grand plaisir, assise devant la fenêtre ouverte de sa chambre, à regarder, rêveuse, l'obscurité tomber. Ses mains avaient une caresse légère pour les branches du cerisier déjà en fleurs devant la croisée. Les délicates petites fleurs blanches ondulaient dans le vent printanier, pareilles à une mer écumante, à un voile de lourde soie.

Enfin arriva le 16 mai, jour des dix-sept ans d'Hélène. Elle se réjouissait de cet anniversaire plus que de tous ceux qui l'avaient précédé. Elle était presque morte d'impatience. Elle savait que, quelques semaines plus tard, elle serait mariée et vivrait avec Jimmy à la tête de l'un des plus grands domaines des Cornouailles. Un grand bal avait été prévu et on avait déjà invité tous les amis d'Hélène et de la famille.

Mais, soudain, il sembla que la fête ne pourrait avoir lieu.

Le 12 mai, s'était en effet produit un événement qui ébranla le royaume. Les ennemis du roi triomphaient, ses partisans étaient effarés. L'ami le plus proche du souverain, son principal soutien, l'homme qui jamais ne lui avait refusé son appui, Thomas Wentworth, comte de Strafford, fut ce jour-là livré au bourreau par le roi en personne, sur les instances du Parlement. C'était l'aboutissement d'une déjà longue querelle en même temps qu'une marque de faiblesse, un acte de trahison que personne, pas même les royalistes les plus fervents, ne pouvait approuver.

Tout avait commencé lorsque le roi Charles Ier, après avoir gouverné seul de longues années, mais ayant besoin d'argent pour combattre les Écossais, s'était vu contraint de convoquer le Parlement. Or ce dernier lui refusa les crédits demandés. Bien plus, il décréta que le roi n'aurait ni argent ni armes, à moins de reconnaître les résolutions du Parlement. En réponse à cette exigence, le comte de Strafford, l'homme d'Angleterre le plus haï des partisans du Parlement, se fit attribuer le pouvoir d'arrêter les principaux porte-parole du

Parlement, les sieurs Pym, Ireton et Hampden. Mais les choses ne se passèrent pas comme prévu. Des troubles éclatèrent, puis des émeutes et, pour finir, un homme, un certain Oliver Cromwell, habitant Ely, formula cette exigence : « Accusez le comte de Strafford de trahison envers la nation anglaise ! » La proposition fut accueillie avec enthousiasme et le roi fut sommé de signer sa condamnation à mort. Tout Londres retint son souffle.

Et Charles Ier signa bel et bien !

Ce fut un choc pour ses partisans. Pas forcément par pitié envers Strafford, même s'ils savaient tous qu'avec lui ils avaient perdu leur meilleur homme. Non ! Ils déploraient qu'une petite bande d'extrémistes radicaux eût poussé le roi à effectuer un pas qu'il n'aurait dû faire en aucun cas. Il n'y avait donc rien d'étonnant à ce que nombre d'entre eux doutent de lui. Lord Ryan en personne, dont la loyauté envers Charles Ier paraissait à toute épreuve, un homme d'une fidélité quasi inébranlable, critiqua le roi en son for intérieur.

Le comte de Strafford fut décapité en place publique le 12 mai 1641, et le peuple acclama le bourreau qui agitait la tête ensanglantée. Strafford avait été un symbole du pouvoir royal, un homme bon, mais dur. Il était maintenant mort, trahi par son souverain.

Lord Ryan aurait préféré que la grande cérémonie d'anniversaire de sa nièce, quatre jours seulement après l'exécution, fût reportée, mais Hélène, ne voyant pas pourquoi la politique devrait ainsi s'immiscer dans son existence, le supplia tant et si bien qu'il n'eut pas le cœur de décevoir une joie qu'elle se faisait depuis de si longues semaines.

Et qui pouvait savoir si ce ne serait pas le dernier anniversaire qu'on allait célébrer en temps de paix, et si, un an plus tard, les troubles n'auraient pas pris des proportions démesurées ?

Le matin de ce 16 mai, Hélène partit en ville en compagnie d'Alan pour aller chercher sa robe chez sa couturière, Mme Linier. Elle s'était déjà livrée à plusieurs essayages, mais ne l'avait pas vue terminée. Aussi son impatience était-elle grande. Elle voulait être, ce soir-là, tout simplement éblouissante, car Jimmy serait de la fête et il devait la trouver belle et rayonnante comme jamais encore.

Ayant quelques affaires à régler, Alan la laissa descendre seule de voiture devant le salon en lui promettant de revenir la prendre.

Mme Linier se montra extraordinairement heureuse de cette visite. Aussi rapidement que le lui permettait sa corpulence, elle se hâta à la rencontre d'Hélène et, lui tendant les deux mains, se mit à gazouiller avec un fort accent français :

— Oh, ma chère, que je suis contente de vous voir chez moi ! Me permettez-vous de vous féliciter pour votre anniversaire et de vous souhaiter tout le bonheur possible ? Ah, j'espère que la robe vous plaira et…

La couturière observa une pause pour reprendre son souffle et réfléchir à ce qu'elle pourrait dire encore. Hélène profita de l'occasion.

— Merci beaucoup, madame, se dépêcha-t-elle de dire avec le sourire. Je suis sûre que la robe est ravissante !

Mme Linier, rayonnante, tapa dans ses mains.

— Thérèse ! Chantal ! Apportez la robe ! Nous allons procéder à l'essayage !

Deux jeunes filles constellées de taches de rousseur, riant sous cape, entrèrent avec fougue dans la pièce. Des

Françaises apparemment, car elles s'exprimaient dans un anglais fort négligé.

Mme Linier se tourna vers Hélène.

— Veuillez, je vous prie, me suivre derrière ce rideau.

Hélène obéit et se dévêtit. Ayant passé la robe neuve, elle faillit pousser un cri tant elle la trouvait ravissante. Serrée à la taille, elle était coupée dans une soie d'un bleu lumineux, avec un profond décolleté rond. Un voile de fils d'or scintillants retombait sur l'ample jupe bouffante, de délicates broderies ornaient la collerette et les tours de bras en soie blanche. Mme Linier lissa la jupe, tira deux ou trois fois sur le tissu pour l'ajuster tout en donnant des ordres brefs.

— Chantal, resserre un peu la taille, madame est en effet plus mince que jamais. Thérèse, il faudrait recoudre ce crochet !

Elle tourna autour d'Hélène.

— Véritablement, constata-t-elle d'un air satisfait, je dois avouer que même la reine ne pourrait être plus jolie.

— C'est merveilleux. Je n'ai jamais rien possédé d'aussi beau, dit Hélène, pivotant avec précaution d'un côté puis de l'autre.

Lorsqu'elle adressa à son image dans la glace un bref sourire, ses yeux n'étaient plus que deux fentes.

Elle avait tellement changé d'apparence dans cette robe élégante qui donnait à ses cheveux des reflets roux et à sa peau l'éclat du marbre blanc ! Tante Catherine lui prêterait bien entendu des saphirs et elle se mettrait de la poudre d'or sur les paupières. Ah, qu'il était magnifique d'être jeune et belle et d'avoir de surcroît assez d'argent pour s'acheter ce dont on avait envie !

Thérèse et Chantal l'aidèrent à se rhabiller. Hélène eut quelque peine à abandonner la soie bleue, mais elle se dit avec fierté qu'elle la porterait le soir même. Mme Linier, ayant rangé la robe dans un grand carton, le lui tendit.

Hélène jeta un œil par la fenêtre. Alan n'était pas encore là.

— Ah, madame Linier, pourrais-je rester ici jusqu'à l'arrivée de ma voiture ? demanda-t-elle, peu désireuse d'attendre dans la rue, attitude quelque peu inconvenante.

— Bien sûr que vous pouvez attendre ici. Asseyez-vous où il vous plaira.

Reconnaissante, Hélène prit place sur l'un des sièges dorés et observa les dames qui affluaient dans le salon, toutes fort distinguées, appartenant à de riches familles, vêtues de robes de soie brillantes, bien coiffées, de petits masques de velours sur le visage et des bijoux s'entrechoquant à leur cou ou passés autour de leurs poignets. Beaucoup étaient accompagnées de leurs bonnes, mais à distance respectueuse.

Soudain l'attention d'Hélène fut attirée par une jeune femme. Les yeux d'un bleu profond, les cheveux d'un blond argenté, elle était très belle.

— Sarah ! s'écria Hélène. Sarah Mallory !

Ainsi interpellée, la cliente se retourna, un sourire de joie s'épanouissant sur ses traits.

— Hélène ! Félicitations pour cette nouvelle année d'existence qui s'ouvre devant toi, ma chérie ! Que fais-tu ici ?

— Certainement la même chose que toi. Je suis venue chercher ma robe pour ce soir.

— C'est bien ça, confirma Sarah avant de s'adresser à Thérèse qui, s'étant approchée, attendait. Bonjour. Je viens chercher ma robe.

— Bien sûr, madame, s'empressa Thérèse. Désirez-vous l'essayer une nouvelle fois ?

— Non, merci. Je vais l'emporter telle quelle. C'est une robe fantastique, dit-elle, tournée vers Hélène, et très chère. Par précaution je n'en ai pas encore révélé le prix à mon père.

— Il comprendra bien que mon anniversaire est une circonstance suffisamment importante pour qu'il dépense un peu d'argent.

Toutes deux se mirent à rire.

— Nous voilà de nouveau du même âge, constata Sarah. Je trouve que dix-sept ans, ce n'est pas un âge comme les autres.

— Oui, c'est aussi le sentiment que j'ai eu ce matin. J'ai toujours su qu'il m'arriverait quelque chose de particulier quand j'aurais dix-sept ans ; or, je sais maintenant que ce sera mon mariage.

— À moins que ce ne soit une guerre civile, dit Sarah d'un ton soucieux. Depuis la mort de Strafford, mon père ne parle de rien d'autre.

— Ah non, protesta Hélène écartant cette idée d'un geste de la main. Chacun, y compris le Parlement, sera assez intelligent pour ne pas laisser les choses s'envenimer. Et si ce n'est pas le cas, le roi gagnera car il a le droit de son côté et…

Elle s'interrompit, car, sur les traits de Thérèse qui les avait rejointes avec la robe empaquetée, elle lut un tel mélange de fureur et de contrariété qu'elle en resta paralysée. Elle s'en voulut de se laisser déconcerter par une petite boutiquière uniquement parce que celle-ci était manifestement d'un autre avis qu'elle, mais elle ne parvint pas à réagir. Sarah paraissait embarrassée elle aussi. Elle saisit le carton contenant la robe et les jeunes filles quittèrent le magasin sous le regard brûlant de haine de Thérèse.

Dehors, elles s'immobilisèrent, reprenant contenance.

— Ouf, fit Hélène, as-tu vu son visage ? Je crois qu'elle aurait aimé nous assassiner !

— Oui, elle a dû entendre ce que tu disais, convint Sarah. Tiens, regarde, voici votre voiture !

La voiture s'arrêta en effet et Alan en bondit.

— Oh, les deux plus jolies filles de Londres ! s'écria-t-il d'un ton de bonne humeur. T'ai-je fait attendre, Hélène ?

— Pas longtemps. Et puis j'ai rencontré Sarah.

— Bien. J'ai avec moi quelqu'un que tu aimes bien !

— Jimmy ? laissa échapper Hélène.

Alan sourit et déjà Jimmy sautait à son tour de la voiture.

— Oui, c'est moi, confirma-t-il en se penchant sur la main d'Hélène. Puis-je me permettre de vous féliciter et de vous souhaiter tout le bonheur du monde ?

— Merci infiniment, dit Hélène rayonnante.

— Je crois que vous ne vous connaissez pas encore, demanda Alan à Sarah et Jimmy. Lord James Golbrooke, Sarah Mallory.

Sarah parut extrêmement impressionnée. Elle avait souvent entendu de la bouche d'Hélène combien Jimmy en imposait, mais elle avait considéré qu'il s'agissait d'exagérations dues à l'amour. Ce fut maintenant elle qui lui sourit avec coquetterie, aussi fascinée que nombre d'autres femmes avant elle.

— Viendrez-vous ce soir au bal en l'honneur d'Hélène ? s'enquit-elle.

— J'ai reçu une invitation et c'est avec grand plaisir que je viendrai.

Ils s'entretinrent encore quelques instants du merveilleux temps ensoleillé et se mirent finalement tous d'accord pour faire le lendemain une promenade en voiture dans Saint-James Park.

— Ce sera à coup sûr très divertissant, estima Sarah, mais il me faut malheureusement m'en aller à présent. Sinon, ma famille s'inquiéterait.

Elle embrassa Hélène.

— Au revoir. Je suis impatiente d'être à ce soir.

— Mais où est ta voiture ? se soucia Alan.

— Ah, je l'ignore. Le cocher avait encore des courses à faire et se disposait à venir me prendre ensuite, mais il n'est pas là. J'irai à pied, d'ailleurs ça me tente aujourd'hui.

— Attendez, intervint Jimmy, je vais vous accompagner. Si vous le permettez, ajouta-t-il.

— Oui, avec plaisir ! C'est vraiment gentil à vous ! accepta Sarah avec un sourire rayonnant.

Jimmy prit congé d'Hélène et d'Alan, enleva des mains de Sarah la boîte avec la robe et s'éloigna à ses côtés, prêtant l'oreille, d'un air manifestement intéressé, à ce qu'elle lui racontait.

Hélène les suivit des yeux, éprouvant d'un seul coup un sentiment de jalousie d'une violence qu'elle n'avait encore jamais connue. Jimmy, le plus bel homme d'Angleterre, lui appartenait, et à elle seule.

Ayant compris à son visage ce qu'elle ressentait, Alan sourit d'un air bienveillant.

— Il plaît à toutes les femmes, dit-il avec un clignement d'œil. Il a réellement superbe allure, n'est-ce pas ?

— Oui, bien sûr.

Hélène décida de changer de sujet. Mais elle en fut dispensée par un gamin des rues dépenaillé qui, se dirigeant vers elle, lui tendit un papier tiré d'une pile épaisse.

— Ces messieurs dames veulent-ils le lire ? demanda-t-il avec un sourire mauvais.

Hélène jeta un œil sur la feuille : « Ballade sur la vie et la mort de M. Thomas Wentworth », lut-elle. Suivaient six strophes se terminant par ces deux lignes :

« Ainsi, braves gens, triste fin toujours trouvera
Quiconque de la suffisance la proie sera ! »

— Alors, vous aimez ? interrogea le gamin.
— Merci, répondit Alan, mais, en ce qui me concerne, tu peux balancer ton torchon dans la Tamise.
Le garçon le dévisagea.
— Ami du tyran ! dit-il en déguerpissant.
Alan le suivit du regard en hochant la tête.
— Le comte Strafford n'a pas mérité ça, dit-il, se retournant vers Hélène. As-tu encore des courses à faire ?
Sur la réponse négative d'Hélène, Alan l'aida à monter dans la voiture et, durant le trajet de retour, elle lui parla de Thérèse et de sa rage. Son cousin sourit, mais elle remarqua le pli qui lui barrait le front comme chaque fois qu'il était soucieux.

Grâce à la diligence et à l'habileté de Catherine, le grand et vénérable salon s'était transformé en une splendide salle des fêtes. Les rideaux étaient tirés, ce qui mettait en valeur les nombreux cierges allumés sur les trois gros lustres. Leur lumière faisait scintiller les fins rubans de soie serpentant artistiquement le long des murs. Certains descendaient jusque sur le parquet débarrassé de ses tapis afin qu'il puisse pleinement servir de piste de danse. Il y avait partout des vases d'argent contenant des branches de cerisier en fleurs, des campanules d'un bleu foncé, des violettes et des azalées. Se reflétant dans les hauts miroirs, ils donnaient l'impression d'une immense mer de fleurs. À une extrémité de la salle on avait dressé plusieurs tables aux nappes de soie sur lesquelles étaient disposés les mets les plus succulents. Des fruits débordant de plats gigantesques côtoyaient des canards rôtis, du jambon, du fromage sur des plateaux, des puddings crémeux de toutes sortes, de fins gâteaux secs, certains encore chauds et ruisselants de graisse. Au milieu de cette profusion, des vins en très grand nombre, du mousseux et du champagne notamment. Sur le mur au-dessus des tables, un tableau représentant le roi était richement encadré de rhododendrons rouge pâle.

La salle était pleine de convives – presque uniquement des jeunes personnes s'entretenant, riant et faisant tinter leurs verres de vin – tous vêtus avec soin, les messieurs en costume de velours, de hautes bottes aux pieds, les dames portant de gracieuses robes de soie, des fleurs aux vives couleurs dans les cheveux. Les présents étaient sans exception des gens riches aimant le luxe et l'élégance, la bonne compagnie et les divertissements, ne pensant pour ainsi dire jamais aux malheureux végétant dans la misère. Cette indifférence était moins le fruit d'une sécheresse de cœur que d'un manque total d'imagination. Ils menaient une existence très à l'écart des pauvres et ne prenaient tout simplement pas garde à eux.

Avec son sens profond de la beauté et de l'élégance, Hélène profitait pleinement de cette soirée. Elle savait qu'elle était ravissante dans sa robe neuve, des fleurs fraîchement coupées dans les cheveux, et elle notait avec fierté que la plupart des messieurs lui lançaient des regards admiratifs. Elle se sentait gaie et légère, le mousseux dont elle avait déjà abondamment goûté y étant sans doute aussi pour quelque chose. Elle était néanmoins habitée par une certaine inquiétude dont la raison ne lui échappait en rien : celui qu'elle attendait ce soir avec le plus d'impatience, Jimmy, n'était pas encore là. C'était uniquement pour lui qu'avait lieu cette fête brillante, pour lui qu'elle portait sa robe neuve. De surcroît – mais elle ne se l'avouait pas totalement – elle aurait aimé qu'il assistât à son triomphe, car, à cette heure, elle avait le pouvoir d'envoûter chacun des hommes présents. Au cours des diverses danses, elle était passée des bras de l'un aux bras de l'autre sans connaître une seconde de repos. Maintenant, durant la pause, elle allait de çà et de là, prétendant s'assurer du bien-être de chacun, alors qu'en réalité elle guettait l'arrivée de Jimmy. Entendant soudain quelqu'un l'appeler par son prénom, elle se retourna pleine d'espoir, mais ce n'était que Peter Parson. En compagnie de trois jeunes hommes – John Crawford, Thomas Connor et Edmund Hunter – il lui faisait signe.

— Hélène, dit-il, nous avons besoin d'une personne impartiale pour servir de témoin à une cérémonie. Veux-tu être ce témoin ?

— De quoi s'agit-il ? demanda-t-elle, curieuse.

— Voilà : mes amis, annonça Edmund en montrant John et Peter, sont d'avis que le roi va congédier le Parlement avant la fin de l'année. Thomas et moi croyons au contraire qu'il ne le fera pas. Nous avons parié.

— Et qu'avez-vous parié ?

Les quatre se regardèrent, gênés. John finit par dire :

— Eh bien... tu ne nous en voudras pas, n'est-ce pas ? Nous avons décidé que les gagnants auront le droit de t'embrasser. À la condition, bien sûr, que tu sois d'accord.

Hélène se mit à rire. Ce genre d'amusement lui plaisait beaucoup, surtout quand il s'agissait de gens aussi sympathiques qu'Edmund, Peter, Thomas et John, des garçons qu'elle connaissait depuis l'enfance.

— Bien, dit-elle, et que se passera-t-il si le roi veut dissoudre le Parlement, mais que celui-ci ne s'en soucie pas ?

— Alors nous aurons gagné, s'écria Edmund, car nous avons parié qu'il ne sera pas privé de ses pouvoirs !

— C'est ce qui va se produire, avança Thomas, le roi va perdre toute autorité.

— C'est stupide, s'emporta John, le roi reste le roi. Et ce maudit Pym – excuse-moi, Hélène – sera bien obligé de l'admettre.

— Thomas n'a pas tout à fait tort, intervint Edmund. J'ai entendu dire que quelques membres du Parlement se sont rendus aujourd'hui auprès de Sa Majesté.

— Et ?

— Ils réclament une monarchie constitutionnelle. Tous les trois ans, le roi devrait convoquer un nouveau Parlement, ne pas pouvoir dissoudre un Parlement qui n'ait pas gouverné au moins cinquante jours et ne pas pouvoir le faire contre le gré de ce dernier.

— C'est impossible, dit John avec indignation, c'est tout simplement inconcevable. Et tout ça après qu'il leur a déjà accordé la tête de Strafford !

— Ça, mon cher, dit Thomas, ce fut une erreur décisive. Il s'est servi de Strafford pour se racheter, en espérant qu'on le laisserait ensuite en paix. Mais il s'est trompé. Ils vont sans cesse exiger davantage.

— Un tas de vampires ! s'énerva John qui sembla vouloir cracher par terre de colère mais qui se reprit au dernier moment. J'aimerais tordre leur cou replet à ces honorables messieurs Pym, Ireton et Hampdon !

— Tu en as oublié un, intervint Thomas. Il y en a un autre qui ne cesse de faire des ennuis, ce M. Cromwell qui est à l'origine de la proposition d'exécuter Strafford.

— Oliver Cromwell ? dit John avec indifférence. Oh, ce crétin de puritain ! Qu'il retourne dans sa ferme garder ses moutons. De lui, nous n'avons rien à craindre !

— Ne dis pas ça, le contredit Edmund, je crois que… Hélène l'interrompit.

— Est-il vraiment indispensable de parler de ce stupide Parlement le jour de mon anniversaire ? Edmund, regarde ! Elizabeth ! Là-bas !

Elle montra du doigt sa cousine qui, ayant un peu écarté le rideau d'une fenêtre, regardait au-dehors. La lueur argentée de la lune éclairait son beau visage paisible. Chacun savait qu'Edmund avait un faible pour Elizabeth Ryan. Posant son verre de vin sur une table, il s'inclina légèrement devant Hélène et se dirigea vers Elizabeth en murmurant une excuse. Peter se mit à rire.

— Ce bon Edmund, dit-il. Je suis certain qu'un jour il épousera Elizabeth. Tu trouverais ça bien, Hélène ?

— Bien sûr. Mais je vous prie de m'excuser à présent. Je dois accueillir deux nouveaux invités.

Elle venait d'apercevoir Jimmy et Sarah qui, entrant côte à côte dans la pièce, cherchaient quelqu'un du regard. Elle se hâta à leur rencontre.

— Sarah ! Lord Golbrooke ! s'écria-t-elle.

Sa voix ne laissait pas transparaître une ombre de jalousie alors qu'elle était en réalité une nouvelle fois la proie de ce sentiment qu'elle ignorait encore peu de temps aurapavant. Jimmy était tellement superbe ! Son costume de velours noir mettait en valeur sa haute et mince silhouette. La finesse de ses yeux la troubla jusqu'au tréfonds de l'âme. La main qu'elle lui tendit tremblait et, à le voir sourire, elle comprit qu'il s'en était aperçu.

— Je suis désolé de mon retard.

— Mais ce n'est pas grave, dit-elle en souriant.

Ils se faisaient face, un peu gênés l'un et l'autre, si bien qu'Hélène fut soulagée quand la musique reprit et que Jimmy l'invita à danser. Les musiciens jouaient une courante, une danse entraînante, pratiquée dans la bonne société française, que tous saluèrent avec joie. Les couples se constituèrent rapidement, puis les dames et les messieurs se retrouvèrent face à face, en deux longues files. Les hommes s'inclinèrent, les femmes effectuèrent une profonde révérence.

Hélène regarda Jimmy d'un air radieux, regrettant que, dans cette danse, les partenaires changent sans arrêt. Mais, de toute façon, elle se retrouverait avec lui à plusieurs reprises.

— Eh bien, miss Calvy, dit-il dès les premiers pas de danse, savez-vous quand auront lieu nos noces ?

— Début juin, je pense. C'est en tout cas ce que souhaite ma tante.

— Encore deux ou trois semaines ? Je vais avoir du mal à attendre si longtemps !

— Ma foi, cela vous laissera le temps de vous consoler avec d'autres dames, lui rétorqua Hélène d'un ton piquant.

— Miss Calvy, que dites-vous là ? fit-il en riant.

— N'est-ce pas une bonne proposition ?

— Non. Car je n'ai encore trouvé dans tout Londres aucune jeune fille qui puisse vous remplacer, répondit-il d'une voix sérieuse, avant de se mettre à sourire. Même pas miss Sarah Mallory !

Avant qu'elle ait eu le temps de répliquer, il y eut changement de partenaires et Jimmy disparut de son champ de vision. Mais, ne pensant qu'à lui, elle fut si distraite que David, soucieux, lui demanda :

— Es-tu fatiguée, Hélène ? Tu es si silencieuse.

— Oh non, je ne suis pas le moins du monde fatiguée ! assura-t-elle, pleine d'entrain.

David l'observa avec plus d'attention.

— Tu as les yeux si brillants, s'étonna-t-il, peut-être…, il s'interrompit, puis, comprit soudain. Je vois, tu es amoureuse. J'espère que c'est de ton futur époux !

Une nouvelle fois, Hélène fut dans l'incapacité de répondre, car, au terme de deux brefs changements de partenaires, elle se retrouva à côté de Jimmy.

— Vous êtes plus belle à chacune de nos retrouvailles, dit-il, galant.

Les yeux d'Hélène étincelèrent de fierté, car elle avait bu assez de mousseux pour ne plus affecter la modestie. Son contentement grandit encore quand elle s'aperçut que Thomas Connor l'observait.

Au bout de quatre ou cinq pas, la danse s'arrêta. La musique reprit certes aussitôt, mais Jimmy et Hélène abandonnèrent la piste pour aller chercher un verre de vin. Hélène se dépêcha de le vider et sentit aussitôt la tête lui tourner un peu. Les lumières, la musique, les voix et les êtres se fondirent en un brouillard doux et agréable.

— Il fait très chaud dans cette pièce, voulez-vous que nous allions dans la véranda ? proposa Jimmy.

Hélène eut sur-le-champ le sentiment qu'une jeune dame ne saurait accepter une telle offre, mais elle n'éprouva aucune envie de résister à la voix charmeuse de son cavalier. Elle le suivit.

La nuit était douce et chaude. Les roulements des roues de voiture et les voix dans les rues avaient décru. On n'entendait plus, au loin, que le veilleur de nuit parcourant les ruelles avec sa lanterne en égrenant les heures. Une femme rit doucement, un chat miaula dans l'herbe. L'odeur fade de la ville se mêlait au parfum de terre humide, aux fraîches senteurs printanières.

Hélène s'immobilisa sous le cerisier et effeuilla quelques fleurs. Son cœur battait vite et fort. La situation suscitait en elle une joie profonde, une grande excitation. Elle sentit Jimmy s'approcher et lui prendre les mains.

— Hélène, souffla-t-il d'une voix tendre et grave qu'elle ne lui connaissait pas encore, Hélène, tu es plus belle que toutes les femmes que j'ai rencontrées. Je t'aime.

Hélène tourna son visage vers lui. Le tremblement de son corps s'accentua. Dans le noir, elle ne discernait Jimmy que vaguement, mais elle vit l'éclat de ses yeux, la ligne mince de sa bouche aux lèvres légèrement entrouvertes. Elle avait beau s'y être préparée, quand il se pencha sur elle et l'embrassa, elle eut l'impression d'être prise dans un tourbillon de folle irréalité, de se libérer de la pesanteur, le ciel et la terre tournoyant en chœur ; elle n'avait d'autre appui que ses bras et ses lèvres dans lesquels elle aurait aimé se fondre et se perdre.

Ce n'était pas la première fois qu'on l'embrassait. Elle y avait joué à quelques reprises avec Thomas Connor, mais le baiser avait été plus rapide, plus superficiel, presque un peu coupable. À présent, elle n'était plus une enfant essayant en cachette de briser un interdit. Non, en proie à un bonheur confinant au triomphe, elle se voyait soudain en femme adulte, une femme qui aimait tout autant qu'elle possédait.

— Jimmy, soupira-t-elle tout bas.

Le jeune homme la lâcha, recula d'un pas. Puis, lui prenant les mains, il l'attira contre ses lèvres et l'embrassa.

— Mon Hélène, dit-il, je suis tellement heureux que nous puissions maintenant vivre ensemble une existence entière.

— Je t'aime tant, Jimmy, chuchota-t-elle, dès le premier instant où je t'ai revu, je t'ai aimé. Et je crois que c'était déjà le cas quand nous étions enfants.

Jimmy sourit en lui caressant les joues.

— Tu portes le nom de la plus jolie femme du monde, Hélène. Tes parents ont eu raison de te baptiser ainsi.

— C'est ma mère qui l'a voulu. Ma tante m'a raconté qu'elle aimait la mythologie antique et la Grèce. Elle aurait tant aimé s'y rendre.

— Nous, nous verrons la Grèce. Nous avons tout le temps qu'il faut devant nous.

Il parlait d'un ton très sérieux. Il avait toujours été un peu frivole, mais, en ce moment, il éprouvait un sentiment profond, authentique. Il savait depuis de nombreuses années qu'il devrait épouser un jour Hélène Calvy mais ne s'était jamais préoccupé de cette échéance. Elle avait été décidée et, comme tout un chacun, il devait s'y plier, mais cela ne pouvait modifier radicalement son existence. Hélène serait sa femme et – Dieu le veuille – lui donnerait un héritier ; il se montrerait, bien entendu, toujours correct envers elle, ce qui n'excluait pourtant pas qu'il rencontrât d'autres femmes, comme toujours jusqu'ici lors de ses voyages.

Or, dans cette tiède nuit de printemps, la voyant devant lui, si jeune, si charmante, un mélange de confusion et de bonheur sur le visage, il se prit à croire l'avoir lui-même choisie, indépendamment du souhait de son père. Pour la première fois de son existence, il avait l'impression de véritablement aimer. Il lui saisit les mains de nouveau.

— Je n'avais jamais connu de jeune fille comme toi, dit-il, je souhaiterais que nous…

Il s'interrompit car Alan venait de pénétrer dans la véranda, suivi de Thomas. Les deux arrivants s'immobilisèrent, interdits.

— Oh, murmura Alan, embarrassé, je ne voulais pas vous déranger.

Rougissante, Hélène retira ses mains de celles de Jimmy. Thomas eut un sourire acide.

— L'éternelle magie des nuits de mai ! s'écria-t-il avec emphase. Le clair de lune argenté et le parfum des roses… oui, bien sûr, le parfum des roses pas encore, mais…

Le regard que lui lança Hélène le fit taire.

— Excuse-moi, dit-il en s'inclinant légèrement, je ne voulais pas troubler cet instant d'intimité !

Ces propos irritèrent Hélène mais, croyant en même temps percevoir de la jalousie dans son attitude, elle se sentit gagnée par une certaine indulgence.

— Que se passe-t-il, Alan ? s'enquit-elle.

— J'ai entendu parler. Je voulais juste venir vous chercher, parce que Père va prononcer quelques mots. En l'honneur du roi.

— Oui, nous arrivons.

Hélène rentra dans le salon, suivie des trois messieurs.

Tout le monde était rassemblé. Prudence et Ben, le domestique, remplissaient les coupes à champagne. Lord Ryan, l'air sérieux, très droit, en parfait patriote anglais, se tenait juste sous le portrait du roi Charles.

Hélène, Jimmy, Alan et Thomas prirent un verre, puis le brouhaha cessa. Tous les regards se tournèrent vers l'orateur.

— Chers, très chers hôtes, commença lord Ryan de sa voix puissante et grave, après ces quelques heures agréables, nous devrions faire une pause et avoir une pensée pour l'homme à qui l'Angleterre et nous devons la richesse et le bonheur. Je parle de l'homme dont vous voyez ici le portrait, Sa glorieuse Majesté Charles Ier !

Il observa un temps de silence.

— Nous savons tous, poursuivit-il, que le roi connaît ces derniers temps une situation très difficile. Des parlementaires et des ennemis du peuple fanatiques essaient de dresser la nation contre lui. Il leur est indifférent d'inventer pour cela des mensonges monstrueux, pourvu qu'ils réussissent à semer le trouble et l'insatisfaction. Je suis cependant certain que Sa Majesté aura le dessus dans cet affrontement comme dans ceux qui suivront. C'est pourquoi buvons à l'éternelle santé de notre roi, à…

Il s'arrêta au milieu de sa phrase. David, ayant reposé son verre à grand bruit, se disposait à quitter la salle. Tous se retournèrent vers lui.

— David ! cria lord Ryan.

— Oui ? demanda David en faisant lentement volte-face.

— Où vas-tu ? Tu ne veux pas boire à la santé de ton roi ?

— Je regrette. Mais cela m'est impossible.

— Ah bon ? Et pourquoi ?

La voix de lord Ryan était lourde de menace. Toute l'assemblée retint son souffle.

— Vous connaissez mes opinions. Je ne peux feindre la sympathie pour le roi quand je n'en éprouve aucune.

— Tu déclares donc publiquement que tu es du côté du Parlement ?

— Oui, se contenta de répondre David.

Lord Ryan pâlit sous l'effet de la colère.

— Cette attitude, dit-il d'une voix forte, ne s'explique plus par la jeunesse et un manque de raison. Comme nous fêtons aujourd'hui l'anniversaire d'Hélène, je ne vais pas me lancer dans une dispute, mais tu peux être assuré que nous aurons à nous entretenir de nouveau de ce sujet !

— Et vous, vous pouvez être assuré que je garderai mes opinions, répliqua David lui aussi sous l'empire de la colère, quoi qu'il…

— Sors, s'il te plaît !

— Quoi qu'il arrive !

Subitement, lord Ryan baissa le ton, comme s'il avait oublié la présence de ses hôtes.

— Et si c'est une guerre civile ?

— Je lutterai dans ce cas au côté du Parlement ! riposta David d'une voix passionnée.

— Alors, énonça lentement lord Ryan, alors, j'espère de tout cœur que cette guerre n'aura jamais lieu.

— Je l'espère aussi, je l'espère de tout mon cœur, répondit David avec un sourire, avant de quitter la salle.

Lord Ryan le suivit des yeux. Levant son verre, il reprit le fil de son discours :

— Buvons donc à la santé de Sa Majesté, le roi Charles, et à la santé des Stuart, les détenteurs légitimes du trône d'Angleterre !

3

Quand, plus tard, Hélène se remémorerait les semaines passées en compagnie de James Golbrooke au lendemain de son anniversaire, loin d'en garder des souvenirs précis, elle n'éprouverait plus que la sensation floue d'avoir connu la période de sa vie la plus joyeuse, la plus légère. Ils ne se quittèrent plus durant ces journées de mai ensoleillées, du soir au matin, sans voir le temps passer. Vivant dans l'instant, ils faisaient ce qui leur plaisait. Hélène constatait avec ravissement que Jimmy et elle se ressemblaient tellement qu'aucun désaccord ne les opposait jamais. Il partageait la joie que suscitait en elle le spectacle de la beauté et de la gaîté ; il aimait comme elle la vie, prêt à goûter à tout ce qu'elle offrait. Ils faisaient des promenades en voiture à travers Hyde Park, en compagnie d'Alan, de David, de Thomas et de Sarah, souvent aussi d'Elizabeth et d'Emerald, flânaient en ville et allaient au théâtre. Quand leurs pas les menaient sur le Strand, ils y déjeunaient dans les charmantes auberges de Charing Cross. Ils étaient exubérants comme jamais encore, riaient et bêtifiaient comme si le monde et la vie n'étaient qu'un jeu. Pas une seconde ne venait à Hélène l'idée qu'elle prenait congé de sa jeunesse insouciante : peut-être qu'elle-même ne changerait pas, mais, du jour où elle serait mariée, on attendrait d'elle qu'elle fût une adulte et se comportât comme telle.

Pour l'instant, en tout cas, elle profitait de ces heures merveilleuses. Ce qu'elle aimait par-dessus tout, c'était de se promener dans Saint-James Park, parce qu'elle y rencontrait des connaissances et qu'il y régnait une atmosphère de légèreté et de gaieté. Il s'était depuis longtemps ébruité au sein du cercle d'amis des Ryan qu'Hélène épouserait le jeune lord Golbrooke de Cornouailles. Aussi, à chaque rencontre se retrouvaient-ils au centre de l'attention.

Parmi ces gens connus, il y avait également des envieux, des jeunes filles qui auraient elles-mêmes voulu se marier et des mères qui auraient aimé avoir un tel gendre. Elles s'accordaient à trouver qu'Hélène se montrait un peu fière, ayant tendance à tenir son mariage pour l'événement le plus important du siècle.

— Elle lui est promise depuis son enfance, estimaient certaines. Qui sait laquelle il aurait sinon choisie !

À Hélène, elles glissaient :

— Quelle chance vous avez de vous marier, ma chère, mais la vie à la campagne ne va-t-elle pas vous paraître effroyablement monotone ? Rien que des prés, la mer, et des vaches... Et la seule manifestation de quelque importance est certainement le marché hebdomadaire !

— Charity Hill est la propriété la plus importante de toute la contrée, répondait Hélène sur un ton de gaieté et d'amabilité provocante, et elle est bien sûr le centre de l'intense vie sociale de la région de Fowey. Elle accueille presque tous les soirs les barons et les comtes des châteaux voisins.

Les dames se taisaient et Jimmy, amusé, souriait.

— J'espère que tu ne t'ennuieras pas, lui dit-il un jour, alors qu'ils étaient assis dans la véranda de la maison de Drury Lane. C'est un lieu de résidence plus solitaire et plus terne qu'ici.

— Mais Jimmy ! s'écria Hélène. Je connais bien la vie à la campagne depuis Woodlark Park. Je l'aime plus que tout au monde. On y est plus libre, tout est plus vaste et… plus simple. Il est merveilleux de se réveiller le matin en entendant les poules, de courir à la fenêtre pour y découvrir les bois et les prairies. Et on peut à tout moment partir pour d'interminables chevauchées sans rencontrer personne qui vous lance un regard indigné parce que vous poussez votre monture plus qu'il ne sied, paraît-il, à une dame.

— Mais tes amis, Hélène ? Les nombreux amis que tu laisses derrière toi ? Tu ne vas pas les…

Ils ne purent poursuivre car Thomas, Sarah, David et Emerald étaient venus leur demander s'ils n'avaient pas envie de faire une excursion en voiture au-delà des portes de Londres. Jimmy fut debout d'un bond. Tendant la main à Hélène, il l'aida à se lever. La fugitive expression soucieuse sur son visage s'était évanouie, et il avait l'air aussi joyeux qu'à l'ordinaire.

— Viens, Hélène, toi qui aimes tant les immenses prairies !

Ils quittèrent tous le jardin en riant et en bavardant, de manière si bruyante que plus d'un voisin regarda dans la rue avec des hochements de tête. Comment la jeunesse pouvait-elle manifester aussi peu de sérieux et de réflexion ? L'Angleterre était frappée par de graves troubles politiques, et nombreux étaient ceux qui parlaient d'une guerre civile imminente, mais ces jeunes gens agissaient comme s'ils ne voyaient rien d'autre que cette journée de mai ensoleillée et qu'un avenir encore plus radieux. Ils allaient devoir apprendre ce qu'était le monde réel, et peut-être plus tôt qu'on ne le croyait.

Le 3 juin, jour des noces, approchait et l'excitation gagnait. Catherine passait tout son temps auprès des couturières, des cuisinières, des bonnes et des jardiniers. La cérémonie aurait lieu à l'église ; ensuite, la fête se déroulerait dans la maison de Drury Lane, transformée en un véritable palais, en une mer de fleurs et de lumières. Veillant jour et nuit à ce que tout fût prêt, Catherine devenait nerveuse. Fort heureusement, Jimmy et Hélène entendaient partir pour les Cornouailles dès le début de l'après-midi, car on avait un besoin urgent de Jimmy sur le domaine. Il n'ignorait pas d'ailleurs que, s'ils passaient ne serait-ce qu'une journée de plus à Londres, il ne leur serait pas possible de s'en aller de sitôt. Une douzaine de familles auraient aimé donner des bals et des fêtes en l'honneur du jeune couple et essaieraient de parvenir à leurs fins. Si ce non-respect des conventions avait l'avantage de libérer de la place dans la maison et offrait donc la possibilité de loger un plus grand nombre d'hôtes, il n'en restait pas moins que, une fois cette journée écoulée, chacun éprouverait un authentique soulagement.

Et pourtant, songeait Catherine en soupirant, je ne pourrai jamais m'habituer à ne plus avoir la petite Hélène chez moi !

À l'inverse de sa femme, lord Ryan était tout à fait calme et gai. Il était plus que jamais heureux de ce mariage et fier de l'avoir arrangé, longtemps auparavant, avec un sûr instinct. Ces dernières semaines avaient renforcé sa conviction que James Golbrooke convenait parfaitement à Hélène. En outre, le fiancé était d'une famille riche et considérée, et son grand-père avait été un flibustier téméraire sous Elizabeth Ire.

Seule Emerald était de fort méchante humeur. Elle ressentait une violente jalousie, bien que prétendant en toute occasion ne pas faire grand cas d'un homme comme Jimmy. Elle ne supportait pas qu'Hélène fût au centre de l'attention et pas elle.

Elizabeth, David et Alan étaient heureux du bonheur de leur cousine, même si eux aussi regrettaient de la voir partir si loin. Ils étaient toutefois certains qu'elle avait trouvé en Jimmy celui qu'il lui fallait.

Étrangement, Hélène qui n'avait cessé de rayonner était gagnée par un certain trouble en ces dernières journées, presque une légère tristesse. Le mariage avait été pour elle un merveilleux plaisir, un mélange de fierté, d'aventure et d'état amoureux. Pour la première fois, elle commençait lentement à en percevoir les conséquences. Elle serait lady Golbrooke, et à ce nom était associée dans son imagination une personne incarnant dignité, grâce, sagesse et sécurité, toutes qualités dont elle ne se sentait pas dotée. Très jeune, encore enfant espiègle ou presque, elle allait devoir se muer en une femme adulte, chargée de famille, maîtresse d'un grand domaine. Et puis il lui fallait abandonner Londres, les siens et ses amis. Cette idée qu'Hélène avait refoulée jusqu'ici la tourmentait d'un seul coup avec une force grandissante. Plus Thomas, Sarah et les autres plaisantaient avec joie et entrain, plus Catherine l'entourait de sa sollicitude, et plus Hélène devenait silencieuse. Elle aimait pourtant Jimmy, elle était attirée par lui et par cette vie nouvelle, mais c'était un monde si lointain, si vaste, si inconnu !

Debout dans sa chambre, en cette veille du mariage, ces pensées et ce déchirement étaient pour elle une brûlure comme elle n'en avait encore jamais connu. Venant de se changer pour le repas, elle avait quelques minutes devant elle. Jimmy était déjà arrivé, s'entretenant en bas avec Alan et David, après avoir toutefois mis des boutons de rose dans la main d'Hélène.

— Pour toi, ma chérie, avait-il chuchoté en lui souriant avec tendresse, son sourire laissant comme toujours filtrer une certaine frivolité.

Il était l'homme le plus beau et le plus séduisant qu'elle connaisse. Hélène pressa les roses contre sa joue. Il était déjà fort tard et le jour déclinait peu à peu dans la pièce. Il avait plu, mais les nuages se dissipaient, découvrant un ciel bleu pâle, avec, à l'ouest, une lueur rougeâtre, pareille à une flamme, derrière de noirs bancs de brume. Les oiseaux chantaient à tue-tête, le monde sentait bon l'air pur et humide, l'herbe mouillée, fraîche. La soirée était douce et claire.

Et elle était là, dans la petite chambre qui, outre Woodlark Park, avait été son chez-soi durant son enfance et sa jeunesse. Comme elle aimait tout cela, le parquet au tapis gris tissé à la main, la vieille et lourde commode, la massive armoire de chêne, le lit surélevé avec sa couverture blanche, les délicats rideaux qui bouffaient devant les fenêtres ouvertes ! Combien de fois, debout devant le miroir, s'était-elle peignée, inspectant sa tenue avec soin, combien de fois, assise sur le lit avec Sarah, avait-elle passé des heures à bavarder de choses qui leur paraissaient d'une importance extraordinaire ? Hélène eut un sourire mélancolique. C'était la dernière fois qu'elle voyait cette pièce éclairée par la lueur dorée et rouge du soleil couchant, qu'elle apercevait les pignons voisins, déjà plongés dans l'obscurité, qu'elle entendait le doux murmure du vent dans le cerisier. Elle n'avait plus qu'une nuit à dormir ici. Demain soir déjà, elle serait seule avec Jimmy, son époux, dans une quelconque auberge, plusieurs milles au sud de Londres, en route vers une existence inconnue.

— Mais ce sera une belle vie, dit Hélène pour elle-même, à demi-voix, une vie magnifique !

Se regardant dans le miroir, la pâleur de son visage la fit rire.

— Ça n'est pas dans ta nature, Hélène Calvy, se moqua-t-elle. Où sont passés ton goût pour l'aventure et ton enthousiasme ? Peuh, avoir peur précisément en cet instant ? Tout Londres t'envie !

La jeune fille du miroir sourit. Quelqu'un frappa à la porte.

— Miss Hélène, le dîner est servi, annonça Prudence.

— Je viens ! s'écria Hélène.

Ouvrant en hâte un tiroir de la commode, elle y posa le bouquet et sortit. Il ne resta dans la pièce que le délicat parfum de rose.

Puis arriva le 3 juin, le jour des noces, une journée au soleil éclatant. Hélène, en robe de soie entrelacée de fils d'argent, traversa l'église au bras de son oncle, jusqu'à l'autel où l'attendait Jimmy. Elle entendit comme au travers d'un voile épais le prêtre lui demander si elle voulait épouser lord James Golbrooke, l'aimer, le respecter, le servir et lui être fidèle jusqu'à la mort, et elle s'entendit répondre avec fermeté, même si c'était d'une voix un peu rauque :

— Oui, je le veux.

Elle vit Jimmy lui sourire, elle entendit les voix claires du chœur chantant en son honneur. En sortant, elle aperçut vaguement les visages des nombreux parents et amis venus assister au mariage d'Hélène Calvy et de lord James Golbrooke.

Catherine avait les yeux rougis, elle avait dû pleurer durant toute la cérémonie. Charles avait l'air fier et digne, Alan et David souriaient amicalement, Elizabeth avec douceur, mais le sourire d'Emerald était crispé. On voyait également sur les joues de Sarah des traces de larmes, alors qu'on lisait une ironie grinçante sur les traits de Thomas et l'hébétude sur ceux de Peter, Edmund et John. Aucun d'eux n'arrivait à s'imaginer qu'Hélène allait aujourd'hui sortir de leur vie. Ils trouvaient également qu'elle n'était plus elle-même, avec sa mine sérieuse et solennelle, ses longs cheveux libres et la couronne de fleurs d'oranger sur la tête. Thomas se surprit à jurer intérieurement. Elle lui appartenait depuis toujours, à lui et non à l'homme qui marchait fièrement à ses côtés.

Mais tous les autres invités aimaient bien Jimmy, admirant ses manières irréprochables alors qu'il avait passé la majeure partie de son existence à la campagne. Il paraissait avoir un grand savoir-vivre, se révélait sûr de lui et, chaque fois que son regard croisait celui de sa fiancée ou qu'il échangeait un mot avec elle, il lui manifestait une profonde tendresse.

Au grand soulagement de Catherine, tout, en cette journée, se déroula comme prévu. La décoration de la maison suscita l'admiration générale, le repas fut extraordinaire et tous les convives se montrèrent enjoués et satisfaits. Si la séparation imminente n'avait jeté son ombre sur la fête, elle aurait été l'une des plus réussies de la saison. Mais les heures s'écoulaient, et Jimmy dut finir par pousser au départ.

En prévision du long voyage, il avait loué une voiture ainsi qu'un conducteur pour lequel il avait été obligé de dépenser une somme effarante. Mais il était heureux d'avoir trouvé quelqu'un, car le pays regorgeait de voleurs de grand chemin et de pillards, si bien que la plupart des cochers refusaient de partir pour d'aussi longs trajets. Celui-ci, en revanche, était un homme courageux, de confiance, certes un peu taciturne et renfrogné, mais pas du tout antipathique.

D'ailleurs, Hélène et Jimmy n'étaient pas les seuls occupants de la voiture, car cela aurait été extrêmement dangereux. Outre Arthur, le domestique de Jimmy, un certain M. Relf ainsi qu'un M. Thompson les accompagnaient. Celui-ci, habitant Fowey et connaissant bien la famille Golbrooke, serait du voyage jusqu'au bout. M. Relf, en revanche, ne serait leur compagnon que jusqu'à Okeham Pains, dans le Devon. La présence de ce dernier était le fait d'Arthur qui l'avait entendu s'informer du chemin le plus pratique pour rejoindre le Devon. Les deux hommes, fort sympathiques, étaient de plus, à ce qu'ils assuraient, parfaitement capables de se servir d'un mousquet en cas de besoin.

— J'espère bien sûr que nous ne serons pas attaqués, expliqua Jimmy, mais il vaut mieux se préparer à tout. Le voyage va durer un certain temps, et beaucoup de choses peuvent se produire. À vrai dire, se hâta-t-il d'ajouter, le plus vraisemblable est que tout ira bien !

Il s'arma néanmoins d'une épée et de pistolets, et répartit son argent entre les différents bagages.

Arthur avait déjà chargé les coffres et les caisses, les chevaux s'ébrouaient nerveusement, piaffant d'impatience. Peter, Edmund, John et Thomas s'approchèrent les mains pleines de bouquets, qu'ils offrirent à Hélène.

— Afin que tu penses à nous, dit Edmund.

Et John ajouta :

— Et à notre pari !

— Ah, oui, le pari, dit Hélène en riant. À présent, loin comme je le serai, ce sera un peu plus difficile !

— S'il le faut, nous irons à pied dans les Cornouailles, promit Peter. Mais avant, tu devras nous dire quand ton époux ne sera pas à la maison.

Jimmy leva les sourcils d'un air interrogateur.

— Je t'expliquerai tout plus tard, le rassura Hélène, c'est totalement anodin !

— Je l'espère bien !

— Bonne chance, petite, dit Thomas à voix basse, et, un bref instant, il fut tout à fait sérieux.

— Bonne chance ! répliqua Hélène.

Elle eut envie de lui donner un bref baiser, mais elle n'osa pas devant tant de monde. Aussi se contenta-t-elle de lui sourire, un sourire tendre, un peu timide, avant de se détourner de lui.

— Sarah !

Elle enlaça son amie qui sanglotait sans pouvoir s'arrêter et, bien que malheureuse elle aussi, tenta de la consoler :

— Nous nous reverrons bientôt, très bientôt, Sarah ! Nous n'allons pas nous perdre.

Ils prirent l'un après l'autre congé d'Alan, de David, d'Elizabeth et d'Emerald, puis de Catherine.

— Tante Catherine, murmura Hélène en l'attirant contre elle, tante Catherine, je vous remercie – pour tout.

— C'est bon, c'est bon, ma chérie. Sois heureuse avec lui, c'est tout ce que je souhaite.

Catherine l'embrassa. Pourquoi, pensait cette dernière, désemparée, pourquoi est-il si dur de la laisser partir ?

L'adieu à Charles fut plus sobre. Hélène lui donna un léger baiser sur la joue.

— Oncle Charles, ma vie chez vous fut merveilleuse !

— Tu nous as donné tant de joie, répondit lord Ryan, puis, plus bas, de manière à n'être entendu que d'elle : n'oublie pas que tu seras toujours la bienvenue ici.

Elle le regarda.

— Je sais, oncle Charles. Merci.

La séparation avec Prudence fut particulièrement douloureuse. La jeune fille pleurait si fort qu'Hélène se sentit elle aussi faiblir. Elle aurait aimé emmener Prudence avec elle, mais on avait besoin d'elle ici et, de plus, la mère de Jimmy lui avait écrit qu'elle avait déjà engagé une jeune fille pour elle. Il ne lui resta donc plus qu'à lui assurer qu'elle viendrait la voir à Londres, projet bien invraisemblable compte tenu de l'éloignement.

Hélène dut finir par monter en voiture et, quand celle-ci s'ébranla, elle se pencha par la fenêtre et fit signe frénétiquement jusqu'au moment où, ayant quitté Drury Lane, elle perdit ses amis de vue. Elle se rassit alors et tenta en vain de ne pas pleurer.

— Ah, c'est trop bête, dit-elle en se mouchant.

Voyant dans quel état d'esprit elle était, les hommes détournèrent le regard avec tact et se mirent à parler des récoltes qu'on pouvait espérer en cette année. Seul Jimmy chercha sa main et la serra. Elle se sentit mieux sur-le-champ et, au bout d'un moment, put se mêler à la conversation avec naturel.

Il s'avéra que M. Relf était un gros propriétaire d'Okeham Paines et en outre un fervent royaliste. Il tempêtait sans retenue contre le Parlement, contre John Pym et contre les Puritains qui essayaient par la force d'inspirer au peuple des sentiments de culpabilité envers Dieu. Il parlait en gesticulant si fort qu'il faillit à plus d'une reprise blesser un de ses voisins.

M. Thompson était à l'inverse un homme d'un grand calme. Il parlait peu, mais ce qu'il disait était marqué au coin de la sagesse et de la réflexion. Lui aussi était un partisan du roi, mais beaucoup plus modéré que M. Relf. Il désapprouvait Charles sur certains points et Hélène retenait parfois son souffle quand, à la suite de l'une ou de l'autre de ces remarques critiques, qui confinaient au crime de lèse-majesté aux yeux de M. Relf, une querelle menaçait d'éclater entre eux. Mais, grâce à la tête froide de M. Thompson, on ne parvint jamais à ces extrémités.

Le voyage, sinon, se déroulait de fort agréable manière. Ils parcouraient environ vingt milles par jour et, en dépit des chemins cahoteux qui secouaient parfois terriblement leur véhicule, Hélène se sentait fort bien. Elle goûtait le changement rapide des paysages, le spectacle des petits villages qu'ils traversaient, et appréciait de faire la connaissance de tant de gens. Ils faisaient halte tous les soirs dans une auberge et, dès qu'on apprenait qu'ils venaient de Londres, on les entourait, les assaillant de questions. Les villageois n'étaient pas exactement informés de ce qui se passait dans la capitale, ils n'avaient entendu que des rumeurs et voulaient savoir si elles étaient fondées.

— Dites-moi, leur demanda un aubergiste de Taunton, un petit village qu'ils avaient atteint au bout d'une semaine, est-il exact que le Parlement veut obliger le roi, lors de chacun de ses déplacements à l'étranger, à nommer un suppléant qui pourrait, en son absence, autoriser des lois nouvelles ?

— C'est hélas vrai, confirma Jimmy, et, bien sûr, le roi n'est pas d'accord. Car si un roi a un suppléant, en d'autres termes s'il peut être remplacé, cela signifie qu'il est devenu inutile.

— Et ce n'est pas la seule exigence de ces maudits gaillards du Parlement ! s'énerva M. Relf. Ils ont déposé toute une liste de nouvelles motions. Par exemple, ce devraient être des personnes de confiance du Parlement qui gouvernent à l'avenir les comtés afin qu'il puisse exercer un contrôle strict sur les milices et les ports. Ils veulent aussi choisir eux-mêmes les ministres et les grands commis. Ils veulent chasser les jésuites et les capucins de la cour de Sa Majesté !

Il partit d'un rire méprisant.

— Mais qui diable leur donne pareils droits !

En son for intérieur, Hélène pensa que le roi aurait bien mieux fait de ne pas épouser une catholique qui, de surcroît, pratiquait son catholicisme d'une manière un peu provocatrice. Des royalistes convaincus en étaient gênés eux aussi, même s'ils ne le disaient pas tout haut.

— Et, insista l'aubergiste, est-il vrai que la reine veut s'enfuir à Portsmouth pour y attendre l'arrivée de troupes françaises en vue d'une intervention en Angleterre ?

— Ça, c'est un mensonge infâme ! s'écria M. Relf. En réalité, si le roi voulait envoyer son épouse à Portsmouth, c'est parce qu'il avait peur pour elle à Londres. C'est ce John Pym qui a ensuite inventé ce ragot.

La conversation s'éternisant, Hélène commença à s'ennuyer. Certes, elle s'intéressait beaucoup à la politique, mais apprendre ce qu'il y avait de nouveau lui suffisait. Elle trouvait superflues et fatigantes les interminables discussions des hommes qui cherchaient sans arrêt à savoir ce qu'il allait bien pouvoir se passer, voire ce qui s'était passé. Aussi, attirant discrètement l'attention de Jimmy, lui chuchota-t-elle :

— Est-ce que je peux aller au lit ? Je suis très lasse !

— Bien entendu. M'en voudras-tu si je reste encore un peu ici ?

Connaissant son goût pour les conversations approfondies entre hommes, Hélène sourit.

— Tu te crois peut-être indispensable ? Reste donc, va !

Elle prit une bougie et quitta la pièce.

Le vieil escalier était sinistre et Hélène frémit un bref instant. Tout à l'heure, quand on avait monté leurs bagages à l'étage, Jimmy était présent et elle n'avait pas eu peur, mais, maintenant, dans le noir, avec la seule et faible lueur de sa bougie, elle se sentit oppressée. Rassemblant ses jupes, elle se mit à grimper les marches raides qui craquaient et gémissaient effroyablement.

— Je suis couarde, se moqua-t-elle, un jour je serai comme ces femmes qui, le soir, inspectent leur chambre pour voir s'il n'y aurait pas un voleur caché.

Soudain, comme sorti de nulle part, un homme de haute taille, les cheveux noirs, une moustache noire, les yeux noirs, se dressa devant elle. Tout était noir chez lui, les vêtements aussi, une gigantesque épée brillante se balançant à son côté.

Hélène eut de la peine à réprimer un cri d'effroi. Cramponnée à la rampe, elle restait figée face à la silhouette menaçante. L'inconnu retira poliment son chapeau et s'inclina avec souplesse.

— Bonsoir, dit-il avec un sourire, j'espère ne pas vous avoir trop effrayée ?

Sa voix grave inspirait confiance.

— Mais non, répondit crânement Hélène, j'ai juste été surprise dans le premier moment, ne m'attendant pas à trouver quelqu'un ici.

— Je n'attendais personne moi non plus. Je suis donc doublement ravi de vous y rencontrer, dit l'inconnu, galant.

Hélène rougit.

— Enchantée d'avoir fait votre connaissance, se hâta-t-elle de dire, monsieur… ?

— Sir Robin Arnothy.

— Bonne nuit, sir Robin.

Elle voulut passer, mais il lui barra le chemin.

— Laissez-moi passer ! lui ordonna-t-elle, furieuse.

— Tout de suite, madame, dit-il en arborant une nouvelle fois son sourire désarmant qui découvrit des dents blanches dans son visage bronzé. Mais je me suis présenté, alors vous pouvez aussi me dire votre nom.

— Cela ne vous regarde en rien. Et maintenant laissez-moi regagner ma chambre, sinon j'appelle mon mari.

— Oh, vous êtes mariée ?

Il s'écarta et elle se dépêcha de passer devant lui, l'air pincé. Elle n'était pas encore parvenue à l'étage qu'elle entendit de nouveau sa voix.

— Attendez, madame. Vous avez perdu votre éventail !

Il remonta quelques marches et lui tendit l'instrument.

— Merci beaucoup ! dit-elle, s'apprêtant à continuer son chemin quand une porte s'ouvrit violemment dans le couloir au-dessus d'elle.

Une très jeune fille apparut. À moitié dévêtue, elle était en revanche très fardée, ses cheveux blonds dénoués ayant des reflets d'argent plus brillants encore que ceux de Sarah. Elle avait l'air furieuse et, comme soûle, une démarche un peu vacillante.

— Robin ! cria-t-elle. Robin, où es-tu donc ? Qu'est-ce que tu fous là ?

Sir Robin jura à voix basse.

— Foutue drôlesse ! Ces putains de village ne valent pas plus l'une que l'autre !

Hélène le dévisagea, incrédule.

— Une… putain ? s'étonna-t-elle, un léger dégoût dans la voix.

— Ah, n'allez pas vous évanouir, dit sir Robin, ce n'est certainement pas la première que vous voyez. Dieu sait où je l'ai ramassée, mais il n'y a rien de bon à tirer d'elle. Elle s'est aussitôt précipitée sur mon eau-de-vie et la voilà complètement ivre.

Il éleva la voix.

— Clarisse ! Habille-toi et fiche le camp ! Tu auras ton argent, mais disparais !

Clarisse le toisa du haut de l'escalier.

— Disparaître... comment ça ? balbutia-t-elle. Je ne suis plus assez bonne pour toi, peut-être ? Mais je t'aime, Robin, je t'aime !

Elle se tut un instant et parut découvrir Hélène. La colère lui rétrécit les yeux.

— Oh, mais qui c'est celle-là ? Je comprends, Robin en a une autre ! éructa-t-elle avant de soudain remarquer les habits distingués d'Hélène. Une noble, hein ? Mon Robin a changé de niveau. Alors, je ne suis bien sûr plus à la hauteur !

— Ferme-la ! ordonna Robin avec grossièreté, tu es soûle. Fiche le camp ou je te jette dehors de mes propres mains !

— D'abord, je veux savoir comment elle s'appelle, l'autre !

— Mon nom est lady Golbrooke, dit Hélène avec froideur, j'ai rencontré sir Robin par hasard. Et, si vous n'avez rien contre, je m'en vais à présent. Je suis épuisée.

— Mais si, j'ai quelque chose contre, nom de Dieu, cria Clarisse, en descendant les marches en titubant.

Hélène perçut alors une odeur de tord-boyaux bon marché, mêlée à un parfum plus que pénétrant.

— Attendez, lady Golbrooke !

— Vous êtes complètement soûle. Ôtez-vous de mon chemin !

— Oh non ! Vous allez d'abord me dire ce que vous voulez à Robin !

— Elle ne voulait rien de moi, intervint Robin, et, maintenant, disparais, Clarisse !

Il lui donna une bourrade qui lui fit dévaler les dernières marches, puis lui jeta quelques pièces.

Hélène n'attendit pas la fin de la scène. Elle courut jusqu'à sa chambre et claqua la porte derrière elle. De loin, elle entendait encore les hurlements de Clarisse.

Le lendemain matin, ils reprirent la route de très bonne heure. Vers midi, ils franchirent la frontière du Devon et Jimmy annonça qu'ils n'étaient plus très loin.

— Nous avons bien avancé, dit-il, et sans être dévalisés !

— Ne tentez pas le sort ! le mit en garde M. Relf. Nous ne sommes pas rendus et bien des choses peuvent encore arriver !

Jimmy se tourna vers Hélène qui regardait par la fenêtre. Elle qui d'ordinaire bavardait avec beaucoup d'entrain n'avait presque rien dit.

— Tu es bien silencieuse, ma chérie, dit-il soucieux. Quelque chose ne va pas ?

Elle tenta un sourire.

— Non, je vais très bien. Juste un peu lasse.

— Il faut dire que ce voyage est très fatigant, l'approuva M. Thompson. Moi non plus je ne me sens pas particulièrement bien !

— Si seulement il ne faisait pas si chaud, gémit M. Relf en s'essuyant le front avec son mouchoir. Dieu merci, il n'y a plus très loin jusqu'à Okeham Paines !

Hélène se mit à penser à Robin Arnothy et à Clarisse. Elle n'avait pas parlé d'eux à Jimmy, sans d'ailleurs savoir pourquoi. C'était la première fois de son existence protégée qu'elle se trouvait confrontée aussi brutalement à la rude réalité. Clarisse à demi nue ne cessait de lui apparaître, descendant l'escalier en titubant ; elle voyait Robin Arnothy la bousculer et lui jeter de l'argent. De manière étrange, cette scène la fascinait en même temps qu'elle la remplissait d'une horreur cauchemardesque.

Fasse le ciel que je ne finisse pas ainsi dans la déchéance et l'indignité, songeait-elle. Mais si j'avais un jour à vivre dans la misère la plus abjecte, jamais je ne devrais oublier mes origines.

Le temps s'écoulait avec une lenteur éprouvante. Les sujets de discussion commençaient à se tarir et, pour la première fois, une dispute entre M. Relf et M. Thompson menaça de prendre une tournure sérieuse. Piqué par une abeille pendant une halte, Arthur observait d'un air sombre son doigt qu'il pouvait à peine remuer. Jimmy s'acharnait à lire un livre dont les lignes se brouillaient devant ses yeux à cause des cahots. Seule Hélène regardait par la fenêtre et c'est donc elle qui découvrit un panneau de bois au bord du chemin : « Tiverton, trois milles. »

— Plus que trois milles jusqu'à Tiverton ! s'écria-t-elle, tout heureuse. Plus que trois milles !

D'un seul coup, tous reprirent leurs esprits. M. Relf et M. Thompson enterrèrent leur querelle au prix de quelques mots conciliants, Arthur oublia son doigt et Jimmy referma son ouvrage.

— Quand nous serons dans notre auberge, se mit à rêver M. Relf, je me ferai apporter un baquet rempli d'eau glacée et j'y resterai assis deux heures !

— Pour en sortir transformé en un bloc de glace, se moqua Hélène, mais je crois que je prendrai un bain moi aussi, car, si j'arrive dans ta famille aussi pleine de poussière, Jimmy, ils me jetteront dehors !

— Dans les pires haillons du monde, tu serais toujours aussi ravissante, répondit affectueusement son époux.

Hélène lui lança un regard de gratitude. Il est bien différent de cet Arnothy, se dit-elle.

— Je suis curieux de savoir si on mange bien à Tiverton, s'interrogea M. Relf. De plus, je crois que je pourrais boire un tonneau de bière à moi seul !

À cet instant, la voiture s'immobilisa subitement. On entendit au-dehors des bruits de sabots et des voix rudes.

— Sortez et jetez vos armes ! cria quelqu'un.

La portière s'ouvrit et, à sa grande surprise, Hélène reconnut... sir Robin Arnothy !

4

Un court instant leurs regards se croisèrent et Hélène aperçut dans celui de l'homme un bref éclat ayant valeur de salutation ; il se tourna ensuite vers les autres passagers. Il s'exprimait d'une voix rude mais pas hostile.

— Descendez, je vous prie. Mes gens vont fouiller la voiture.

Les voyageurs, l'un après l'autre, s'exécutèrent, emplis de peur ou de fureur, chacun selon son tempérament. Hélène, ayant déjà rencontré le personnage, ne le pensait pas dangereux, ce qui accrut sa colère.

— Vous, qu'est-ce que vous vous figurez, siffla-t-elle. Vous commencez par importuner…

Posant un doigt sur ses lèvres, il se mit à rire tout bas.

— À votre place, je ne laisserais pas voir à votre époux que vous me connaissez, il pourrait en tirer des conclusions erronées. Voire se croire obligé de me provoquer en duel, ce qui signifierait pour lui une mort certaine.

— Voulez-vous dire que…

Il l'interrompit à nouveau.

— Chut, ma chère, votre honorable époux nous jette déjà des regards irrités. Vous êtes en plein jour plus charmante encore que dans le noir. Mais je suppose que vous le savez !

— Vous plaire ou non m'indiffère totalement !

— Oh, pardon ! dit-il avec une légère inclinaison du torse. J'oubliais que vous ne pouvez me souffrir !

— J'espère que vous vous en souviendrez désormais, lança Hélène avec un regard où elle mit tout le mépris dont elle était capable, avant de rejoindre Jimmy qui lui prit la main.

— Que voulait-il ? demanda-t-il, manifestement soucieux.

— Je lui ai seulement dit que c'était une effronterie de nous attaquer.

— Juste ciel ! dit Jimmy devenu tout pâle, comment oses-tu te quereller avec un pareil personnage ? Promets-moi, insista-t-il, de te taire désormais et de rester calme, oui ?

Hélène acquiesça. Elle, Jimmy, M. Thompson et M. Relf observèrent les bandits s'affairer à sortir les caisses et les bagages, à les ouvrir et à les fouiller, jetant par terre tout leur contenu et s'emparant des objets précieux.

Hélène fut au bord des larmes en voyant dans les mains sales d'un homme obèse le cadeau d'adieu de Catherine, un étincelant collier de saphirs. Oubliant sa promesse, elle avança d'un pas et s'adressa à sir Robin :

— Dites à cet homme de me rendre le collier ! C'est un cadeau de ma tante !

— Un cadeau de votre tante ! répéta-t-il d'un ton ironique, s'appuyant, les bras croisés, contre son cheval. Sans aucun doute, un cadeau fort précieux.

— Oui, pas uniquement à cause de son prix.

— Non ?

— Non, il m'est précieux parce que je le tiens de ma tante et que c'est un cadeau d'adieu. Mais c'est sans doute quelque chose que vous ne pouvez comprendre.

— À dire vrai, non. Pour moi, c'est une bêtise sentimentale.

— Hélène ! cria Jimmy. Hélène, viens ici, s'il te plaît !

— Fermez-la ! ordonna sir Robin. Pour l'instant, je parle avec votre femme, plus exactement, je négocie avec elle.

— Hélène, reprit Jimmy, viens maintenant, je trouve...

L'un des bandits le heurta rudement de son long pistolet.

— On vous a dit de vous taire ! hurla-t-il. Vous n'avez pas compris ?

Jimmy se tut et Hélène se retourna vers Robin.

— Pour moi, ce n'est pas une bêtise sentimentale, protesta-t-elle énergiquement, et je vous prierai de...

— Bêtises, mon cœur, l'interrompit Robin. Bien sûr que c'est pour vous, tout autant que pour moi, une bêtise. La différence, c'est que vous ne vous en apercevez pas. Voyez-vous, mylady, je suis peut-être un gredin, mais, en même temps, je connais fort bien l'âme humaine. Je vous ai tout de suite percée à jour. Vous n'êtes pas aussi respectable qu'on peut le croire d'abord. Vous avez juste été éduquée comme ça. En réalité vous êtes autre. Je m'en suis tout de suite rendu compte.

— Ah bon, et que suis-je à votre avis ?

— C'est difficile à dire. J'ai entendu dire que, pour connaître le véritable caractère de quelqu'un, il faut le voir réagir à des circonstances extrêmes. Peut-être vous trouverez-vous un jour dans une telle situation. Alors, pensez à moi !

Avant qu'Hélène ait pu répondre, l'un des hommes cria :

— Sir, nous avons tout ! Faut-il détruire la voiture ?

— Non. Je vais être exceptionnellement généreux, dit-il se dirigeant vers Jimmy et les autres. Gentlemen, nous vous laissons la voiture et les chevaux. J'espère que vous apprécierez notre générosité. Devançant votre reconnaissance, nous nous sommes permis de nous payer nous-mêmes !

Il montra du doigt le tas de pièces d'argent et de bijoux que les bandits étaient en train de charger dans leurs sacoches, puis, changeant de ton, il s'adressa à Jimmy :

— Lord Golbrooke, en temps normal, nous n'y allons pas par quatre chemins avec les gens que nous dépouillons. Si nous agissons différemment cette fois, c'est à votre femme que vous le devez. Pour je ne sais quelle raison, je l'aime bien. Soyez donc reconnaissant !

Il retourna à son cheval, sauta en selle.

— Au revoir, lady, s'exclama-t-il, je me réserve votre bijou et je veillerai sur lui. C'est tout de même un cadeau d'adieu de votre tante !

Il lui fit signe de la main en riant et tous partirent au galop, soulevant derrière eux un gros nuage de poussière.

— Nom de Dieu ! grinça Jimmy. Je ne sais ce qui me retient de leur tirer dessus.

— Mieux vaut s'abstenir, jugea M. Thompson, ils reviendraient et nous tueraient tous.

— Grands dieux ! Jamais je n'aurais cru qu'on puisse se retrouver aussi désarmé, dit M. Relf. Je n'ai, nous n'avons pas eu le temps de nous défendre. Nous avons été totalement pris par surprise !

— Pourquoi le cocher ne nous a-t-il pas prévenus ? demanda Jimmy avec irritation. Il aurait pu nous alerter quand même ! Où est-il d'ailleurs ?

Ils cherchèrent autour d'eux, jusqu'à ce qu'Hélène pousse un cri.

— Il est là, derrière nous !

Ils coururent jusqu'à l'endroit où le cocher était étendu dans la poussière. Il avait autour du corps une corde à l'aide de laquelle on l'avait manifestement, depuis un arbre, renversé de son siège. Les chevaux avaient encore galopé sur une petite distance avant de s'arrêter en s'apercevant qu'ils n'étaient plus guidés.

— Vit-il encore ? demanda Hélène en s'agenouillant auprès du corps inanimé.

— Oui, répondit Jimmy, mais le nœud coulant aurait pu tout aussi bien lui tomber autour du cou et le tuer. Misérables assassins !

Ils traînèrent le cocher jusqu'à la voiture et l'allongèrent sur une des banquettes. Hélène lui rafraîchit le front avec des compresses. Arthur se chargeant de guider les chevaux, ils purent reprendre leur route. Mais l'atmosphère était pesante. Chacun avait perdu une somme considérable, Hélène principalement. Certes, on ne lui avait pas dérobé la totalité de sa dot, car l'argent avait été soigneusement dissimulé, mais elle avait tout de même été soulagée de cinq cents livres environ, sans parler de plusieurs bijoux de grande valeur.

— Au moins m'ont-ils laissé les bijoux que j'avais sur moi, constata-t-elle, sinon je n'aurais même plus mon alliance.

Elle fit un sourire à Jimmy, mais celui-ci ne le lui rendit pas.

— Qu'y a-t-il ? s'enquit-elle, effrayée.
— D'où connais-tu cet homme ?
— Quel homme ?
— Eh bien, le chef de la bande !
— Lui ? Je ne le connais pas du tout.

Jimmy lui lança un regard sévère.

— Tu n'es pas une bonne comédienne, Hélène ! Tu ne peux me tromper ! Bien sûr que tu connais cet homme !

Hélène ne savait pas pourquoi elle niait avoir déjà rencontré sir Robin Arnothy mais, l'ayant fait une fois déjà sans réfléchir, elle se sentit incapable de revenir en arrière, au risque sinon d'accroître la méfiance de Jimmy.

— Alors ? insista Jimmy, interrompant le silence pénible.

— Alors quoi ? Je ne le connais pas ! Abandonne tes soupçons, je te prie !

Jimmy se tut et peut-être commençait-il lentement à la croire. M. Thompson et M. Relf échangèrent des regards pleins de sous-entendus. Hélène était mécontente. Mais que se figure Jimmy ? se disait-elle avec colère. Pourquoi ne lui ai-je pas tout raconté aussitôt ?

L'atmosphère entre eux était pesante quand ils parvinrent à Tiverton, où ils durent passer la nuit chez une lointaine connaissance de M. Relf car il ne leur restait guère d'argent.

— Quand nous serons à Okeham Paines, les consola M. Relf, je vous prêterai de l'argent ! Je sais que je le récupérerai !

— Cela m'est extrêmement désagréable, murmura Jimmy d'un air sombre, mais il n'y a manifestement pas d'autre solution ! Merci beaucoup, monsieur Relf !

Arrivés à Okeham Paines, ils se séparèrent de leur compagnon de route, puis gagnèrent Okehampton via Exeter ; de là, ils se dirigèrent vers Tavistock et finirent par traverser le Tamar qui sépare le Devon des Cornouailles.

L'humeur de Jimmy s'améliorait à mesure qu'il approchait de son pays.

— Encore vingt milles jusqu'à Lostwithiel ! dit-il joyeusement. Plus que quelques milles ensuite jusqu'à Fowey ! Nous y serons vraiment bientôt !

Effectivement, tout alla dès lors très vite. S'ils ne rencontrèrent plus de bandits de grand chemin, ils n'en furent pas moins soulagés en atteignant Lostwithiel. S'étant attendue à trouver un minuscule trou provincial, Hélène eut l'heureuse surprise d'être détrompée. Bien entendu, comparée à Londres, la ville n'était qu'une fourmi à côté d'un rocher, mais elle offrait un visage actif et affairé. Les rues grouillaient de monde, et, même s'il s'agissait pour l'essentiel de paysans très simplement vêtus, on pouvait néanmoins croiser ici et là des messieurs élégants ou une belle dame dont les habits, comme Hélène dut l'admettre, ne le cédaient en rien à ceux de la bonne société londonienne.

L'après-midi, ils arrivèrent à Fowey où M. Thompson prit congé d'eux. Hélène découvrit un petit village endormi dont Jimmy prétendit pourtant qu'il était parfois le lieu d'une belle activité.

— Mais aujourd'hui il fait trop chaud, la plupart des habitants sont restés chez eux.

— Peut-on déjà voir d'ici Charity Hill ?

— Non, la propriété est de l'autre côté de la forêt, directement en bord de mer !

Hélène se pencha par la fenêtre pour laisser l'air frais et salé lui caresser le nez. À Londres, il y avait en permanence une légère odeur de pourriture provenant des maisons vieilles de plusieurs siècles et des ruelles encombrées de détritus. Ici, l'air était clair et pur. On entendait au loin le bruit de la mer battant inlassablement les rochers, puis se retirant, couverte d'écume blanche, avant de se relancer à l'assaut en grondant.

Ils suivirent un chemin serpentant à travers la forêt sur lequel le soleil, à travers le filtre des arbres, dessinait des motifs dorés.

— Mon Dieu, quelle beauté, s'extasia Hélène. Je m'étais imaginé une campagne rude et sauvage, or elle est douce et… paisible.

— L'est des Cornouailles n'est pas aussi rude que l'ouest, expliqua Jimmy, quoique parfois, au bord de la mer, on ait l'impression que le vent va vous emporter.

— Peut-on voir la mer depuis Charity Hill ?

— Oh oui ! Nous vivons très près de la côte !

Ils roulèrent un petit moment encore, puis les arbres s'espacèrent, le bruit du ressac grandit. Jimmy prit Hélène par le bras.

— Nous sortons de la forêt, dit-il, se réjouissant d'avance, tu vas bientôt découvrir Charity Hill !

Hélène n'avait pas assez d'yeux pour tout voir. Laissant les derniers arbres derrière eux, ils roulaient à présent sur une vaste prairie aux douces ondulations, avec quelques vieux chênes massifs dont les branches jetaient des ombres bizarres sur l'herbe. Sur leur droite courait la ligne d'un bois sombre et touffu ; sur leur gauche, ils apercevaient des rochers gris, déchiquetés et, étalée jusqu'à l'infini, la surface scintillante d'une mer bleue, bruissante et éternelle, au-dessus de laquelle criaient des mouettes blanches.

De l'autre côté de la prairie, un chemin grimpait au flanc de collines en pente douce, en direction de la plus haute d'entre elles sur laquelle, gris et majestueux, se dressait le château de Charity Hill. Pareil à une forteresse, surplombant la mer, il était un peu menaçant et sinistre en dépit du soleil radieux.

Un frisson parcourut Hélène. Involontairement, sa main chercha celle de Jimmy, et, avec une force qu'elle n'avait pas connue de tout le voyage, elle ressentit le désir brûlant de retourner chez elle, à Londres ou à Woodlark Park.

— Jimmy..., chuchota-t-elle.

Il se tourna vers elle, souriant.

— As-tu peur ?

Elle acquiesça de la tête, énergiquement.

— Tout va se passer très simplement, affirma-t-il d'une voix rassurante, ma famille va t'aimer tout de suite !

Ils montèrent la colline, franchirent la large porte et entrèrent dans la cour intérieure. On les y attendait déjà.

5

Hélène se réveilla en pleine nuit. Elle fut déçue de voir Jimmy dormir si profondément, alors qu'elle aurait tant aimé parler avec lui de la journée précédente.

Car une existence nouvelle venait en définitive de s'ouvrir pour elle. Elle avait fait la connaissance des Golbrooke, avec qui il lui faudrait vivre désormais, qu'ils lui plaisent ou non.

Et d'abord la mère de Jimmy.

— Appelle-moi tout simplement Adeline, mon enfant, lui avait-elle dit en l'examinant longuement de ses yeux noirs comme du charbon.

— Merci beaucoup, Adeline, avait-elle balbutié, se sentant petite et insignifiante sous ce regard perçant.

Les autres membres de la famille qui lui furent présentés étaient moins effrayants, mais Hélène n'en était pas très rassurée pour autant. La présence d'Adeline assombrissait l'atmosphère et Hélène sentait ses yeux noirs en permanence tournés vers elle.

Elle fit la connaissance de Randolph, le frère de Jimmy, un jeune homme courtois, l'air fort adulte en dépit de ses dix-neuf ans. Il paraissait avoir avec Jimmy des relations cordiales, car ils se saluèrent avec une joie tellement sincère qu'Hélène en fut tout étonnée. Jamais Alan et David n'avaient eu ce genre de rapports.

Cordialité qui était manifestement une caractéristique de la famille Golbrooke – Adeline mise à part –, car la sœur de Jimmy, une jeune fille de dix-sept ans, serra Hélène dans ses bras et l'embrassa spontanément sur les deux joues.

— Je suis Janet, dit-elle gaiement, et je suis heureuse que tu sois là !

Mariée depuis deux ans, elle était venue de Plymouth, accompagnée de son mari, sir William Smalley, pour accueillir sa belle-sœur. Hélène la prit aussitôt en affection. Elle ressemblait beaucoup à Jimmy, avec les mêmes yeux et les mêmes cheveux, dégageant la même impression d'amabilité et de camaraderie avenante.

— Tu dois être très lasse, dit-elle. Tu auras le temps, demain matin, de tout voir. Je vais te montrer ta chambre !

Située au premier étage, spacieuse, avec des fenêtres aux profondes embrasures, la pièce offrait une vue magnifique sur la mer. Elle était meublée avec goût : le lit, orné de lourdes plaques d'argent, était surmonté d'un baldaquin de soie rouge foncé. Des sièges confortables, en chêne, rembourrés de velours, étaient rangés le long des murs lambrissés. Des vases, des chandeliers, des miroirs et des tapis à motifs, répartis avec goût, conféraient à la pièce une impression de gaieté et de confort douillet. La provision de bois destinée à la cheminée était déjà prête dans une corbeille.

Cet aménagement étonna fortement Hélène, ce que Janet remarqua.

— C'est la seule chambre qui bénéficie d'un tel luxe, expliqua-t-elle. C'est Jimmy qui m'a priée par lettre d'y veiller, pensant qu'ainsi il te serait moins pénible, quittant Londres, de supporter le dépaysement.

— Mais ce n'était pas nécessaire du tout !

— J'ai eu grand plaisir à choisir le mobilier. Je l'ai acheté à Truro, dit-elle en défroissant la couverture. Tu as l'air épuisée, ajouta-t-elle. Allonge-toi un peu.

Jimmy ne va certainement pas tarder. Il doit d'abord parler avec les intendants du domaine.

— Merci infiniment, Janet. Tu as été très gentille avec moi !

— Je suis heureuse que tu sois là. Je vais rester quelque temps ici et, vois-tu, j'ai toujours regretté de ne pas avoir de sœur avec qui je pourrais parler de tout et de rien.

Hélène n'eut pas de peine à s'imaginer qu'Adeline ne devait pas être pour sa fille une grande confidente.

— Moi aussi, je suis heureuse que tu sois venue, dit-elle, une joie sincère dans la voix.

Janet eut un sourire, sortit, et Hélène se retrouva seule. Elle pensa encore un petit moment à Janet, ce qui eut d'abord pour effet de la rassurer. Mais elle se rappela tout à coup que la jeune femme n'habitait pas là et qu'elle ne tarderait pas à retourner à Plymouth.

Soupirant, elle ferma les yeux dans l'espoir de s'endormir, ce qui se produisit en effet. Pour très peu de temps seulement. Elle constata en se réveillant que la nuit était tombée et que Jimmy reposait à ses côtés. Il avait dû se coucher sans bruit, car elle n'avait rien remarqué. Elle eut la certitude qu'elle ne se rendormirait pas avant de lui avoir parlé. Après avoir un peu hésité, elle se retourna dans le lit à plusieurs reprises. Elle parvint à ses fins. Jimmy se réveilla.

— Que se passe-t-il ? demanda-t-il, tout endormi. Tu ne dors pas ?

— Non.

Il se redressa à demi.

— Tu es malade ?

— Non, c'est seulement que… ah, je me sens si peu assurée. Un peu perdue !

— Perdue ? Alors que je suis avec toi ?

— Oh, Jimmy, ne comprends-tu donc pas ? Si loin de chez moi. Et tous ces gens que je ne connais pas !

— Ils ne te plaisent pas ?

— Si, surtout Janet. Elle est charmante. Seulement, je suis triste à l'idée qu'elle va bientôt repartir.

— Mais, petite fille, dit Jimmy en riant, il ne faut pas rester sans dormir la nuit, dans l'obscurité. Il y a de quoi se sentir seule et avoir des idées noires !

Hélène, faisant mine de ne pas entendre, poursuivit :

— Vois-tu, j'ai eu l'impression qu'Adeline ne m'aime pas particulièrement !

— D'où te vient une idée pareille ?

— Je ne sais pas, j'ai cru qu'elle… je n'arrive pas à l'expliquer… c'est une sorte de sensation…

Malgré l'obscurité, elle sentit qu'il souriait.

— Ma chérie, tu es toute retournée. Y a-t-il quelqu'un d'autre dont tu penses qu'il ne t'aime pas ?

Elle perçut le léger ton d'ironie dans sa voix et, bien que ce fût cette fois à ses dépens qu'elle s'exerçait, cette ironie était ce qu'elle aimait en lui.

— Vois-tu, continua-t-il, toutes les armées de cette terre pourraient être à tes trousses, il ne t'arrivera rien tant que je serai auprès de toi !

Il parlait de manière si rassurante, si réconfortante ! Hélène sentit qu'elle se calmait et que sa peur s'atténuait.

— Je t'aime, Jimmy, chuchota-t-elle.

Il se pencha sur elle pour lui donner un baiser sur le front.

— Moi aussi, ma chérie, murmura-t-il. Dors maintenant. Ce long voyage nous a exténués. Demain matin, tout ira mieux !

Peu après, elle entendit sa respiration devenir régulière. Elle soupira, se blottit dans ses oreillers et s'endormit à son tour.

Quand Hélène se réveilla le lendemain matin, il faisait déjà grand jour et le soleil pénétrait dans la pièce. S'asseyant sur le lit, elle aperçut Jimmy debout devant le miroir.

— Bonjour, s'écria-t-elle gaiement.

— Bonjour, chérie, répondit-il en s'approchant du lit et en l'embrassant longuement sur la bouche avant de cligner de l'œil. Te sens-tu toujours loin de chez toi ?

— Non, absolument pas ! Je me porte à merveille. Mais j'ai une faim de loup, répliqua-t-elle en s'étirant voluptueusement.

— C'est toujours bon signe, affirma-t-il en enfilant ses hautes bottes. Dois-je te monter ton petit-déjeuner ou bien préfères-tu descendre manger ? Tu trouveras certainement quelqu'un pour te tenir compagnie.

Hélène le regarda, interloquée.

— Mais, balbutia-t-elle, tu ne comptes donc pas… je veux dire, dois-je manger seule… ?

— Chérie, je n'ai hélas pas le temps. J'ai dormi plus longtemps que je ne l'aurais voulu parce que, cette nuit, j'ai été accaparé par une jeune dame. Je pars à l'instant inspecter les champs à cheval, avec Randolph.

— C'est obligatoire ?

— Hélas oui. Mais Janet va certainement prendre le petit-déjeuner avec toi et ensuite tout te montrer. Ne sois pas triste. Je serai bientôt de retour !

La porte se referma derrière lui et Hélène n'entendit plus ses pas dans l'escalier.

Elle aurait tellement aimé commencer cette première journée à Charity Hill en compagnie de Jimmy. Elle sentit une légère tristesse l'envahir.

Elle n'en bondit pas moins du lit avec entrain et, d'un pas mal assuré, alla ouvrir la fenêtre à deux battants. Une odeur de mer et de sel envahit aussitôt la pièce, une odeur de matin d'été, de soleil, d'eau et de fraîcheur.

Prenant conscience que sa tristesse était moins due au départ de Jimmy qu'à sa crainte d'Adeline, elle se mit à rire. Quelle fierté dans ce visage ! Un seul regard de cette femme suffisait à lui ôter son assurance. Et Jimmy savait qu'elle avait peur ! Il n'aurait pas dû partir. L'irritation la gagna.

Le hochement de tête qui suivit était toujours le signe d'un mécontentement, mais mécontentement d'elle-même cette fois : elle n'avait pas le droit de se montrer irritée en une telle journée. Elle se hâta de fermer la fenêtre et commença à s'habiller. Elle se souvint alors qu'Adeline avait engagé pour elle une bonne. À la maison, elle avait une sonnette pour appeler Prudence, mais elle n'en trouva aucune. Eh bien, elle se débrouillerait seule ! En aucun cas elle ne voulait apparaître aux yeux des proches de Jimmy comme une citadine gâtée, incapable de vivre sans femme de chambre. Elle eut quelque peine à démêler ses longs cheveux et elle les frisa de son mieux. Puis, redressant les épaules, prenant une profonde inspiration, elle quitta la chambre.

L'escalier arrondi à la large rampe en bois et le hall d'entrée étaient vides. Mais une voix lui parvint de la pièce voisine. Hélène ouvrit la porte au petit bonheur et entra. Elle se trouvait effectivement dans la salle à manger, une longue pièce étroite dont les fenêtres donnaient sur la cour. Les murs portaient quelques peintures à l'huile représentant des femmes et des hommes de l'ancien temps, l'air très dignes. Une table était dressée au milieu de la pièce. Janet y était assise, portant sur ses genoux une petite fille dont elle ne réussissait qu'à grand-peine à tenir les bras et les jambes tellement elle gigotait. Elle parut heureuse de voir Hélène.

— Bonjour. Enfin quelqu'un. À peine mes frères ont-ils jeté un rapide coup d'œil qu'ils étaient déjà partis !

— Bonjour, Janet.

Hélène s'assit en face de sa belle-sœur.

— Est-ce ton enfant ? demanda-t-elle en montrant le bébé.

— Oui, c'est ma fille, Annabella !

— Elle est adorable ! Quel âge a-t-elle donc ?

— Un an.

Annabella poussa un léger cri de contentement.

— Est-ce que je peux la prendre un instant ?

— Mais bien sûr, accepta Janet en tendant le bébé à Hélène. Comme ça, je vais enfin pouvoir manger, dit-elle gaiement.

— Je n'aurais jamais pensé que tu aies déjà un enfant, s'étonna Hélène en chatouillant la petite tête couverte d'un doux duvet.

— Dans sept mois, j'en aurai même deux !

— Oh… vraiment ? Comme c'est merveilleux !

William, arrivant sur ces entrefaites, interrompit la conversation.

— Bonjour, dit-il, se dirigeant vers Janet et l'embrassant avec tendresse. Comment vas-tu, ma chérie ?

— Excellemment. Cela doit tenir à la proximité de la mer. En tout cas, ici, je dors toujours comme nulle part ailleurs !

— À Plymouth, vous n'êtes pourtant pas non plus loin de la mer ! objecta Hélène.

— Mais la ville nous en sépare, et c'est une ville immense et sale, répondit Janet.

William s'assit à côté de sa femme.

— Pour toi, Plymouth ne serait certainement même pas une ville, Hélène, dit-il. Quand on a eu la chance d'habiter Londres !

— C'est vrai. Londres est une ville fascinante. Mais elle a un inconvénient. La mer est trop loin !

— Tu aimes la mer ?

Hélène acquiesça.

— Beaucoup. Il n'existe rien de plus beau.

— Je le pense aussi. Je ne me sens bien qu'avec des bordages sous les pieds.

— William est capitaine, expliqua Janet.

— Capitaine ? répéta Hélène d'un ton respectueux. Sur votre propre bateau ?

— Oui, dans quatre semaines, je reprends la mer. Pour l'Inde, pour le compte de la Compagnie des Indes orientales.

Hélène, le regardant, trouva soudain qu'il ne pouvait être autre chose que capitaine. Il donnait une telle impression de calme, de sagesse, d'esprit de responsabilité ! Il inspirait une telle confiance !

— Quelle vie merveilleuse, dit-elle, des mois entiers sur la mer…

Elle s'interrompit en voyant la mine de Janet. Il était probablement difficile pour elle de rester si longtemps sans voir son mari.

— Je veux dire, poursuivit Hélène un peu confuse, c'est bien pour William… mais…

— C'est bon, l'interrompit Janet, j'y suis presque habituée. D'autant que j'aurais pu réfléchir avant de me marier. William ne m'a pas caché ce qui m'attendait si je l'épousais.

— Janet, dit William, je t'en prie…

Hélène, mal à l'aise, se demandait désespérément comment arranger les choses. Puis il lui vint une idée.

— Janet, reste donc simplement ici. Tu ne seras pas seule, comme ça !

Un bref silence se fit autour de la table.

— Je ne peux pas rester ici, finit par répondre Janet. Ma mère... eh bien, je ne m'entends pas très bien avec elle. Il vaut donc mieux que je sois seule à Plymouth.

— Ah bon, murmura Hélène avant de changer de sujet. Pourrais-tu me montrer la maison et la propriété ?

— Oui, bien entendu, répliqua Janet qui, ayant retrouvé sa bonne humeur habituelle, se leva. Allons-y ! Je vais tout te montrer. À tout à l'heure, William !

Les deux femmes quittèrent la pièce, la petite Annabella dans les bras d'Hélène.

— Le mieux est de la laisser à la nurse, estima Janet en regardant le bébé qu'elle remit entre les mains d'une jeune femme quelque peu rondelette, avant de prendre Hélène par le bras. Commençons par la maison.

Elles passèrent dans le grand hall d'entrée qu'Hélène examina pour la première fois attentivement. Un peu obscur, lambrissé de bois marron foncé, la sobriété de sa décoration lui conférait quelque chose d'austère. Le sol était composé de dalles grises. Aux murs de l'escalier large et droit menant aux étages étaient accrochés des portraits des ancêtres de la famille Golbrooke. Il était difficile de distinguer leurs traits en raison du demi-jour. En haut de l'escalier, une galerie à la balustrade artistiquement sculptée faisait le tour du hall.

La cheminée face à la porte d'entrée paraissait en revanche sombre et dépouillée. Hélène s'arrêta devant elle, contemplant le tableau qui la surmontait, le portrait d'une jolie femme aux cheveux blonds, aux yeux bleus et aux traits pleins de douceur.

— C'est lady Charity Golbrooke en 1532, expliqua Janet. La maison a été bâtie selon ses conceptions, mais elle est morte de la peste avant d'avoir pu la voir achevée. C'est pourquoi lord Golbrooke a baptisé la demeure Charity Hill.

Elle entraîna Hélène.

Le château avait été construit selon un plan simple, si bien qu'Hélène, malgré le grand nombre de pièces, eut l'impression qu'elle s'y retrouverait bientôt. Toutes élégamment aménagées, avec des tapisseries et des tapis précieux, des sièges sculptés et de grands tableaux, elles étaient dans leur quasi-totalité orientées vers l'est, offrant la vue sur la mer.

— Comme tu l'as remarqué, le château est bâti autour d'une cour intérieure carrée, déclara Janet, et la partie que nous habitons est l'aile orientale. Les domestiques et les garçons de ferme vivent dans les autres parties, où il y a aussi des écuries et des étables.

Elles sortirent dans la cour qui, assez vaste pour que le soleil y pénètre, était claire et accueillante. À la vue du pavé inégal qui lui rappelait les rues de Londres, Hélène eut le sentiment de se retrouver un peu chez elle. Le grand portail par lequel ils étaient arrivés la veille s'ouvrait sur les champs, un autre – en face du premier, plus petit – sur des jardins si ravissants qu'ils lui arrachèrent un soupir.

Devant elles, le vaste parc ondulait au flanc de la colline, entouré d'un vieux mur moussu. Mais, comme le précisa Janet, la propriété des Golbrooke s'étendait bien au-delà du mur. On voyait un peu partout de petites bâtisses en pierre – bâtiments agricoles ou maisons d'habitation – couvertes de lierre ou de rosiers grimpants, noyées dans une véritable mer de fleurs. Des sentiers étroits serpentaient entre les pelouses au gazon ras et robuste, à l'ombre parfois de grands arbres, entrecoupés çà et là d'escaliers aux marches basses. Hélène et Janet les suivirent. L'incessant vent marin les décoiffait et faisait bouffer leurs jupes. Elles avaient sur les lèvres le goût salé et iodé de l'air du large. Un air rappelant celui de Woodlark Park, mais très différent cependant – plus doux, plus léger.

Tandis qu'elles cheminaient ainsi, côte à côte, Hélène parlait de sa vie à Londres. Y étant allée pour la dernière fois petite fille encore, Janet ne se lassait pas d'écouter sa compagne. Pour Hélène, il était merveilleux de pouvoir ainsi laisser libre cours à son enthousiasme et d'avoir une auditrice aussi attentive.

Elle raconta les après-midi dans Hyde Park et dans Saint-James Park, les soirées à Whitehall, palais si beau, si plein de charme et d'éclat.

— C'était comme dans les contes, disait-elle, Whitehall n'était que lumière. Partout des cierges, des miroirs, de la musique. Chacun avait revêtu ses plus beaux habits. Une telle insouciance, une telle liberté…

Elle se tut, laissant défiler devant ses yeux le flot des souvenirs. Elle revit Londres, ses ruelles au pavé inégal, elle entendit les voix, les cris et le vacarme emplissant tous les jours la grande cité.

— Londres est une ville magnifique, conclut-elle.

— Tu as le mal du pays ? demanda Janet, compatissante.

— Le mal du pays ? Non ! Plutôt une très légère nostalgie. Car tout est merveilleux ici aussi. La mer, l'immensité, l'air pur et frais. Non, dit-elle, s'arrachant aux souvenirs et adressant à Janet un sourire radieux, je me sens terriblement bien ici ! J'aime déjà Charity Hill, alors que j'en ai encore si peu vu.

— Je suis contente de te l'entendre dire. Et tu seras très heureuse avec Jimmy. C'est l'être le plus aimant et le plus attentionné du monde !

— Oui, c'est vrai, reconnut Hélène, attendrie.

Elles étaient parvenues sur une petite élévation d'où, par-dessus les falaises, elles apercevaient la mer d'un bleu étincelant. Hélène respira à fond. Tout était si beau et elle-même se sentait si joyeuse. Elle était habitée du souhait profond et sincère de préserver, à l'égal d'un bonheur éternel, cette vie qu'elle allait mener avec Jimmy à Charity Hill.

6

Cette année-là, l'été se prolongea jusqu'à la fin septembre. Jour après jour, le soleil brillait dans un ciel sans nuage, d'un bleu foncé, tandis que, sur terre, les arbres prenaient les couleurs de l'automne et que les oiseaux se rassemblaient en vue de leur envol vers le sud. Les journées raccourcissaient, le vent de la mer fraîchissait, mais les averses étaient exceptionnelles.

Hélène profitait de ce beau temps. Presque toujours dehors, elle se promenait sur la grève ou parcourait à cheval les prés et les bois. Elle imaginait parfois avec amusement combien la société londonienne serait choquée si elle avait le loisir de la voir ainsi. Sa peau blanche qu'elle protégeait avec tant de soin à Londres avait pris une teinte mordorée qui, bien que fort peu à la mode, lui seyait.

— Si tu n'avais pas les yeux bleus, on te prendrait pour une bohémienne, lui dit avec aigreur Adeline un jour où elle rentrait d'une longue chevauchée les cheveux au vent, les joues rouges et la figure couverte de poussière.

— S'il vous plaît, laissez-la, elle est si belle ! s'écria Janet.

William était déjà parti depuis quelque temps mais, ayant lié amitié avec Hélène, Janet était restée. L'atmosphère devenait pourtant de plus en plus tendue entre elle et sa mère, si bien qu'un jour, au terme d'une bruyante dispute, elle finit par faire ses bagages et rejoindre Plymouth.

Hélène avait été témoin de la querelle lorsque, revenant de promenade un après-midi, elle se disposait à gagner ses appartements afin de se changer pour le dîner. Arrivée dans le couloir, elle avait entendu parler très fort dans la chambre de Janet, voisine de la sienne. Janet s'adressait à sa mère sur un ton de grande irritation :

— Vous combattez quiconque vous prend un tant soit peu de vos biens, et vos enfants sont les premiers sur votre liste de ce point de vue. Ce fut d'abord William, et à présent c'est Hélène qui vous fait peur. Savez-vous ce qu'Hélène m'a demandé peu après son arrivée ici ? « Adeline a-t-elle quelque chose contre moi ? » Je l'ai consolée en prétendant que vous étiez juste nerveuse. Mais, entre-temps, elle n'a pas manqué de voir que vous la rejetiez comme vous rejetez William. Et vous n'aimerez pas davantage la femme que Randolph épousera. Parce que vous ne supportez pas de nous perdre.

— C'est toi-même qui viens de le dire. Je vous perds. Pourquoi ? N'ai-je pas toujours eu uniquement en vue...

— Oui, vous nous perdez parce que vous nous avez toujours tenus attachés.

— Je voulais juste vous préserver de faux pas. Jamais vous ne m'avez écoutée. Tu vois où cela t'a conduite ! Ton mariage n'est pas heureux...

— Mon mariage n'est pas malheureux ! répliqua Janet d'une voix qui tremblait.

Peu après, Hélène entendit une porte claquer et quelqu'un se mettre à pleurer. Le lendemain, Janet s'en était allée à son tour.

À dater de ce jour, Adeline s'était montrée plus irritable encore. Elle s'en prenait à quiconque se trouvait sur son chemin, tyrannisait les domestiques à force de lubies et disait pis que pendre d'Hélène dès qu'elle l'apercevait. Et c'était de moins en moins rare. En effet, comme si, avec Janet, le soleil était lui aussi parti, le temps était soudain devenu froid, pluvieux, brumeux. Il faisait si sombre qu'il fallait allumer des bougies dans toutes les pièces et des flambées dans toutes les cheminées.

L'arrivée de la pluie fut aussi, pour Hélène, celle de l'ennui. Elle ne pouvait plus sortir, sauf à vouloir se retrouver trempée des pieds à la tête. Et, à l'intérieur, elle était désœuvrée, Adeline étant et restant la maîtresse des lieux et n'ayant jamais recours à son aide. C'est avec nostalgie qu'elle songeait aux après-midi d'automne et d'hiver à Londres et à Woodlark Park, aux rencontres quotidiennes avec ses amis, aux heures passées à bavarder, aux moments pleins de gaieté et d'entrain, parfois aussi consacrés à des amusements puérils. Et puis les soirées, les fêtes… Whitehall dans tout son éclat… De temps en temps, fermant les yeux, elle croyait voir les innombrables lustres, les beaux habits et les bijoux étincelants, entendre le brouhaha des voix, les rires étouffés, sentir l'odeur des alcools hors de prix et des parfums capiteux. Quand elle revenait à la réalité, c'était pour se retrouver à Charity Hill et contempler, depuis l'une des grandes fenêtres, le gris d'une mer qui, aussi lourde que du plomb fondu, clapotait interminablement sur la grève, les mouettes tournant inlassablement et poussant leurs cris stridents.

— Pourquoi ne m'emmènes-tu pas avec toi lors de tes voyages ? demanda-t-elle à Jimmy un soir où il lui annonça qu'il se rendrait le lendemain à Truro pour ses affaires. J'aimerais tant t'accompagner une fois au moins.

— Chérie, tu t'ennuierais à mourir, je n'y suis vraiment que pour affaires !

— Quelles sortes d'affaires ?

— Tu ne pourrais comprendre. Et tu n'as d'ailleurs pas besoin de t'encombrer l'esprit avec ça !

— Ah bon, c'est ça, protesta Hélène en s'asseyant dans le lit, je suis trop stupide pour comprendre quoi que ce soit à tes affaires. À moins que tu ne veuilles pas de moi à Truro parce qu'il y a trop de jolies femmes ?

Jimmy, à son tour, se rassit brusquement et considéra Hélène, un mélange d'étonnement et de contrariété sur le visage.

— Ne dis donc pas des bêtises pareilles ! la rudoya-t-il.

Hélène tressaillit, car jamais encore il ne lui avait parlé de cette façon.

— Je regrette, dit-elle, je n'aurais pas dû m'exprimer ainsi.

— Certes non, approuva Jimmy, toujours fâché.

— C'est que je ne me sens pas très bien, se défendit Hélène, surtout depuis le départ de Janet. Pourquoi s'entend-elle mal avec Adeline ?

— Qu'est-ce qui te le fait dire ?

— Oh, bonté divine, je ne suis quand même ni aveugle ni sourde ! Je m'en suis tout de suite aperçue, et d'ailleurs Janet me l'a confié. Et puis elles ont eu une dispute terrible.

— Comment sais-tu qu'elles se sont disputées ? Écouterais-tu aux portes ?

— Écouter aux portes ? Moi, j'écouterais aux portes ? s'écria Hélène, toujours vexée de s'être fait rudoyer et perdant son sang-froid. Peut-être que tu ne t'en es pas encore aperçu, cria-t-elle, mais nous sommes mariés, et je suis donc la maîtresse de Charity Hill, et il n'y a pas de porte qui ne soit à moi. Cela mis à part, je n'ai espionné personne. C'est ta mère qui parlait si fort qu'on l'entendait dans toute la maison !

— Je suis désolé, je…

— C'est bon ! Ce n'est pas la peine de te désoler. Et je n'ai plus aucune envie de t'accompagner dans ton voyage d'affaires. Bonne nuit !

Elle se tourna de l'autre côté, ferma les yeux et, bien que bouillant intérieurement, fit mine de dormir. Jamais encore elle ne s'était sentie humiliée à ce point.

Leur querelle ne dura pas, car l'un et l'autre regrettaient de s'être emportés. Quand Jimmy revint de Truro, il offrit à Hélène un gros paquet.

— En guise de réconciliation, lui chuchota-t-il.

Hélène dénoua en toute hâte les cordons et poussa des cris de joie : le carton contenait une magnifique robe neuve, tout à fait à la mode, en soie moirée rouge foncé, dont le devant s'ouvrait sur un jupon couleur d'argent. Elle avait sans nul doute coûté une fortune. Hélène sauta au cou de Jimmy et se confondit en remerciements.

— Quelle robe merveilleuse ! Merci !

Courant au miroir, elle présenta une nouvelle fois la robe devant elle, se tournant et se retournant avec un sourire de plaisir.

— Ne me va-t-elle pas à ravir ? Oh, j'aimerais ne jamais la quitter !

Elle vit dans le miroir Jimmy s'approcher d'elle et la contempler. Elle le regarda d'un air radieux et sentit ses mains sur ses épaules. Il la tourna vers lui et elle se sentit tout à coup oppressée, ce qui la contraria.

— Tu sais, j'ai une bonne idée, se mit-elle soudain à jacasser, nous pourrions donner une fête, avec de nombreux…

— Tais-toi, dit-il tendrement, du calme, petite fille.

Elle se tut. Jimmy l'étreignit, l'attira à lui et l'embrassa, sur le front d'abord, puis sur le nez, et enfin sur la bouche. Hélène ressentit le souhait ardent de s'abandonner totalement à ces baisers, aussi passionnément que jadis, et de le lui montrer. Mais elle n'y parvint pas. Jimmy parut s'en apercevoir. La lâchant, il dit d'une voix soudain lasse :

— La fête est une bonne idée. Mais nul besoin d'inviter trop de monde. Je pourrais faire venir un de mes bons amis. Le colonel Tate. Il est de toute façon grand temps que tu fasses sa connaissance.

Hélène acquiesça. Elle aurait aimé lui dire qu'elle regrettait d'être devenue si froide et réservée mais, incapable de prononcer un mot, elle se contenta de tirer sur sa robe neuve. Il devait croire qu'elle lui en voulait toujours.

— Je serais très heureuse de faire la connaissance du colonel Tate, murmura-t-elle.

Jimmy sourit, son visage se détendit.

— Je vais saluer ma mère. À tout à l'heure, ma chérie.

Il quitta la pièce. Hélène se sentit soudain très mal. Elle avait mal au cœur, la tête lourde et envie de pleurer. Elle se laissa aller sur le lit et se prit le visage entre les mains. Aussitôt elle fondit en larmes, le corps agité de sanglots, pleurant sans savoir exactement pourquoi. À cause de Jimmy, d'Adeline, de Charity Hill. Sur elle-même.

Le lendemain après-midi arriva une lettre de Catherine. C'était le premier courrier qu'Hélène recevait de Londres depuis son mariage, aussi fut-elle absolument bouleversée. Elle se précipita dans sa chambre, s'affala sur un fauteuil et décacheta le pli.

La nouvelle la plus agréable était qu'Alan allait venir. Enfin quelqu'un de Londres, quelqu'un d'autrefois ! Elle eut presque honte d'être aussi heureuse. Mais il s'avéra que Jimmy était dans le même état d'esprit.

— J'espère qu'il ne va pas tarder, dit-il. Je trouve cela très bien pour toi également !

Fin septembre, Hélène eut enfin la certitude d'être enceinte. Elle faillit devenir folle de joie et, très fière, en fit part à Jimmy. Comme elle s'y attendait, il fut enthousiasmé et la prit affectueusement dans ses bras.

Il se montra par la suite très soucieux de sa santé et, flattée, elle acceptait sa sollicitude. Elle éprouva un sentiment de triomphe bienvenu le jour où Jimmy prit pour la première fois ouvertement son parti alors qu'Adeline, à son habitude, lui envoyait des piques. Bien que peu portée à se réjouir du malheur des autres, elle ressentit une certaine satisfaction à voir enfin Adeline rester sans voix. Pourtant, la première joie passée, elle trouva que la grossesse n'était pas loin d'être la chose la plus rébarbative du monde. Tous les matins, elle était nauséeuse, et elle souffrait de fréquents et violents maux de tête qui la laissaient littéralement assommée. Mais elle était prête à tout endurer pourvu que l'enfant fût un garçon. Elle souhaitait si ardemment, si passionnément un fils qu'elle était convaincue que son vœu serait exaucé. Elle savait que Jimmy désirait lui aussi un héritier mâle, et, surtout, elle n'avait pas le moindre doute qu'Adeline la tournerait en dérision si elle donnait naissance à une fille. Hélène était fermement décidée à influencer la nature par sa seule volonté.

Bien que les médecins lui aient prescrit le repos à la maison, Hélène était d'avis qu'il serait meilleur pour sa santé de passer du temps en plein air. Quotidiennement, elle descendait jusqu'à la mer, regardant au loin, pardessus la surface infinie, en direction de l'horizon où l'eau et le ciel se confondaient. Durant ces heures-là, elle nourrissait des idées folles, aurait voulu avoir un bateau et la liberté de s'en aller, de visiter le vaste monde. Elle était prise d'une vive jalousie quand elle pensait à William qui devait être à présent dans les Indes mystérieuses, ce pays fascinant d'où provenaient les épices les plus étranges et de magnifiques étoffes de soie.

Jamais encore elle n'avait autant espéré être libre. Jadis, de telles pensées lui étaient étrangères, car trop de choses la distrayaient. Mais ici, à Charity Hill, où la nature sauvage était omniprésente, elle se sentait comme un oiseau en cage. Et même si elle se disait que c'était sa grossesse qui la rendait aussi bizarre, elle ne parvenait pas à vaincre son inquiétude et son agitation grandissantes.

7

Le 3 novembre, Alan arriva enfin à Charity Hill. Hélène qui n'y comptait plus guère, l'aperçut de loin alors qu'elle était en promenade. Poussant un cri, elle partit en courant, sans se soucier de ce que, perdant son foulard, elle ait les cheveux au vent. Elle n'avait qu'une chose en tête, Alan était là, son Alan !

Il stoppa son cheval, sauta à terre et prit sa cousine dans ses bras, les yeux brillants de joie. Ils grimpèrent la pente main dans la main, en direction du château.

— Parle-moi de Londres, de tout ce qui s'y est passé depuis mon départ, lui demanda Hélène.

— Eh bien, il ne s'est à vrai dire pas passé grand-chose. David, étudiant à présent le droit à Middle Temple, n'habite plus chez nous. C'est d'ailleurs une bonne chose, car, du fait de ses opinions politiques, on risquait à tout instant un conflit avec notre père. Emerald est toujours égale à elle-même et Elizabeth s'est mariée et est partie en Irlande.

— Tante Catherine me l'a écrit. Elle en paraissait assez inquiète. Comment est ce M. O'Bowley ?

— Il est très aimable et cultivé. Une personne fiable. Mais il n'est pas noble. Et tu sais comment ma mère peut parfois être !

Ils se lancèrent un regard de compréhension comme lorsque, enfants encore, ils se plaignaient parfois de l'intransigeance de Catherine et de la sévérité de ses jugements.

— Tu sais, dit Alan d'un ton songeur, tout à l'heure, quand tu es venue à ma rencontre, j'ai eu l'impression que tu n'avais pas changé. Mais à présent que tu marches à côté de moi, tu me parais différente. Cela tient peut-être à ce que tu as minci.

— Je devrais pourtant avoir grossi, murmura Hélène.

— Hein ? Ah oui. Oh, Hélène, je suis heureux pour toi.

Ils étaient entre-temps parvenus dans la cour. Les ébrouements du cheval attirèrent les bonnes aux fenêtres et firent sortir Adeline.

Celle-ci accueillit Alan de manière étonnamment amicale et le pria d'entrer.

Soulagée, Hélène les suivit et, Alan souhaitant se rafraîchir après ce long voyage, elle gagna sa propre chambre. Étrangement, elle se sentait beaucoup plus légère et pleine d'entrain que le matin même. La grise journée d'automne ne pourrait plus altérer sa bonne humeur, quand bien même il pleuvrait à verse et que le vent soufflerait en tempête. Alan avait réveillé les souvenirs du temps jadis. Elle se revit avec son cousin à Woodlark Park, enfants puis adolescents. Toujours ensemble, sans cesse en train de jouer. Cette étroite amitié était restée intacte malgré les années. Maintenant encore, Hélène avait l'impression de se sentir à nouveau en sécurité en sa présence, comme s'il pouvait l'aider à redevenir elle-même en dépit de la confusion de ses sentiments.

Jimmy et Randolph firent ensuite leur apparition et se montrèrent très heureux de cette visite.

— C'est très bien que tu arrives aujourd'hui précisément, lui dit Jimmy. J'ai rencontré ce matin un de mes bons amis. Il viendra nous voir demain soir. Du coup, j'ai invité également M. et Mme Thompson ainsi que leurs deux fils. J'espère que cela te convient ? demanda-t-il en se tournant vers Hélène.

— Bien sûr, s'empressa-t-elle de répondre.

Elle aurait certes préféré avoir Alan pour elle seule, mais, d'un autre côté, elle était contente de revoir les Thompson. Et il serait agréable d'organiser une petite fête.

Le lendemain, tard dans l'après-midi, assise devant son miroir, Hélène s'arrangeait pour la soirée. Ses yeux brillants trahissaient une légère excitation. Elle se plaisait beaucoup dans sa robe bleue. Molly lui avait lavé les cheveux, les lui frottant ensuite avec un morceau de satin jusqu'à leur donner des reflets roux. De petits peignes garnis de saphirs étaient fichés dans ses boucles épaisses.

— Mylady, vous êtes ravissante ce soir, s'exclama avec admiration la femme de chambre.

Hélène se leva et s'examina d'un œil critique dans le miroir.

— On ne voit pas encore le bébé, constata-t-elle. J'ai encore la taille fine !

— Mince, plutôt. Vous êtes même beaucoup trop mince, mylady !

— Plus pour longtemps, soupira Hélène.

Prenant ses gants et remettant une boucle en place, elle quitta la pièce.

Jimmy, Randolph, Alan et Adeline attendaient dans le hall.

Hélène éprouva une profonde jouissance en constatant que les hommes la regardaient avec admiration, Adeline avec jalousie. Qu'il était agréable de se retrouver au centre d'une soirée ! Surtout, elle n'aurait pas de concurrente en ce jour, car, en dehors d'Adeline, seule Mme Thompson serait là, et, si elle lui était peut-être supérieure pour ce qui était de l'énergie et du tempérament, elle ne le serait en aucun cas pour ce qui était de la beauté.

— Il me semble entendre une voiture, dit Jimmy. Ce doit être les Thompson.

C'étaient bien eux. Avec les quatre visiteurs entra un peu de l'air vif de novembre. Mme Thompson, vêtue avec simplicité, plus digne et élégante qu'Adeline, s'élança au-devant d'Hélène avec un cri d'enthousiasme.

— Lady Golbrooke ! Enfin je fais votre connaissance ! Vous êtes-vous bien acclimatée ?

Les hommes sourirent tandis qu'Adeline haussait un sourcil, trouvant déplacées les formulations bruyantes et familières de Mme Thompson. Chacun savait dans la région que M. Thompson, chose regrettable, n'avait pas épousé quelqu'un de sa condition.

— Nous n'avons pas besoin d'attendre ici l'arrivée du colonel Tate. Passons au salon ! proposa Jimmy.

Ayant oublié son éventail dans sa chambre, Hélène remonta le chercher. En redescendant, elle entendit dans le salon les échos d'une conversation animée. L'un des domestiques ouvrit la porte, le silence se fit et tous les yeux se tournèrent vers elle.

Ne s'attendant pas à trouver d'autres personnes que celles qu'elle venait d'accueillir, c'est avec surprise qu'elle découvrit, devant la cheminée, un autre homme qui posa son verre de vin avant de se tourner vers elle. À peu près de la même taille que Jimmy mais de constitution plus vigoureuse, il paraissait avoir quarante ans. Dans un visage à l'expression sérieuse mais vive, sous des cheveux noirs, deux yeux gris où se lisaient une stricte réserve aussi bien qu'une chaleureuse amabilité fixaient Hélène.

— Je te présente le colonel Tate. Alexander, ma femme, lady Hélène.

Le colonel s'inclina pour faire le baisemain à Hélène et dit quelque chose qu'elle ne comprit pas. Elle-même ne prononça pas un seul mot, tant elle avait la gorge serrée. Elle se contenta d'un sourire muet.

Quand, ultérieurement, Hélène chercha à se rappeler ce qu'elle avait ressenti en cet instant et pourquoi le monde s'était soudain mis à tournoyer devant elle, elle resta sans réponse. Elle savait seulement qu'elle n'avait jamais auparavant rencontré un homme dont la vue l'ait à ce point fascinée, un homme qui l'ait aussi irrésistiblement attirée. Partout, elle l'aurait remarqué, ici, dans cette pièce, comme au milieu de la foule la plus dense à Londres. Incapable de détourner de lui son regard, elle observait ses gestes avec une attention soutenue, guettait son rire, prêtait l'oreille à chacune de ses paroles sans les comprendre vraiment. Pour la première fois de sa vie, elle éprouvait, même si c'était de manière confuse encore, un désir véritable qui grandissait de seconde en seconde. Bien que consciente du danger, elle n'eut, à sa grande frayeur, ni la force ni la volonté d'y parer.

Après avoir brièvement conversé, on passa à table. Assise entre Alan et Neville Thompson, face à Adeline et en biais par rapport à Alexander Tate, Hélène, s'apercevant que celui-ci la regardait, sentit le rouge lui monter aux joues à l'idée que son visage ait pu trahir ses pensées. Mais il détourna aussitôt les yeux et s'entretint avec Mme Thompson.

Hélène se rendit compte qu'il lui fallait se ressaisir si elle voulait se sortir sans encombre de cette soirée. Elle s'obligea à se concentrer sur Neville qui racontait quelque plaisanterie niaise, et elle réussit même à rire, sur quoi elle ressentit une douleur au cœur et son estomac se contracter.

— C'est véritablement une chose agréable que de lancer à nouveau des invitations, intervint Jimmy d'un ton joyeux. Pour ma femme aussi. Elle a été gâtée à Londres.

Tout le monde la regarda. Alexander Tate également.

— Vous êtes de Londres ? interrogea ce dernier, intéressé. Alors le changement a dû être un peu difficile ?

— Oh non. Pas du tout à vrai dire, répondit-elle d'une voix qui, à sa grande surprise, était normale. Vous savez, j'ai toujours eu un faible pour la vie à la campagne.

— Ma femme monte très bien à cheval, continua Jimmy, un sport que je n'apprécie pas outre mesure. C'est pourquoi je l'accompagne rarement. Mais dis-moi, Alexander, tu es bien un fervent cavalier. Reste donc quelques jours ici. Tu accompagneras Hélène dans ses sorties !

Le cœur d'Hélène exécuta une cabriole avant de s'affoler. Mais le colonel secoua la tête.

— Je suis désolé. Je dois partir demain pour Truro.

— Dommage, regretta Jimmy, mais, sur le chemin du retour, il faut que tu séjournes quelque temps chez nous !

— Avec grand plaisir, assura Alexander Tate.

Hélène dut se contenir pour ne pas se trahir par une mimique. Alexander allait habiter quelques jours chez eux. Jamais elle n'aurait osé nourrir pareil espoir.

Après le repas, les messieurs s'isolèrent dans une pièce pour discuter de politique, les dames conversant de choses destinées aux seules oreilles féminines. Adeline ayant parlé à Mme Thompson du bébé qu'attendait Hélène, le sujet s'imposait. Hélène crut mourir d'ennui et de colère à devoir prêter l'oreille aux histoires de Mme Thompson en feignant l'intérêt, alors qu'elles lui étaient pour l'heure totalement indifférentes. Son cœur battait à se rompre en songeant aux yeux gris qui l'avaient dévisagée peu avant. Elle tressaillit en s'apercevant que le silence régnait autour d'elle et qu'on attendait manifestement une réponse de sa part. Or elle n'avait aucune idée de quoi il était question.

— Oh, pardonnez-moi, madame Thompson, balbutia-t-elle, j'étais plongée dans mes pensées. Vous disiez ?

Mme Thompson eut un sourire compréhensif. Lady Golbrooke était bien entendu déjà totalement préoccupée de son propre enfant, comme l'était toute future mère. Elle reprit d'un ton amical :

— Je vous demandais si vous connaissiez le moyen d'avoir à coup sûr un garçon. Non ? Eh bien, je le tiens de ma mère. Vous devez chaque soir briser un petit bout de coquille d'œuf et avaler le tout avec un peu d'eau. Il est certain que ça marche.

— Oui, merci beaucoup, j'essaierai.

Ces bavardages ne prendraient-ils donc jamais fin ? La soirée passait en effet sans qu'elle ait pu parler une seule fois avec le colonel Tate. Mais qu'allait-elle lui dire ? « Colonel Tate, c'est absolument fou, mais depuis que je vous ai vu, je suis toute retournée. Vos yeux, votre sourire… » Non, elle ne pouvait pas dire cela. Il la croirait dérangée. Ne l'était-elle pas, d'ailleurs ? Une jeune femme mariée depuis quatre mois, enceinte de deux mois, ainsi troublée par le meilleur ami de son mari ? Elle ne savait même pas s'il était marié. Pourquoi fallait-il qu'il lui arrive une chose pareille ? Elle enfonça ses ongles dans la paume de sa main, laissant son regard parcourir nerveusement la pièce. Le feu pétillant, les nombreuses bougies se reflétant dans les carreaux fouettés par la pluie de novembre, la luxueuse vaisselle : d'un seul coup, ce monde lui parut étroit et petit. Là-bas, sur une table, étaient posés les gants du colonel, des gants de grande taille, car il avait des mains assez puissantes pour l'extirper de l'étroitesse de cette existence, loin des deux bavardes assises telles des sentinelles à sa gauche et à sa droite…

Les gants ! Cessant de vagabonder, ses pensées revinrent brutalement dans la réalité. Il lui vint une idée qu'il lui fallait sur-le-champ mettre en œuvre, avant que le courage l'abandonnât. Elle se leva.

— Je vais dire aux domestiques qu'ils peuvent manger les restes du dîner, dit-elle. Excusez-moi un bref instant !

Sans laisser le temps à Adeline d'objecter quoi que ce soit, elle traversa la pièce à grands pas. Les gants étaient posés sur une petite table juste à côté de la porte. Elle les prit en sortant.

Le hall était froid et complètement vide. Seules les voix des hommes provenaient de la bibliothèque. Hélène hésita un peu, puis fourra les gants dans un vase en pierre vide. Le colonel les chercherait, mais ne les trouverait pas, bien sûr, car il était exclu que quelqu'un s'avisât de regarder dans un vase ! Dès qu'il serait sorti, Hélène, elle, les découvrirait et les lui apporterait. Elle serait alors seule avec lui pendant au moins deux minutes. Elle ignorait ce qui pourrait bien se passer durant ces deux minutes, mais elle décida de n'y point penser pour l'instant.

Comme le colonel devait partir aux aurores pour Truro le lendemain, il fut le premier à prendre congé. Il ne trouva pas ses gants, bien entendu, mais déclina l'offre de Jimmy de lancer aussitôt tous les domestiques à leur recherche.

— Cela n'a pas une telle importance, j'en ai d'autres ! dit-il en baisant la main d'Hélène. Je vous remercie de cette soirée, mylady !

— J'espère que vous nous rendrez désormais souvent visite, colonel, dit-elle avec un sourire, pestant intérieurement contre ces phrases de courtoisie dépourvues de sens.

Mais peut-être était-ce une bonne chose qu'elle puisse débiter ces formules avec autant d'aisance et de naturel. Sinon, n'aurait-on pas remarqué son manque d'assurance ?

Le colonel prit congé de tous et Jimmy sortit avec lui. Les Thompson retournèrent au salon sans prendre garde qu'Hélène restait dans le hall. Elle pêcha les gants dans leur cachette. Elle aurait bien aimé les garder, mais elle avait son plan à exécuter. Elle attendit le retour de Jimmy et courut à lui.

— Oh, Jimmy, quelle idiote je suis ! s'écria-t-elle. J'avais totalement oublié que j'avais porté les gants du colonel Tate dans le hall. Je le rattrape !

— Laisse-moi faire, dehors il fait froid et il y a de la brume !

— Tant mieux, comme cela il est obligé d'aller au pas et il ne doit pas être loin. Jimmy, c'est moi qui ai commis cette erreur, c'est à moi de la réparer !

— Bon, se résigna Jimmy avec quelque hésitation, je rejoins nos hôtes.

Hélène sortit en toute hâte. Elle se heurta à un brouillard si lourd et épais qu'elle n'y voyait pas à deux pas. Elle traversa la cour au pas de course, occasionnant une peur terrible à Arthur qui s'apprêtait à fermer la grande porte.

— Attendez, Arthur ! Le colonel Tate a oublié quelque chose !

— Faut-il que... mylady ?

— Mon Dieu, pourquoi êtes-vous donc tous aussi empressés, murmura Hélène. Non, merci, je m'en charge ! dit-elle tout haut.

Comme elle l'avait prévu, le colonel gardait son cheval au pas en raison du brouillard. Elle le rattrapa peu après le portail.

— Colonel Tate ! cria-t-elle.

Il stoppa sa monture et se retourna. Hélène s'avança vers lui, hors d'haleine.

— Vos gants, sir !

C'est alors seulement qu'il la reconnut.

— Lady Golbrooke, que faites-vous ici ?

— J'ai trouvé vos gants, sir. Les voilà.

Il les prit, toujours un peu étonné.

— Et c'est pour cela que vous courez en plein brouillard ? dit-il, presque touché. C'est très gentil à vous !

C'est parce que je voulais te revoir, uniquement pour cela. Tu m'as troublée comme aucun homme avant toi, cria une voix en elle. Mais, tout haut, elle demanda seulement :

— J'espère que vous vous êtes plu chez nous ?

— Oui, beaucoup, ce fut une charmante soirée.

— J'en suis heureuse.

Hélène cherchait désespérément que dire pour le retarder, mais elle avait le cerveau vide. Elle ne pouvait pourtant pas le retenir là sans parler. D'autant qu'il s'était mis à pleuvoir.

— Vous avez un beau cheval, finit-elle par déclarer.

— Oui, acquiesça-t-il, et, cette fois, il était impossible de ne pas entendre dans sa voix sa surprise devant une femme affrontant la pluie et la nuit de novembre pour parler cheval.

Il se sentit néanmoins obligé de répondre.

— Quand je reviendrai, je serai heureux de vous le prêter.

— Ce serait très aimable à vous.

Hélène se rendit à l'évidence : il lui fallait à présent s'en retourner.

— J'y vais. Bonne nuit, colonel Tate !

Il s'apprêtait à lui parler, mais il n'en eut pas le loisir. Comme surgi du néant, un cavalier émergea du brouillard, fit halte devant eux et mit pied à terre. Il ne parut pas étonné de trouver quelqu'un en ce lieu à pareille heure.

Se dirigeant en trébuchant vers Hélène, il articula avec peine :

— Lady Golbrooke ?
— Oui, qu'y a-t-il ?
— Vous... vous avez bien une sœur en Irlande ?
— Une cousine, oui. Que lui est-il arrivé ?
— Il s'est produit quelque chose d'épouvantable. Le... le roi a reçu la nouvelle à Édimbourg. Un soulèvement en Irlande. Ils... ils assassinent les colons anglais. C'est un effroyable bain de sang.

8

Au petit matin du 24 octobre, les premiers survivants parvinrent à Dublin, une foule de silhouettes décharnées, à demi mortes de froid, aux yeux écarquillés par la terreur. Ils avaient dû céder tous leurs biens et, sur le chemin les menant à la ville, avaient été confrontés à des spectacles d'horreur. Beaucoup avaient perdu des êtres aimés. Ils arrivaient en flots incessants ; la ville était déjà noire de monde et les rescapés affluaient toujours. On avait parlé de deux cent mille morts dans les premiers moments d'épouvante et, même si ce chiffre était exagéré, il n'en restait pas moins que des milliers de personnes avaient été assassinées. Les cadavres flottaient dans les lacs, demeuraient ensevelis sous les maisons incendiées et remplissaient les fossés le long des chemins. Une odeur de sang et de putréfaction planait sur le pays.

Hélène était de plus en plus inquiète au sujet de sa cousine après avoir eu écho de ces événements, car Elizabeth n'avait toujours pas donné signe de vie.

— C'est à peine croyable, dit Hélène un soir à Jimmy, mais, en dépit de la situation effroyable, les hommes politiques font feu de tout bois pour arriver à leurs fins. Figure-toi que le roi voulait envoyer des soldats en Irlande et que John Pym a aussitôt dénoncé ce projet comme un complot de l'armée !

— Puisqu'il est question de soldats, répondit Jimmy, Alexander sera de nouveau chez nous demain ou après-demain.

— Alexander ? s'effraya Hélène. Alexander, dis-tu ?

— Oui, chérie. Tu sais bien qu'il voulait revenir nous voir !

Allant à la fenêtre, Jimmy regarda la nuit tomber et ne s'aperçut donc pas du soudain émoi de sa femme. Alexander ! Elle l'avait totalement oublié. Depuis plusieurs jours, elle ne pensait plus qu'à Elizabeth, et pourtant il y avait quelqu'un d'autre – Alexander Tate ! Il allait venir, séjourner près d'elle ! Hélène sentit son cœur s'affoler.

Jimmy se retourna.

— Tu as dit quelque chose ?

— Non... C'est juste que... j'ai de la peine à me réjouir de sa visite tant que j'ignore ce qu'il en est d'Elizabeth ! dit-elle, honteuse de mentir ainsi.

Jimmy vint s'asseoir auprès d'elle sur le lit et l'enlaça.

— Il faut cesser de te torturer l'esprit, dit-il tendrement. Tu te détruis sans aucune utilité. C'est bien qu'Alexander vienne. Ça te changera les idées.

Certainement, songea Hélène. Oh, Jimmy, tu ne t'aperçois donc de rien ? Qu'un homme peut être sourd et aveugle quand il est fermement convaincu de la fidélité de sa femme !

Elle décida qu'il valait mieux ne plus parler d'Alexander.

— Je ne réussis pas à penser à autre chose qu'à Elizabeth, soupira-t-elle. Si seulement on avait la moindre nouvelle !

— Ça ne saurait tarder. La plupart des survivants veulent certainement retourner en Angleterre et rentreront en bateau. Dès qu'Elizabeth sera à Londres, lady Ryan ne manquera pas de le faire savoir !

Le colonel Tate arriva le lendemain. Il apportait de Truro des nouvelles d'Irlande, mais aucune qu'Hélène ne connût déjà, si bien que la joie de le revoir refoula pour un petit moment au second plan son intérêt pour ces événements.

Le matin suivant, les prés étaient couverts de gelée blanche, mais l'air était sec et clair. Hélène se sentait en bonne forme, ayant un peu oublié les incertitudes de la situation en Irlande. La perspective de faire incessamment une sortie à cheval avec le colonel l'apaisait et la rendait joyeuse.

— Bonjour, je n'aurais pas pensé vous trouver déjà réveillé, colonel. Je croyais être matinale.
— Je suis un lève-tôt, mylady.
— Oh, pourquoi avoir pris Diamond pour moi ? Il est vieux comme Mathusalem et d'une lenteur !
— C'est lord Golbrooke qui me l'a demandé.
— Sacre…, laissa échapper Hélène qui parvint pourtant à se reprendre à temps. Bon, tant pis. Mais donc plus question de faire la course !
— Il vaut mieux de toute façon. Faith a été sollicitée ces derniers jours, et je ne voudrais pas la mettre davantage à l'épreuve.

Il l'aida à monter en selle et, instant merveilleux, elle sentit ses mains sur sa taille. Ils sortirent de la cour au trot, côte à côte, descendirent la pente, mais, à peine arrivée dans les prés en contrebas, Hélène mit Diamond au galop. L'air lui fouettait si fort la figure que les larmes lui vinrent aux yeux. Ses cheveux flottaient au vent, elle avait les joues brûlantes. Une mouette criait, tandis qu'on entendait la mer au loin. Faith haletait tout près d'elle. Alexander ne la poussait pas, si bien que les deux cavaliers restaient à la même hauteur. Hélène ne pouvait voir les traits de son compagnon parce qu'elle était obligée de plisser les yeux. D'ailleurs elle n'en éprouvait momentanément pas le désir, tant elle s'abandonnait à l'ivresse de la vitesse, la tête vide de toute pensée.

Au bout d'un petit moment, Diamond ralentit l'allure et reprit le pas. Il avait le souffle court et le pelage de l'encolure trempé.

Hélène se sentait elle aussi épuisée. Elle stoppa et demanda :

— Faisons-nous une halte ?

— Oui, bien sûr.

Alexander sauta de sa monture qui était aussi fraîche qu'au départ et aida Hélène à descendre à son tour, sans la moindre tentative pour se rapprocher d'elle. Il était totalement absorbé par les chevaux, les caressant et leur donnant un peu de sucre. Il avait l'air grave et impassible. Hélène fit un effort sur elle-même.

— Nous pouvons repartir, proposa-t-elle.

— Volontiers, dit-il.

— Mais je voudrais cette fois monter Faith !

— Je ne sais pas…, répondit-il en hésitant.

— S'il vous plaît, colonel Tate !

— Je ne crois pas que Jimmy serait d'accord.

Hélène prit un air vexé.

— Vous ne me croyez pas capable de la conduire !

Alexander se mordit les lèvres.

— Bon, très bien, finit-il par accepter.

Monter un cheval comme Faith était une sensation totalement nouvelle. Il se dégageait de la manière de se mouvoir de la jument une puissance incroyable, dépourvue de toute lourdeur ; la courbe de son encolure était fort gracieuse et sa crinière flottait, tel un drapeau.

— Merveilleux, dit Hélène au comble de l'enthousiasme. Pareil cheval est un cadeau !

— Pouliche, Faith m'appartenait déjà, expliqua Alexander. Je ne lui avais guère accordé de chance de survie à l'époque, sa mère étant morte en mettant bas. Je l'ai ensuite élevée et cela en a valu la peine.

Comme pour lui donner raison, Faith se mit à piaffer et à s'ébrouer. Hélène se sentit tout à coup prise d'exaltation. Peut-être voulait-elle aussi tenter d'impressionner Alexander.

— En avant ! s'écria-t-elle. Au galop !

Faith s'élança aussitôt. Elle n'avait pu jusque-là se défouler vraiment, ce qui parut lui donner double énergie. Elle partit au grand galop, le tonnerre de ses sabots recouvrant tous les autres bruits. Hélène prit peur.

— Halte, Faith ! cria-t-elle. Halte, pas si vite !

De loin, elle entendit la voix d'Alexander.

— Penchez-vous en arrière ! Tenez-lui la bride haute ! Penchez-vous en arrière !

Hélène se pencha en arrière et tira si fort sur les rênes qu'elle crut qu'elle allait arracher la bouche de Faith. Cela laissa la jument parfaitement indifférente, et elle accéléra encore l'allure.

— Jésus, viens-moi en aide, pria Hélène, au secours ! Arrête ce maudit animal, je t'en prie !

Elle songea avec horreur qu'elles fonçaient en direction des falaises. Si elle ne parvenait pas à faire halte avant, elle était perdue.

— Faith, sanglota-t-elle, je t'en prie, Faith, ralentis ! Je ne veux pas mourir, Faith, s'il te plaît !

Mon enfant, pensa-t-elle, mon enfant, si j'allais le perdre ? Il ne faut pas que je tombe, Dieu du ciel, il ne faut pas, il ne faut pas !

— Non, cria-t-elle, non ! Alexander, aide-moi, Alexander ! Jimmy, Alan ! Au secours !

Ses forces diminuaient. Elle tira sur les rênes avec la force du désespoir. Faith ralentit, se rendant enfin compte que Diamond ne la suivait pas. Alexander l'avait stoppé car, dans l'incapacité où il était de rattraper Faith, c'était pour lui le seul moyen d'inciter la jument à revenir sur ses pas. Faith s'immobilisa effectivement si brutalement qu'elle faillit désarçonner Hélène, puis elle fit demi-tour et repartit au triple galop, avant de se remettre au trot et de laisser Alexander, entre-temps descendu de cheval, la prendre par les rênes. Hélène s'efforça encore de garder l'équilibre, puis, les forces lui manquant, elle glissa à terre. Alexander la recueillit dans ses bras.

— Mais que faites-vous donc ? demanda-t-il avec douceur, tandis qu'elle se pressait contre lui, tremblant de tout son corps, agitée de sanglots.

— Les falaises, balbutia-t-elle, terrorisée, j'ai failli…, la voix lui faisait défaut.

— Du calme, calmez-vous, la réconforta Alexander.

Il lui caressait la tête, la tenant serrée tout contre lui. Hélène, toujours sous le coup de sa frayeur mortelle, n'avait pas recouvré son sang-froid. Aussi, oubliant tout ce qui l'avait jusqu'ici retenue, elle perdit toute inhibition. Elle leva les yeux vers lui, vit ses yeux, noirs et étranges. Elle ouvrit alors les lèvres en penchant la tête en arrière et sentit bientôt sa bouche sur la sienne, elle sentit qu'il l'embrassait. Ce fut comme si le monde, loin, très loin, se détachait d'elle et sombrait. Plus rien n'existait en dehors d'Alexandre, du ciel et de la mer.

Il s'écarta d'elle tout à coup, recula d'un pas et la regarda fixement.

— Que se passe-t-il ? s'enquit Hélène d'une voix rauque.

Au lieu de répondre, il fit demi-tour et se dirigea vers Faith.

De sa vie, Hélène n'oublierait la douleur atroce qui se lisait sur ses traits ni l'épouvante dans ses yeux.

9

Le soir de Noël 1641, Hélène était presque au comble du désespoir. Elle avait l'impression que sa vie était terminée, qu'elle ne connaîtrait plus le bonheur ; elle voyait s'ouvrir devant elle une interminable succession d'années monotones, aux côtés d'un homme qu'elle n'aimait plus. Non, elle n'aimait plus Jimmy, et ne savait pas si elle l'avait aimé un jour. Quelle que fût la raison qui l'avait fait contracter ce mariage avec tant de joie – avait-ce été l'orgueil, la soif d'aventures, le plaisir que lui inspiraient le charme et la séduction de Jimmy ? –, toujours était-il qu'elle n'avait jamais éprouvé pour lui de sentiment véritable.

Jamais elle n'en avait eu aussi claire conscience que depuis le jour où Alexander Tate l'avait embrassée. Il était l'homme qu'elle désirait et qu'elle voulait avoir pour elle. Pas Jimmy !

— M'aimes-tu ? avait-elle demandé à Alexander ce funeste jour de novembre.

Elle avait tressailli quand il lui avait répondu d'un ton de refus :

— Lady Golbrooke, nous devrions oublier ce qui vient de se passer.

— Mais pourquoi ?

— Ce n'est pas possible. Je suis l'ami de Jimmy. Vous ne le comprenez pas ?

Elle le comprenait, mais cela ne changeait rien au fait qu'elle l'aimait comme jamais encore elle n'avait aimé un homme. Et il fallait qu'il l'aime lui aussi, il le fallait tout simplement, elle en était persuadée.

Il était reparti très vite en voyage, abandonnant Hélène. Elle ne pouvait plus aimer Jimmy, mais elle savait en même temps qu'une séparation était totalement exclue. Elle aurait été en peine d'expliquer pourquoi.

Non, tout cela était inexorable. Elle n'aimait plus Jimmy, et voilà tout. Elle était à son égard d'une totale insensibilité. Il avait beau lui témoigner une grande tendresse, jamais plus ne la parcourait le délicieux frisson d'excitation qu'Alexander provoquait en elle par un seul regard. Elle était chaque nuit en pensée avec lui, chaque minute passée en sa présence était une minute de vie intense. Une fois, Jimmy la réveilla parce qu'elle pleurait dans son sommeil. Depuis lors, c'était à peine si elle osait s'endormir, de peur de prononcer son nom en rêve. Comment aurait-elle pu l'expliquer à Jimmy ?

Elle s'apercevait de plus en plus clairement que son mariage avait été une erreur complète. Lors de son dix-septième anniversaire – mon Dieu que c'était loin ! –, elle avait été obsédée par le souhait de voir un changement merveilleux intervenir dans son existence, et le mariage avec Jimmy lui était apparu comme la meilleure occasion de ce point de vue. C'est avec fierté qu'elle avait joui de l'envie et de l'admiration d'autrui, mettant de côté tous ses doutes. De plus, elle avait sincèrement cru aimer Jimmy.

Je pourrais tout aussi bien être morte, pensait-elle souvent, que puis-je en effet attendre encore de la vie ?

Pour comble de malheur, sa grossesse commençait à se voir. Elle passait du temps devant son miroir à inspecter avec désespoir sa silhouette épaissie et son teint blafard.

— Je serai un jour une vieille femme obèse, dit-elle, furieuse, à Molly, après avoir reçu de la couturière, pour la énième fois, une robe aussi élégante qu'un sac. Je mettrai au monde douze morveux braillards et ne pourrai plus bouger mon corps que dans des sacs à farine !

— Mais mylady, tenta de l'apaiser Molly, toutes les femmes ont des enfants sans que cela les mette en fureur !

— Mais elles, au moins…, s'écria Hélène, s'interrompant aussitôt.

Elle avait voulu dire : mais elles au moins, si elles ont des enfants, c'est peut-être avec des hommes qu'elles aiment ! Avec Alexander, j'en accepterais bien deux douzaines. Au lieu de quoi, elle murmura :

— C'est que je ne suis pas comme les autres femmes !

— Toutes les femmes croient, lors de leur première grossesse, qu'il s'agit d'un événement extraordinaire, dit Molly avec sagesse, mais elles se réjouissent ensuite de chaque enfant nouveau, puis des petits-enfants…

— Nom de nom ! cria Hélène en jetant violemment à terre sa brosse à cheveux. C'est justement ce dont je ne veux pas ! Je ne veux pas devenir la grand-mère d'une centaine de petits-enfants, ce que je veux… Ah, et puis tout cela est vain !

Molly, effrayée, quitta la chambre.

La soirée de Noël se déroula plus harmonieusement qu'Hélène ne l'avait imaginé, mais cela était aussi dû à ce que ses humeurs imprévisibles avaient dicté à tout le monde retenue et prudence, chacun s'efforçant de se montrer aimable à son égard. Même Adeline s'abstint de ses habituelles piques. Hélène en conçut quelque honte et résolut de se ressaisir.

Le 31 décembre, elle reçut une lettre de Catherine lui annonçant qu'Elizabeth, échappée aux massacres, avait regagné Londres, mais qu'on avait en revanche assassiné son mari, Daniel O'Bowley. Après un bref séjour, elle était repartie pour Fowey dans l'intention de revoir Hélène.

Elizabeth était en vie ! Hélène poussa un profond soupir et descendit en toute hâte à la bibliothèque où Jimmy, debout, feuilletait un livre. Il leva les yeux avec surprise sur sa femme qui, hors d'haleine, lui agitait un papier sous le nez.

— Elizabeth est vivante ! cria-t-elle. Jimmy, imagine un peu, elle vit ! Elle est en route pour venir ici !

— Dieu soit loué. C'est merveilleux ! dit-il en posant son livre et en considérant Hélène.

Elle était rayonnante de joie comme elle ne l'avait pas été depuis longtemps. Quelle qu'ait été la cause de son comportement récent, elle l'avait oubliée pour le moment. C'est ainsi qu'elle avait eu les yeux brillants lors de son anniversaire en mai, exactement ainsi.

— Je suis si heureux, ma chérie, dit-il tendrement en la prenant dans ses bras.

Le sourire se figea instantanément sur le visage de son épouse et il sentit son corps se raidir. Elle ne se défendait pas, mais elle restait aussi inerte qu'une pierre. Mécontent, il la lâcha.

— Qu'as-tu ? demanda-t-il.

Hélène sursauta.

— Je... je, bégaya-t-elle, je ne me sens pas bien.

— Je ne te crois pas. Dis-moi enfin ce que tu as véritablement.

— Ce n'est rien, répondit-elle craintivement, c'est juste... à cause de l'enfant.

— À cause de l'enfant ? Je n'ai encore jamais entendu parler d'une femme enceinte laissant aussi libre cours à ses humeurs !

Elle rougit de l'entendre parler avec une telle spontanéité, car il décrivait habituellement à l'aide d'autres mots son état présent. Il devait être fort contrarié.

— Je vais faire une petite promenade, dit-elle un peu trop hâtivement en tentant de se diriger vers la porte.

Mais Jimmy la rattrapa aussitôt et la prit par le bras.

— Tu n'as pas répondu à ma question, dit-il à voix basse. Qu'est-ce que tu as ?

— Laisse-moi ! exigea Hélène en essayant de se libérer, mais il tint bon.

— Dis-moi ce qui se passe, insista-t-il, j'en ai assez d'être tyrannisé par tes sautes d'humeur. Tu te promènes sans arrêt avec la mine de quelqu'un qu'on offense quotidiennement.

— C'est... c'est seulement que je ne me sens pas bien !

— Ah bon ? Sais-tu ce que je crois ? déclara-t-il, observant une petite pause qui, pour Hélène, parut durer une éternité. Tu aimes quelqu'un d'autre !

Un silence mortel tomba, les mots restant suspendus, emplissant la pièce et menaçant d'écraser Hélène de leur poids. Elle sentit le sang affluer dans sa tête et la brûler. Elle fut prise de vertige.

— Et qui penses-tu que cela puisse être ? s'entendit-elle demander avec ironie.

Une pause à nouveau.

— Eh bien... peut-être Randolph ? finit par dire Jimmy avec lenteur.

Hélène chercha à reprendre son souffle. Randolph ! Il croyait donc sérieusement qu'elle avait une liaison avec son frère cadet. Avec le farouche Randolph ! Non, c'était trop drôle ! Soulagée de ce qu'il ne soupçonnait pas la vérité, elle commença à rire. Elle riait, riait et riait, puis, ses nerfs ayant de toute façon été soumis à trop rude épreuve, elle fut victime d'une crise d'hystérie. Randolph ! Elle en pleurait, elle fut obligée de se retenir à la porte, toujours riant. Se détendre ainsi les nerfs lui faisait du bien, aussi ne cherchait-elle pas à mettre un terme à ce rire insensé.

Soudain, son regard tomba sur Jimmy. D'un seul coup, elle se figea. Jamais encore elle ne l'avait vu ainsi, pâle comme un mort, les yeux étrangement ailleurs. Tout l'amour-propre blessé, tout le chagrin du monde se lisaient dans ces yeux, à vif, à découvert, livrés sans défense au tourment qu'elle lui infligeait.

Encore aveuglée par les larmes, elle le fixait, éprouvant pour la première fois de sa vie la douleur épouvantable que suscite la vue d'une créature en proie à la torture. Il l'aimait sincèrement et absolument, comme personne d'autre, et elle le foulait aux pieds. Elle fut submergée par un repentir ardent et par la honte, n'ayant plus qu'un souhait : que son rire n'ait jamais été.

— Jimmy, balbutia-t-elle, oh Jimmy !

— Pourquoi riais-tu ? murmura-t-il, encore hébété.

— Jimmy, ton idée de Randolph est tellement aberrante ! C'est pour ça, uniquement pour ça que j'ai ri ! Et je suis désolée, je ne voulais pas agir ainsi envers toi !

Elle vit à son expression qu'il la croyait. Il avait presque l'air honteux. Alors, il l'attira à lui et l'embrassa.

— Ah, ma chère, ma douce Hélène, chuchota-t-il, comment ai-je pu te soupçonner ? Je sais pourtant que tu m'aimes autant que je t'aime et que tu vis des moments très difficiles !

Hélène posa la tête sur son épaule, soulagée de voir le danger écarté, comprenant qu'il la croirait toujours.

Elle se sentit alors misérable et coupable comme jamais encore.

Par une claire et glaciale journée de janvier, Hélène, assise dans sa chambre, avait les pieds plongés dans une grande cuvette remplie d'eau chaude. Elle s'était longuement promenée sur la plage et était rentrée à demi morte de froid à la maison où Molly l'attendait d'un air réprobateur.

Elle barbotait dans l'eau, regardant par la fenêtre le ciel d'un gris de plomb. Il s'était déjà mis à neiger.

Elle entendit soudain du vacarme dans la cour. On aurait dit des piaffements et des bruits de roues. Une voiture ! Hélène bondit.

— Vite, mes souliers ! s'écria-t-elle. Une voiture ! Ce pourrait être Elizabeth !

Elle enfila ses chaussures, sans les boucler, avant que Molly, surprise, ait eu le temps de dire ouf, et sortit en hâte, sans se soucier de ses pieds mouillés et sans bas, franchissant la porte et dévalant l'escalier dans cette tenue. Arrivée dans le hall, elle se heurta à Adeline qui quittait précipitamment le salon. Hélène l'écarta sans autre forme de procès et gagna la cour.

Jimmy et Randolph y étaient déjà, à côté d'une grande voiture élégante, tirée par six chevaux. Les fenêtres étaient masquées par des rideaux. Jimmy ouvrit alors la porte et tendit la main pour aider Elizabeth à descendre. Hélène, comme figée, n'en crut pas ses yeux.

Mon Dieu, se dit-elle en portant la main à son cou, c'est une vieille femme !

Car la dame qui sortait de la voiture n'avait rien de commun avec l'Elizabeth dont Hélène avait pris congé un peu plus de six mois auparavant. Des mèches grises parcouraient son opulente chevelure blonde ; elle, autrefois si droite, marchait courbée. Deux rides profondes s'étaient creusées autour de sa bouche. On voyait à ses yeux qu'elle avait beaucoup pleuré. C'était l'image même d'un être détruit qui s'offrait à leur vue.

— Elizabeth, dit Hélène en s'approchant de sa cousine et en la prenant dans ses bras. Elizabeth, je suis si heureuse que tu sois là !

— Oh, Hélène, je suis contente d'avoir pu partir – d'Irlande et de Londres, et je vous suis infiniment reconnaissante, car…

— Tu n'as pas à être reconnaissante ! se défendit Hélène, s'efforçant de paraître gaie afin de dissimuler sa stupéfaction devant le changement intervenu chez Elizabeth.

Que n'avait-elle pas vécu ! À quelles scènes inimaginables avait-elle assisté ?

— Je te mène à ta chambre, proposa Hélène qui avait envie de se retrouver seule avec sa cousine pour parler de tout ce qui s'était passé.

— Oh oui, ma chérie, viens avec moi. Nous sommes restées si longtemps sans nous voir.

La chambre d'Elizabeth avait été préparée après l'arrivée de la lettre de Catherine et, prévoyante, Molly avait déjà allumé dans la cheminée un feu répandant une douce chaleur.

Elizabeth se laissa tomber dans un fauteuil, la tête appuyée contre le dossier. Elle avait l'air incroyablement lasse et vieillie. Hélène vit que ses mains tremblaient. Elle n'osait pas interroger sa cousine sur ce qu'elle avait vécu, mais celle-ci commença à en parler d'elle-même.

— Tu es effrayée, dit-elle en souriant presque, tu t'attendais à voir la jeune et jolie Elizabeth et voilà qu'à sa place apparaît une vieille femme grisonnante.

— Non, répliqua Hélène d'une voix mal assurée, tu n'as… tu n'as presque pas changé !

Elizabeth fit un geste de dénégation.

— Ne te donne pas la peine de simuler. Je sais de quoi j'ai l'air, mais cela m'importe peu. À partir d'un certain seuil de douleur, des sentiments aussi futiles que le souci de sa beauté cessent tout simplement d'exister. Je veux dire qu'après tout ce que j'ai vécu, il faudrait qu'il se passe vraiment beaucoup pour me rendre malheureuse, comprends-tu ?

Se levant, elle alla à la cheminée pour se chauffer les mains.

— Je ne voudrais pas m'apitoyer sur mon sort, poursuivit-elle, mais, si tu le veux, je te raconterai tout.

— Je veux bien, dit Hélène.

Elizabeth sourit.

— Merci. Je suis heureuse de pouvoir en parler à quelqu'un. Ma mère n'était pas la personne qu'il fallait ; il y avait en effet trop de choses que je devais lui cacher pour l'épargner. En outre, je me sentais un peu inhibée parce que je savais qu'elle n'aimait pas Daniel. C'est d'ailleurs principalement pour ça que je suis ici. Je ne supportais plus cette atmosphère. Je sentais en permanence qu'elle et mon père estimaient Daniel responsable de tout. Il ne pouvait tout de même pas prévoir ces événements ! C'était l'homme le meilleur et le plus gentil que j'aie jamais connu.

— Je suis sûre qu'il m'aurait beaucoup plu, répondit Hélène avec chaleur.

— Oui, tu l'aurais bien aimé. Les différences de condition n'ont jamais eu pour toi beaucoup d'importance.

Elizabeth se rassit et commença à raconter d'une voix monotone. Hélène était installée auprès d'elle, frappée d'épouvante face à ce que sa cousine avait dû endurer.

Vers la fin de son récit, Elizabeth se leva, faisant nerveusement des allers et retours entre la fenêtre et la cheminée. Puis elle s'immobilisa.

— Parfois, je me dis que mieux aurait valu mourir. Il m'aurait suffi de m'abandonner à mon épuisement et de me laisser tomber par terre. Mais j'en étais incapable. C'est étrange : l'homme ne cesse de lutter pour sa vie, pour cette misérable et courte vie, si brève au regard de l'éternité. Et il n'est pas disposé à en sacrifier la moindre seconde.

10

Le 8 mai 1642, Hélène mit son enfant au monde. Comme elle l'avait souhaité et demandé à Dieu, c'était un garçon ; elle lui donna le nom de Francis, en l'honneur du héros anglais, sir Francis Drake.

Hélène était très fière de son fils. Elle avait l'impression d'être à présent extraordinairement adulte. Du matin au soir, elle passait son temps en sa compagnie, et elle était si absorbée par la minuscule créature grandissant sous ses yeux que c'est à peine si elle prit garde aux nuages noirs s'accumulant à l'horizon.

Malgré l'absence de déclaration de guerre officielle, l'angoisse ne cessait de s'étendre, et, dans de nombreuses familles, les hommes sortaient en silence leurs armes de leurs cachettes afin d'être prêts pour le combat.

Par une très belle et paisible journée d'août, Hélène, Elizabeth et Adeline étaient assises dans le jardin. Hélène tenait le petit Francis dans ses bras, le berçant doucement, quand on entendit dans la cour des sabots frapper le sol avec vigueur et quelqu'un crier :

— Lord Golbrooke ! Lord Golbrooke !

— Mon Dieu, que se passe-t-il donc ? s'étonna Hélène, effrayée.

Elle reposa dans son berceau en osier tressé Francis qui se mit à protester énergiquement, et les trois femmes se hâtèrent en direction de la cour.

Elles arrivèrent à temps pour voir le jeune Samuel Thompson sauter de son cheval couvert d'écume et courir vers Jimmy.

— Lord Golbrooke ! dit-il en prenant ce dernier par le bras. C'est la guerre ! Nous sommes en guerre ! Sa Majesté a levé l'étendard royal à Nottingham et déclaré officiellement la guerre à tous les ennemis de la monarchie !

— C'est vrai ? demanda Jimmy en se tournant vers son frère. Randolph, nous...

— J'ai entendu, dit Randolph, l'émotion ayant empourpré son visage d'ordinaire si paisible, ses yeux noirs lançant des étincelles.

— Neville et moi, nous partirons dès demain à l'aube, déclara Samuel. Nous irons à York nous placer sous le commandement du prince Rupert, dans la cavalerie royale. Venez avec nous !

— Bien sûr que nous allons avec vous, dit Jimmy. Oh, nous allons montrer à ces bandits impudents de quel bois nous nous chauffons. Hélène, qu'en penses-tu ? ajouta-t-il, allant vers elle et la prenant par la taille.

Elle se libéra avec humeur de son étreinte.

— Tu t'attends sérieusement à ce que cela me fasse plaisir ?

Il la regarda d'un air ébranlé.

— Je suis navré. J'ai oublié combien cela sera difficile pour toi !

— Je ne peux non plus prétendre que je suis ravie, intervint Adeline avec sa froideur habituelle.

— Ma mère ne voulait pas non plus nous laisser partir, annonça Samuel, mais elle a ensuite admis qu'elle devait céder !

— Mère, Hélène, dit Jimmy d'un ton implorant. C'est mon devoir, vous le comprenez bien ? Il n'en va pas seulement de mon devoir de fidélité au roi, non.

Je suis convaincu de la justesse de la cause pour laquelle je vais combattre. Et je ne peux pas agir contre mes convictions !

— Non, tu ne le peux pas, concéda Hélène avec lassitude.

Puis, tournée vers Samuel qui était remonté en selle, elle ajouta :

— Donnez le bonjour de ma part à votre mère ! Dites-lui que je serais heureuse si elle nous rendait prochainement visite !

— Merci, mylady, dit-il avec un sourire. À la victoire de sa glorieuse Majesté ! s'écria-t-il en agitant son chapeau.

— À sa victoire ! approuva Jimmy. Nous nous retrouverons chez vous demain à l'aube !

Il suivit des yeux le jeune homme qui s'éloignait, puis prit le bras d'Hélène. Ils se dirigèrent vers la maison main dans la main.

Ce qui tourmentait le plus la jeune femme à l'idée que Jimmy parte faire la guerre, c'était sa mauvaise conscience. S'il devait mourir, elle en serait responsable. Bien qu'évidemment consciente de l'absurdité d'une telle pensée, elle ne parvenait pas à se libérer de cette peur superstitieuse. Même si elle n'avait jamais souhaité sa mort, elle n'avait pas moins envisagé toutes les possibilités d'une séparation. Et tout ça à cause d'Alexander Tate, son meilleur ami !

Elle se torturait littéralement, s'adressant d'horribles reproches : si Jimmy mourait, elle ne pourrait jamais lui montrer combien de gratitude et d'amitié elle éprouvait pour lui. Il avait toujours été si bon ! Même le jour où il avait nourri des soupçons, il s'était laissé convaincre de son innocence. Elle ne le valait pas.

Ah, Dieu du ciel, se disait-elle en se tournant et se retournant dans son lit sans trouver le sommeil, si

Jimmy revient vivant, je veux être là pour lui, et même si je n'arrive pas à l'aimer, il ne s'en apercevra jamais !

Le lendemain matin, elle était très pâle. Quand, en compagnie de Jimmy, elle se retrouva auprès du berceau de Francis et qu'elle le vit se pencher pour dire adieu à son enfant, elle se sentit perdue et désemparée. Comme Jimmy était métamorphosé dans sa tenue militaire, sa large poitrine protégée par une cuirasse en cuir, un casque brillant sur ses boucles dorées, sa lourde et longue épée à la taille !

— Jimmy, osa-t-elle tout bas, j'ai quelque chose à te dire.

Il se redressa.

— Quoi donc ?

Au même instant, son courage l'abandonna. Elle avait tout voulu lui avouer, mais elle en fut incapable.

— Rien, murmura-t-elle, juste... que je t'aime beaucoup !

Il la regarda plein d'étonnement, car, depuis leur mariage, plus d'un an auparavant, jamais elle ne lui avait manifesté un tel élan d'affection.

— Je t'en prie, continua-t-elle précipitamment, reviens. J'ai besoin de toi !

« Uniquement pour apaiser ta conscience », lui souffla sans pitié une voix intérieure.

— Bien sûr que je vais faire attention. La guerre sera bientôt finie, dans un ou deux mois tout au plus, et je serai de retour !

Il sourit puis, se penchant, il l'embrassa tendrement sur les joues.

— Je dois partir, ma chérie. Sois courageuse et sois heureuse à l'idée du temps infini qui nous reste !

— Jimmy ! cria Hélène d'une voix étranglée. Ne t'en va pas comme ça. S'il te plaît, embrasse-moi... embrasse-moi vraiment !

Elle alla à lui et lui entoura le corps de ses deux bras. Il ne bougea pas dans un premier temps puis, brutalement, son calme l'abandonna. Il l'étreignit et lui couvrit le visage et le cou de baisers passionnés. Elle les lui rendit et, durant quelques minutes, oublia même Alexander Tate et le monde autour d'elle. Il se libéra enfin de son étreinte, fit demi-tour et partit. Appuyée contre le mur rugueux, elle se mit à pleurer à chaudes larmes.

Six jours avant la déclaration de guerre de Charles à Nottingham, sir William Smalley était rentré de son voyage aux Indes. De longues périodes de calme plat ayant considérablement ralenti la traversée, il avait atteint l'Angleterre beaucoup plus tard qu'il ne l'avait escompté. Bien que désireux de revoir Janet et de faire connaissance de l'enfant qu'elle avait entre-temps dû mettre au monde, il appréhendait un peu les retrouvailles. Il savait combien la désespérait son métier, qui signifiait pour elle solitude et attente infinie. Lors des derniers moments passés ensemble, à Charity Hill, il s'était rendu compte de la distance qui s'était instaurée entre eux, de l'irritabilité grandissante de son épouse, mais aussi de sa propre lassitude devant les querelles auxquelles elle le poussait. Il aimait trop sa profession pour y renoncer et il sentait que, ses sentiments de culpabilité l'éloignant intérieurement de Janet, il commençait à se détourner d'elle pour échapper à un perpétuel climat de tension.

Après avoir surveillé le déchargement de son bateau, il se rendit sur la place où stationnaient les fiacres et se fit mener à sa demeure, non loin de là. En descendant de voiture, il leva les yeux vers les fenêtres et découvrit Janet qui regardait dans la rue. Elle ne s'attendait vraisemblablement guère à son arrivée, mais elle rayonna en le reconnaissant et agita la main dans sa direction. Tout en grimpant quatre à quatre les escaliers, il se demanda une fraction de seconde combien d'heures sa femme passait chaque jour à la fenêtre.

En haut, Janet courut jusqu'à la porte d'entrée et l'ouvrit. Le cœur battant, elle s'immobilisa sur le seuil, les yeux fixés sur William venant à sa rencontre.

11

Il n'avait pas changé depuis son départ pour les Indes, près d'un an plus tôt. Il avait juste la peau hâlée ; on voyait à sa mine qu'il avait été quotidiennement exposé au vent et aux intempéries. Ses mains puissantes étaient couvertes d'ampoules, de callosités, et ses cheveux noirs, au-dessus de son visage buriné, avaient pâli sous l'effet du soleil.

Janet se sentit de prime abord étrangement intimidée. Son mari lui était devenu étranger, comme si une éternité s'était écoulée depuis qu'elle l'avait vu pour la dernière fois.

Il avait sur le visage une expression de gravité, sans rien d'inamical certes, mais il ne souriait pas non plus. Il semblait émaner de lui une étrange froideur et quelque chose dans ses yeux lui fit peur.

— Janet ! dit-il en lui tendant les bras.

Sa voix profonde et familière rompit le charme qui paralysait Janet ; elle se rua sur lui et se jeta à son cou.

— William ! balbutia-t-elle. Oh William, je suis si heureuse que tu sois de retour !

La tenant serrée contre lui, il l'embrassa tendrement sur le front.

— Tu m'as tellement manqué, dit-il. Je n'ai cessé de penser à toi tout ce temps. À toi et...

Elle ne comprit pas aussitôt.

— À qui ?

— À notre bébé. C'est un garçon ou une fille ?

— Une petite fille.

Le prenant par la main, elle le conduisit auprès du berceau où l'enfant dormait d'un sommeil paisible.

William se pencha sur elle.

— Elle est ravissante. L'as-tu déjà prénommée ?

— Je l'ai appelée Carolyn, comme ta mère.

— Carolyn, répéta-t-il, avant de se redresser. Je suis navré de n'avoir pu être là.

— Cela n'a pas d'importance.

Bien sûr que ça a de l'importance, se dit-elle, mais il ne semble pas s'en apercevoir.

Elle était déçue, car elle s'était attendue à un peu plus de remords de sa part et à un peu plus d'admiration pour le bébé. Bien sûr, il avait dit que Carolyn était ravissante, mais cela avait ressemblé à une formule de politesse toute faite, pas à l'expression d'un sentiment profond.

— Il faut aussi que tu dises bonjour à Annabella, lui rappela-t-elle.

— Oh, c'est vrai.

Prenant la petite dans ses bras, il l'embrassa.

— Est-ce que tu me reconnais ? demanda-t-il.

— Non ! répondit Annabella, le regardant d'un air effrayé.

— Tu es pourtant ma petite fille ! Et, entre-temps, tu es devenue une très jolie jeune dame.

Annabella rayonna de fierté, tiraillant avec gêne les nœuds de ses cheveux.

La reposant par terre, William se tourna vers Janet.

— Je t'ai apporté quelques petites choses. Adrian montera les caisses plus tard.

— C'est merveilleux. Que dirais-tu de manger à présent ? Tu dois avoir faim.

— Ma foi, oui.

— Bien. Je vais rapidement me changer. Lilian ? cria-t-elle en direction de la cuisine. Viens m'aider, s'il te plaît !

Lilian arriva et suivit sa maîtresse dans la chambre à coucher. Janet ferma la porte, quitta sa robe et en enfila une autre, une robe en soie blanche. William l'aimait vêtue de blanc. Elle apporta beaucoup de soin à peigner ses cheveux blonds, à les disposer en longues boucles, puis à les fixer au-dessus des oreilles à l'aide d'un bouton de rose blanc. Pour finir, elle se mit du rouge sur les lèvres et se pinça les joues pour les faire rosir. Quelle que soit la cause de la mauvaise humeur de William, ces préparatifs ne pourraient que l'améliorer.

Quand elle entra dans la salle à manger, William, qui s'était lavé et changé de son côté, était déjà là. Il se leva de son siège à son entrée, et elle lut sur son visage qu'il admirait sa beauté.

Bien que prise de court, Lilian avait réussi à dresser une table splendide : les couverts et les verres étincelaient à la lumière des cierges, et un gros bouquet de roses d'un rouge ardent conférait à la scène une atmosphère de fête.

Janet adressa à William un sourire mais, l'air toujours aussi sérieux, il se contenta de lui avancer un siège. Puis il prit place en face d'elle. Janet se creusa la tête pour trouver un sujet de conversation.

— Tu as dû te sentir totalement dépaysé en Inde, finit-elle par dire. Les mœurs et les coutumes y sont en effet tout autres qu'ici ?

— C'est vrai. Ce qui m'a le plus frappé, c'est la division en classes – qu'ils appellent castes. Chacun est marqué sur le front d'une tache de couleur et, tout au long de sa vie, il lui sera impossible d'accéder à une classe supérieure.

— Oh, réellement ?

Janet chercha ce qu'elle pourrait encore dire, mais ne trouva pas de sujet de discussion intéressant. La conversation traîna en longueur jusqu'au moment où William déclara soudain :

— Janet, il faut que je parle de quelque chose avec toi !

Janet prit peur. Elle lisait une telle gravité sur son visage.

— De quoi veux-tu que nous parlions ?

William la considéra un instant d'un air pensif.

— Janet, osa-t-il enfin, tu dois t'en douter. Je suis parti depuis près d'un an et voilà qu'à mon retour, au bout de quelques minutes nous ne trouvons plus rien à nous dire. Cela ne devrait pas être.

Janet s'affaissa sur son siège.

— Et, à ton avis, à qui cela tient-il ? À moi ?

— Non, peut-être à nous deux.

— À nous deux ? T'es-tu un jour demandé si c'était de ta faute ? Ce n'est pas moi qui te quitte, c'est toi. Tu me laisses seule douze mois et tu t'attends à me retrouver joyeuse et tendre !

— Des centaines d'hommes vivent comme moi, répliqua William avec vigueur, et je suis sûr qu'ils n'ont pas en permanence à se justifier !

— Je ne t'ai pas fait un seul reproche ce soir !

— Tu ne m'as pour ainsi dire pas adressé la parole.

— Que devais-je dire ? Devais-je te raconter que je passe mes journées à la fenêtre, à regarder dans la rue, et que j'en suis réduite à m'entretenir avec mes enfants qui savent à peine parler ?

William soupira.

— Janet, comprends donc ce qui me préoccupe. Je ne cesserai jamais de naviguer, mais je ne supporte pas non plus que nous devenions de plus en plus étrangers l'un à l'autre. Nous nous sommes jadis tellement aimés…

— Que veux-tu donc ? Tu exiges trop de moi. William, je ne peux rester éternellement seule. J'ai peur de la solitude. Tu parles d'amour et tu me laisses seule !

Elle fondit soudain en larmes en s'apercevant que leur altercation avait pris un tour décisif et que William ne céderait rien.

— Je t'en prie, dit celui-ci, arrête de pleurer ! Je ne sais pas ce que nous devons faire. Te rappelles-tu l'été dernier ? Soit nous nous disputions, soit nous ne disions rien. Je ne peux passer des mois sur mer en gardant la seule image d'une étrangère qui ne me comprend pas !

Janet ferma un instant les yeux, tellement elle se sentait mal. Il réclamait de la compréhension, alors qu'il était incapable de comprendre ce qu'elle éprouvait. Et elle savait qu'elle l'aimait trop pour, en se montrant dure et intransigeante, jouer des sentiments qu'il avait pour elle.

— Bien sûr que je ne te quitterai jamais, poursuivit William, mais le seul fait qu'une telle pensée m'effleure... mon Dieu, Janet, il doit tout de même exister un moyen pour que tout redevienne comme avant !

L'esprit de Janet n'avait enregistré qu'un seul mot.

— Me quitter, répéta-t-elle, William, tu ne vas tout de même pas me quitter ?

— Non, bien sûr que non...

— William, dit Janet, blanche comme un linge, en se levant et en s'approchant de lui à le toucher, William, ne me quitte pas. Quelle qu'ait été mon attitude envers toi, je t'aime ! Je n'ai personne en dehors de toi. Peut-être ai-je commis des erreurs. Tu ne m'as jamais caché ce que signifiait pour toi ton bateau, mais je pensais pouvoir changer cet état de chose. William, reste ici quelques semaines, et nous nous retrouverons. Je t'en prie !

— J'aimerais pouvoir rester. Mais je crains qu'il n'y ait la guerre. Partout on en parle. Si c'est le cas, je devrai combattre moi aussi. Le mieux serait alors que tu partes avec les enfants pour Charity Hill.

— Mais s'il t'arrive quelque chose…

— Il ne m'arrivera rien.

— Quand la guerre sera finie, tu viendras à Charity Hill ?

William entoura Janet de ses bras et l'attira contre lui.

— Je viendrai te chercher, promit-il, et tout s'arrangera.

Janet recommença à pleurer, redoutant la guerre qui pouvait leur ravir l'ultime occasion d'un nouveau bonheur, épouvantée à l'idée du danger qui menaçait leur couple et qui n'était apparu dans toute son ampleur qu'en cette soirée. Mais le pire était passé : en dépit de tout ce qui s'était produit, c'était d'abord vers elle que William reviendrait.

Le lendemain matin, Janet partit pour Charity Hill avec Lilian et les deux enfants. Quelques jours plus tard, à Nottingham, le roi Charles Ier déclarait officiellement la guerre à ses adversaires.

12

En octobre 1642 s'affrontèrent pour la première fois les armées ennemies, lors de la bataille d'Edgehill où le roi Charles remporta un brillant succès. Il fit une entrée triomphale à Oxford, mais son ambition de reconquérir Londres fut déçue. La capitale resta aux mains de l'opposition.

Ce qui incita Catherine à tourner le dos à la ville et à partir pour les Cornouailles. Elle se sentait très seule depuis que lord Ryan ainsi qu'Alan et David s'étaient enrôlés, ce dernier ayant rallié l'armée du Parlement, à l'indignation de sa famille.

Aussi annonça-t-elle en novembre à sa fille Emerald qu'elle avait l'intention de gagner Charity Hill où elle serait certainement accueillie avec chaleur par Hélène. Et, ajouta-t-elle, Emerald l'y accompagnerait, cela allait de soi.

Cette prétention maternelle mit Emerald en fureur.

Le premier soir du voyage, arrivées à Tavistock, elles se rendirent dans l'auberge la plus proche, auberge qui leur fit une impression très favorable. Comme il avait plu sans arrêt depuis l'aube, les voyageuses n'avaient pas eu l'occasion de se dégourdir les jambes. Catherine était si exténuée qu'elle se mit au lit sans manger. Emerald avait eu la même intention, mais elle eut soif. Elle n'eut d'autre solution que de redescendre dans la salle commune pour demander de l'eau au patron. Dans l'escalier obscur, elle se trouva face à un homme à côté de qui elle voulut passer le plus vite possible. On ne pouvait en effet savoir quel genre de canaille rôdait en ces endroits. Mais l'homme lui barra le chemin, considérant avec curiosité la jeune femme effrayée.

— Puis-je me présenter ? demanda-t-il en esquissant une révérence. Sir Robin Arnothy.

Emerald, feignant l'impassibilité, leva les yeux.

— Très heureuse, répondit-elle, aussi respectueusement que possible.

— Il est insolite qu'une dame voyage seule dans ces contrées.

— Je ne suis pas seule, répliqua précipitamment Emerald, je suis avec ma mère et une bonne. Voyez-vous, nous nous rendons à Fowey, chez ma cousine. À Londres, l'atmosphère est très hostile, car la plupart des gens sont du côté du Parlement. Nous...

Elle resta court : pourvu que son interlocuteur soit lui aussi un partisan du roi !

Sir Arnothy s'aperçut de sa frayeur.

— Je ne trouve rien de bon à cette guerre, dit-il, mais, quand mon bras sera guéri, je combattrai pour Charles Stuart.

— Oh ! s'écria Emerald, soulagée. Qu'est-il arrivé à votre bras ?

— Une chute de cheval, dit-il d'un ton badin, rien de très méchant.

— Je vois mal quelqu'un comme vous tomber de cheval, remarqua Emerald en levant les yeux d'un air admiratif.

— Et pourquoi ?

— Parce que vous... avez l'air si fort.

— Merci, fit-il en riant. Et je dois dire à mon tour que vous êtes la femme la plus ravissante que j'aie vue depuis longtemps, mademoiselle... ?

— Mademoiselle Emerald Ryan.

— Mademoiselle Ryan, puis-je vous inviter à boire un verre de vin en ma compagnie ?

— Oui, volontiers, accepta-t-elle, presque susurrant.

Sir Robin héla l'aubergiste :

— Apporte encore un pichet de vin !

L'homme bâilla à la dérobée. Ayant hâte d'aller au lit, il n'avait qu'une envie : que les clients disparaissent au plus tôt ! Aussi leur servit-il un vin très fort, non coupé, songeant que plus vite les deux seraient ivres, plus vite ils s'en iraient.

Il s'avéra bientôt que son calcul avait été le bon. Les gestes d'Emerald devenaient saccadés, sa langue lourde.

— Oh non, protesta-t-elle en pouffant quand sir Robin voulut lui remplir son verre pour la quatrième fois. Je crois... je crois que je suis...

Elle s'interrompit, cherchant le mot approprié.

— Soûle, l'aida Robin. Vous êtes une adorable petite fille soûle.

— Une adorable petite fille soûle, répéta-t-elle, satisfaite.

— Et maintenant, l'adorable fillette doit aller au lit, affirma sir Robin d'un ton définitif. Venez, mademoiselle Emerald, je vous aide à remonter.

— Oui, porte-moi au lit, murmura-t-elle. Je suis une adorable petite...

Sa voix se perdit. S'appuyant lourdement sur sir Robin, elle posa la tête sur son épaule. Ses lèvres fredonnaient une petite mélodie.

Dans l'escalier, ils rencontrèrent Prudence qui avait enfin jugé bon de se mettre à la recherche de sa maîtresse.

— Mademoiselle Emerald ! s'écria-t-elle. Mais que vous arrive-t-il ?

Sir Robin étouffa un juron.

— Je crois que la jeune dame a bu un peu trop de vin rouge, expliqua-t-il. J'étais en train de la raccompagner dans sa chambre.

— Je peux en effet m'imaginer que c'était effectivement ce que vous comptiez faire, souffla Prudence furieuse. Mais maintenant c'est moi qui vais m'en charger.

Saisissant Emerald d'une poigne vigoureuse, elle la traîna jusque dans sa chambre, claquant bruyamment la porte derrière elle.

Quand, le lendemain matin, lady Ryan et sa fille descendirent, sir Robin était déjà là. Se levant poliment à l'entrée des dames, il se présenta en disant qu'il avait appris du patron qu'elles étaient en route pour Fowey et que, allant dans la même direction, il se sentait le devoir de leur offrir de les accompagner. Il ne souffla mot de l'incident de la veille au soir, et Emerald, qui tremblait à cette perspective, fut soulagée.

— Nous sommes très heureuses de votre proposition, répondit Catherine avec dignité, et nous l'acceptons avec gratitude.

Sir Robin s'inclina et adressa à Emerald un clin d'œil à peine perceptible. Un frisson de joie et de peur la parcourut. N'offrait-il de les escorter qu'à cause d'elle ?

Quand, plus tard, elle se retrouva seule avec Prudence, celle-ci lui dit :

— Je ne trouve pas ça correct, mademoiselle Emerald. Après ce qui s'est passé hier soir, vous devriez éviter dans la mesure du possible les contacts avec ce Robin.

— En quoi cela te regarde-t-il ? la rabroua Emerald avec colère. Je te prierai de ne pas te mêler de mes affaires.

Immédiatement après, il lui vint à l'esprit que Prudence était au courant de choses que Catherine ne devait pas apprendre. Aussi ajouta-t-elle d'un ton conciliant :

— Je suis assez grande pour veiller sur moi, Prudence. Je te remercie pourtant de ta sollicitude.

Prudence garda le silence, mais ses regards étaient éloquents.

Huit jours plus tard, Catherine et Emerald arrivèrent à Charity Hill où elles furent accueillies avec joie. Hélène fut tout particulièrement heureuse de la présence de sa tante, se sentant à nouveau protégée après de longs mois de peur et d'inquiétudes.

— Il était très périlleux d'entreprendre un aussi long voyage par ces temps troublés, dit-elle.

— Oh, nous avons été escortées, la rassura Catherine. Un certain sir Robin a fait le voyage avec nous.

— Sir Robin ? s'étonna Hélène, incrédule. Mais je le connais, ce n'est pas quelqu'un de très recommandable.

— Pourquoi ?

— Oh, pour diverses raisons, éluda Hélène, désireuse de ne pas évoquer les activités du brigand et ne pas infliger une frayeur rétrospective à sa tante. J'espère qu'il n'est plus dans la région ?

— Non, je crois qu'il a rejoint l'armée.

Emerald eut un sourire entendu. Elle était seule à savoir que sir Robin avait pris une chambre à Fowey, persuadée que, s'il avait agi ainsi, c'était uniquement à cause d'elle. Il lui était indifférent qu'Hélène ne l'apprécie guère, elle le comprenait même. Hélène ne devait aimer que des hommes doux et cultivés comme son Jimmy. Elle n'avait pas de sympathie pour des aventuriers à la Robin. Et c'étaient pourtant des hommes comme lui qui échauffaient le sang des filles, qui leur faisaient battre le cœur plus vite. Elle n'avait qu'à fermer les yeux pour le voir, sa haute stature élancée, ses traits bien dessinés et ses yeux presque noirs. Elle se rappelait la souplesse de ses gestes et son sourire radieux.

Ainsi s'expliquait pourquoi, sur le visage d'Emerald, habituellement querelleuse et lunatique, s'affichait désormais une expression de douceur, pourquoi elle se montrait aimable avec chacun et ne parlait plus que d'une voix sucrée.

— Si vous me demandez mon avis, la jeune fille est amoureuse, diagnostiqua Adeline.

— À son âge, ce serait bien normal, répliqua Catherine.

Elle n'aimait pas particulièrement Adeline, mais elle était trop grande dame pour montrer son aversion. Elle préférait l'éviter et s'occuper de Francis. Elle trouvait le petit ravissant et le gâtait au-delà du raisonnable ; elle ne manifestait pas moins d'amour envers les filles de Janet, Annabella et Carolyn.

Même si la vie suivait un cours paisible et monotone à Charity Hill, la guerre était présente en permanence. Mme Thompson leur apporta la liste de ceux qui étaient tombés à Edgehill, mais, au soulagement général, aucun nom connu n'y figurait.

En 1643, le mois de janvier apporta des gelées sévères et une neige abondante. Nul ne mettait un pied dehors sans nécessité absolue. Les rares valets qui étaient restés à Charity Hill passaient le plus clair de leur temps à casser du bois pour alimenter les poêles. En dépit de leur bonne volonté, il se révéla trop pénible de continuer à chauffer comme d'habitude l'ensemble des pièces de la vaste demeure. On se limita alors à la cuisine et au grand salon. La famille entière s'y rassemblait, triste groupe de femmes aux caractères profondément différents.

Oliver Cromwell ayant pris le contrôle des comtés d'Hertford et d'Huntingdonshire, la question de savoir s'il fallait l'interpréter comme un sérieux revers pour les royalistes était un fréquent sujet de conversation. Ceux qui estimaient la situation dangereuse étaient traités de pessimistes pusillanimes, les autres se voyaient accusés d'insouciance.

La nervosité grandit donc à Charity Hill. Personne ne s'étonnait de la préférence d'Emerald pour de longues promenades quotidiennes, ignorant qu'en réalité elle se rendait auprès de sir Robin avec lequel elle passait de très agréables moments.

Un jour où elles étaient une nouvelle fois toutes réunies dans le salon, Arthur surgit dans la pièce. Il arrivait de la ville où il avait appris une terrible nouvelle, qui jeta la consternation : un régiment de rebelles avait pénétré dans les Cornouailles et progressait à l'intérieur du comté. Tout le monde parlait à la fois.

— C'est affreux ! s'écria Janet, pâle comme la mort. Qu'allons-nous faire ?

— Ils vont brûler la maison et tous nous tuer, se lamenta Catherine.

— Écoutez, déclara Hélène d'une voix affectant le calme, j'ignore si les troupes ennemies seront arrêtées à temps, c'est pourquoi je propose que nous nous barricadions.

Un silence horrifié s'ensuivit, puis toutes prirent ensemble la parole.

— Mon Dieu, que faire ?

— Hélène, tu es sûre ?

— Ils vont nous dévaliser et nous assassiner !

— J'étais certaine que cela allait nous arriver. Hélène, que sais-tu de plus ?

— Gardez votre calme, ordonna Hélène. Nous avons un peu de temps devant nous. Charity Hill n'est pas si facile que ça à prendre, et si nous verrouillons toutes les portes, ils ne pourront pas se livrer au pillage.

— Ils peuvent nous affamer ! cria Adeline.

— Nos garde-manger et nos silos à céréales sont pleins à ras bord, la contredit Hélène.

— Mais ils vont être fous de rage si nous ne les laissons pas entrer, objecta Elizabeth.

— Eh bien, ça ne fait rien. Et s'ils veulent mettre Charity Hill à sac, ils devront passer sur mon cadavre, déclara Hélène d'une voix assurée. Au cas où ils parviendraient néanmoins à entrer, nous allons cacher tout ce qui est précieux. Je vais prévenir les domestiques.

Hélène descendit à la cuisine avec un calme apparent. Il y régnait un chaos total. Arthur avait manifestement déjà annoncé au personnel la terrible nouvelle et toutes croyaient la fin du monde proche.

— J'ai entendu dire que les soldats violaient les femmes avant de les pendre, sanglota Nelly, la fille de la cuisinière.

— C'est une stupidité, intervint Hélène. Je t'en prie, Nelly, arrête de pleurer. Et vous autres, écoutez-moi à présent : vous allez mettre toute l'argenterie dans de grandes caisses, puis vous aiderez Arthur à les enfouir dans le jardin. Mais il faudra tasser la terre par-dessus et la recouvrir de neige. Portez ensuite les vivres dans la petite pièce tout au fond de la cave et placez une armoire devant la porte. Ah oui, sortez aussi de la bibliothèque les livres les plus précieux et mettez-les dans le compartiment secret derrière le portrait de lady Charity Golbrooke.

Sans laisser aux femmes le temps de dire quoi que ce soit, Hélène remonta à sa chambre. Molly s'affairait déjà à enlever des armoires les vêtements et les bijoux.

— Tu es un ange, Molly, mais qu'allons-nous faire de tout ça ?

— Je le transporte à la cave. Il y a là-bas quelques bonnes cachettes.

Soulagée de voir sa fidèle servante ainsi l'aider, Hélène redescendit dans le hall où Catherine et Janet étaient en train d'enlever du mur un précieux gobelin.

— Nous l'emmenons dans la chambre de Nelly où nous l'étendrons sous le lit. Qui pourra imaginer trouver une tapisserie de prix sous le lit d'une bonne ?

Chacune passa l'après-midi à inventer de nouvelles cachettes et à y dissimuler des bijoux, de la porcelaine et des vivres.

À la tombée de la nuit, Charity Hill ressemblait à une demeure abandonnée et vidée d'une grande partie de ses meubles. La plupart des tapis avaient disparu et, sur les murs, des taches grises révélaient les endroits où étaient précédemment accrochés les tableaux. Il n'avait néanmoins pas été possible, à cause de leur poids, d'ôter du hall les portraits des ancêtres.

— Maintenant, ils peuvent arriver, dit Hélène, satisfaite.

— Tu n'es pas folle ? s'écria Janet. S'ils arrivent, je vais mourir de peur !

Malgré l'heure tardive, personne ne voulait aller au lit. Chacune déclara ne pas être fatiguée. En réalité, toutes redoutaient secrètement d'être réveillées et rudoyées en pleine nuit par un soldat. Mieux valait ne pas dormir et affronter les événements les yeux ouverts.

Tout le monde se rassembla dans le salon. L'atmosphère y était pesante, le silence régnait, mais au moins n'y avait-il pas de dispute. Elles étaient forcées, devant l'imminence du danger, de se rassembler et de ne rien entreprendre qui pût les diviser.

La soirée s'écoula lentement, interminablement. Entre-temps était tombée au-dehors une nuit noire, un vent glacial hurlait tandis qu'au loin la mer mugissait. Dedans, il faisait bon et seuls une toux ou un soupir brisaient de temps à autre le silence de plomb. Janet dit à un moment :

— N'est-il pas étrange que nous soyons là, paisibles, alors que, quelque part, non loin d'ici, des hommes luttent pour leur vie ? Beaucoup tombent, et nous, nous sommes là, assises !

Un silence embarrassé accueillit ses paroles, chacune songeant à ce qu'il adviendrait si les ennemis l'emportaient.

Vers minuit, toutes ressentirent la faim. Hélène se rendit à la cuisine pour manger quelque chose, pensant que les domestiques dormaient déjà. Il lui fallut pourtant constater qu'ils étaient encore tous éveillés, assis autour de la grande table. À l'entrée d'Hélène, ils bondirent et crièrent d'une seule voix :

— Les ennemis sont là ?
— Non, se contenta-t-elle de répondre.

Elle se fit donner par la cuisinière une assiette de gâteaux et ressortit. Jamais elle n'aurait cru qu'une nuit pourrait être aussi interminable.

L'obscurité régnait encore quand elle s'assoupit, au petit matin. Le jour pointait quand elle se réveilla en sursaut. Le feu était éteint dans la cheminée et il faisait un froid de canard. Emerald et Elizabeth dormaient, couchées serrées l'une contre l'autre sur le canapé. Adeline ronflait légèrement dans son fauteuil. La tête de Janet reposait sur le dessus de la table, celle de Catherine sur l'accoudoir de son siège. En se redressant, Hélène réprima un cri de douleur, tant sa position inconfortable l'avait ankylosée.

Si je ne vais pas sur-le-champ au lit, se dit-elle, je tombe raide morte.

Titubant de fatigue, elle se glissa hors de la pièce et se hissa au premier étage. Elle avait un violent mal de tête et les yeux brûlants.

Dans sa chambre, elle se déshabilla, se contentant de jeter ses vêtements par terre, et s'effondra sur le lit.

Quand elle s'éveilla pour la seconde fois, le jour était levé. Sur le rebord extérieur de la fenêtre, il y avait une couche de neige fraîche. Un feu brûlait dans la cheminée et la chambre était rangée. Les émotions de la veille lui revinrent aussitôt en mémoire. Elle s'assit et sonna Molly.

La jeune fille apparut dans l'instant, comme si elle avait deviné que sa maîtresse était réveillée. Elle avait le visage rayonnant.

— Nous avons gagné, mylady ! s'écria-t-elle aussi fièrement que si elle était elle-même un vaillant capitaine. Hier, sir Ralph Hopton a vaincu les ennemis à Braddock Down !

— Mon Dieu, et nous qui ne nous doutions de rien !

— Ah, mylady ! lança Molly que rien ne pouvait arrêter. Quel soulagement ! Maintenant la guerre est sûrement terminée.

— Ma foi, gagner une bataille n'est pas gagner la guerre, objecta Hélène. Mais enfin, nous voilà au moins provisoirement en sécurité.

Se laissant aller en arrière dans ses oreillers, elle respira profondément. Les ennemis n'allaient pas de sitôt se risquer dans les Cornouailles, on pouvait espérer qu'ils étaient un peu moins présomptueux. Il était tout de même évident que le roi allait gagner. Mieux vaudrait donc pour eux cesser le combat, avant que d'autres hommes tombent...

À cette pensée, Hélène sursauta.

— Molly ! Y a-t-il déjà des listes des pertes ?
— Non, mylady. Arthur est allé ce matin à Fowey, mais on ne savait toujours rien.
— Alors, il faut qu'il y retourne dès midi.
Molly se mit à rire.
— Mylady, il est midi !
— Eh bien, qu'il y aille dans la soirée. Il me faut cette liste des pertes.
— Un membre de votre famille est-il donc dans le régiment de sir Ralph ?
— C'est à peu près ça.
Hélène décida de changer de sujet.
— Je me lève à présent, annonça-t-elle avant de commencer à se vêtir avec l'aide de Molly.
Le soir, Arthur rapporta la liste des pertes. Hélène l'intercepta à la porte de derrière afin d'être la première à la consulter.
— Alexander n'y figure pas, murmura-t-elle après l'avoir parcourue à deux reprises. Il n'y figure pas, répéta-t-elle d'une voix qui avait tout d'un sanglot.

13

À peu près au même moment, Emerald se trouvait dans la petite chambre d'auberge de sir Robin. Elle avait la ferme intention de lui annoncer qu'elle attendait un enfant de lui. Bien que persuadée de son amour, elle pressentait le pire.

— Robin, dit-elle à mi-voix.
— Hein ? dit-il sans y prêter garde.
— Robin, je… je…
Il finit par lever les yeux.
— Qu'y a-t-il ?
— Robin… je vais avoir un enfant, se lança-t-elle.
Il plissa les yeux.
— Un enfant ?
— Oui, j'en suis certaine.
Emerald chercha anxieusement à lire ses pensées sur son visage, mais ne put déceler ni joie ni contrariété derrière son masque d'impassibilité.
— Il naîtra sans doute en septembre, ajouta-t-elle.
Robin se leva et alla à la fenêtre.
— C'est une bonne chose pour toi, dit-il sans rien laisser paraître de ses sentiments.
La peur grandit en Emerald.
— Nous allons bien nous marier ? demanda-t-elle, tournée vers lui, se forçant à un sourire.
Il ne répondit pas. Une légère panique dans la voix, elle répéta sa question :
— Robin, tu vas bien m'épouser ?
— Non, mon cœur, dit-il gentiment, je ne t'épouserai pas !

Emerald le considéra, désemparée, incapable de pleinement saisir le sens des mots prononcés. Ce qu'elle venait d'entendre n'était pas vrai ! Il ne pouvait pas, comme ça, refuser de l'épouser ! Elle avait fermement cru qu'il ne la laisserait pas en plan.

L'idée d'avoir un enfant illégitime la désespérait. Elle commença à douter que Robin fût aussi chevaleresque qu'elle l'avait pensé.

— Que veux-tu dire ? s'enquit-elle quand elle eut retrouvé la voix. Que veux-tu dire quand tu me réponds ne pas vouloir m'épouser ?

— Je veux dire exactement ce que je dis, expliqua Robin. Je n'ai jamais eu l'intention de te prendre pour femme !

— Oui… mais, bégaya Emerald, je vais tout de même avoir un enfant.

— C'est infiniment regrettable, mais il n'y a rien à y faire. Tu savais bien que ça pouvait arriver !

Emerald s'aperçut qu'elle frissonnait en dépit de la chaleur dans la pièce. Elle fut prise d'une violente envie de vomir. Tous ses espoirs, ses désirs, ses envies et ses rêves étaient anéantis, démolis par cet homme appuyé contre la fenêtre, ce fauve aux dents blanches étincelant cruellement dans son visage hâlé. Une peur et un désespoir sans fond s'emparèrent d'elle.

— Je t'en prie, Robin, s'entendit-elle supplier, je t'en prie, ne me rejette pas ! Tu dois m'épouser, je ne peux tout de même pas mettre au monde un… bâtard !

— Mon chou, si j'avais épousé toutes les filles qui attendaient un enfant de moi, il y a longtemps que j'aurais été accusé de polygamie.

Ce fut la dernière chose dont devait se souvenir Emerald. Elle était nécessairement sortie de la pièce et montée dans une voiture pour rentrer au château. Mais comment ? Elle fut par la suite incapable de le préciser.

14

Bien que choquée par l'aveu de sa fille, Catherine supporta l'épreuve avec la force et le sang-froid qui la caractérisaient. Elle savait qu'il était vain de s'en prendre au sort et d'accabler Emerald de reproches. Le problème était à présent d'agir.

— Si ce sir Robin ne l'épouse pas, dit-elle à Hélène à qui elle avait confié ce malheur, il nous faut trouver pour elle un autre mari.

— Mais, ma bonne, où voulez-vous trouver, en pleine guerre, un époux convenable ?

Hélène n'était pas enthousiaste à l'idée d'être mêlée à cette affaire : jouer le rôle d'entremetteuse ne lui souriait pas du tout. À son avis, Emerald n'avait d'ailleurs pas à se marier.

— En réalité, répondit Catherine à ses objections, je ne pensais pas à un homme jeune. Il nous faudrait un homme d'un certain âge et de qualité !

— Pour Emerald ? s'étonna Hélène en éclatant de rire. Excusez-moi, tante Catherine, vous imaginez-vous Emerald en épouse d'un digne et vieux monsieur ?

— Je crains qu'Emerald n'ait guère le temps de choisir un époux qui lui convienne. Mais j'ai une idée qu'on peut mettre à exécution très rapidement.

— À qui pensez-vous donc ? s'inquiéta Hélène.

— À Benedict Linford, comte de Kensborough. Il vit sur son domaine, près de Torrington.

— Il n'est pas à la guerre ? s'étonna Hélène.

— Non, il a la goutte.

— Mon Dieu, murmura Hélène, un vieux comte goutteux. Ne croyez-vous pas que vous commettez une erreur ?

— Nous n'avons pas le choix, déclara Catherine d'un ton sec. Il faut qu'Emerald se marie tout de suite pour pouvoir faire passer l'enfant pour légitime. Si nous perdons du temps à chercher mieux, Emerald sera visiblement enceinte, ne trouvera plus de mari et la société lui sera fermée à jamais. Le comte de Kensborough vit très isolé. Sa femme, une de mes bonnes amies, est morte voilà quinze ans. Je vais l'inviter ici.

Le comte fut manifestement fort heureux de l'invitation, car il y répondit aussitôt. Le 16 février, il arriva à Charity Hill dans une voiture tirée par six chevaux.

— Ciel ! s'écria Emerald qui, en compagnie d'Hélène et de Janet, observait la scène depuis l'une des fenêtres de l'étage. Regardez-le. Il paraît avoir oublié qu'il est vieux !

Le comte portait effectivement un habit beaucoup trop juvénile. Couvert des pieds à la tête d'un brocart lie-de-vin, il avait ceint une épée gigantesque et brillante et s'était coiffé d'une perruque soigneusement ondulée. Ses bottes noires avaient de hautes talonnettes car il ne mesurait guère que cinq pieds. Dans un visage mince et marqué de petite vérole, les yeux étaient très rapprochés et des chicots noirs tenaient lieu de dents.

Hélène serra le bras d'Emerald dans un geste de réconfort.

— Descends et dis-toi qu'on n'a pas tous les jours l'occasion de devenir comtesse !

Quand Emerald se coucha, le soir, elle savait que le comte possédait un vaste domaine et une grande fortune, mais elle savait aussi qu'il était l'homme le plus laid qu'elle eût jamais vu. Jamais elle ne pourrait avoir pour lui l'ombre d'une affection.

Quatre jours plus tard, il la demanda en mariage et elle accepta. Quand, deux jours après les noces, Emerald dut s'en aller avec son époux, elle trouva l'occasion de s'entretenir quelques secondes en tête à tête avec Hélène.

— Je n'ai jamais été très gentille avec toi, soufflat-elle, et je voulais m'en excuser. J'ai toujours déchargé mes humeurs sur les autres et je dois à présent le payer.

— Oh, Emerald, je t'en prie, ne parle pas comme ça ! s'écria Hélène, des larmes dans la voix. Tu es comtesse, riche, et tu possèdes une belle demeure. Tu seras heureuse !

— C'est comme si j'étais enterrée vive, répliqua Emerald avec violence, soudain emportée par la passion. Tu vois, Hélène, j'ai toujours rêvé d'une vie magnifique, je pensais que tout m'était dû, le bonheur et l'amour. J'ai rencontré Robin et j'ai cru qu'il allait m'offrir tout cela et je suis tombée amoureuse. Or il m'a fallu admettre amèrement que je m'étais trompée. N'ayant pas su attendre, ayant toujours voulu avoir tout sur-le-champ, me voilà finie !

— Oh, Emerald, réussit tout juste à dire Hélène.

Passant le bras autour de la taille de sa cousine, elle l'embrassa. Celle-ci se laissa aller contre elle et elles demeurèrent immobiles. Pour la première fois, elles ressentaient de l'affection l'une pour l'autre, maintenant qu'il était trop tard.

— Il faut que j'y aille, dit Emerald à voix basse. Benedict attend.

Se dégageant de l'étreinte de sa cousine, elle partit sans un mot de plus, sans un regard.

Hélène ne remarqua pas qu'il s'était mis à pleuvoir et que la neige fondait sous ses pieds. Regardant au loin, elle sentit un froid glacial l'agresser et se refermer sur elle comme une carapace. Elle ne sut pas, dans un premier temps, pourquoi des larmes salées lui coulaient le long des joues tandis que le désespoir l'anéantissait, puis elle finit par comprendre que c'était la mort qui la plongeait dans cet état. Autour d'elle, tout chancelait, luttait, se brisait et mourait : Elizabeth qui passait ses journées et ses nuits à lire la bible, avec, sur le visage, une expression étrange ; Emerald qui sacrifiait son bonheur à un comte âgé ; Janet qui n'avait que William en tête ; elle-même qui ne s'y retrouvait plus dans la confusion et l'inconstance de ses sentiments. Tandis que, au-dehors, quelque part, les hommes d'Angleterre mouraient sur des champs de bataille gelés, se ruant les uns sur les autres l'épée à la main, enivrés par le combat et la mort, aiguillonnés par les mots d'ordre haineux de leurs chefs. Ce qui régnait, en ces journées, c'étaient la cruauté et la destruction, et, si on n'y prêtait garde, on était soi-même emporté, au risque de finir par se briser. De peur et de désespoir, chacune d'elles mourait à petit feu.

Hélène serra les poings.

— Mais moi, je ne mourrai pas, murmura-t-elle, je survivrai d'une façon ou d'une autre à cette guerre et, si Dieu le veut, Jimmy aussi. Nous vivrons à Charity Hill jusqu'à la fin de nos jours et jamais plus je ne penserai à Alexander ni à un autre homme. Je n'ai pas à me casser la tête à propos d'Emerald, de Janet et d'Elizabeth, c'est à elles de se débrouiller avec leur existence. Il va bien venir un jour où tout rentrera dans l'ordre, mais, d'ici là, je dois m'occuper de survivre !

La petite fille d'Hélène naquit en avril, par une nuit de pluie et de tempête, toutes les puissances de la terre paraissant s'être unies pour déchaîner un véritable ouragan. Molly déclara que les grondements de canon d'Edgehill n'auraient pu faire plus de bruit que les hurlements de la mer contre les rochers.

Après plusieurs jours d'intense réflexion, Hélène décida de donner à sa fille le nom de Catherine, en hommage à sa tante pour laquelle elle avait toujours éprouvé une affection profonde. Celle-ci en fut bien entendu ravie. Adeline, en revanche, qui perçut ce nom comme une injustice à son égard, promena durant des journées entières sa mauvaise humeur. L'ancienne hostilité entre elle et sa bru retrouva une vigueur nouvelle, et elles recommencèrent à se lancer des piques comme aux premiers jours.

Mais Hélène et Adeline n'étaient pas les seules à se montrer de plus en plus irritables. La guerre mettait les nerfs de tous à rude épreuve. Le plus intolérable était une tension perpétuelle s'ajoutant à une inactivité forcée. Il n'y avait rien à faire, sinon rester là à attendre, lire les interminables listes des pertes et ne cesser de répéter que le conflit allait bientôt s'achever et que Sa Majesté allait sans aucun doute l'emporter.

Si, autrefois, la vie avait été joyeuse, pleine de danses, de fêtes et de rires, la crainte et la tristesse enveloppaient à présent les résidentes d'un manteau de glace. Il ne se passait certes pas une semaine où, pour se distraire, on n'organisât une réception, à l'occasion d'un anniversaire ou sous le premier prétexte venu, mais la gaieté n'était pas au rendez-vous. Tous étaient trop conscients que peu d'hommes étaient là et que les rares présents étaient des infirmes, ayant donné une jambe, un bras ou leurs yeux pour… pour quoi ? Question qu'Hélène se posait quotidiennement. Elle n'arrivait pas à trouver à la guerre le moindre aspect positif, rien qui valût la peine de consentir de pareils sacrifices. Elle ne comprenait pas que des gens puissent la trouver glorieuse : qu'y avait-il de glorieux à ce que des milliers d'êtres se ruent jour après jour sur les champs de bataille et qu'il en réchappât si peu ? Quel intérêt pouvait-on trouver à tuer pour ne pas être tué soi-même ?

Dans le salon de Mme Thompson était accroché un grand bouclier portant l'inscription : *Dulce et decorum est pro patria mori* ! Il est doux et glorieux de mourir pour la patrie ! Cette devise irritait Hélène, qui la trouvait niaise et fanatique. La peur, la misère, la souffrance, le désespoir et la mort n'avaient rien de doux ni de glorieux.

Le 13 mai, quelques jours avant le dix-neuvième anniversaire d'Hélène, les troupes de Cromwell défirent une unité de cavalerie royale à Grantham. La nouvelle déclencha une légère panique, mais que beaucoup s'empressèrent de dissiper. Que représentait Grantham ? Que valait une unique victoire ? La situation n'était-elle pas bonne dans le sud pour les royalistes ? Le régiment de sir Ralph Hopton, parti de Launceston, progressait en direction du Devon du Nord et il était clair qu'il ne se heurterait pas à une forte résistance. Quelques combats encore et la guerre serait finie ; Charles Ier redeviendrait le souverain incontesté de son royaume. Mais, d'ici là, beaucoup mourraient encore.

L'été s'annonçait, un été chaud et sec, avec une profusion de ciel bleu et de soleil. Les jours étaient longs, les arbres touffus, les rosiers en fleurs grimpant le long des murs de pierre de Charity Hill embaumaient. Les blés dans les champs étaient d'or comme toujours, même si les récoltes de l'année n'atteindraient pas les quantités habituelles.

Le bruit de la mer était de nouveau entrecoupé de chants d'oiseaux et, sur les bords des chemins poussiéreux, poussaient les pissenlits et les coquelicots, les bleuets et le chèvrefeuille. Les vaches broutaient dans les prairies, les poules, voletant et caquetant, traversaient la cour et les porcs se vautraient dans la boue avec des grognements. Le monde semblait pur et idyllique, à croire qu'il n'y avait nulle part de guerre.

Par une journée de juillet particulièrement chaude, Janet, Hélène et Elizabeth se rendirent à Fowey, chez Mme Thompson. Catherine et Adeline, invitées elles aussi, avaient déclaré l'une et l'autre avoir trop chaud et préférer rester pour garder les enfants. Seul Francis, qui avait à présent un an, les accompagnait, car Mme Thompson était si entichée du petit bonhomme que son absence l'aurait déçue.

La traversée de la forêt rappela à Hélène sa première arrivée à Charity Hill.

— C'était exactement comme aujourd'hui, raconta-t-elle. Cette nature m'impressionnait beaucoup, mais j'étais incapable de l'observer en détail tellement j'avais peur !

— Et tu es ici depuis maintenant deux ans, compléta Janet. Tu as certes deux enfants, mais c'est la guerre, Jimmy et William ne sont pas là : les choses ont certainement tourné autrement que tu ne te l'imaginais !

— Oui, je ne pensais vraiment pas à quelque chose de ce genre. Bien sûr, on parlait déjà de guerre civile à l'époque, mais je n'y croyais pas.

— Personne n'y croyait. La guerre est tellement inimaginable qu'on ne peut comprendre réellement ce qu'elle est avant qu'elle soit là.

— Dieu va bientôt mettre un terme à cette guerre, assura Elizabeth se mêlant à la conversation.

Contrairement aux deux autres, elle était à son habitude vêtue de gris. Ses mains jointes étaient posées calmement sur ses genoux et son visage était empreint d'une douce sérénité.

— Si Dieu peut mettre fin à la guerre, pourquoi l'a-t-il donc laissée commencer ? s'étonna Hélène. Je ne trouve pas cela très clément de sa part.

— Hélène ! s'écria Elizabeth avec effroi. Comment oses-tu parler ainsi ? Les desseins de Dieu sont impénétrables et personne ne peut avoir l'orgueil de juger son action.

— Ses desseins sont en effet impénétrables, insista Hélène, et je n'arrive pas à comprendre le sens d'une guerre.

— Il y a pourtant un sens, même si nous ne le comprenons pas pour l'instant, s'entêta Elizabeth à son tour.

— Pour l'instant, cela n'a pas d'importance, les interrompit Janet qui redoutait une querelle.

— Je suis curieuse de savoir qui sont les autres invités, dit Hélène changeant de sujet. Elle a laissé entendre qu'il y aurait des soldats. Ce sont sans doute des blessés.

— Quand je les vois, cela m'attriste et m'oblige à penser à William. Mais, d'un autre côté, c'est bien que Mme Thompson les invite, ils seraient sinon totalement abandonnés.

Hélène serra le bras de Janet et chuchota :

— Tout se passera bien pour William, j'en suis certaine.

Janet sourit avec gratitude.

À leur arrivée, il y avait déjà devant la porte de Mme Thompson plusieurs voitures et quelques chevaux.

Elles entrèrent dans la petite pièce pleine de monde. Assis autour d'une table ronde, les invités bavardaient et riaient. La conversation s'arrêta et tous les regards convergèrent vers elles. Les messieurs se levèrent avec courtoisie, tandis que les dames, plissant les yeux, se livraient à un examen détaillé des nouvelles venues. Mme Thompson se hâta à leur rencontre.

— Oh, chères amies, s'écria-t-elle avec un enthousiasme excessif. Que je suis heureuse de vous voir enfin !

Puis, lorgnant dans le couloir, elle interrogea Hélène qui était la plus proche d'elle :

— Votre belle-mère et lady Ryan ne sont pas là ? Ah, mais en revanche vous avez amené mon petit préféré ! Francis, tu me reconnais ?

Francis tordit la bouche en une grimace pleurnicharde. Il était effrayé par tant de monde.

— Ma tante et ma belle-mère regrettent beaucoup de ne pas pouvoir venir, mais elles ne se sentent pas bien.

— Oui, oui, la chaleur est épouvantable, compatit Mme Thompson. Venez, je vais vous présenter.

Puis, tournée vers les autres invités :

— Mme O'Bowley, lady Smalley et lady Golbrooke avec son fils Francis !

Hélène, qui venait de se pencher vers Francis pour l'empêcher de pleurer, leva les yeux. Elle s'apprêtait à sourire aimablement quand ses yeux s'écarquillèrent, son visage se figea.

Il y avait de nombreux soldats autour de la table, et l'un d'eux était Alexander Tate ! Placé juste en face d'elle, il eut un sourire imperceptible en voyant qu'elle le reconnaissait.

Pendant ce temps, Mme Thompson annonçait les noms des convives sans s'apercevoir qu'Hélène était au bord de l'évanouissement.

— Le colonel Tate, le major Evans, lady Nolan…

Hélène ne l'écoutait pour ainsi dire pas, incapable de se mouvoir ou d'avoir la moindre idée claire. Tout tournait dans sa tête. Alexander était ici, en chair et en os dans cette pièce ! Bien qu'elle l'ait vu pour la dernière fois près de deux ans auparavant, elle l'avait aussitôt reconnu.

— Bon, eh bien prenez place, invita Mme Thompson. Francis s'assoit bien sûr à côté de moi !

L'attirant sur ses genoux, elle lui fourra un bout de gâteau dans la bouche. Puis, se penchant vers Hélène :

— Lady Golbrooke, vous connaissez le colonel Tate, n'est-ce pas ? Je me souviens qu'il avait été invité chez vous il y a longtemps de cela. En novembre…

En novembre, quand la gelée blanche recouvrait les champs sous un ciel gris et que des vapeurs blanches sortaient des naseaux des chevaux lancés au galop.

— Oui, bien sûr que nous nous connaissons, intervint Alexander, seule la guerre nous a si longtemps empêchés de nous voir.

— Vous savez, annonça Mme Thompson, le colonel Tate est ici en mission secrète. Il ne m'a bien sûr pas confié en quoi elle consiste, mais j'aimerais tant le savoir.

— Comme c'est fascinant ! s'exclama lady Nolan, une dame corpulente en robe de soie rose. Vous arrivez du front, colonel ?

— Oui, j'étais dans le Devon du Nord il y a deux jours encore. Nous avons pris Bideford et Torrington ; Barnstable s'est rendue. Ce furent des victoires très aisées.

— Torrington ? demanda Elizabeth soudain attentive. Ma sœur y vit. Peut-être la connaissez-vous. Elle est mariée avec le comte de Kensborough. J'espère que les combats n'y furent pas trop violents ?

— Oh non, la rassura Alexander, comme je vous l'ai dit, cela s'est fait en un tournemain.

— Seule Plymouth est aux mains du Parlement, ici, chez nous, remarqua Bridget, une fille un peu simple assise à côté d'Hélène. Votre mission est certainement en rapport avec ça. Vous devez entrer dans la ville comme espion !

Pouffant, elle lui lança un regard de connivence. Alexander resta impassible :

— Je ne peux malheureusement fournir aucune indication.

Bridget poussa Hélène du coude.

— N'est-il pas superbe ? chuchota-t-elle. Quel effet cela peut-il faire quand il embrasse ?

— Essayez donc, répondit Hélène avec froideur.

Cette bonne femme prétentieuse ne se rendait-elle donc pas compte qu'elle était à la torture et qu'elle voulait avoir la paix ?

— Essayez donc ! pouffa derechef Bridget. Bonté divine ! Vous êtes une drôle de coquine vous !

— Pourquoi n'avez-vous pas amené Cathy ? demanda Mme Thompson. J'aurais tant aimé la voir.

— Elle n'a que trois mois. Je ne suis pas sûre qu'un tel trajet aurait été bon pour elle.

— Non certainement pas, acquiesça Mme Thompson.

Puis, se tournant vers les autres invités, elle ajouta :

— Vous savez, lady Golbrooke a une charmante petite fille, et figurez-vous qu'elle ne connaît même pas encore son père !

Hélène laissa son regard parcourir l'assemblée. Alexander était, de tous les soldats, le seul en bonne santé, tous les autres étant grièvement blessés. Elle avait vu certains d'entre eux avant leur départ pour la guerre : ils étaient méconnaissables. Les jeunes gens vigoureux d'alors, aux cheveux bouclés et aux yeux brillants, pleins d'enthousiasme et d'optimisme, paraissaient à présent las et sans entrain, vieillis de plusieurs années.

Les invités de Mme Thompson parlèrent encore un petit moment, jusqu'à ce que, la nuit commençant à tomber, Elizabeth donnât le signal du départ. Tous les convives se levèrent.

— C'était vraiment très réussi, ma chère, dit lady Nolan.

— Pendant une ou deux heures, j'en ai presque oublié la guerre, renchérit le major Evans.

Mme Thompson était rayonnante.

— Venez, je vous raccompagne, dit-elle.

Tournée vers Alexander, elle continua :

— Vous restez encore un peu, n'est-ce pas, colonel ?

— Il reste ici ? s'étonna lady Nolan.

— Oui. Voyez-vous, il a rendez-vous ici avec quelqu'un. C'est tout à fait secret, et une rencontre à l'auberge serait trop risquée.

Mme Thompson parut sur le point d'exploser de fierté, tandis qu'Alexander regrettait tout aussi manifestement de s'être confié à une personne comme elle.

— Bonne chance, colonel Tate, dit Hélène en lui tendant la main.

Elle sentit la pression de ses doigts et aperçut pour la première fois un sourire sur son visage.

— Au revoir, lady Golbrooke.

Elle fit demi-tour et quitta la pièce. Auparavant, elle laissa subrepticement glisser son éventail sur la table.

La cérémonie des adieux dura comme d'habitude très longtemps. Les dames s'étreignirent et s'embrassèrent à plusieurs reprises, sous le regard impatient des hommes se permettant de remarquer qu'il était tard.

— Je crois que j'ai oublié mon éventail, dit Hélène à Mme Thompson. Je vais le chercher.

— Oh, que c'est fâcheux. Dois-je envoyer Amy ?

— Non, ce n'est pas la peine. Qui sait où j'ai pu le fourrer ?

— Je t'en prie, dépêche-toi, dit Elizabeth.
— Bien sûr !
Hélène remonta en toute hâte l'escalier. Le cœur battant d'excitation, elle vit, passant devant un miroir, qu'elle était pâle et qu'elle avait les yeux brillants. Elle allait bientôt être seule avec lui !

S'arrêtant devant la porte, elle prit son courage à deux mains, ouvrit et entra.

En raison de l'obscurité, elle ne put discerner les traits de son visage. Debout à la fenêtre, il avait un verre à la main, l'autre posée sur la poignée de son épée.

— Alexander ! chuchota-t-elle.
— Qu'y a-t-il ? demanda-t-il en se retournant vers elle.

Elle referma la porte derrière elle.

— Je... je voulais te voir encore une fois.

Ses yeux s'étant habitués à l'obscurité, elle le vit s'assombrir.

— Qu'y a-t-il donc ?

Elle s'approcha de lui en souriant.

— Tu ne te rappelles pas ? Ce jour, en novembre, où Faith s'est emballée ?
— Oublions cela.
— Mais je ne peux l'oublier, Alexander. Je n'oublierai jamais. J'y ai sans cesse pensé, un an et demi durant.

Arrivée auprès de la table où elle avait laissé tomber son éventail, Hélène le ramassa.

— Alexander, je dois redescendre, sinon cela sera suspect. Dis-moi, je t'en prie, quand nous pouvons nous voir demain, dit-elle d'une voix précipitée.
— Hélène, je t'en prie !
— S'il te plaît !

Dans le demi-jour, il avait l'air las et tendu.

— Nous ne pouvons nous rencontrer, je regrette.

Il tenta de passer à côté d'elle pour quitter la pièce, mais elle fut plus rapide. S'appuyant du dos contre la porte, elle lui barra le passage.

— En fin d'après-midi, je serai sur la plage au sud de Charity Hill, dit-elle d'un ton résolu. Décide si tu veux venir.

— Hélène, tu attendras en vain. Je ne peux pas.

— Si, tu viendras.

Elle le regarda droit dans les yeux en se disant avec désespoir : il faut que je l'influence par la force de ma volonté, il ne doit pas avoir d'autre choix que de venir.

Elle ouvrit lentement la porte et, ne le quittant pas des yeux, sortit. Elle longea le couloir en courant, et, cherchant sa respiration, s'appuya contre la rampe de l'escalier, l'éventail serré contre sa poitrine.

S'il n'est pas là demain, je l'abandonne, se jura-t-elle, mais Dieu veuille qu'il vienne !

Quand, le lendemain, Hélène arriva à cheval sur la plage, il était déjà là. Elle l'aperçut de loin, appuyé contre un rocher. Il avait sur le visage l'expression tendue qu'elle lui connaissait, tandis qu'il regardait la mer aussi bleue que le ciel, avec ses vaguelettes scintillantes venant mourir sur le sable où elles déposaient une écume blanche.

Il leva les yeux en l'entendant et vint à sa rencontre.

Elle immobilisa sa monture et dit sans aucun accent de triomphe :

— Tu es venu.

— Oui, répondit-il simplement.

Il l'aida à descendre de cheval et, un instant, ce fut comme jadis. Hélène se reçut avec souplesse sur le sable et, quand ses mains se retirèrent de sa taille, elle ressentit brièvement la tentation de se laisser tomber pour l'obliger à la retenir.

— Quelqu'un t'a-t-il vue ?
— Non, j'ai dit que je partais me promener à cheval. Comme c'est chez moi une habitude, cela n'a surpris personne.

Elle avança de quelques pas en direction d'une roche plate où elle s'assit. Alexander, menant son cheval par la bride, se figea devant elle. Elle leva les yeux.

— Je... j'espérais tellement que tu viendrais.

Il acquiesça de la tête.

— Je ne voulais pas venir, dit-il en s'asseyant auprès d'elle, mais je n'ai pas pu faire autrement, ça n'était tout simplement pas possible.

— Était-ce de la pitié ?

Il hésita.

— Non, je n'ai pas réussi à t'oublier.

Hélène se sentit soulagée.

— Tu n'as pas réussi à m'oublier, tu pensais sans arrêt à moi. Oh, Alexander, pourquoi te compliques-tu la vie ?

Prenant par terre une branche, il entreprit de la casser en petits morceaux.

— Hélène, tu ne me comprendras peut-être pas, mais Jimmy et moi sommes plus que des amis, presque des frères. Nous nous entendons et nous estimons ; je sais que je peux totalement me fier à lui. Jamais il ne me laisserait tomber, cela dût-il lui coûter la vie. Il est extrêmement rare de pouvoir, avec une totale assurance, parler d'un être comme je viens de le faire, dit-il, lançant les débris de bois et regardant Hélène. Je me demande si tu peux partager les sentiments que je t'ai décrits.

— Alexander, ne crois pas que je ne te comprenne pas. Mais ne penses-tu pas que, dans notre cas, tes sentiments personnels devraient passer avant tes devoirs envers Jimmy ? Tu ne peux tout de même pas lui sacrifier notre bonheur, comme tu l'envisages. Car, tout de même, tu...

Elle se tut brutalement et ses yeux s'assombrirent, car elle s'apercevait qu'elle avait jusqu'ici admis avec une incroyable confiance en elle-même qu'il l'aimait, alors qu'il ne le lui avait encore jamais dit. Dans aucun de ses rêves elle n'avait pensé qu'il pourrait ne pas répondre à ses sentiments pour lui. Alexander, étonné par ce silence soudain, demanda :

— Qu'as-tu ?

— Je... je... Oh, Alexander, est-ce que tu m'aimes, après tout ?

Au bout d'un instant, il lui prit la main.

— Bien sûr, dit-il d'une voix rauque. Tu en doutais ?

— Dis-moi : je t'aime !

— Je t'aime.

— Oh, Alexander, alors tout est bien ! s'écria-t-elle en s'accrochant à son bras avec violence. Partons, partons comme ça, droit devant nous. Le monde est si grand. À condition d'être ensemble, peu importe où. J'abandonne tout ce que je possède, car je n'en ai pas besoin. Je n'ai besoin que de toi.

— C'est impossible. Dans mon cas, ce serait de la désertion pure et simple et, même si nous n'étions pas en guerre, nous ne pourrions pas partir comme ça. Même si tu n'as pas de scrupules à propos de Jimmy, tu dois bien penser à tes enfants.

— Oh, mes enfants !

Sautant sur ses pieds, elle rejeta en arrière ses longs cheveux. Son cœur battait la chamade, dans ses yeux brillait une lueur qu'il ne lui avait jamais vue. Son visage avait perdu toutes ses couleurs. C'est à peine s'il la reconnaissait tandis qu'elle parlait. Elle n'avait plus rien de commun avec la femme calme et un peu mélancolique qu'il s'imaginait ; toutes les fausses enveloppes tombées à terre, il ne restait d'elle que le plus original, le plus authentique. Tremblante, sa silhouette se dessinait sur la mer à l'arrière-plan, contre le rougeoiement d'un soleil déclinant et le gris-bleu d'une infinie douceur unissant l'eau et le ciel.

— Laisse mes enfants de côté ! Je veux partir avec toi, peu importe où dans ce monde immense et merveilleux ! Regarde, au-delà de la mer s'étendent d'innombrables pays, de vastes contrées qu'aucun homme n'a encore jamais foulées. Partons – n'importe où, mais loin d'ici !

— Tu ne sais plus ce que tu dis, répliqua d'un ton apaisant Alexander qui s'était levé lui aussi. Comprends donc, je t'en prie, que s'enfuir n'est pas une solution.

— Mais pourquoi ?

Au lieu de répondre, il posa à son tour une question :

— Tu pourrais agir ainsi envers Jimmy ?

Hélène baissa la tête. Elle finit par dire :

— Je réfléchis sans arrêt à cela depuis notre première rencontre. Des heures, des journées entières je me suis interrogée à ce propos, et maintenant je crois que je le pourrais.

Après un temps de silence, il avoua :

— Je suis désolé, Hélène, mais moi, je ne le peux pas.

Elle sentit la colère la gagner lentement.

— Tu ne peux pas ? Tu choisis la facilité. Tu te caches sans cesse derrière tes beaux sentiments, tu parles d'amitié, d'honneur et de devoirs, mais tu n'arrives pas pour autant à te détacher de moi, sinon tu ne serais pas venu aujourd'hui. Qu'est-ce que tu veux au juste ? Je présume que tu n'en sais rien toi-même ! Tu…

— Hélène ! l'interrompit-il, mais elle ne le laissa pas continuer.

— Tu te plais à jouer le rôle du grand et noble Alexander Tate, n'est-ce pas ? cria-t-elle. C'est en effet si simple de déclarer : Hélène, je t'aime, mais ma fidélité m'empêche de partir avec toi ! Comme ça tu ne te salis pas la conscience. As-tu une seule fois pensé à moi ? Je n'ai jamais dissimulé quoi que ce soit, et Dieu sait que cela n'a pas été facile. Ma conscience ne me laisse pas une seconde en repos. Jour et nuit elle me poursuit, uniquement parce que je me suis avoué que c'est toi que j'aime et pas Jimmy.

Elle ajouta en baissant la voix cette fois-ci, mais sur un ton sans pitié :

— Tu es un lâche, Alexander. Je ne doute pas que tu sois aux avant-postes sur le champ de bataille, mais tu n'as pas le courage de la sincérité envers celui à qui il est dur, pour toi comme pour chacun, d'avouer la vérité : envers toi-même !

Elle allait se détourner et remonter en selle quand Alexander, qui l'avait écoutée le visage impassible, la prit par le bras et la retint.

— Tu m'as adressé des reproches assez durs, Hélène. Aussi devrais-tu me donner l'occasion d'y répondre. Tu m'accuses de lâcheté – bien, je n'arriverai sans doute pas à te faire changer d'avis. Mais je peux tout aussi bien te reprocher de te montrer versatile et d'agir précipitamment. Tu as autrefois cru que tu aimais Jimmy, tu as eu deux enfants de lui et, autant que je sache, il ne t'a jamais donné une raison de modifier tes sentiments à son égard. Et voilà que tu tombes tout à coup amoureuse d'un autre homme à qui tu es prête à sacrifier tes enfants. Tu veux t'enfuir avec lui comme une adolescente. Hélène, comment puis-je savoir s'il ne va pas surgir un jour un autre homme pour lequel tu croiras ressentir de la passion et pour lequel tu m'abandonneras ?

— Mais je t'aime. Crois-moi, je t'en prie, je t'aime plus que tout !

— Et combien de fois as-tu affirmé la même chose à Jimmy ?

Ils se turent. La nuit commençait à tomber, les vagues avaient grossi et déferlaient maintenant sur la rive ; le ciel, aux teintes tendres, laissait pressentir l'arrivée de l'obscurité mélancolique. Le soleil, très bas à l'horizon, paraissait vouloir plonger, puis flamboyait à nouveau comme si, condamné à céder le pas à la nuit, il cherchait à manifester une nouvelle fois sa force. Ses rayons illuminaient la mer et la plage, ourlant d'or les crêtes d'écume qui couronnaient les vagues. L'eau, le sable et le ciel paraissaient étrangement se confondre dans la lumière indistincte.

Le visage d'Hélène, baigné lui aussi par cette faible lueur, donnait une impression de jeunesse et de désarroi. Alexander prit soudainement conscience de l'amour qu'il lui portait et de la violence de son désir.

Il voyait ses longs cheveux noirs flottant au vent, ses grands yeux ombrés de cils fournis, sa bouche souple et son fin visage. Jamais ils ne lui avaient semblé si beaux. À la lumière du jour ou dans une pièce illuminée par des cierges, elle était belle et séduisante, mais ici, en cet instant, devant la mer et le rougeoiement du soleil, pâle et désespérée, elle était l'image vivante de la passion et de la sensualité.

Il la désira comme aucune femme avant elle, et, quand il l'embrassa, il sentit battre à tout rompre le cœur de sa compagne, il vit ses yeux étinceler et le bruit de la mer ne fut plus qu'une rumeur semblant venir de très loin.

Le soleil avait disparu quand il la relâcha. Il ne subsistait à l'horizon, au-delà des roches noires, qu'un mince filet rose pâle. La mer n'était plus qu'une étendue noire et menaçante.

— Il faut que tu rentres, Hélène. On se ferait sinon du souci pour toi.

— J'aimerais que nous restions éternellement ici, chuchota-t-elle, mais je sais que je dois rentrer.

Elle alla lentement jusqu'à son cheval qui était demeuré patiemment à proximité. Alexander l'aida à monter en selle.

— Je reviendrai, promit-il. Mais, je t'en prie, ne fais rien de déraisonnable.

— Non, je te le promets, Alexander, mais il est si horrible de devoir se quitter.

— Je penserai à toi. À tout instant.

Alexander lui tendit les rênes. Sans un regard, Hélène fit faire volte-face à son cheval et s'éloigna à travers la grève au bord de laquelle la mer venait mourir.

15

Deux jours plus tard, Alexander rejoignit son régiment sans avoir eu l'occasion d'être seul avec Hélène. Ils se revirent une dernière fois lors du mariage de Bridget avec un soldat aveugle, la fiancée s'agrippant au colonel avec tant de sans-gêne qu'ils ne purent guère échanger d'autres mots que « Bonjour » et « Au revoir ».

— Il est si merveilleusement froid, dit plus tard à Hélène une Bridget rêveuse, et il a l'air si mélancolique. Je parie qu'il est secrètement amoureux !

— Oui, de vous probablement, répondit Hélène avec une ironie qui échappa à son interlocutrice puisqu'elle se contenta de pouffer sottement.

— Comme c'est passionnant, dit cette dernière. Imaginez un peu : mariée, avoir une relation avec un autre ! Ensuite les deux se battent en duel. Mon Dieu, ne serait-ce pas fantastique ?

Bien qu'estimant assez improbable que deux hommes se battent en duel pour Bridget, Hélène ne dit mot. Elle était encore trop sous le choc de son aventure avec Alexander pour prendre pleine conscience du monde qui l'entourait. Elle passait des journées entières en état de demi-rêve, l'esprit uniquement habité de cette pensée : il m'aime, il m'a dit combien il m'aimait. Peu importe ce qui arrivera maintenant, on ne pourra plus m'enlever cela ! Elle avait le sentiment que toutes les contrariétés et tous les chagrins qu'elle avait connus avaient été annulés par cette soirée sur la plage. Même si elle devait encore affronter le malheur et les souffrances, il avait valu de vivre en raison de cet instant.

Quand, fin juillet, elle apprit que les rebelles commandés par Cromwell avaient conquis Gainsborough, elle n'en fut pas bouleversée. La guerre civile était si loin de ses préoccupations. Pour un peu, elle l'aurait oubliée. Il n'y avait plus qu'Alexander au monde. Que pesaient, face à cet amour, les querelles incompréhensibles opposant des adversaires politiques ?

Lentement pourtant, Hélène fut bien obligée de revenir à la réalité. Oliver Cromwell, lord Manchester et lord Willoughby reprirent le contrôle de Lincolnshire au début de l'automne ; le 13 octobre, les royalistes furent battus à Winceby. Au cours de cette bataille, tomba Neville, le fils de Mme Thompson. Hélène ne sut jamais ce qu'avait éprouvé son amie en apprenant cette terrible nouvelle, mais quand, trois jours plus tard, elle lui rendit visite, le panneau portant l'inscription « Il est doux et glorieux de mourir pour la patrie » avait disparu. La femme rondelette et chaleureuse avait cédé la place à une créature amaigrie, aux joues creuses, parvenant mal à cacher le tremblement de ses mains.

La guerre avait rattrapé Hélène. Elle recommença à écouter ce qui se racontait autour d'elle et même à prendre part aux conversations à la maison. La situation du roi n'était certes pas catastrophique, mais elle était loin d'être aussi bonne qu'elle l'aurait dû au bout d'un an de guerre. À la fin 1643, tenant solidement tout l'ouest et le sud-ouest du pays jusqu'à Plymouth, il n'avait pas réussi à briser la résistance de l'est. Même les plus insouciants se mettaient à douter que le sort des combats fût décidé dans un avenir proche.

— Il faut que l'année 1644 soit l'année de la paix, déclara Adeline à Noël.

Toutes assises autour de la cheminée, buvant du vin et mangeant des gâteaux secs, elles évoquèrent les Noëls d'antan où l'on dansait, chantait et faisait la fête. Il était autrefois si facile et agréable de vivre sans avoir continuellement à songer aux hommes en campagne qui devaient célébrer la nuit sainte dans le froid.

— Vous vous rappelez l'année dernière ? demanda Janet. Nous estimions que la guerre serait finie en quelques semaines.

— Et cette année, nous ne croyons plus rien, murmura Hélène. Nous sommes seules ici, comme enterrées vivantes.

— Il ne faut pas parler comme ça, objecta Elizabeth. Nous ne sommes pas à plaindre. Nous sommes chez nous, nous avons de quoi manger et nous chauffer. Qui sait où nous en serons l'année prochaine ?

Un petit moment, toutes s'abandonnèrent à leurs sombres pensées, écoutant le doux chant des cloches de Fowey qui leur parvenait dans la nuit d'hiver. Puis Catherine se leva.

— Je vais me coucher, annonça-t-elle, mais, auparavant, je vais prier pour que cette guerre cesse enfin et que tous ceux que nous connaissons et aimons survivent.

L'année 1644 sembla ne réserver d'emblée que des défaites au camp royaliste. Le porte-parole du Parlement, John Pym, était mort, mais non sans avoir au préalable conclu un traité avec les Écossais, aux termes duquel ces derniers s'engageaient à fournir au Parlement des soldats et des armes. De plus, des troupes royales étaient enfermées dans York, attendant désespérément d'être dégagées. L'été venu, le prince Rupert parvint, à la tête de sa cavalerie, à rompre le siège, mais, loin de s'en satisfaire, il poursuivit l'armée adverse jusqu'à ce qu'il la bloque à Marston Moor. C'est en ce lieu que se déroula le 2 juillet 1644 la bataille décisive, la boucherie la plus sanglante de la guerre, qui, au terme d'un combat interminable, se conclut par l'amère défaite des royalistes.

La nouvelle de la victoire du Parlement à Marston Moor provoqua la stupeur dans le pays. Chacun pressentait que cette bataille pouvait représenter un tournant dans une guerre qui, jusqu'ici, s'était plutôt déroulée à l'avantage du roi. Voilà que le prince Rupert, un héros aux yeux des siens, le principal atout de Sa Majesté, venait d'être vaincu, et, de surcroît, par Oliver Cromwell, un parvenu qui s'était soudain révélé un capitaine de cavalerie à l'habileté insoupçonnée. Même le moins averti voyait clairement que la guerre ne se terminerait pas aussi vite qu'on l'avait cru d'abord.

À Charity Hill, on apprit la nouvelle du désastre par un après-midi très chaud, deux jours après la défaite.

Hélène, assise par terre dans sa chambre, jouait avec Francis, son fils de deux ans. Ses deux enfants, en dépit des temps difficiles, se développaient à merveille. Francis était un petit garçon vigoureux et intelligent, et sa cadette d'un an avait un minois si mignon que tous les habitants du manoir la gâtaient au-delà du raisonnable. Elle était déjà très volontaire, souvent querelleuse et capricieuse.

Hélène adorait jouer avec eux. Ils tenaient un peu de Jimmy et, quand elle leur manifestait une tendresse particulière, elle avait l'impression que cet amour rejaillissait aussi sur lui.

Elle avait toujours mauvaise conscience, bien que la fameuse soirée au bord de la mer remontât à un an déjà.

Le repos de l'après-midi fut donc troublé, en ce 4 juillet, par Molly qui fit irruption dans la chambre.

— Excusez-moi, mylady, mais il y a en bas une dame qui voudrait vous parler.

— Mme Thompson ? demanda Hélène en s'apprêtant à se relever.

— Non, mylady, c'est Mme Cash !

Hélène se laissa retomber par terre. Bridget lui rendait presque toutes les semaines une visite interminable qui l'épuisait.

— Dis-lui que j'ai mal à la tête et que je ne peux malheureusement pas la recevoir.

— Je le lui ai déjà dit la semaine dernière. Je crois, mylady, que vous devez descendre !

Hélène murmura un mot fort peu courtois, se leva et sortit.

Bridget, qui attendait dans le hall, poussa un cri en apercevant Hélène et courut à sa rencontre.

— Oh, ma chère, je suis venue tout de suite quand j'ai appris l'épouvantable nouvelle. Je me suis dit que vous auriez besoin d'une amie fidèle.

— Qu'est-il donc arrivé ? demanda Hélène avec inquiétude.

Bridget lui lança un regard chargé de reproches.

— Vous n'êtes pas au courant ? soupira-t-elle de manière théâtrale. Il me revient donc de vous informer.

— Dieu du ciel, mais parlez donc !

Hélène ressentit le désir violent de prendre Bridget par les épaules et de la secouer comme un sac de farine. Mais elle ne lui dirait alors plus rien. Aussi s'arma-t-elle de patience.

— Les choses en sont en effet au point, commença Bridget avec une lenteur exaspérante, que les royalistes... eh bien, que les royalistes ont été totalement défaits à Marston Moor.

— Comment ?

— Oh, ma pauvre enfant. C'était la cavalerie commandée par le prince Rupert. Quatre mille morts...

Hélène, à son grand étonnement, constata que rien ne changeait en elle. Son cœur continuait à battre régulièrement, ses mains étaient posées, immobiles et fraîches, sur la rampe, aucun frisson de froid ou de fièvre ne parcourut son corps. Seule une curieuse douleur, très légère, lui vrilla les tempes, mais de manière quasi insensible, presque avec douceur.

— Quatre mille morts, répéta-t-elle.

— Oh, j'aurais dû vous l'annoncer avec plus de ménagements. Vous avez si bonne mine. Mais je pensais que vous étiez forcément au courant, puisque le comte est avec le prince Rupert, ainsi que l'époux de votre belle-sœur, n'est-ce pas ?

— Voilà qui est bon. Merci, Bridget.

— Je suis certaine que lord Golbrooke n'est pas parmi les victimes. Je le sens... ici ! dit la visiteuse en montrant son cœur.

En même temps, ses yeux habituellement inertes se mirent à détailler Hélène de bas en haut et de haut en bas, comme pour ne pas laisser échapper une seule de ses réactions. Elle paraissait attendre qu'il se passe quelque chose. Ce serait un tel délice de pouvoir ensuite le raconter aux dames de la ville.

Mais Hélène se contenta de dire d'une voix très calme :

— Je vous remercie, Bridget, de m'avoir informée. Je vous prie de comprendre qu'il me faille maintenant me retirer.

— Bien sûr, répondit Bridget, déçue. Vous mettrez lady Smalley au courant ?

— Ce n'est pas la peine, dit une voix en haut de l'escalier. J'ai tout entendu.

Hélène se retourna et aperçut Janet qui, pâle comme la mort, la regardait.

Attendre était le pire.

Hélène le constatait pour la seconde fois depuis le début de la guerre. La première, un an et demi plus tôt, avait été l'attente de l'arrivée à Charity Hill des troupes ennemies. Elle avait cru à l'époque qu'il s'agirait de quelque chose d'atroce, d'intolérable. À présent, elle savait que cela n'était rien en comparaison de ce qu'elle aurait désormais à supporter.

Les rares listes des pertes étaient incomplètes et ne comportaient que mille cinq cents noms, soit une fraction de ceux qui étaient effectivement tombés. Personne ne savait ce qui se passait là-bas, ce qu'il advenait des prisonniers, si, dans le nord, on laissait les cadavres sans sépulture et – question lancinante – qui étaient ces morts.

Janet était intimement convaincue que William était tombé. Elle ne l'exprimait jamais, mais Hélène le devinait à ses regards perçants, à ses silences pensifs, à la manière dont, des heures durant, elle fixait le vide par la fenêtre. Elle se déplaçait comme absente, elle paraissait se mouvoir dans un autre monde.

Étrangement, il naquit en Hélène une faible assurance à mesure que grandissait le désespoir de Janet. C'était toujours la même et unique idée qui lui trottait dans la tête : Dieu ne prendra pas les deux, mais un seul. Si William est celui-là, ce ne sera pas Jimmy.

Chaque fois que cette pensée lui venait, elle avait honte et se jurait de la chasser de son cerveau. Mais elle revenait sans cesse, comme une bouée à laquelle elle se raccrochait pour se réconforter.

Le 24 juillet, Elizabeth fêta son vingt-deuxième anniversaire. C'était une magnifique et chaude journée, bien propre à faire oublier les chagrins et les soucis. Les yeux habités d'un éclat nouveau, presque comme jadis, Elizabeth était assise parmi des roses aux couleurs allant du blanc délicat au rouge flamboyant. Si ce n'avaient été ses cheveux gris et son visage creusé de rides, Hélène aurait cru avoir affaire à l'Elizabeth d'avant, l'Elizabeth au beau et doux sourire.

Hélène laissa son regard errer sur tous les invités rassemblés dans le merveilleux jardin de Charity Hill et une étrange, une violente douleur l'envahit, un sentiment de tristesse inexplicable. Peut-être étaient-ce les traits vieillis d'Elizabeth, l'immense désespoir dans les yeux de Mme Thompson, le regard perdu de Catherine et le pli amer autour de la bouche de Janet qui la firent brusquement frissonner. Tout le monde avait l'air si exténué, malade, en proie à la solitude. La beauté et la jeunesse avaient cédé la place au chagrin et à la résignation. Les yeux jadis rayonnants d'insouciance étaient mornes et comme coupés du monde.

Ils sont tous morts, se dit soudain Hélène, épouvantée, ils sont aussi rigides et inertes que s'ils étaient morts ! Ils sont là, ils bougent, ils parlent et rient – pourquoi sont-ils différents de jadis ? Pourquoi la guerre et la perte d'un être cher les transforment-elles en ombres ? Qui a envoyé une telle violence, une violence capable de détruire ainsi les hommes ?

Oh Dieu, pourquoi agis-tu de la sorte ? Pourquoi nous mettre dans ce monde et le laisser nous anéantir ? Pourquoi ne nous protèges-tu pas de sa voracité, de sa violence ? Tu le pourrais, n'est-ce pas ? Tu es grand et puissant, tu disposes de tout. Tu veux être miséricordieux, mais tu ne fais grâce à personne. Tu laisses tes créatures errer à travers le chaos et tu ne les rachètes qu'après les avoir détruites. C'est toi qui fais de nous tous des victimes et des prisonniers, tous tant que nous sommes.

Plus tard, après le départ des hôtes, elle resta dans le jardin avec Elizabeth, assise à son côté sur un muret de pierre, dans cette soirée d'été dont les parfums, les teintes d'un bleu pâle, le filet lumineux dans le ciel, à l'ouest, la douceur de l'air ne pouvaient être que ceux d'une soirée d'été.

Elles étaient silencieuses, et un peu du calme qui émanait de la profonde religiosité d'Elizabeth se transmettait à Hélène.

C'est alors qu'un cri retentit dans la demeure, qui les fit violemment tressaillir.

— C'était la voix de Janet, s'exclama Hélène, effrayée.

Elles bondirent sur leurs pieds et se dirigèrent en toute hâte vers la cour intérieure où elles parvinrent à temps pour voir Janet franchir la grande porte du manoir et descendre la colline en courant de toutes ses forces.

— Elle va se casser une jambe, dit Elizabeth. Pourquoi diable court-elle ainsi ?

Au même instant, Catherine et Adeline sortirent de la maison.

— William ! crièrent-elles d'une même voix. C'est William qui arrive, il est en train de gravir la colline !

— William ?

Les oreilles d'Hélène se mirent à bourdonner. Si William arrivait, peut-être que d'autres... elle fit demi-tour, ramassa ses jupes et se précipita à la poursuite de Janet, trébucha, se rattrapa, poussée par une pensée cognant en rythme dans sa tête : Jimmy, peut-être que Jimmy arrive ! Elle était à ce point obsédée par cette idée qu'elle ne songea pas une seconde à demander aux autres si elles l'avaient vu. Fonçant droit devant elle, elle ne s'immobilisa que devant la porte, le souffle court. Elle avait vu Janet remonter la pente : à côté d'elle, avançait William tenant son cheval par la bride, entourant de l'autre bras la taille de Janet. Il n'y avait qu'eux deux.

Un épouvantable, un inconcevable soupçon se fit jour en elle, mais elle l'écarta sur-le-champ. Ce n'était pas possible. Il y avait certainement une explication. William avait obtenu une permission, et pas Jimmy. Cela aurait été un hasard singulier que l'armée se sépare des deux en même temps.

Elle rit d'avoir été assez sotte pour croire que William lui ramenait Jimmy. Quelle naïveté !

Elle attendit que les deux époux soient à sa hauteur, puis elle tendit la main à William.

— William, je suis si heureuse de te voir, dit-elle en songeant : « Mon Dieu, dans quel état il est. »

Ses vêtements déchirés, sa barbe hérissée, ses cheveux ébouriffés lui donnèrent un coup au cœur. L'entendant tousser d'une toux sèche, elle sut qu'il était malade.

— Comment va Jimmy ? demanda-t-elle. Pourquoi n'est-il pas avec toi ?

— Hélène... commença William, Jimmy est...

Puis il s'interrompit, se taisant tandis qu'un tressaillement parcourait son visage.

Le silence sembla durer une éternité, un silence épais qui gonfla et l'enveloppa tel un brouillard, un silence agressif et oppressant, fait de mille voix qui enflèrent, enflèrent, jusqu'au moment où elles se muèrent en un cri, un cri de certitude absolue.

— Non, murmura-t-elle, non, oh non, non..., ne cessait-elle de répéter dans un balbutiement stupide. Non, non, non...

— Hélène, reprit William – et elle pensa : « Mais il l'a déjà dit. Tout se répète-t-il donc, mais à l'envers ? » – Hélène, je t'en prie, sois courageuse. Il est... Jimmy... est tombé à Marston Moor.

16

Dans un premier temps, Hélène resta comme assommée, incapable de prendre conscience de ce qui s'était passé. Que ce fût à table, dans son lit où elle se tournait et se retournait ou sur la plage où elle se promenait sans but et sans repos, c'était le même tambourinement dans sa tête : ce n'est pas possible, ce n'est pas possible !

C'était effectivement impossible. Impossible tout simplement de s'imaginer que Jimmy, si rayonnant, si affectueux, reposait à présent quelque part sous la terre d'un champ de bataille, ensanglanté, les vêtements déchirés, le corps froid et sans vie. Il fallait que Jimmy fût vivant, qu'il respirât et bougeât, parce qu'il était beau, plein de force, de confiance et de gentillesse. Il avait aimé la vie et les êtres humains, et voilà que ces mêmes êtres l'avaient tué, non par cruauté, mais parce qu'ils croyaient que c'était la seule manière d'imposer leur point de vue.

Bien sûr, la consternation était grande aussi chez les domestiques. Ils venaient tour à tour auprès d'Hélène lui exprimer leur sympathie. Arthur était le plus touché. Il avait le visage ravagé par le chagrin quand, debout devant elle, il tourna, embarrassé, son chapeau dans ses mains.

— Je regrette infiniment ce qui est arrivé à lord Golbrooke, mylady. Vraiment, c'était un homme si bon, un homme véritablement bon, mylady !

— Merci, Arthur. Je sais qu'il t'estimait beaucoup.

Le visage ridé d'Arthur s'illumina.

— C'est gentil de votre part, mylady, de me dire cela. Vraiment gentil, vraiment. Au revoir, mylady.

Puis, vieil homme voûté, il sortit à pas pesants.

Ce n'était pas seulement la mort de Jimmy qui désespérait Hélène à ce point. C'était bien plutôt la culpabilité qui ne la quittait pas. Je n'ai pas aimé Jimmy, je l'aimais bien, sans plus, et je le lui ai montré, se disait-elle cent fois par jour. Aujourd'hui encore, je vois ses regards, je sens son incapacité à comprendre pourquoi je devenais soudain froide et dure à son égard. Il m'a fait confiance, mais je l'ai trompé, j'ai embrassé un autre homme. Je suis à présent punie pour ce péché. Je souhaitais que Jimmy n'existe pas parce qu'il était entre moi et Alexander, et Dieu a exaucé mon vœu de la plus horrible des manières. Je vais devoir porter cette croix ma vie durant.

Hélène ne mangeait guère et dormait peu ; elle devenait sans cesse plus pâle, maigrissait. Elle n'avait la force ni de manger ni de boire. Le visage de Jimmy était toujours devant elle, interminablement, l'air triste, comme s'il devinait le poids qui l'accablait.

Un soir de juillet, pourtant, la terrible torpeur dont Hélène était prisonnière se dissipa. Cela se produisit dans sa chambre, devant la fenêtre ouverte d'où l'on pouvait voir la mer briller au loin.

Elizabeth, assise auprès d'elle comme souvent, lui passa le bras autour de la taille. Elles étaient calmes, contemplant le spectacle enchanteur d'un coucher de soleil. Hélène se retourna tout à coup et se jeta au cou de sa cousine. Elle avait le corps agité de sanglots, comme déchiré par les tremblements qui l'assaillaient.

— Elizabeth, parvint-elle à dire, c'est moi la responsable de sa mort, moi seule. J'ai commis un abominable péché, et Dieu se venge en me privant de mon mari. Je ne l'ai pas voulu, est-ce que tu me crois ? Jamais je n'ai voulu cela, jamais !

Elle pleurait comme un petit enfant.

Bien qu'ignorant de quoi parlait Hélène, Elizabeth comprit son profond chagrin. Elle lui caressa la tête d'un geste apaisant.

— Tu parles de responsabilité, je ne sais pas de quelle responsabilité il s'agit, et tu n'es pas obligée de me le dire. Peut-être as-tu une responsabilité. Peut-être pas…, dit-elle à voix basse, avant de relever le visage de sa compagne. Il n'y a pas de vengeance divine. Jamais. Comprends-tu ?

— Oui, mais…

— Écoute-moi. Dieu ne se venge pas. Les prêtres parlent souvent de cette vengeance dans leurs prêches, mais c'est faux. Elle n'existe pas. Dieu n'est qu'amour. Il est incapable de sentiments bas et la vengeance en est un.

— D'où tiens-tu cette certitude ?

Elizabeth observa un bref silence.

— Je ne peux l'expliquer. Il n'y a pas de preuve. Peut-être l'ai-je tout simplement en moi, je peux t'en parler, mais je ne peux rien prouver.

Hélène lui jeta encore un regard de doute. Elle ne savait pas si elle pouvait la croire entièrement, mais ses propos avaient quelque chose de tellement réconfortant ! Alors elle se laissa aller contre Elizabeth et trouva le repos et l'oubli dans ses bras si doux et néanmoins si forts et si sûrs.

Après tous ces événements, personne ou presque, à Charity Hill, n'avait songé à s'intéresser au déroulement de la guerre. Or, le rappel à la réalité intervint avec force et soudaineté.

Arthur qui s'était rendu à Fowey en revint alarmé. C'était à peine si, d'émotion, il arrivait à parler.

— Les rebelles sont dans le Devon ! finit-il par articuler. À Tiverton. Le prince Maurice et le général Grenville tiennent un conseil de guerre à Okehampton.

— Les rebelles dans le Devon ? cria Adeline d'une voix aiguë. Sous le commandement de qui ?

— Du comte Essex, mylady.

— Alors, ils peuvent à tout instant envahir les Cornouailles ! s'exclama Hélène. Mon Dieu, que va-t-il se passer si on ne parvient pas à les stopper ?

— Je vais aller à Fowey, décida William. Peut-être en apprendrai-je davantage.

Il n'en apprit guère plus. Le prince Maurice qui commandait l'armée occidentale avait instamment réclamé de nouvelles troupes de cavalerie, mais il n'avait pas été entendu. Pour comble de malchance, il avait été contraint de se retirer à Exeter.

Dans les derniers jours de ce chaud mois de juillet 1644, les nouvelles empirèrent. Le général Grenville dut lever le siège devant Plymouth et le comte d'Essex arriva jusqu'à Tavistock, à quelque milles seulement de Tamar.

À Fowey, on décida de recenser tous les hommes et toutes les armes des Cornouailles, afin de défendre la contrée. Janet pâlit en l'apprenant.

— Tu ne vas tout de même pas y aller, William ? Tu es encore malade, ne l'oublie pas !

— Si, Janet, il me faut combattre, répondit-il, debout devant la cheminée de la chambre, tenant sa grande épée dont il vérifia le fil du bout du doigt.

— Mais ils ne peuvent t'y obliger !

— Non, ça non. Mais je sais que c'est mon devoir.

— Tu ne peux pas combattre. Tu es bien trop faible.

Assise sur le lit, ses longs cheveux blonds dénoués, une brosse à la main, ouvrant de grands yeux effarés, Janet parlait d'une voix que le désespoir faisait trembler. Elle inspira à William une telle pitié qu'il aurait aimé la prendre dans ses bras et lui promettre qu'il n'allait pas combattre. Mais il n'avait pas le droit de céder à cette faiblesse passagère.

— Je ne suis pas entièrement guéri, c'est vrai, mais je ne suis pas non plus malade au point de pouvoir rester au foyer avec bonne conscience. Je me suis beaucoup exercé ces dernières semaines, et je peux à présent bouger mon bras gauche presque aussi bien qu'avant.

En guise de preuve, il leva son épée de la main gauche et en assena un coup violent dans le vide.

— Tu vois ? C'était la tête du comte d'Essex !

Il regretta instantanément sa plaisanterie, car Janet pâlit encore.

— Écoute, dit-il, tu dois être courageuse, mon trésor. Je ne peux ni ne veux me défiler, parce que j'en perdrais toute estime de moi-même. Et tu ne peux non plus le vouloir. Cette guerre est effroyable, mais nous ne pouvons y échapper en nous contentant de fermer les yeux. Si chacun pensait comme toi, Essex aurait la partie belle. Et nous allons lui rendre la tâche la plus difficile possible, n'est-ce pas ?

Janet acquiesça de la tête, un peu rassurée par le calme de sa voix.

— Ne pleure plus, maintenant. Comme je dois partir dès demain, c'est notre dernière nuit.

— Je suis désolée d'avoir eu des propos aussi stupides. Bien sûr que tu dois y aller. Mais c'est si terrible, si...

— Du calme, ma chérie.

Puis, éteignant la bougie auprès du lit, il se pencha sur Janet et l'embrassa.

— Ne pense pas à demain…

Le lendemain, de bon matin, les quelques hommes qui étaient restés jusque-là au château s'en allèrent.

Hélène eut les larmes aux yeux en les regardant partir, l'air sombre ou angoissé, mal armés, pauvrement vêtus, montés sur des chevaux lourdauds. Combien d'entre eux reviendraient ?

Du temps passa sans que quiconque apprît quoi que ce fût. Fowey était trop loin de Charity Hill et, les visites se faisant rares, les occupantes n'avaient pas la moindre idée des événements extérieurs. La tension grandissait de jour en jour.

— Je vais devenir folle si je n'ai pas très bientôt des nouvelles, se rebella Hélène une semaine après le départ de William. Il faut que quelqu'un se rende à cheval à Fowey et s'informe du déroulement des combats.

— Qui va bien pouvoir se porter volontaire ? s'inquiéta Catherine. Le trajet est long, et qui sait quels dangers menacent ?

Elles se turent, regrettant l'absence d'Arthur qui, avant, leur rendait si obligeamment ce genre de service et qui était maintenant parti combattre pour Sa Majesté.

Hélène finit par se lever d'un bond.

— Je vais y aller. Je n'y tiens plus. Tant pis s'il m'arrive quelque chose en chemin, ce sera de toute façon mieux que d'attendre ici et de ne rien savoir !

Elle sella Diamond et partit au pas. La pluie lui fouettait le visage, et, sur son passage, les branches mouillées lui dégoulinaient dans le cou. Par chance, en raison des semaines de chaleur précédentes, le sol était si sec qu'il ne pourrait, au moins provisoirement, devenir boueux.

— Mon Dieu, réserve-moi une bonne nouvelle, implora-t-elle à voix basse. Pour ma part, les rebelles peuvent attaquer qui bon leur semble, tout sauf les Cornouailles !

Ce n'était évidemment pas le souhait d'une bonne chrétienne, mais, pour le moment, cela ne lui donnait pas mauvaise conscience. Toute autre prière n'aurait de toute façon été qu'hypocrisie.

Trempée et épuisée, elle parvint enfin à la ville. Il lui sembla d'abord que tout était comme d'ordinaire, mais, s'approchant, elle poussa un cri de surprise : des voitures, partout des voitures, chargées de tout le mobilier et de tous les ustensiles de ménage imaginables, certaines tirées par des chevaux, d'autres par des hommes, quittaient la ville en longs convois. Indifférents au vent et à la pluie, les gens avançaient en trébuchant, des caisses et des enfants dans les bras. Des dames distinguées n'étant encore jamais sorties de chez elles par un temps pareil avaient pris place dans des calèches bringuebalantes, sans se soucier de leur constitution fragile.

Hélène eut de la peine à guider son cheval au travers du flot de voitures venant à sa rencontre.

— Que se passe-t-il ? cria-t-elle dans le tumulte. Où donc allez-vous ?

Un homme d'un certain âge en train d'asseoir sa fillette dans une charrette la toisa avec étonnement.

— Le général Grenville a été vaincu à Newbridge ! Essex est sur le point d'entrer à Bodmin ! annonça-t-il avant de se détourner et de continuer à entasser ses maigres biens.

L'information suffit à plonger Hélène dans la panique. Essex à Bodmin ! Elle poussa Diamond à travers la foule, cette fois sans ménagement.

Elle attacha sa monture devant la maison de Mme Thompson et s'apprêtait à entrer quand son amie sortit à sa rencontre.

— Pour l'amour du ciel, ne vous éloignez pas de votre cheval ! Sinon, on vous l'aura volé en moins de deux minutes !

— Je n'y avais pas pensé. Madame Thompson, est-ce vrai ? Essex est-il déjà à Bodmin ?

— C'est ce qui se dit. Il ne se heurte manifestement pas à une forte résistance.

— Mais alors, il sera bientôt ici !

Mme Thompson fronça le nez avec mépris.

— Bah, dit-elle, quand bien même tous les chefs de la rébellion se donneraient rendez-vous à Fowey, jamais je n'en partirai ! Mais qu'est-ce que tous ces gens se figurent ? Ils comptent gagner Truro ? Eh bien, ils n'y trouveront plus une chambre libre et ils devront camper en plein air. À supposer même qu'ils arrivent à avancer par un temps pareil.

Cela parut évident à Hélène. Elle restait néanmoins perplexe.

— Mais j'ai entendu dire qu'une occupation par les ennemis était le pire. Les soldats volent, tuent et pillent ! objecta-t-elle.

Mme Thompson demeura inébranlable.

— Ce sont les ancêtres de mon mari qui ont construit cette maison de leurs propres mains. C'est ici que nous avons vécu, ici que j'ai mis mes enfants au monde, y compris Neville, que Dieu ait pitié de lui ! Non, je ne laisserai pas sans protection cette maison aux mains de ces voleurs !

— Peut-être avez-vous raison. J'ignore encore si nous quitterons Charity Hill, mais je crois que nous resterons. Je dois à la mémoire de mon mari de défendre son bien.

— Que Dieu soit avec vous, lady Golbrooke, dit Mme Thompson avec chaleur, nous tiendrons bon. Cette guerre ne peut pas durer éternellement.

— Et quand elle sera finie, ajouta Hélène, tout sera comme avant.

— Pas tout à fait. Il restera des vides…

Elles gardèrent le silence un instant, perdues dans leurs pensées. Puis Hélène se ressaisit.

— Il faut que je rentre afin d'informer les autres. Au revoir, madame Thompson, et bonne chance !

Les deux femmes s'étreignirent et s'embrassèrent, puis Hélène remonta en selle et se fraya un chemin à travers les rues encombrées.

Quand elle arriva à Charity Hill, toutes ses compagnes accoururent.

— Le général Grenville a été battu et le comte Essex est en route pour Bodmin ! leur annonça-t-elle.

À ces mots, un seul cri jaillit de toutes les poitrines :

— Quoi ?

— Oui, c'est vrai. La ville entière ou presque s'est mise en route. Les gens veulent fuir l'ennemi.

— Fuir ? Mais où ?

— À Truro.

— Es-tu certaine qu'Essex arrive ?

— Je le crois. Les gens en sont sûrs, sinon, ils n'abandonneraient pas tous leurs biens. Mme Thompson ne part pas, elle.

— Nous allons commencer par rentrer dans la maison, décida Elizabeth, calme comme toujours. Il faut discuter de ce qu'il convient de faire.

— Mais il n'y a rien à discuter ! s'écria Catherine. Il faut bien entendu partir aussi vite que possible !

— Partez, si vous voulez, répliqua Adeline sur un ton venimeux, mais si vous croyez que je vais abandonner mes biens, vous vous trompez !

— De vos biens, il ne restera de toute façon pas grand-chose.

— C'est ce que nous verrons !

Toujours discutant avec véhémence, elles se rendirent au salon. Hélène s'écarta du groupe et gagna rapidement sa chambre pour passer des vêtements secs.

Entre-temps, le ton était monté. Catherine voulait à tout prix s'enfuir, Adeline et Janet, pour une fois d'accord, insistant pour rester. Elizabeth, entre les deux parties, jouait les juges de paix et essayait de calmer les esprits échauffés.

— Peu importe ce que nous déciderons, estima Janet, l'essentiel est de faire vite. Les ennemis ne vont pas attendre, pour attaquer, que nous soyons arrivées à une solution raisonnable.

— À mon avis, il faut absolument partir, s'entêta Catherine. Nous ne sommes pas en mesure de soutenir un siège.

— Et pourquoi ? demanda Adeline.

— Parce que nous n'avons de provisions que pour quatre semaines, pas plus, même en les économisant.

— Alors, partez !

— C'est tout le monde qui doit partir ! insista Catherine.

Hélène, qui venait d'entrer, les interrompit.

— Ce serait déraisonnable de partir. Tous les chemins sont encombrés de monde. Il ne manquera pas de gens pour profiter de l'occasion et détrousser les voyageurs.

Toutes se turent et la regardèrent.

— De plus, on ne trouvera pas une seule chambre libre à Truro. À supposer même qu'on y arrive.

— Tu as raison ! concéda Catherine à voix basse.

— Alors la question est réglée, constata Janet avec soulagement.

— Je vais sortir et faire fermer la porte, proposa Hélène. Je me dépêche.

Dans la maison, chacune s'était mise à cacher les objets de valeur. Sans presque parler, les femmes, pâles et les traits tirés, s'affairaient dans un silence pesant. Comme Hélène l'avait craint, les bonnes les plus jeunes furent prises de panique.

— Je veux partir d'ici ! hurlait Fairy, la cadette. Laissez-moi partir. Je vais à Truro !

Hélène l'empoigna par les épaules.

— Nous ne pouvons bien sûr pas te retenir, mais, si tu es avisée, tu resteras. Les routes sont remplies de fuyards, et ce ne sont pas toujours des gens comme il faut.

Fairy, angoissée, se mordit les lèvres. Hélène l'abandonna et grimpa l'escalier quatre à quatre.

— Molly ! s'exclama-t-elle. Il faut que nous cachions mes bijoux !

— Oui, mylady, c'est ce que je suis en train de faire.

Hélène redescendit. Unissant leurs efforts, elles décrochèrent les tableaux les plus précieux, seul le portrait de Charity Hill, trop lourd, devant demeurer en place. Elles coururent de long en large pendant toute la journée, et, le soir, Hélène s'effondra sur son lit, comme foudroyée. Elle eut un sommeil agité. La sueur lui coulait sur le front, elle avait tous les muscles douloureux.

— Non ! criait-elle. Non, Alexander, au secours !

— Calmez-vous !

Pareille à une ombre, Molly était apparue à côté du lit, en longue chemise de nuit blanche, un bonnet en dentelle sur la tête. Elle aida Hélène à se redresser.

— Oh, Molly ! sanglota Hélène. J'ai tellement peur !

— Vous avez eu un mauvais rêve. Tout va bien se passer.

Molly lutta contre sa curiosité et ne demanda pas qui était Alexander. Il lui fallait d'abord tranquilliser la jeune femme. Hélène se laissa aller sur les coussins dans son dos.

— Je me sens mal. J'ai trop chaud.

— Cette nuit, nous nous sentons toutes mal, la consola Molly en lui caressant le visage avec douceur jusqu'à ce qu'elle fût rendormie.

Au petit-déjeuner du lendemain, l'humeur générale était sombre. Toutes ou presque, pâles, la mine défaite, avaient mal dormi. Catherine perdit même patience avec Cathy, pourtant sa préférée. La petite ayant voulu grimper sur ses genoux pour grignoter dans son assiette, elle la rabroua vertement.

— Oui, maintenant il n'y a plus qu'à attendre, soupira Janet.

Attendre – l'horrible mot qui les soumettait à la torture depuis le début de la guerre. Toutes étaient lasses de cette angoisse perpétuelle, de cette épouvantable tension nerveuse.

La matinée s'écoula avec une lenteur insupportable. À midi, personne n'eut d'appétit ; elles couraient çà et là, sans but, l'oreille tendue vers un quelconque bruit à l'extérieur. Il régnait un silence de mort ; la chaleur était pesante. On n'entendait que le bourdonnement sourd des abeilles.

Tard dans l'après-midi, le soleil encore haut au-dessus de l'horizon, elles étaient assises, silencieuses, dans le salon. Janet releva soudain la tête.

— Ne faites pas de bruit !

— Qu'y a-t-il ? s'inquiéta Catherine.

— Vous n'entendez pas ?

Toutes tendirent l'oreille.

— Si, j'entends à présent quelque chose, reconnut Hélène, croyant avoir perçu, dans le lointain, un bruit inconnu.

— Seigneur ! gémit Adeline. Mais dites-moi enfin ! Que se passe-t-il ?

Au même instant, elle entendit elle aussi. Une rumeur sourde qui ne cessait de se rapprocher, des roulements de tambour, des cris.

Catherine était devenue blanche comme un linge.

— Les voilà, dit-elle.

17

Quand la troupe arriva à la grande porte, Adeline perdit le contrôle de ses nerfs :

— Je vous en prie, que quelqu'un ouvre la porte ! Il faudra bien nous rendre, à un moment ou à un autre !

— Il fallait y penser plus tôt ! siffla Catherine, pâle comme la mort.

— Il ne faut pas les exciter, dit Hélène.

— Ouvre, Hélène, je t'en prie ! implora Adeline. Je t'en prie, je ne supporte pas leurs hurlements.

Les cris, dehors, redoublaient.

— Bon, j'y vais, dit Hélène.

Elle avait terriblement peur mais se fit violence, voyant qu'aucune aide n'était à attendre de ses compagnes, figées sur place. Elle sortit en courant. Quelqu'un, dehors, tambourinait contre la porte.

— Ouvrez ! exigea une voix.

Hélène, gémissant sous l'effort, souleva les deux lourdes poutres et les repoussa sur le côté. La porte s'écarta avec un grincement.

Les cavaliers entrèrent aussitôt. Ils étaient très nombreux et la cour fut bientôt noire de soldats aux visages rudes et las, les cheveux ras sous le casque. Ils menèrent brouter leurs chevaux dans le jardin de derrière. En quelques secondes, les sabots ravagèrent la pelouse et les plates-bandes.

Hélène se fraya un passage vers la maison à travers la cohue des soldats. Les autres occupantes de la demeure, serrées les unes contre les autres dans le hall, la regardèrent d'un air apeuré.

— Ils sont là ? demanda Janet à voix basse.

— Ils piétinent notre jardin, répondit Hélène d'un ton amer.

Elles n'eurent pas à attendre longtemps avant qu'on frappe à la porte. Plusieurs officiers surgirent. Ils paraissaient exténués, mais avaient l'œil vif. Le premier, un homme très grand, robuste, à la démarche souple, semblait être le commandant de l'unité. Après un bref salut, il jeta un regard circulaire dans le hall.

— Qui est le propriétaire ? s'enquit-il.

— Lord Golbrooke. Il est mort à la guerre, répliqua Adeline d'une voix hésitante.

— Y a-t-il des soldats dans le château ?

— Non.

— Nous allons vérifier, rétorqua le militaire avant de se tourner vers un officier. Donnez l'ordre de fouiller les lieux.

— Oui, colonel.

Le lieutenant disparut. Les soldats dévastèrent la maison. Pas une armoire, pas un coffre qu'ils n'aient fouillés de fond en comble, dispersant le contenu dans la pièce. Ils arrachèrent les tapisseries, démolirent les fenêtres, déchirèrent les vêtements et les coussins. Dans la cuisine, ils firent main basse sur les provisions. Ils piétinaient de leurs bottes les tapis, ils arrachaient des étagères les livres précieux.

Le soir, toutes assises dans la chambre d'Elizabeth, les femmes contemplèrent le ciel d'un gris-bleu très clair. La prairie grouillait de soldats, de chevaux et de tentes. Partout brûlaient des feux de camp qui se reflétaient de manière sinistre dans les vitres.

Seules deux pièces étaient restées à la disposition des cinq femmes et des quatre enfants, les officiers ayant réquisitionné toutes les autres à leur usage. Hélène trouvait presque comique l'idée que le colonel Chandler dormirait ce soir dans son lit.

Vers 8 heures, un petit homme sec entra, tenant en équilibre sur un plateau un grand plat avec quelques cuillères. Il le posa sans un mot et disparut.

— Bonté divine ! s'exclama Hélène en examinant le contenu. C'est tout ce qu'ils nous apportent ?

Dans un liquide clair nageaient quelques croûtes de pain.

— Vous pouvez disposer de ma part, gémit Adeline. Je ne mangerai plus jamais quoi que ce soit !

— Servez d'abord les enfants, ordonna Elizabeth. Ils sont affamés.

Il n'y eut pas de petit-déjeuner le lendemain matin, pas davantage de déjeuner. À l'évidence, les provisions suffisaient à peine à nourrir les soldats, car on entendait sans cesse les mugissements affolés des bêtes qu'on abattait. Des feux brûlèrent toute la journée dans le jardin, le parfum des fleurs se mêlant à l'odeur de la viande grillée.

Le soir, les prisonnières reçurent la même soupe à l'eau que la veille. Entre-temps, la faim, tel un crabe leur rongeant l'estomac, était devenue une torture. Les enfants se plaignaient, notamment Carolyn qui ne cessait de réclamer du lait. Quand le soldat maigre revint pour enlever le plateau, Janet l'interpella.

— Les enfants ont besoin de lait ! Ils sont trop petits pour vivre de pain et d'eau. Je voudrais parler au colonel Chandler.

— Il ne pourra rien pour vous, M'dame ! Nous n'avons pas de lait et il n'a pas de baguette magique.

— Mais il y a plus de cent vaches dans les étables, s'immisça Hélène. Vous devez bien être capables de les traire !

— Il y *avait* cent vaches dans les étables, ricana le soldat, découvrant deux rangées de dents gâtées. C'est plus le cas.

— Hein ? Voulez-vous dire que vous les avez toutes abattues ? demanda Catherine, incrédule.

— Ma foi, y a ici un tas de gens. Et ils ont sacrément faim.

— Vous ne pensez donc pas aux enfants, s'indigna Adeline. Ils n'ont rien à voir avec la guerre et il faut les nourrir correctement !

Poussant un grand cri, Cathy vint souligner la fureur des propos d'Adeline. Cette attaque redoublée fut manifestement plus que n'en pouvait supporter l'homme. Il quitta précipitamment la pièce et alla relater au colonel que les prisonniers se rebellaient et l'insultaient. Sur quoi ce dernier leur rendit visite le lendemain matin pour voir de quoi il retournait.

— J'ai entendu dire que vous étiez mécontentes des repas.

— Vous appelez ça des repas ? s'indigna Janet. De la soupe à l'eau avec du pain. Les enfants ont besoin de lait !

— Je vais voir ce que je peux faire, promit le colonel, mais je vous prierai d'être un peu plus calmes. Et, au cas où vous seriez mécontentes de la manière dont on vous traite – et vous l'êtes à coup sûr, à voir vos têtes –, sachez que les vôtres n'ont pas été particulièrement tendres avec nos familles. Quand je suis rentré chez moi, en permission, ma maison avait été incendiée de fond en comble et ma femme campait en plein air. Notre bébé était entre-temps mort de froid.

Un silence gêné accueillit ses paroles et, pour la première fois, commença à se faire jour chez les recluses l'idée que les ennemis n'étaient peut-être pas les seuls méchants, mais qu'il y avait dans leurs propres rangs des êtres qui détruisaient inutilement et brutalement.

— Mais j'ai une bonne nouvelle pour vous, reprit le colonel. Vous pourrez cet après-midi quitter vos chambres et vous promener dans la galerie.

— Merci, colonel.

Il partit, laissant les femmes à leurs tristes réflexions.

Ce midi-là, il leur fut apporté pour la première fois autre chose à manger que de la soupe, soit un morceau de viande de porc pour chacune. En découvrant son bout de lard décoloré et tremblotant comme de la gélatine, Hélène fut prise d'une terrible envie de vomir. Elle arriva juste à temps à la cuvette. Ensuite, ses genoux se dérobèrent sous elle, si bien qu'elle dut s'allonger sur le lit.

La promenade de l'après-midi se révéla une épreuve insupportable. Il était presque impossible de soutenir les regards des soldats, regards insistants, tantôt haineux, tantôt d'une familiarité effrontée. Elles avaient beau faire mine de ne pas s'en apercevoir et de continuer à bavarder comme si de rien n'était, elles furent soulagées quand elles retrouvèrent la quiétude de leurs chambres.

Deux semaines s'écoulèrent ainsi avec une lenteur atroce. Elles en étaient réduites à se lever, à demeurer assises, oisives, et à retourner au lit. De temps à autre une conversation naissait, mais elles étaient trop à bout de nerfs pour qu'elle débouchât sur autre chose qu'une dispute.

Elles n'obtenaient que peu de nouvelles de l'extérieur, uniquement grâce aux domestiques, et il s'agissait généralement de rumeurs incontrôlables et terrifiantes. Elles étaient par exemple persuadées que les ennemis envisageaient de réduire la maison en cendres, avant de pousser ses occupantes à la mer et de les y noyer. Auparavant, on les aurait torturées de la pire des manières.

Vers la fin de la deuxième semaine, alors que les femmes pensaient ne pas pouvoir tenir plus longtemps, la situation se retourna soudain. Un matin, de forts contingents de soldats se rassemblèrent et partirent armés jusqu'aux dents. Les officiers hurlaient des ordres dans la demeure et dans la cour, montaient et descendaient les escaliers, donnant une impression d'empressement et de nervosité. On oublia même d'apporter leur petit-déjeuner aux prisonnières, mais cela leur fut égal. Agglutinées aux fenêtres, elles observaient cette agitation, soucieuses de ne rien manquer du spectacle.

— Il y a quelque chose de louche là-dessous, jugea Hélène. Peut-être allons-nous être délivrées.

— Mon Dieu, que ce serait magnifique ! s'écria Janet. Mais, s'ils reprennent le combat, que va-t-il advenir de William ?

— Il ne tombera pas, la réconforta Catherine qui, les joues brûlantes, remplie d'une espérance nouvelle, ne cessait de prendre les enfants dans ses bras et de les serrer contre elle.

Vers midi, il commença à pleuvoir. Les nuages sombres qui, le matin, barraient encore l'horizon s'accumulaient maintenant au-dessus du pays, formant une masse grise et mouvante. La mer, morne et lugubre, était l'arrière-plan sinistre de l'agitation des soldats saisis par l'inquiétude. Brusquement retentit un coup de trompette strident. Elles entendirent la porte s'ouvrir sur le devant du manoir, puis il y eut un piétinement de sabots dans la cour, et déjà un fort groupe de rebelles pénétra dans le jardin. Même de loin, on voyait qu'ils étaient fatigués et échevelés. Leur chef, un lieutenant très jeune, sauta de cheval et sembla poser une question à un de ses camarades.

— Ouvre la fenêtre, dit Janet tout excitée, je veux entendre ce qu'il dit.

Elles ouvrirent et se penchèrent au-dehors. Juste au-dessous d'elles, le colonel Chandler s'approcha du lieutenant qui, manifestement en proie à une violente émotion, le gratifia néanmoins du salut militaire. Puis il ne put retenir un flot de paroles incontrôlées :

— Colonel Chandler, je dois malheureusement vous annoncer que nous… que nous avons été battus à Braddock Down. Nous avons subi de fortes pertes. Sa Majesté et le prince Maurice se trouvent à Lostwithiel et le général Grenville arrive de Truro. Colonel, nous… nous sommes encerclés.

Il eut toutes les peines du monde à articuler la dernière phrase, comme s'il se refusait à avouer l'amère vérité.

En haut, Hélène sauta au cou de sa tante.

— Nous serons bientôt libres, jubila-t-elle. Vous avez entendu, tante Catherine ? Ils sont encerclés, ils sont pris au piège !

— Et leur seule issue est la mer, s'exclama Janet, ils sont dans une situation désespérée !

C'est également ce dont le colonel Chandler était en train de prendre conscience, car sa mine s'assombrit visiblement. Il dit toutefois d'un ton calme :

— Je vous remercie de votre message, lieutenant. Avec l'aide de Dieu, j'espère tout de même que nous vaincrons.

— Vous pouvez prier tant que vous voulez, se moqua Janet à voix basse, personne ne vous viendra en aide.

Elles étaient sur le point de refermer les fenêtres quand elles entendirent crier à tue-tête :

— Ouvrez la porte ! Voici les blessés !

Malgré elles, elles regardèrent au-dehors. Une file de charrettes transportant des hommes envahit la cour et le jardin. Elles aperçurent des visages émaciés, des vêtements en lambeaux, des membres arrachés, du sang, des pansements de fortune. Des cris, des plaintes aiguës déchirèrent l'air. Des sanglots, des récriminations et des jurons leur parvinrent aussi.

Hélène porta les mains à sa gorge, soudain contractée. Incapable d'émettre le moindre son, elle ne réussit pas non plus à détourner les yeux de ce spectacle. Tel était donc le vrai visage de la guerre ! Fini les armures resplendissantes, les épées étincelantes, les mâles intrépides et vigoureux partant au combat ! Il n'y avait plus que misère et souffrance, tourments et mort, atrocité et ruine. Jamais plus – elle le savait – elle n'oublierait cette vision : le jardin dévasté, les nuages bas, la pluie fine, les chevaux, les soldats, les nombreux blessés déchargés des charrettes et posés à même le sol.

Elle entendit sangloter à côté d'elle et parvint enfin à tourner la tête. Elizabeth s'était effondrée sur une chaise, le corps tordu par la douleur, les épaules secouées par les pleurs. Janet, blême, caressait d'une main ses cheveux gris, s'agrippant de l'autre à Catherine. Elles avaient oublié que c'étaient des ennemis qui gisaient là, les blessés étaient des êtres humains pour qui elles éprouvaient seulement de la pitié.

Hélène s'efforça de recouvrer son sang-froid.

— Il faut faire quelque chose !

Son exclamation parut réveiller Elizabeth.

— Tu as raison, il faut tout de suite faire quelque chose.

— Oui, mais quoi ? demanda Janet.

— Nous allons leur proposer notre aide, décida Elizabeth. Ils vont avoir besoin de tout le monde.

Adeline qui était allongée, indifférente à tout, sursauta :

— Qu'est-ce que tu veux faire ? s'exclama-t-elle, sidérée.

— Je veux les aider.

— Mais… mais ce sont nos ennemis !

— Je vais tout de même les aider, répéta Elizabeth avec calme. Le Christ nous a appris à aimer aussi nos ennemis.

— Tu *aimes* encore ces gens ?

— Je les aime à l'égal des autres créatures divines. Ils font fausse route, mais Dieu ne les a pas pour autant abandonnés. Et je sais qu'Il veut que je les aide !

— Si tu le fais, je ne t'adresserai plus jamais la parole, la menaça Adeline, la voix tremblant de colère.

— Je m'en passerai sans peine, répliqua Elizabeth en se levant et en jetant un regard à la ronde. Quelqu'un m'accompagne ?

— Oui, moi, dit Hélène en allant vers elle.

Ce n'était pas seulement la pitié qui l'animait, mais aussi le désir de contrarier Adeline. Janet, toujours hésitante, partagée entre sa fidélité à sa mère et sa bonne entente avec Hélène, céda à son envie de venir en aide aux blessés.

Quand, au sortir de la pièce, les trois femmes traversèrent la maison, personne ne les remarqua. Ce n'est qu'une fois parvenues dans la cour qu'elles attirèrent l'attention d'un soldat.

— Où allez-vous ?

— Porter secours aux blessés, expliqua Elizabeth.

L'homme les considéra avec surprise.

— Eh bien, ça alors…, murmura-t-il, avant d'apercevoir le colonel Chandler. Allez le voir ! dit-il en le désignant du doigt, soulagé.

Elles s'approchèrent du colonel et lui exposèrent leur requête. D'abord un peu interloqué, il finit par leur dire :

— Nous avons besoin de tous les bras disponibles. Rendez-vous aux logements des domestiques, c'est là que nous transportons les blessés.

Le bâtiment, étroit et assez mal entretenu, se trouvait en face de la maison de maître. Sur le seuil, elles se figèrent, horrifiées.

Partout, dans les couloirs et sur les escaliers, les blessés étaient allongés côte à côte, à même le sol pour certains, sur des couvertures pour d'autres. L'air hébété, le visage tordu de douleur, ils appelaient à l'aide. Les yeux brûlants de fièvre, ils regardaient fixement les trois femmes. La puanteur était atroce, mélange de sueur, d'excréments, de sang et de vomi. Des nuées de mouches grouillaient sur les corps souillés et sur les plaies.

Le pire était que personne ne paraissait se préoccuper des malheureux. Quelques soldats désemparés traînaient là, silencieux, passant la main de loin en loin sur une tête, puis se détournant pour ne pas voir la plainte muette dans les regards.

Hélène était paralysée par la peur et elle s'aperçut qu'il en allait de même pour Janet. Seule Elizabeth ne laissait rien transparaître. Le visage serein, un léger sourire aux lèvres, elle entra.

— Vous ne vous sentez pas bien, n'est-ce pas ? Mais nous allons vous aider, dit-elle, posant une main fraîche sur le front brûlant d'un blessé, avant de s'adresser à un autre : la blessure à votre jambe paraît très grave et vous fait certainement souffrir, mais elle est tout à fait bénigne. Vous pouvez être tranquille.

Hélène fut surprise de voir que ces quelques mots et la douceur de sa voix redonnaient vie aux hommes. De l'espoir se lisait de nouveau dans les yeux hagards tournés vers cette femme chaleureuse au beau visage et aux cheveux étrangement déjà grisonnants. Plus d'un, dont les yeux n'avaient vu ces derniers jours que mort et dévastation, se rappelant soudain la femme qui l'attendait à la maison, retrouva l'envie de vivre.

Elizabeth se tourna vers l'un des soldats désœuvrés.

— Nous avons besoin d'eau chaude. Allez à la cuisine et rapportez des seaux et des plats. Et tous les draps et toutes les toiles que vous pourrez ramasser dans la maison.

— Oui, madame, dit le soldat manifestement déconcerté par sa paisible autorité.

Elizabeth fit signe à Janet et Hélène restées sur le seuil.

— Mettons un peu de propreté là-dedans, ordonna-t-elle. Nettoyez par terre et lavez les blessés.

— Avec quoi nettoyer ? demanda Hélène.

— En haut, dans les armoires, vous trouverez certainement de quoi travailler. Pour le sol, n'importe quels chiffons devraient suffire.

Retroussant un peu sa jupe, Hélène avança dans la pièce en levant soigneusement les pieds pour éviter les flaques et les immondices. À mi-distance, elle abandonna cet exercice d'équilibriste. Elle avait remarqué qu'Elizabeth se déplaçait sans précaution particulière, sans se soucier le moins du monde de ce que l'ourlet de sa robe était déjà complètement sali.

Laver par terre exigea d'Hélène un effort sur elle-même comme elle n'en avait jamais eu à fournir. La première fois qu'elle dut plonger un petit chiffon dans une mare de sang glaireux, elle crut s'évanouir. Son estomac menaçait de rendre la maigre pitance dont il était gratifié depuis quelques jours ; des perles de sueur jaillirent sur son front. Elle déglutit, passa la langue sur ses lèvres complètement desséchées et aperçut à cet instant le regard d'un blessé qui, allongé tout près d'elle, paraissait à l'article de la mort. Il saignait continuellement de la tête, des bras et des jambes, et toute couleur avait déjà disparu de son visage. Il souriait pourtant ! D'un seul coup, la crainte l'abandonna. C'était au fond très simple, une fois qu'on avait commencé.

Les soldats ayant apporté de l'eau, des bouts de tissu propres et des bouteilles d'eau-de-vie pour désinfecter les plaies, débuta un travail pénible, la douleur habitant chaque geste. Mais Hélène, depuis quelque temps déjà, ne ressentait plus rien. Les manches relevées, les cheveux noués sur l'arrière de la tête, elle passait d'un blessé à l'autre. Elle était souvent obligée d'ôter les vêtements collés sur les plaies et, chaque fois que le malheureux criait, elle aurait tout donné pour pouvoir s'enfuir. Elle avait fort à faire pour éponger le sang et le pus, verser de l'eau-de-vie dans les blessures tout en chassant les mouches. Et cette maudite chaleur ! La pluie avait cessé depuis longtemps, le soleil était réapparu sans sembler avoir la moindre envie de se coucher enfin. Toutes les trois s'acharnaient néanmoins à l'ouvrage, et il ne serait venu à l'esprit de personne d'abandonner sa tâche. Elizabeth était infatigable. Elle courait de l'un à l'autre, souriait, consolait, fermait les yeux des morts. Sans cesse, les soldats devaient enlever les cadavres et les transporter au-dehors pour faire de la place.

C'est étrange, songea Hélène tout en pansant la tête d'un blessé, mais cela ne me fait plus rien de voir mourir des gens. Voilà peu encore, si on lui avait dit qu'elle en serait capable, elle aurait secoué la tête, persuadée de ne pas être à la hauteur de pareille épreuve. Se sentir d'un seul coup la force de supporter même que, de temps à autre, on amène des hommes qui n'avaient littéralement plus rien sur eux, l'étonnait. Elle ne tournait pas la tête et s'occupait d'eux aussi rapidement que des autres. Une étrange insensibilité l'entourait comme un manteau protecteur, qui, plus tard peut-être, quand tout serait fini, disparaîtrait, mais qui était pour l'heure toujours là, l'empêchant de percevoir la réalité dans toute son horreur.

Chaque fois que, s'étant agenouillée auprès d'un blessé, elle se redressait, elle avait de la peine à garder l'équilibre, tout tournant devant ses yeux pendant quelques secondes. Elle avait alors l'impression de recevoir des coups de couteau dans l'estomac, rappel sans ménagements de ce qu'elle n'avait rien mangé de toute la journée et n'avait bénéficié pendant des semaines que de maigres repas.

Vers le soir, l'air fraîchit enfin quelque peu. Hélène étira son corps exténué et massa sa nuque douloureuse. Sa robe, humide, lui collait au corps. Elle sentait également le poids de ses cheveux trempés, et n'avait donc pas de mal à imaginer la tête qu'elle pouvait avoir. Elizabeth lui passa un bras autour des épaules.

— Remonte dans ta chambre te reposer, dit-elle d'un ton amical, tu reviendras après.

— Et toi, tu vas aussi t'allonger ?

— Non, je reste encore. Mais il faut que tu t'arrêtes un peu. Tu n'en seras après que plus utile. Janet est déjà partie.

Hélène, jetant un regard autour d'elle, constata que Janet n'était effectivement plus là.

— On dirait que tu vas t'évanouir d'une minute à l'autre, expliqua Elizabeth qui, si elle ne donnait aucun signe de faiblesse, n'en avait pas moins de larges cernes sous les yeux et les mains tremblantes.

Hélène éprouva une certaine honte à la laisser seule, mais elle était trop lasse pour faire acte de volonté. Elle avait la tête vide, toutes ses pensées aboutissaient à une seule idée : se retrouver dans un lit, dans une chambre. Elle allait sortir de la pièce étouffante et retrouver la brise du soir qui lui rafraîchirait les tempes quand un faible appel la retint.

— Madame ?

Elle eut un instant la tentation de ne pas entendre et de ne pas s'arrêter, mais elle comprit qu'alors elle ne trouverait pas le repos de toute la nuit. Elle se retourna au prix d'un effort sur elle-même.

— Oui ?

C'était un homme très jeune qui l'avait appelée. Il était couché sur un tas de paille dans un coin, et même quelqu'un d'aussi inexpérimenté qu'Hélène pouvait voir qu'il n'avait plus longtemps à vivre. Un coup d'épée lui avait presque sectionné le bras. Ses camarades, le croyant mort, avaient tardé à le ramasser. Il avait de ce fait perdu trop de sang pour espérer être sauvé. Une barbe de plusieurs jours, semblable à un fourré broussailleux, encadrait un visage très pâle où les yeux noirs brûlaient de fièvre.

— Qu'y a-t-il ? demanda Hélène en approchant et en s'agenouillant auprès de lui.

— Je voulais vous remercier, dit-il d'une voix faible. Ce n'est pas évident ce que vous faites.

Hélène se sentit un peu gênée, d'autant plus qu'à l'origine elle avait voulu aider pour contrarier Adeline.

— C'est Elizabeth qui l'a proposé. C'est elle qu'il faut remercier.

— Elizabeth, la femme avec la robe grise ?

— Oui, c'est ma cousine.

— Elle a beaucoup travaillé pour nous toute la journée, acquiesça le soldat, mais c'est tout de même vous que je voulais remercier.

Hélène le regarda d'un air perplexe.

— J'ai remarqué que vous aviez du mal, poursuivit-il, et que vous forcer n'a pas été simple pour vous. Vous l'avez fait tout de même. Cela m'a étonné, car... eh bien, je ne voudrais pas me mêler de choses... mais vous portez le deuil.

— Mon mari est tombé à Morston Moor.

— Alors ça ne fait pas longtemps qu'il est mort ?

— Non.

Le soldat lui prit la main.

— Vous auriez parfaitement le droit de nous détester, car la perte de votre époux vous a certainement très affectée. Et pourtant vous nous aidez, nous, vos ennemis, qui avons occupé et pillé votre demeure et qui vous retenons prisonnière.

— Quand je suis venue ici à midi, précisa Hélène, ce n'était pas uniquement par pitié. C'était bien davantage le résultat d'une querelle que je ne peux pas vous raconter en détail. Mais entre-temps je crois que ce que j'ai... que ce que nous avons fait a un sens bien plus profond.

— Un sens plus profond que d'aider par pitié ?

— Oui, voyez-vous, dans cette guerre comme dans toute guerre, chacun ne vit qu'en obéissant aux lois de la vengeance. L'un combat, l'autre use de représailles. Alors le premier se venge à son tour... c'est un cercle infernal qui ne finit que par la défaite de l'un des deux. Et ce que nous avons fait – j'en prends conscience à l'instant seulement – a consisté à sortir de ce cercle. Nous n'avons pas dit : « Ce sont nos ennemis qui sont blessés », mais « ce sont des êtres humains comme nous ». C'est Elizabeth qui nous l'a montré. Et nous avons peut-être par là changé quelque chose. Je ne veux pas dire que la guerre va à présent cesser ou prendre un autre cours. Mais, pour un bref moment, quelqu'un est allé à contre-courant. Et Elizabeth, Janet et moi n'avons pas été les seules à enfreindre les lois de la guerre : il y a sans doute dans toute l'Angleterre des gens qui agissent de même. Cela signifie qu'il y a encore de l'espoir. Ce que je veux dire, c'est que – elle chercha désespérément les mots qui convenaient – s'il y a de plus en plus de gens qui constatent l'absurdité de la vengeance, peut-être n'y aura-t-il un jour plus de guerre.

S'interrompant, elle le regarda.

— Je ne sais si je me suis expliquée clairement.

— Oh si. Vous êtes une femme de tête. Si ce que vous venez de m'expliquer était compris de tous, il n'y aurait effectivement plus de guerre. Mais si ce n'était pas compris par tous, il en résulterait un âge d'or pour les dictateurs.

— Vous voulez dire que la retenue et l'attitude pacifique de quelques-uns seraient mises à profit sans scrupules par d'autres ?

— Oui, c'est bien ce que je voulais dire. Si ceux qui combattent maintenant posaient leurs armes et refusaient de continuer le combat, il ne serait plus possible de résister à ceux qui n'agiraient pas de même. Ce genre de comportement est toujours à l'origine du mauvais usage de la force, à l'origine de la dictature. En un instant, le monde serait conquis par quelques hommes sans scrupules qui imposeraient leurs vues à ceux qui s'y opposeraient, détruisant peu à peu leurs aptitudes psychiques et intellectuelles.

— Cela revient donc à dire, réfléchit Hélène tout haut, que la volonté de ne pas employer la force doit être la même chez tous.

— Oui.

— Mais quand cela se produira-t-il ?

— Vraisemblablement jamais. Ne me demandez pas pourquoi, mais la pulsion qui pousse l'homme à tuer, dominer et être cruel ne disparaîtra jamais. On peut éventuellement la contenir par la culture, mais jamais on ne pourra l'anéantir.

— Oui, je comprends ce que vous voulez dire.

Le soldat eut un sourire.

— Je ne voulais en réalité pas parler avec vous de choses aussi compliquées, je voulais seulement vous remercier.

Puis il ajouta, après un silence :

— Je n'ai plus longtemps à vivre. Voudriez-vous prier pour moi cette nuit ?

— Mais vous n'allez pas mourir !

— Vous le savez aussi bien que moi. Ce n'est pas la peine de raconter des histoires, ni à vous ni à moi.

Retirant une bague en or de son doigt, il la mit dans la main d'Hélène.

— C'est mon alliance. Je vous la donne.

— Ah mais non, se récria Hélène. C'est bien volontiers que nous vous avons aidés. Vous n'avez pas pour cela à... payer !

— Je vous en prie, prenez-la. Cela me rendra heureux. Partez tranquille, je vais dormir.

Il ferma les yeux. Hélène se redressa et quitta le local. C'est seulement une fois dehors qu'elle prit conscience que l'homme avec lequel elle venait de parler si paisiblement et de manière si sensée de l'absurdité de toutes les guerres en même temps que de leur caractère inexorable était un ennemi.

Le lendemain matin, on transporta les blessés sur le rivage où des bateaux devaient les évacuer. Elizabeth protesta énergiquement.

— C'est très dangereux pour la plupart, dit-elle au colonel Chandler. Si vous les embarquez maintenant dans ces bateaux instables, tout notre travail aura été vain.

— Madame, nous serons peut-être totalement défaits demain, répondit-il, le visage gris de peur et de manque de sommeil. Nous ne pouvons donc plus ménager les blessés.

— Laissez-les à Charity Hill. Ici, ils ne risquent rien.

— Ne rien risquer ? Si le général Grenville arrive jusqu'ici, que Dieu ait alors pitié de chaque ennemi qu'il trouvera. Il pendra tout le monde. Qu'ils soient à demi morts déjà ne changera rien à l'affaire.

À ces mots, Hélène eut un frisson.

— De plus, poursuivit le colonel, vous êtes dans l'incapacité de les nourrir.

C'était exact. Il n'y avait plus un animal vivant à Charity Hill ; le moindre brin d'herbe, la moindre tige de blé étaient piétinés. Jusqu'aux arbres fruitiers qui avaient disparu ! Les Golbrooke pouvaient même s'estimer heureux d'être en vie. Elizabeth dut s'avouer vaincue. Elle lutta pour garder bonne contenance quand les blessés furent sortis l'un après l'autre de leur local ; elle savait que presque aucun d'eux ne survivrait. Le soldat qui avait donné son alliance à Hélène était mort dans la nuit, comme il l'avait prédit. Son cadavre fut enterré dans l'ancien verger.

Dans l'après-midi, un messager apporta au colonel Chandler, de la part du général Skippon, l'ordre de faire marcher ses troupes sur Lostwithiel. À cette nouvelle, le colonel pâlit davantage encore, car il savait qu'il allait livrer l'ultime combat. Ayant entendu ces quelques propos – les prisonnières avaient reçu entre-temps l'autorisation tacite de se déplacer librement à l'intérieur du domaine –, Janet les relata à Catherine et Hélène. Cette dernière ne fit d'abord aucune remarque, mais Catherine fut prise d'une agitation extrême.

— Le général Skippon ! s'écria-t-elle. J'ignorais qu'il était ici lui aussi ! David est dans son régiment !

— Mon Dieu, je l'avais complètement oublié, s'exclama Hélène effrayée, car elle se rappela soudain ce qu'avait dit le matin même le colonel Chandler à propos du général Grenville.

— Quel est le problème avec David ? s'enquit Janet.

Elles la mirent au courant et lui firent promettre de n'en rien dire à Adeline.

— Le colonel Chandler dit qu'il espère que le comte d'Essex se rendra afin d'épargner des vies humaines, déclara plus tard Janet.

— Qu'arrive-t-il à une armée qui se rend ? s'inquiéta Adeline.

— Je crois qu'un soldat qui se rend a droit à la vie sauve, dit Hélène, car il est alors prisonnier.

Un lourd silence suivit ces mots. Il fut interrompu par des coups à la porte.

C'était le colonel Chandler.

— Je voulais juste vous dire que mon régiment s'en va et que votre attitude nous a profondément fait honte. J'espère que Charity Hill retrouvera bientôt son état d'origine. Nous sommes navrés.

Hélène mesura ce que ces excuses devaient représenter pour un officier de haut rang. Ces quelques mots avaient dû beaucoup lui coûter.

Les femmes assistèrent depuis leur fenêtre au départ de l'armée des rebelles. Elles entendirent pour la dernière fois le son du cor, pour la dernière fois elles virent les soldats s'aligner en longues files. Des ordres furent hurlés, les cavaliers montèrent en selle. La cour pavée résonnait sous les coups de botte. Puis la troupe s'engagea dans la pente, d'un pas rapide, fièrement, comme marchant vers la victoire.

— Les voilà partis, dit Janet à voix basse.

Hélène quitta la pièce, descendit l'escalier dont la rampe était brisée en plusieurs endroits et traversa le hall aux boiseries endommagées, aux tableaux déchirés.

Dehors, dans le jardin d'un seul coup silencieux en cet après-midi ensoleillé, elle vit les foyers confectionnés un peu partout par les soldats, les traces des bottes dans la poussière. Il n'y avait plus ni fleurs ni herbe. Même les arbres qui formaient autrefois de si belles allées avaient été abattus et, çà et là, leurs branches parsemaient encore le sol... Hélène, trébuchant soudain, découvrit à ses pieds une petite pomme verte. Elle fut prise à sa vue d'une telle faim qu'elle mordit dedans. Bien entendu, l'acidité lui arracha des larmes, mais cela lui fut égal. Tout lui était égal au demeurant. Elle avait le corps et la tête vides. Elle contemplait avec indifférence cette désolation, les champs dénudés où ondulaient naguère les céréales, les prés d'où avaient disparu le bétail comme les fleurs des champs. Un spectacle de désolation ! Seules les abeilles, infatigables, continuaient à bourdonner dans l'air pur, profitant des rayons du soleil qui chauffaient leurs petits corps duvetés.

18

Les rebelles furent bien sûr contraints de se rendre. Massés sur un territoire réduit où il n'y avait plus rien à manger, entourés d'ennemis de toutes parts, sans bateaux pour s'échapper par la mer, ils étaient dans l'incapacité de résister longtemps. Leurs généraux eurent la sagesse d'éviter des effusions de sang supplémentaires. Le comte d'Essex s'enfuit à Plymouth sur une embarcation légère, le général Skippon se rendant, lui, avec son régiment, ce qui lui valut de pouvoir se retirer avec les honneurs de la guerre. Seul un petit groupe de soldats parvint à franchir les lignes adverses et à se réfugier dans le Devon.

Telles furent les nouvelles que les anciennes prisonnières apprirent de William que, après deux jours d'attente anxieuse passés à tendre l'oreille vers d'éventuelles canonnades et des roulements de tambour, elles aperçurent enfin et accueillirent avec enthousiasme.

Sa consternation fut grande au spectacle de Charity Hill, qu'il avait connu comme le plus beau domaine des Cornouailles, mais il fut soulagé de constater que les murs étaient debout. Les rebelles, avant de se rendre, avaient incendié nombre de maisons et il avait craint de ne retrouver que des ruines fumantes. Ils avaient au moins ici un toit sur la tête et un logis sûr, mais les jardins et les champs avaient tout d'un désert sous le soleil brûlant. Charity Hill mettrait des années à redevenir comme avant.

Le manque de nourriture devenait un problème de plus en plus pressant. Trois jours après la reddition des rebelles, le dernier bout de pain qu'Hélène avait réussi à dénicher dans le cellier avait été consommé. Il n'y avait plus rien de comestible dans toute la maison, nouvelle qu'Hélène annonça aux autres.

— Il faut aller voir les fermiers et les ouvriers qui ne sont pas partis, proposa-t-elle, et vérifier s'il n'y a pas un champ non moissonné. Sinon, nous allons tout simplement mourir de faim.

— Mais maintenant ce sont nos soldats qui sont là, objecta Catherine, ils vont bien nous apporter quelque chose.

Hélène eut un rire amer.

— Ils seront eux-mêmes trop heureux de trouver quoi que ce soit à manger. Je vous en prie, aidez-moi.

— Cela m'est impossible, murmura Adeline, allongée sur son lit à son habitude.

L'indifférence de sa famille rendit Hélène furieuse. Qu'attendaient-ils donc ? Qu'un miracle se produise et qu'Elizabeth, comme Moïse, obtienne du ciel par ses prières qu'il pleuve des pains ? Bon Dieu, ne voyaient-ils donc pas que personne n'allait les aider ?

— Si vous ne voulez rien faire pour vous, dit-elle en se contenant, pensez au moins aux enfants qui n'ont pas eu de véritable repas depuis des semaines !

— Hélène, il fait si terriblement chaud, gémit Catherine, et je suis si lasse.

— Mais de quoi allons-nous vivre dans les semaines qui viennent, à votre avis ?

— Nous avons de l'argent. Nous pouvons aller à Fowey…

— Acheter des provisions ? C'est à pleurer de rire ! La ville a été pillée au point que même une mouche n'y trouverait rien à manger !

— Où est donc Elizabeth ? s'inquiéta Adeline.
— Elle dort. Et elle est la seule à en avoir le droit. Elle a passé des nuits à s'occuper des blessés. Je vois bien que vous ne voulez rien entreprendre, dit Hélène. Alors j'y vais seule !

Elle claqua la porte derrière elle et alla dans sa chambre où elle ôta sa robe de deuil, noire et montante.

— Excuse-moi, Jimmy, chuchota-t-elle, mais par cette chaleur…

Elle choisit dans l'armoire une robe rose, convenant beaucoup mieux à une pareille journée. Relevant ses cheveux, elle se coiffa d'un chapeau de paille et se munit d'un grand panier. Puis elle quitta le manoir.

Le soleil brillait impitoyablement dans un ciel d'azur, sans un seul nuage. C'était une journée pour se promener au bord de la mer ou dans un jardin, à l'ombre de grands arbres, mais certainement pas une journée à aller chercher dans les ruines d'une bataille ce qui, du passé, restait en vie.

Hélène traversa le parc, franchit un portail en bois et descendit la colline. Elle n'avait pu partir à cheval car, outre le très vieux Diamond, il ne leur restait qu'une seule monture, qui traînait la patte de surcroît. L'essieu de leur unique voiture était cassé et il n'y avait pour le moment personne pour le réparer, ni de cheval pour la tirer. Aussi dut-elle aller à pied, et elle en ressentit de la honte, bien que sachant ce sentiment totalement injustifié. Il faisait chaud à en perdre le souffle et elle devait sans cesse s'arrêter pour reprendre haleine. Au bout d'un moment, elle se décida à retrousser les manches de sa robe et à quitter ses chaussures, bien que ce fût peu digne d'une dame. Le soir, ses bras seraient certainement brûlés et ses pieds gris de saleté, mais mieux valait cela que mourir de chaleur ou perdre la raison à cause de souliers trop étroits.

Elle marcha tout l'après-midi. Rares étaient, à Charity Hill, les travailleurs qui n'étaient pas partis à la guerre, et tous paraissaient désespérés. Les rebelles n'avaient épargné qu'un seul champ, un autre pouvait peut-être encore offrir quelque ressource, mais ce serait insuffisant pour tenir tout l'hiver.

— Qu'est-ce que nous allons devenir ? demanda une paysanne désemparée. J'ai huit enfants et j'ignore si mon mari reviendra.

— Je trouverai une solution, promit Hélène. Tu peux être tranquille !

Elle ne se sentait pourtant pas aussi sûre d'elle qu'elle le laissait paraître. Si seulement Jimmy vivait encore, ou si Randolph revenait ! Elle n'avait aucune idée de la manière de s'y prendre pour administrer un domaine. William non plus, quelle que soit la peine qu'il se donnerait.

Quand vint le soir, ayant rempli pour sa famille un grand panier de légumes, de pain et d'un peu de viande, elle reprit à grand-peine le chemin du retour. Il était si humiliant de devoir mendier de la nourriture chez les paysans. Bien sûr, vivant tous sur les terres des Golbrooke, ils n'étaient pas les propriétaires des récoltes, mais une telle démarche était néanmoins pénible. Et puis, devoir tout faire seule ! Ah, il lui était tout simplement impossible de se plier aussi rapidement à cette situation. Tout était allé si vite, sans transition. Voilà quatre semaines encore, ils étaient riches, ils avaient de quoi manger et boire en suffisance, de beaux habits pour se vêtir. Puis les ennemis leur étaient tombés dessus comme un fléau, n'étaient restés que peu de temps et, une fois disparus, avaient laissé derrière eux un pays détruit, pillé et piétiné où les habitants qui avaient réussi à garder leur argent ne trouvaient rien à acheter.

Au moment où, à la nuit tombante, elle arriva à Charity Hill, un cavalier s'approchait lui aussi du château. À son immense étonnement, elle reconnut Thomas Connor, son ami de jeunesse à Londres. L'apercevant, il arrêta son cheval à côté d'elle.

— Je te salue, ma chère Hélène ! dit-il en mettant pied à terre. Eh bien, que dis-tu de ma présence ?

Remise de sa première surprise, elle s'écria joyeusement :

— Thomas ! Mon Dieu, que fais-tu ici ?

— Je suis dans le régiment de lord Goring et comme, ma foi, les aléas de la guerre m'ont amené jusque dans les Cornouailles, je n'ai pas laissé passer l'occasion de te rendre visite.

— Je rapporte justement de quoi nourrir ma famille ce soir. Tu seras le bienvenu si tu veux bien partager notre dîner. Entre !

— Halte, attends un peu ! dit-il en la prenant par le bras en riant. Mon prix !

— Ton prix ?

— Tu ne te rappelles pas notre pari ? Le gagnant devait recevoir un baiser de toi, et c'est moi qui ai gagné. Le roi n'a pas dissous le Parlement !

— Ah c'est vrai, le pari ! s'exclama Hélène dans un éclat de rire également.

Thomas était vraiment aussi charmant et joyeux qu'avant. Elle se dressa sur ses pieds et l'embrassa sur sa joue rude et mal rasée.

— C'est en ordre comme ça ?

— C'est parfait ! dit-il en fermant les yeux d'un air de délice. Nous pouvons entrer et nous présenter à ton époux, s'il est là bien sûr.

Le sourire d'Hélène disparut.

— Jimmy est mort à la guerre, dit-elle tout bas.

— Oh, fit Thomas soudain sérieux. Je l'ignorais, Hélène, je suis navré. Je n'y ai pas pensé une seconde, et cela d'autant moins que tu ne portes pas le deuil. Sinon, je n'aurais pas… ce baiser…

— Mais ce n'est pas grave. Tu ne pouvais pas deviner. Tu sais, passer toute la journée dans une robe noire par cette chaleur épouvantable, je n'ai tout simplement pas pu résister. Viens maintenant !

Sur le seuil, ils virent arriver Janet qui avait entendu leurs voix. Elle était tout émue, tant elle était soulagée de voir Hélène revenir.

— Nous étions tellement en souci ! s'écria-t-elle. William et moi, nous étions allés à midi au bord de la mer et, à notre retour, lady Ryan nous a raconté que tu étais partie pour dénicher de quoi manger. Nous nous sommes alors aussitôt mis en route, mais nous ne t'avons pas trouvée.

Hélène leur fut reconnaissante d'avoir cherché à l'aider.

— J'ai à présent une vue d'ensemble approximative des dommages, dit-elle. Je te raconterai plus tard. Il faut d'abord que je te présente Thomas, Thomas Connor, un ami de Woodlark Park et de Londres. Thomas, ma belle-sœur, lady Janet Smalley !

Ils se saluèrent amicalement.

La cuisinière prépara une soupe de légumes dans laquelle elle coupa la viande et, pour la première fois depuis fort longtemps, une merveilleuse odeur emplit la maison. Ils prirent place dans la salle à manger dont les murs, privés de leurs tableaux et de leurs tapisseries, donnaient une impression de grande nudité. Les ornements de la cheminée avaient été brisés, les lourds rideaux de velours gisaient par terre, déchirés, et le chandelier d'argent, morose, ne dressait plus qu'un seul bras vers le plafond. Ce bras portait en revanche une grosse bougie odorante qui éclairait la table d'une vive lumière, et la vaisselle d'étain, enfouie dans le jardin où les soldats ne l'avaient pas découverte, brillait de tous ses feux après avoir été soigneusement récurée. En dépit de la sensation étrange que provoquait sa présence sur une table aussi nue, elle n'en était pas moins un témoignage de renaissance, un réconfort et un triomphe.

Tout en mangeant, Thomas rapporta les nouvelles en sa possession.

— Vous savez certainement que le général Skippon s'est rendu. Avec ses cinq mille hommes, il a pu se retirer à Portsmouth. Grenville aurait préféré les voir pendus aux arbres, mais même lui n'a pu se le permettre. Il pend néanmoins tout rebelle lui tombant entre les mains.

Hélène et Catherine se lancèrent un regard inquiet, toutes deux pensant à David.

— Grenville a beau être un soldat extraordinaire, expliqua William, il est par ailleurs une canaille. La majorité de ses hommes le redoutent et le détestent.

Une heure plus tard, Thomas prit congé. Son commandant ne lui avait donné quartier libre que pour quelques heures. Hélène le suivit longtemps des yeux tandis qu'il s'éloignait à cheval. Son bref séjour l'avait ramenée dans l'atmosphère insouciante de ses jeunes années et, à le voir repartir, elle se sentait de nouveau seule dans un monde en plein bouleversement. Elle savait qu'il ne fallait pas ainsi s'accrocher au passé, mais comment, sinon, ne pas désespérer d'un présent insupportable ? L'avenir sur lequel elle portait autrefois un regard si confiant était devenu trop incertain et déconcertant pour qu'elle pût continuer à croire en lui. En ces temps troublés, l'imprévisible pouvait intervenir d'un jour à l'autre. La vue de son foyer détruit la confirma dans ce constat amer.

Le lendemain matin, William leur annonça qu'il partait pour Barnstable rejoindre l'armée du prince Maurice qui allait marcher sur Wiltshire et faire jonction avec l'armée du prince Rupert. William avait le visage gris, les traits tirés par le manque de sommeil et Janet qui s'accrochait à son bras, pâle comme un linge, avait les yeux rouges.

Après le départ de William, la maison parut vide, comme morte. Les enfants jouaient dans le jardin, Janet s'était enfermée dans sa chambre, Adeline était allongée sur son lit et Elizabeth lisait la Bible. Catherine, à l'office, discutait avec la cuisinière de la répartition la plus économique possible des provisions.

Hélène, courant dans toute la maison comme une bête en cage, constatait les innombrables traces du passage de la soldatesque. Il faudrait des années avant que Charity Hill retrouve son état antérieur, à condition que tout le monde y consacre ses forces entières. Pour le moment, les autres semblaient fermer les yeux devant les difficultés qui s'amoncelaient. L'assurance d'avoir de quoi manger durant les trois prochains jours leur suffisait. Elles ne se souciaient nullement de savoir ce qu'elles deviendraient durant l'automne et l'hiver. Elles étaient toutes des femmes gâtées par la vie, à l'abri des vicissitudes de l'existence. Aussi n'étaient-elles pas prêtes à s'adapter aux circonstances nouvelles.

19

Le lendemain matin, Molly vint avertir Hélène que les fermiers étaient revenus de la guerre et qu'ils attendaient dans le hall.

En s'avançant à leur rencontre, Hélène fut effrayée de constater leur petit nombre. Quelques jours plus tôt, une trentaine d'entre eux étaient partis et douze seulement, épuisés, les joues creusées, se tenaient, gênés, devant Hélène qui leur adressa des mots de réconfort.

— Rentrez chez vous, conclut-elle, vos familles vous attendent !

Les hommes, sans bouger d'un pouce, regardaient le sol à leurs pieds.

— Qu'y a-t-il ? Que désirez-vous d'autre ?

— Eh bien, mylady…, commença l'un d'eux, avant de s'interrompre.

— Oui ?

— C'est-à-dire – il hésita, haussant les épaules avec résignation – où aller, mylady ? Chez nous ? Nous avons vu à quoi ressemble maintenant le pays ; il n'y a plus rien à en tirer. Les champs sont dévastés, nous n'avons plus rien à manger. Nous ne pouvons pas rester.

— Qu'est-ce que cela veut dire : nous ne pouvons pas rester ? Vous voulez tous partir ?

— Voyez-vous, mylady, intervint un autre, nous avons devant nous un hiver qui sera peut-être long et rude. Nous avons tous des familles. Nous ne pouvons les laisser mourir de faim.

— Mais où comptez-vous aller ?

— Dans les Cornouailles du sud, peut-être.

— Vous oubliez une chose, répondit Hélène avec vigueur, c'est que vous avez tous un bail qui vous attache à Charity Hill et que je suis la seule à pouvoir le résilier.

— Pourquoi resterions-nous ? Il n'y a pas de travail pour nous !

— Si, il y aura du travail pour vous. Laissez-moi vingt-quatre heures, je vous en prie.

Les hommes se regardèrent, l'air méfiant.

— Vous comptez trouver du travail pour nous, mylady ?

— J'ai un plan et, pour le réaliser, j'ai besoin de vous tous. Je peux vous assurer qu'alors tout danger sera écarté !

— Dans vingt-quatre heures nous serons fixés ?

— Probablement plus tôt, même, déclara Hélène regardant les hommes avec franchise, droit dans les yeux. Si ça ne marche pas, vous pourrez partir !

Après avoir encore hésité un peu, les hommes donnèrent leur accord. Murmurant quelques paroles d'adieu, ils sortirent d'un pas accablé.

Hélène avait horreur de ce qu'elle envisageait de faire, mais elle savait qu'elle n'avait pas le choix.

Le même après-midi, Hélène et Janet se mirent en route dans la charrette non bâchée, dans laquelle on ramenait autrefois le foin des champs. Les rebelles avaient brisé leur voiture, et elles n'avaient donc d'autre moyen de déplacement que cette énorme charrette sans ressorts. Janet savait ce qu'Hélène avait en tête, mais ne croyait pas au succès de l'entreprise.

— Tu ne penses tout de même pas sérieusement, dit-elle tout en se cramponnant à son siège instable, qu'une femme comme Bridget va nous aider ?

— Spontanément, certainement pas, mais pour de l'argent, elle est prête à presque tout, dit-elle en montrant du doigt, derrière elle, un paquet enveloppé dans du tissu. Il y a des bijoux là-dedans. Je crois qu'ils vont la transformer en une femme tout à fait serviable.

Janet, se retournant, sursauta.

— Tu te rappelles ? demanda-t-elle en frissonnant. Cette charrette ! C'est elle qui a servi l'autre jour au transport des blessés !

— Tu crois que je pourrais oublier une chose pareille ?

Toutes deux revécurent en pensée cette abominable journée, interminable et torride, elles respirèrent de nouveau l'âcre odeur de la sueur et du sang, sentirent sur leur peau le grouillement des mouches infatigables.

— J'ai alors songé que cette journée serait la pire de toute mon existence, réfléchit Hélène tout haut. Je me disais que plus rien ne pourrait à l'avenir m'ébranler, mais je sais à présent qu'il y a bien d'autres horreurs encore que je ne pourrais supporter.

— C'est pareil pour moi. Le pire serait qu'il arrive quelque chose à William. Je me demande si j'y survivrais.

— Bien sûr que tu y survivrais. Tu devrais vivre pour Annabella et Carolyn !

Elles avaient entre-temps quitté les environs immédiats de Charity Hill et traversé l'épaisse forêt marquant la limite entre leur propriété et celle des Cash, Ivy Castle. Au-delà de cette forêt, il n'y avait que peu de destructions ; elles rencontrèrent des prairies en fleurs, des champs de blé florissants, croisèrent des gens au travail, des chevaux bien nourris et des charrettes chargées de récoltes. Hélène savait qu'Ivy Castle était sorti relativement intact des événements parce que le château n'avait hébergé qu'une très petite troupe. C'était, comme elle le pensait avec colère, une véritable injustice du ciel que les gens méchants et vils soient toujours favorisés par la chance.

Au bout d'un moment, elles parvinrent à Ivy Castle dont le nom grandiloquent s'accordait mal à la petitesse de la cour où régnait le désordre. Niché dans la verdure d'un vallon, entouré de champs et de bois, il aurait certainement paru idyllique s'il avait été mieux entretenu. Un gros tas de fumier malodorant occupait une partie de la cour. Quelqu'un avait déversé un seau d'ordures dans lesquelles quelques porcs fouillaient en grognant. Installées aux fenêtres, les bonnes, yeux et bouches écarquillés, examinaient les arrivantes avec une curiosité non dissimulée.

Hélène stoppa la charrette juste devant la porte d'entrée. Janet et elle en descendirent en posant précautionneusement le pied sur les rayons des roues. Elles s'apprêtaient à frapper quand la porte s'ouvrit brusquement, laissant apparaître Bridget. Après un instant de surprise, elle endossa vite son rôle d'amie affectueuse et serra dans ses bras Hélène d'abord, puis Janet, en poussant une exclamation de joie.

— Quelle joie de vous revoir si rapidement ! Entrez !

Toujours caquetant, elle les précéda à l'intérieur de la demeure.

C'était une vieille maison qui aurait pu être très belle, mais Bridget avait réussi, depuis un an qu'elle l'habitait, à totalement la défigurer.

— Avant mon arrivée ici, expliqua-t-elle, cette maison était sombre et terne. La première chose que j'ai réclamée à George, une fois mariée, a été de tout réaménager. Il a bien sûr été immédiatement d'accord ; pour lui, en effet, peu importe la manière dont la maison est aménagée puisqu'il ne voit rien. Et alors, dit-elle en regardant autour d'elle d'un air satisfait, regardez ce que j'en ai fait !

— Vous avez à coup sûr apporté de grands changements, déclara Hélène avec prudence.

— N'est-ce pas ? Je trouve que règne ici une atmosphère très particulière. On peut dire que ma personnalité imprègne ma maison.

— Sans aucun doute. Cette maison est comme vous, madame Cash, et vous êtes comme la maison, sourit Janet.

Elles étaient maintenant dans le salon, et Bridget invita ses visiteuses à prendre place.

— Je vais ordonner à la bonne de nous apporter quelque chose à boire, dit-elle.

Mais avant qu'elle ait eu le temps de mettre son intention à exécution, Hélène intervint.

— Merci, Bridget, mais ce n'est pas nécessaire. Nous ne faisons que passer et, de plus, c'est uniquement pour parler affaires.

— Parler affaires ? s'étonna Bridget en fronçant les sourcils. Comment dois-je le comprendre ?

— Peut-être serait-il bon que M. Cash prenne part à notre entretien. C'est ici son bien après tout.

— Oh, c'est moi qui me charge seule de la gestion. C'est ce que nous avons décidé !

— Très bien. Asseyez-vous, s'il vous plaît et écoutez-moi.

Hélène prit tout son temps pour ôter ses gants et les poser sur la table, car elle désirait se concentrer pleinement sur ce qu'elle allait expliquer, sans en dire trop ni trop peu.

— Vous savez, poursuivit-elle, qu'à Charity Hill nous ne pouvons prétendre vivre dans l'abondance pour le moment.

— Ah bon ?

— Une troupe de rebelles particulièrement nombreuse a occupé le domaine pendant des jours, et nous avons malheureusement dû nourrir les soldats. Il n'est pas resté grand-chose de nos récoltes.

Une lueur de compréhension s'alluma dans les yeux de Bridget. Elle se pencha un peu en avant, un intérêt non dissimulé sur ses traits.

— En d'autres termes, vous souhaiteriez que je vous vienne en aide ?

— Nous ne voulons pas de cadeau, je désire seulement passer un marché, précisa Hélène. En venant chez vous, j'ai vu vos champs. La récolte a pris un gros retard et…

— Nous…

— Je vous en prie, permettez-moi de finir. Je suppose que beaucoup de vos gens ne sont pas non plus revenus de la guerre, ce qui veut dire que vous n'arriverez jamais à rentrer vos récoltes à temps.

— Pourquoi me racontez-vous tout cela ?

— Je veux seulement que vous ayez une vue claire de la situation. J'en reviens à ma proposition : que vous laissiez mes gens moissonner les champs au nord d'Ivy Castle, entre la forêt et le ruisseau, en échange de cinquante livres.

Bridget ne put réprimer une exclamation d'étonnement. Mais elle se ressaisit rapidement.

— Cinquante livres ? L'argent n'est pas de grande utilité en ce moment !

— Je ne parle pas d'argent, répondit Hélène en sortant de sa poche le paquet de bijoux qu'elle posa sur la table. Il y a là-dedans un bracelet et deux boucles d'oreilles d'une valeur de cinquante livres.

Bridget prit le sachet et l'ouvrit. Elle en béa de stupéfaction.

— Hum, fit-elle d'un air songeur.

Hélène avait de la peine à cacher sa nervosité.

— Qu'en pensez-vous ? s'enquit-elle avec un calme qui lui coûta beaucoup d'efforts. Acceptez-vous ma proposition ?

— Eh bien, ma foi…, dit Bridget avec lenteur.

Elle savait bien qu'elle accepterait, mais, en même temps, elle se demandait si elle ne pourrait pas tirer meilleur profit de la situation. Avec son flair infaillible, elle avait compris que seule une grande maîtrise de soi permettait à Hélène, acculée, de garder contenance. Bridget, les paupières à demi baissées, observait son amie en cachette : elle ne réussissait pas à contrôler ses mains brûlées par le soleil. Il était certain que beaucoup se jouait en cet instant. Bridget était bien résolue à ne pas laisser échapper cette chance.

— Sur le principe, je ne serais certes pas contre.

Hélène eut un soupir de soulagement imperceptible.

— Mais à dire vrai, poursuivit Bridget après un bref temps de silence, cela représente une perte pour moi. Dans la situation actuelle, je pourrais vendre le blé trois fois plus cher.

— Que désirez-vous ? demanda Hélène.

— Oh, je vous en prie…, protesta Bridget en levant la main en signe d'apaisement. Vous êtes mon amie et, croyez-moi, ce serait avec joie que je vous offrirais tous mes biens – elle poussa à cet endroit de la conversation un profond soupir affecté –, si je n'avais aussi à prendre en compte d'autres intérêts. Ceux de George et du petit être que je porte très certainement en mon sein…

Elle se tut, attendant une réplique qui ne venait pas. Hélène se contentait de la fixer d'un œil froid et concentré, semblant dire : « Vas-y, Bridget, vas-y, parle ! Étale devant nous ta cupidité, je ne te ferai pas la grâce d'un seul mot ! »

— Eh bien, finit par déclarer Bridget, je veux naturellement vous venir en aide. Je vous propose que vos gens moissonnent les champs que vous venez d'évoquer, en échange de quoi vous me cédez une partie des terres de Charity Hill !

Hélène et Janet eurent au même instant le souffle coupé.

— Quoi ? s'exclama Janet aussi désemparée qu'indignée.

— Je ne réclame rien de plus que ce à quoi j'ai droit, riposta Bridget. Lady Smalley, vous devriez bien savoir que les terres jouxtant immédiatement les nôtres, jusqu'au petit lac, furent la propriété des Cash jusque sous Henri VIII.

— C'est exact, concéda Janet à contrecœur, mais ma famille les a acquises de manière honnête.

— Pour une bouchée de pain ! rétorqua Bridget d'un ton sarcastique. George m'a tout expliqué en détail, et vous pouvez aussi, si vous le souhaitez, le vérifier dans la chronique familiale. Les Cash, à la suite d'une mauvaise récolte, furent obligés de vendre, et les Golbrooke purent dicter leur prix. Ce fut au fond un vol pur et simple !

— S'il vous plaît, n'insultez pas ma famille ! s'écria Janet, révoltée. Cela remonte à plus de cent ans, et les terres en question, depuis cette date, appartiennent à Charity Hill !

— Ne t'énerve pas, tenta Hélène à voix basse de calmer sa belle-sœur.

Puis, tournée vers Bridget, elle déclara :

— Je suppose que vous savez que nous n'avons d'autre choix que de céder à vos exigences. Allez chercher, s'il vous plaît, du papier et de l'encre, pour que nous puissions établir un contrat.

Bridget disparut. À peine eut-elle quitté la pièce que Janet apostropha Hélène :

— Es-tu devenue folle ? Tu ne peux tout de même pas lui céder ?

— Et que puis-je faire d'autre ? Sois heureuse qu'elle n'exige pas davantage encore !

Janet serra les poings.

— Il viendra bien un jour où nous pourrons récupérer nos terres, murmura Hélène. J'aimerais que…

Bridget réapparut. Elle avait sur le visage une expression d'affabilité et de gaieté.

— Bon, dit-elle, rédigeons à présent le contrat, puis vous boirez quelque chose. J'ai déjà donné des ordres à la bonne.

— Je pense que nous n'aurons pas le temps pour ça, répondit Hélène en s'emparant du papier. Je vais rédiger le contrat en deux exemplaires et chaque partie en recevra un.

Elle s'appliqua pour écrire le texte suivant :

« Moi, lady Hélène Golbrooke, reçois, le 5 septembre 1644, de Mme Bridget Cash, l'autorisation de faire moissonner totalement par mes gens les champs faisant partie d'Ivy Castle, entre le ruisseau et la forêt constituant la limite du domaine de Charity Hill, et de m'approprier dans sa totalité cette récolte. En contrepartie, Mme Bridget reçoit les terres de Charity Hill situées entre la limite susnommée et le lac de Lerroway ainsi qu'un bracelet et une paire de boucles d'oreilles d'une valeur de cinquante livres. Ivy Castle, le 5 septembre de l'année de grâce 1644. »

20

À l'automne 1644, des débats passionnés se déroulèrent au sein du Parlement. Le général Manchester, qui, en août, avait refusé de venir en aide au comte d'Essex en grande difficulté dans le sud, se l'entendit durement reprocher par le général Cromwell. Reproches qui devinrent plus sévères encore quand, fin octobre, lors de la bataille de Newbury, Manchester laissa passer l'occasion d'un assaut décisif qui aurait entraîné la défaite du roi. Charles réussit à se retirer dans Dennington Castle et à confier ensuite la ville au prince Rupert. La grande région située entre Dennington et Bristol se retrouva ainsi entre les mains du pouvoir royal.

Cromwell et Manchester s'affrontèrent alors violemment ; le premier, convaincu de l'incapacité des militaires, exigeait qu'un membre du Parlement ne pût occuper un poste dans l'armée pendant la guerre.

Au bout de dix jours de pourparlers, sa proposition – ce qu'on a appelé l'« acte d'auto-renoncement » – fut effectivement adoptée et tous les généraux presbytériens furent relevés de leurs fonctions.

Une *New Model Army* fut mise sur pied et placée sous le commandement du général Fairfax, commandant en chef, et du général sir Philipp Skippon. Le comte d'Essex fut le premier à renoncer à ses fonctions, le 2 avril 1645. Il fut suivi par les généraux Manchester et Waller ainsi que par quelques autres. Au même moment échoua à Uxbridge une ultime tentative de représentants du roi et du Parlement pour régler pacifiquement les désaccords.

En mai de la même année, Janet Smalley mit au monde sa troisième fille. Elle la prénomma Henrietta.

Entre-temps, la guerre avait continué. Le 14 juin, les royalistes subirent une défaite épouvantable à Naseby, défaite au cours de laquelle lord Charles Ryan tomba, alors qu'il devait être bientôt renvoyé dans ses foyers en raison de son mauvais état de santé. Dans l'euphorie de leur triomphe, les rebelles marchèrent sur le sud. Ils obligèrent lord Goring à abandonner Taunton, place qu'il avait jusqu'ici tenue avec courage ; le général battit en retraite et se retrancha près de Langport, dans un défilé facile à défendre. Ne pouvant toutefois, à la longue, faire face à l'écrasante supériorité de ses adversaires, il abandonna la partie, s'enfuyant en France.

Le général Hopton tenta l'impossible, c'est-à-dire repousser l'ennemi au-delà du Tamar, mais, après deux jours de combats acharnés et sanglants, il fut lui-même contraint à la retraite avec son armée. En février 1646, Fairfax s'empara de Launceston, en mars il entra dans Bodmin. Le prince de Galles s'enfuit en bateau, et lord Hopton conclut avec Fairfax un accord aux termes duquel il se rendait définitivement. Les Cornouailles tombaient donc aux mains de l'ennemi.

Jusqu'à l'automne 1646, les royalistes livrèrent d'ultimes combats désespérés auxquels William Smalley prit part. Pourtant, personne ne put longtemps résister à la supériorité adverse. Tous durent capituler. En hiver, William finit par rentrer à Charity Hill. Pour Janet, la guerre était terminée. Elle supporterait désormais d'un cœur léger les privations puisqu'elle avait retrouvé l'homme qu'elle aimait.

Privations sévères ! Les nouveaux détenteurs du pouvoir déchargèrent leur colère sur les gens des Cornouailles. Les propriétaires d'un domaine ayant combattu aux côtés des royalistes furent lourdement taxés, et, s'ils ne pouvaient s'exécuter, dépossédés.

L'année 1647 débuta de manière aussi sinistre qu'elle devait en définitive se dérouler. La liberté avait disparu, et les habitants devaient se conformer aux mœurs rigides des puritains. Les gens qui ne se connaissaient pas se méfiaient les uns des autres. Certains, qui avaient jadis été de bons voisins, se fuyaient, car le danger était grand d'être dénoncé pour une peccadille. Comme partout, il se trouva aussi des gens qui s'entendirent à mettre à profit les circonstances nouvelles et à s'enrichir aux dépens des vaincus.

Au printemps, naquit néanmoins la rumeur insistante d'un imminent soulèvement de la population des Cornouailles. Il ne pouvait effectivement échapper à quiconque avait des yeux pour voir qu'il s'échangeait des nouvelles à chaque coin de rue et que, parfois, la nuit tombée, des ombres passaient furtivement d'une maison à l'autre en empruntant les portes de derrière.

Le temps de la guerre n'était pas terminé.

LIVRE DEUXIÈME

1

Par une journée froide et pluvieuse de novembre 1647, Hélène Golbrooke, assise dans sa chambre contre la cheminée de pierre, le front sillonné de rides, griffonnait d'interminables séries de chiffres sur un papier. De temps à autre, reposant sa plume, elle relevait la tête et regardait par la fenêtre dont le petit cadre rectangulaire ne laissait apercevoir qu'un bout de ciel avec des lambeaux de nuages. Le vent et la mer hurlaient à faire frémir. Il allait certainement se mettre à neiger.

Cet automne était si froid ! Hélène haussa les épaules en frissonnant. Elle n'avait pu s'acheter de nouvelle robe depuis des années, et celle qu'elle portait en ce jour était la dernière un peu chaude qu'elle possédât. Elle avait déjà été reprisée en une douzaine d'endroits et lavée si souvent que la laine grise était toute feutrée. Son seul mérite était d'être chaude, mais elle ne l'était même pas assez pour une journée comme celle-ci. Hélène, une couverture posée sur les épaules, se tenait tout près du feu, au risque de s'y brûler. Elle était pourtant glacée jusqu'au bout des doigts et un grattement gênant dans la gorge lui donnait à penser qu'elle n'était pas loin d'avoir pris froid.

Poussant un soupir, elle reporta son regard sur sa feuille de papier. Au vu du nombre de chiffres, elle eut la certitude que, malgré tous les calculs du monde, elle serait tout simplement dans l'incapacité de payer les taxes exigées. Le fait que les propriétaires de Charity

Hill avaient combattu du côté du roi étant largement connu, ils avaient été dépossédés de leur domaine comme tous les royalistes des Cornouailles. Ils pouvaient continuer à y résider, mais devaient rembourser la valeur totale du bien sous forme de mensualités. Ce qui les contraignait à mener en permanence un dur combat pour l'existence, Hélène se voyant obligée de demander aux fermiers des livraisons de plus en plus importantes. À la suite de quoi, quelques-uns d'entre eux avaient préféré partir, si bien qu'Hélène, sous l'empire de la nécessité, avait engagé d'anciens soldats qui, ayant perdu leur foyer, leur ferme et souvent aussi leur santé, cherchaient désespérément du travail. Leur reconnaissance était sans bornes, mais, en dépit de leurs efforts, ils n'étaient guère efficaces.

Il fallait de nouveau, ce mois-ci, rassembler une somme importante. Hélène, à grand-peine, était parvenue à mettre la moitié de côté, mais elle ne savait comment se procurer le reste. Il lui fallait pourtant payer le montant total, au risque de voir relever le tribut exigé. Telle était la nouvelle liberté que le Parlement avait prétendu vouloir apporter au peuple. Ses partisans avaient protesté contre ce qu'ils appelaient le despotisme du roi et son injustice, mais ils se comportaient eux-mêmes de manière pire encore. Ils étaient les vainqueurs et pouvaient agir à leur guise, tandis que le peuple souffrait sous leur domination.

Il n'y avait guère d'issue. Hélène se leva, froissa le papier avant de le jeter dans la cheminée. Elle n'avait d'autre choix que de vendre à nouveau un objet de valeur : son alliance. Il se trouvait à Fowey assez de gens cupides pour acheter aux propriétaires terriens acculés des bijoux précieux à un prix dérisoire, sachant bien que la plupart d'entre eux en étaient réduits à accepter n'importe quelle somme. Hélène avait toujours reculé devant la perspective de se séparer de son alliance, mais, maintenant qu'elle y était contrainte, cela ne signifiait pas pour elle la fin du monde. La bague était un symbole, rien d'autre, et elle la sacrifiait pour Charity Hill. Jimmy aurait été d'accord. Sa seule préoccupation était de savoir comment elle ferait par la suite. Peut-être Janet sacrifierait-elle aussi la sienne ?

Hélène resserra la couverture sur ses épaules et alla à la fenêtre. Au même moment, la porte s'ouvrit brusquement et Francis se rua à l'intérieur.

Grand pour ses bientôt cinq ans, d'une maigreur vigoureuse et d'une endurance dont jouissent les enfants qui se dépensent principalement en plein air, il avait des cheveux châtain foncé en désordre, les joues écarlates malgré le froid vif, et ses yeux couleur or, en tous points pareils à ceux de Jimmy, étincelaient de vie. Il tenait à la main une épée de bois.

— Maman, s'exclama-t-il, très excité. Est-ce que Denis et moi nous pouvons aller chez Bridget Cash ?

Hélène se tourna vers lui.

— Pourquoi voulez-vous aller chez Bridget ?

— Elle était hier chez mon père, répondit Denis, un ami de Francis habitant Fowey, et elle a raconté que son chien avait des petits, que nous pouvions venir les voir.

Hélène hésita. Elle n'aimait pas du tout Bridget.

— Comment comptez-vous y aller ?

— À pied !

— Bon, d'accord.

Hélène avait beaucoup de mal à refuser quelque chose à Francis. Quand il la regardait du même air d'attente qu'en ce moment, elle ne pouvait que céder.

— Oh, merci ! s'écria Francis, ravi. Viens, Denis !

Les deux garçons sortirent l'un derrière l'autre avec autant de fougue qu'ils étaient entrés.

C'est étrange, se dit Hélène, de voir comme Francis s'est développé différemment de Cathy.

Celle-ci avait quatre ans, mais, au lieu de gagner en gentillesse l'âge aidant, elle laissait libre cours à ses caprices. Très mignonne avec ses longues boucles blondes et ses yeux couleur d'ambre, elle était capable, par son sourire, de faire fondre n'importe qui. Même Adeline perdait de sa sévérité en sa présence, quelque bêtise qu'elle ait pu commettre ! Hélène, depuis un moment, la traitait avec dureté, car ses incessants ronchonnements l'exaspéraient. Mais, dès qu'elle s'était fait gronder, l'enfant courait se réfugier auprès de Catherine ou d'Elizabeth. Ces dernières la consolant, toute tentative d'éducation se révélait vaine. Elle serait certainement un jour fort prétentieuse et vaniteuse, qualités qui n'étaient pas du goût d'Hélène. Cathy était faite pour de grands châteaux avec des dames et des messieurs élégants, des bals, de la musique, des chandelles et de la joie, de l'insouciance et de la frivolité, mais pas pour une vieille demeure grise au bord de la mer, où s'affairaient des êtres pauvrement vêtus, le visage marqué par les soucis et luttant pour chaque sou.

Mais moi, s'interrogea Hélène, suis-je faite pour ça ? Mon avenir s'annonçait pourtant tout autre, Dieu le sait !

Se plaçant devant le miroir, elle s'examina de la tête aux pieds. Elle se trouva trop maigre, trop pâle, les traits creusés, l'air sévère. De plus, il y avait fort longtemps qu'elle ne s'était donné ni la peine ni le temps de se coiffer correctement. Non, elle n'était plus séduisante. Mieux valait qu'Alexander ne la vît pas dans cet état !

Quelqu'un frappa à la porte, ce qui l'arracha à ses pensées.

— Entrez ! cria-t-elle.

C'était William. Il avait l'air vieux et fatigué. Lui qui avait naguère les épaules carrées, rentrait à présent un peu la poitrine. La guerre et la succession des combats sévères l'avaient vidé de son énergie ; il avait par ailleurs la nostalgie de son bateau et de la mer. S'il s'était écouté, il serait aussitôt retourné à Plymouth, mais il lui était impossible d'abandonner Hélène aux prises avec de si grosses difficultés.

— Aurais-tu un moment ? s'enquit-il.

— Bien sûr, de quoi s'agit-il ?

Il sembla hésiter, paraissant se demander comment formuler sa requête. Il traversa la pièce et s'appuya contre le rebord de la fenêtre. Assise sur le lit, Hélène le regarda d'un air méfiant.

— Hélène, il faut que je te dise quelque chose, finit-il par lâcher. Ce soir, nous aurons de la visite.

Hélène comprit aussitôt qu'il ne pouvait s'agir d'une visite ordinaire.

— Qui viendra donc ?

William hésita.

— Tu ne connais pas ces hommes, mais cela n'a pas d'importance, car, de toute façon, c'est moi et moi seul qu'ils viennent voir.

— Et pourquoi me racontes-tu cela alors ?

— Parce que, après avoir mûrement réfléchi, j'en suis arrivé à la conclusion que tu avais le droit de savoir pourquoi ils viennent.

Hélène sentit monter en elle l'ancien sentiment de crainte.

— Que veulent ces hommes ? demanda-t-elle d'une voix étranglée.

— Ce sont des soldats, et ils se réunissent ici pour discuter du soulèvement.

Hélène poussa un cri d'effroi.

— Ne savent-ils donc pas à quel point c'est dangereux ? s'exclama-t-elle, horrifiée.

— Chut, fit William en mettant un doigt devant sa bouche. Tu es la seule, dans la maison, à être au courant !

Hélène vint se placer devant William en secouant la tête.

— Non ! dit-elle d'un ton résolu.

William la considéra d'un air stupéfait.

— Que veux-tu dire ?

— Il n'en est pas question. Ils peuvent se soulever quand et où ils veulent. Et je me fiche aussi de l'endroit où ils en discutent. Mais pas ici !

— Hélène, l'adjura William en la prenant par le bras, je ne te reconnais pas ! Tu n'étais pas égoïste comme ça !

— Égoïste ! riposta-t-elle en partant d'un rire amer. Dois-je te dire ce que je fais depuis des mois ?

Elle alla à son armoire, sortit d'un tiroir une pile de papiers qu'elle agita sous le nez de William.

— Tiens ! Voilà mes factures ! Et voici tout ce que j'ai vendu de mon bien pour pouvoir les régler ! Et, là encore, les sommes ridicules que j'ai obtenues en échange !

Furieuse, elle jeta par terre les papiers.

— Je fais tout pour garder Charity Hill ! Je compte et je recompte, je vends mes bijoux et je vais voir des marchands répugnants devant qui je m'abaisse. Je fais tout afin que nous puissions essayer de vivre. Et tu crois que je vais te laisser mettre tout ça en danger ? Non, le risque est trop grand pour moi !

— Hélène, je te comprends. Mais veux-tu continuer comme ça indéfiniment ? Ne plus jamais être libre ?

— Et toi, crois-tu donc sérieusement que votre soulèvement a la moindre chance de réussir ? Vous serez écrasés tant les autres vous sont supérieurs ! Vous ne l'avez donc pas compris ? Combien doit-il y avoir encore de victimes avant que vous ne vous rendiez compte qu'il est vain de se battre ?

— Nous n'aurons pas le dessous, répondit William en baissant la voix. Le prince de Galles viendra en renfort depuis la France, à la tête d'une armée.

— Bien, bien. Faites ce que bon vous semble. Mais moi, j'en ai assez. Je veux payer mes traites et qu'on me laisse en paix.

William soupira.

— C'est trop tard. Je ne peux plus les informer qu'ils ne peuvent venir. Je n'aurais pas dû t'en parler !

— Effectivement.

— Mais je croyais que tu me comprendrais. Les autres, j'ai tout de suite su...

— Oui, les autres tu les as ménagées. La douce Elizabeth, Catherine, Adeline ! Mais à moi tu pouvais le dire, je tiendrais le coup ! Je suis si forte, si vaillante, si intrépide ! Mon Dieu, ne t'est-il jamais venu à l'esprit que moi aussi j'aimerais un jour vivre sans soucis, que je voudrais avoir quelqu'un contre qui m'appuyer, que...

Hélène fut obligée de s'interrompre, car les larmes qu'elle avait si longtemps retenues lui inondèrent soudain les joues. Elle ne chercha pas à les arrêter.

William fut bouleversé. Désemparé, il entoura ses épaules d'un bras.

— Je t'en supplie, Hélène, ne pleure pas ! Je n'imaginais pas une seconde que tu étais à bout. Je me suis dit que la perspective du soulèvement t'enthousiasmerait !

Sortant un mouchoir de sa poche, Hélène s'essuya les yeux.

— Je me serais peut-être enthousiasmée auparavant. Mais maintenant, je me sens si vide, sans énergie ! Il s'est écoulé tant de temps, tant d'années qui m'ont usée.

Je n'ai plus d'espoir, comprends-tu, plus rien dont je pourrais me réjouir, auquel je pourrais croire !

Elle se tut et regarda par la fenêtre. Le ciel ressemblait à une mer grise et agitée, le vent hurlait, chassant de lourds amas de nuages. Un oiseau noir, solitaire, luttait à violents coups d'ailes contre l'ouragan. Hélène vit en lui comme le symbole de sa situation personnelle. Un perpétuel combat contre des puissances supérieures, une lutte désespérée, des battements d'ailes vains et épuisants.

Hélène se leva avec lassitude.

— Qu'ils viennent, dit-elle d'un ton résigné, peut-être as-tu raison et gagnerons-nous !

William la regarda d'un air perplexe.

— On n'a pas l'impression qu'une victoire te rendrait très heureuse.

Hélène ne répliqua pas car elle eut peur d'éclater de nouveau en sanglots.

— Tout ira bien, la réconforta William, il te suffit de garder ton calme.

Elle acquiesça, ayant repris le contrôle d'elle-même.

— Comment sais-tu qu'ils viennent aujourd'hui ?

William lui tendit un billet soigneusement plié, portant une brève note écrite, signée des initiales A. T.

— Que signifient ces initiales ? demanda-t-elle d'une voix soudain enrouée.

William lui reprit le billet et le jeta au feu.

— Alexander Tate, répondit-il d'un ton indifférent. C'est l'un des chefs.

C'est alors qu'il s'aperçut qu'Hélène, blanche comme un linge, le regardait fixement, les yeux écarquillés, stupéfaite.

— Il y a quelque chose ? s'inquiéta-t-il. Tu connais Alexander ?

— Il venait ici assez souvent dans le temps. C'était un bon ami de Jimmy !

— Oh, je l'ignorais totalement. C'est certainement pour cela qu'il a choisi Charity Hill comme lieu de rendez-vous. Il connaît l'endroit.

« Non, oh non, ce n'est pas pour ça, exulta une voix en elle. S'il vient ici, c'est uniquement à cause de moi ! »

Ses joues reprirent des couleurs, ses yeux leur éclat.

— Oh, peut-être qu'est terminé le temps où ils étaient les maîtres, s'exclama-t-elle avec une exubérance retrouvée. Ils détaleront comme des lapins pourchassés par le renard !

— Je vois qu'enfin ton esprit combatif se réveille, se félicita William.

Bien qu'un peu étonné de ce changement d'attitude soudain, il se résolut à ne pas poser de question. Il ne fallait d'aucune façon courir le risque d'altérer sa bonne humeur. Il était vraisemblable que l'évocation d'Alexander lui avait rappelé Jimmy et qu'elle se sentait de nouveau le devoir de défendre son pays.

— Je me rends maintenant auprès de Janet, dit-il en sortant.

Mais avant qu'il ait pu fermer la porte, Hélène le retint.

— William, quand ces hommes arriveront-ils ?

— Tard dans la nuit. Quand tout le monde dormira.

— Merci.

William disparut. Hélène se laissa lourdement tomber sur son lit, les bras en arrière de part et d'autre de la tête. Alexander allait venir ! Son Alexander ! Il serait ici cette nuit, dans cette demeure ! Pour la première fois depuis quatre ans, il serait près d'elle.

Hélène se rassit. Elle avait le cœur battant et le visage brûlant. Son espèce de léthargie s'était envolée. Elle avait de nouveau un but et une raison de vivre. Mais, bien sûr, il lui fallait être belle !

Hélène passa le reste de l'après-midi à s'apprêter fiévreusement, désireuse de ne plus paraître lasse et affamée, mais jeune et rayonnante comme en des temps révolus. Certes, la robe de soie bleue n'était plus neuve et des yeux critiques auraient pu y déceler quelques défauts çà et là, mais elle soulignait le bleu de ses yeux. Hélène n'avait plus froid bien que la nouvelle robe fût beaucoup plus légère que celle qu'elle venait d'ôter. La joie lui réchauffait le corps, lui colorait les joues, redonnait à ses gestes leur légèreté.

Ce changement sauta évidemment aux yeux des autres. Quand, en fin d'après-midi, Hélène descendit au salon, la famille resta bouche bée d'étonnement. Janet, occupée à broder une couverture, s'immobilisa et, n'en croyant pas ses yeux, contempla sa belle-sœur.

— Mais Hélène ! s'écria-t-elle. Que se passe-t-il ?

— Rien, répondit Hélène avec amusement.

Savourant son entrée en scène, elle alla d'un pas léger vers un siège, s'assit et lissa sa robe.

— Je me suis juste dit, poursuivit-elle, que la dureté des temps n'était pas une raison pour ne pas se faire belle de temps à autre !

Janet qui, bien qu'infiniment heureuse de la présence de William, souffrait de l'accablement qui affectait Hélène, l'étreignit impétueusement.

— Tu as raison, dit-elle. Après tout, nous sommes toujours de jeunes et jolies femmes !

William sourit, amusé.

La soirée s'écoula avec lenteur, interminablement. La nuit était tombée très tôt et la pluie continuait à battre contre les carreaux. Un brouillard impénétrable ne laissait apercevoir ni la lune ni la moindre étoile et, ayant ouvert à un moment la fenêtre de sa chambre, Hélène eut l'impression qu'elle pourrait saisir à pleines mains ce lourd voile humide.

On dirait qu'il cherche à écraser la maison, se dit-elle, frissonnant à l'idée que, quelque part dans cette nuit froide, un groupe de cavaliers luttait contre le brouillard.

Tout sinistre qu'il fût, ce même brouillard protégeait pourtant des ennemis, et Alexander devait lui en être reconnaissant. Ayant refermé la fenêtre, elle marcha lentement de long en large dans sa chambre. Molly finit par faire son apparition.

— Si mylady veut maintenant se coucher, dit-elle, pleine d'espoir, je l'aiderai volontiers à se déshabiller.

Hélène s'immobilisa.

— Merci, Molly, mais je ne pense pas pouvoir m'endormir pour l'instant. Je suis énervée, peut-être à cause de ce brouillard épouvantable.

— Oui, il est menaçant, n'est-ce pas ? approuva Molly. Pourtant, je suis sûre que vous mettre au lit vous apaiserait, mylady. Je peux d'ailleurs y déposer une belle pierre bien chaude !

Hélène refusa de la tête.

— Non, pas maintenant. Mais toi, Molly, va te coucher. Je n'aurai plus besoin de toi ce soir !

Mais quand va-t-il se décider à arriver ? songea-t-elle.

Si seulement elle pouvait s'entretenir avec quelqu'un, n'importe qui, fût-ce Adeline. Rien n'était plus insupportable que d'attendre, inactive, que le temps passe.

Peu après minuit, elle entendit brusquement un bruit. Un léger grincement et le piétinement étouffé de sabots montèrent jusqu'à elle. Hélène sursauta. Se levant d'un bond, elle courut en silence jusqu'à la porte et l'ouvrit.

Retenant sa respiration, elle suivit le couloir jusqu'à la balustrade en bois entourant la galerie. Elle se laissa alors glisser par terre et, sans se montrer, regarda dans le hall à travers les barreaux.

Debout, éclairés par trois chandelles, six hommes, dont William et Alexander, parlaient à voix trop basse pour qu'elle pût les entendre, mais ils étaient à l'évidence en pleine discussion. L'un d'eux, un petit homme rond, éleva soudain un peu la voix.

— Cela veut dire que nous devons attendre que Grenville nous communique une information. Tant que nous ne l'aurons pas reçue, toute conversation est vaine. Nous le savions déjà. Si nous sommes là, c'est pour une unique raison. Sir William, pourrions-nous dormir ici cette nuit ? Certains d'entre nous n'ont pas vu un lit depuis une éternité.

La réponse de William échappa à Hélène. Au bout d'un moment, le petit homme reprit la parole :

— C'est le colonel Tate qui, de nous tous, en a le plus grand besoin. Il lui faudrait, si c'est possible, une chambre à part.

— Ne dites donc pas de bêtises, Cartney, répliqua Alexander sur un ton impatient. Je tiens encore debout tout seul !

— Pour parler franchement, colonel, intervint William, vous avez une tête cadavérique. Vous devriez effectivement monter à l'étage et dormir. Je vous réveillerai au petit jour, vous et vos compagnons.

Alexander parut se rendre à ces arguments, car William et les autres se rendirent au salon tandis qu'il entreprenait de monter l'escalier, veillant à ne pas faire craquer les marches. Ne pouvant voir Hélène accroupie derrière la balustrade, il dépassa l'endroit où elle était blottie et gagna l'autre côté de la galerie, disparaissant dans la chambre où il avait logé à chacune de ses visites à Charity Hill. Il ferma derrière lui, et Hélène ne distingua plus qu'une faible lueur passant par l'interstice entre la porte et le plancher. Elle se releva, apparemment calme mais tremblant intérieurement.

Sans plus réfléchir, elle se dirigea dans l'obscurité vers le mince filet de lumière qui l'attirait et la guidait, seuls le léger bruit de ses pieds sur le sol et le froufrou de sa robe troublant le silence.

2

Quand Hélène entra dans la chambre, Alexander était à la fenêtre, contemplant au-dehors le brouillard que le vent, soufflant maintenant en tempête, déchirait en lambeaux avant de les disperser. Il avait ôté sa cape noire et, tel qu'elle le vit devant elle, en chemise blanche, pantalon et bottes noirs, il lui parut plus large d'épaules encore que jadis, la taille plus fine que jamais. Il avait les cheveux courts, grisonnant à présent sur les tempes.

Quand il se retourna, elle aperçut les traits anguleux de son visage, beaucoup plus accusés qu'avant, les pommettes saillantes au-dessus des joues creuses, la bouche qui n'était plus qu'un filet rectiligne entre ses lèvres serrées – une bouche décidée, inflexible et dure. Hélène décela pourtant dans le visage ce que seuls ceux qui aimaient cet homme pouvaient peut-être percevoir : des yeux à la fente étroite et allongée, des yeux gris clair à l'iris ourlé de noir, respirant la droiture et la franchise, l'intégrité envers lui-même et envers le monde, des yeux sans l'ombre d'une quelconque sentimentalité, empreints de bonté, d'humour et de compréhension.

Hélène fut soudain saisie d'un violent désir de se précipiter sur lui et de tomber dans ses bras, de s'appuyer sur ses puissantes épaules et d'oublier l'écrasante charge des dernières années. Elle était si lasse de lutter, si lasse d'être seule qu'elle aurait voulu confier aux mains d'un autre le poids des difficultés, s'en remettre à lui pour son propre destin et ne plus se sentir que protégée, en sécurité, à l'abri des dangers qui la guettaient de partout dans ce monde affreux.

Elle se retint, bien sûr, car la séparation avait été trop longue pour ne pas donner naissance chez eux à une certaine retenue. Refermant sans bruit la porte derrière elle, elle s'arrêta au milieu de la pièce. La joie et la surprise se lisaient sur les traits d'Alexander.

— Hélène, tu es encore debout ?
— Je suis restée éveillée, sachant que tu viendrais.
Alexander eut l'air étonné.
— Je croyais que sir William ne comptait en parler à personne ?
— Si, il m'a mise au courant, répondit Hélène qui observa un bref temps de silence. Si je n'étais pas venue te voir, serais-tu reparti sans me saluer ?
— Oh, je ne pense pas que j'aurais osé t'arracher à tes rêves à une heure pareille. Tu aurais pu, sait-on jamais, croire voir des fantômes et te mettre à pousser de hauts cris !

L'humour dans sa voix et son sourire ne parvenaient pas à masquer sa mine épouvantable. Il devait être dans un état de total épuisement. En même temps, toutefois, il émanait de lui une impression de vigilance inquiète.

— Tu devrais t'allonger, dit-elle avec douceur. Si tu veux, je me retire sur-le-champ !
— Non, reste ici, lui demanda-t-il en s'avançant vers elle et en lui prenant le bras. Je crois qu'il est exclu que je dorme à présent, bien qu'on m'ait fait monter ici pour cela. Je suis trop inquiet, trop préoccupé par ce soulèvement !

Hélène n'avait guère été attentive à son propos car, à le sentir si près d'elle, elle avait presque perdu la raison. Qu'il puisse parler de choses dénuées d'importance à ses yeux lui fut douloureux.

— Alexander, dit-elle à voix basse, sais-tu que quatre ans ont passé depuis que nous nous sommes vus pour la dernière fois ?

— Quatre ans déjà ? C'est étrange, mais, là, dehors, on perd totalement la notion du temps. Tu ne veux pas t'asseoir ? proposa-t-il en s'appuyant contre la table placée au centre de la pièce.

Hélène s'installa sur le rebord de la fenêtre.

— As-tu appris que Jimmy était mort pendant les combats ?

— Sir William m'en a informé voici quelques jours.

— Voici quelques jours ? Depuis quand es-tu donc dans la région ?

— Depuis une semaine à peu près. Nous nous sommes toujours rencontrés chez l'un de nos partisans, mais cela devenait trop dangereux, ses voisins commençant à nourrir des soupçons. C'est ainsi que nous avons atterri à Charity Hill.

Après un bref silence, il reprit :

— Je suis désolé du décès de Jimmy. Au début, j'ai eu de la peine à le croire. Cela a dû être pour toi un choc terrible.

Il avait prononcé la dernière phrase sur un ton de la question tout autant que sur celui du constat.

Hélène le regarda sans baisser les yeux.

— Ce fut un choc, et j'ai d'abord été comme paralysée. Mais pas au point de m'amener à penser que je ne pourrais plus vivre.

— Oui, je sais. C'était il y a trois ans, n'est-ce pas ?

— Oui, en 1644. Quand je l'ai su, c'était l'anniversaire d'Elizabeth. Je m'en souviens comme si c'était hier. Un soir, par un magnifique coucher de soleil, il y avait partout des fleurs très belles, épanouies. William a surgi soudain. En voyant son visage, j'ai tout deviné.

Du moins, je sais maintenant que j'avais deviné. Sur l'instant, je me suis refusée à comprendre !

Alexander la dévisagea d'un air songeur.

— Tu as changé.

— J'ai vieilli.

— Ce n'est pas ce que je veux dire. Tu as changé d'expression. Tu as l'air plus sérieuse, plus réfléchie.

— Tu es très poli. Mais j'ai aussi l'air plus âgée. Et je n'ai pas particulièrement bonne mine !

— Mais, Hélène..., dit-il, souriant.

Elle se leva et alla vers lui. Il lui prit les mains et l'attira contre son corps. Elle posa la tête sur sa poitrine.

— Chéri, chuchota-t-elle, as-tu pensé à moi durant ces quatre ans ?

— Mais oui, sauf au cœur d'une mêlée furieuse...

— Sois sérieux, je t'en prie ! Durant tout ce temps, une fois ou l'autre... y a-t-il eu pour toi une autre femme ?

— Hélène...

Il parlait d'une voix douce, sans ironie à présent.

— Depuis que je te connais, plus aucune femme sur cette terre ne m'a tenté.

— Et avant de me connaître ?

— Elles ont toutes été sans importance. Je n'en ai aimé aucune comme toi.

Elle poussa un soupir de soulagement, intérieurement. Ils demeurèrent un moment silencieux, écoutant les mugissements de plus en plus violents de la tempête. Hélène eut l'impression qu'Alexander voulait lui dire quelque chose, mais qu'il avait de la peine à le faire, comme s'il luttait contre lui-même. Il finit par avouer :

— Quand je t'ai dit tout à l'heure que nous nous étions décidés pour Charity Hill comme lieu de rendez-vous, ce n'était pas tout à fait vrai. C'est moi-même qui ai choisi.

— Toi ?
— Comme nous ne pouvions arriver que de nuit et en cachette, je ne pensais pas te revoir aussi vite. Mais j'espérais que nous nous rencontrerions d'une manière ou d'une autre.
— Et voilà que je suis venue aussitôt à toi !
— Oui, et c'est bien comme ça. Mais tu m'obliges à te dire à présent ce que j'aurais aimé différer quelque peu, parce que j'ignore comment le dire.

Alexander hésita, puis il demanda d'un ton décidé :
— Je veux savoir, Hélène, si tu m'épouserais.

Hélène recula d'un pas, dans l'impossibilité où elle était de rester debout sans bouger. Alors qu'elle avait attendu ce moment depuis des années, elle l'avait imaginé baigné des couleurs les plus chatoyantes, et voilà qu'il se produisait ici, dans cette petite chambre, à la faible lueur d'une simple bougie.

— Ah, Alexander, murmura-t-elle, incapable de la moindre coquetterie, cela fait si longtemps que j'attends cette demande !
— Dois-je le prendre pour une réponse positive ?

Elle le regarda, rayonnante.
— Prends-le comme tu le souhaites.

Alexander l'embrassa tendrement.
— Je sais ce que je souhaite, répliqua-t-il.

Hélène lui passa les bras autour du cou, et il l'embrassa de nouveau. Une grande paix l'envahit d'un seul coup, effaçant les fatigues et les tensions des années écoulées. Elle n'était plus la proie de l'inquiétude, n'avait plus l'impression d'être pourchassée. Elle se sentait au contraire protégée.

— Quand nous marions-nous ? s'enquit-elle au bout de quelques secondes.
— C'est impossible dans l'immédiat. Je voudrais différer la chose pour deux raisons : il faut d'abord que le

soulèvement ait eu lieu, quel qu'en soit le résultat, et, pour l'instant, nous ne pouvons pas être mariés officiellement, personne ne devant apprendre que je suis ici.

— C'est si dangereux que ça ?

— Il n'y a pas de danger tant que personne ne nourrit de soupçon. En principe, il ne peut rien se passer. Dès que tout sera fini, nous nous marierons.

Hélène savait qu'il parlait ainsi pour la tranquilliser, que le soulèvement n'était pas sans risque et qu'il s'agissait bien plutôt d'une question de vie ou de mort. Mais elle savait aussi qu'aucune force au monde ne serait de nature à détourner Alexander de son projet. Elle prit une bougie.

— Je m'en vais à présent, il faut que tu dormes.

— Il y a beau temps que la fatigue m'a quitté.

Hélène était déjà à la porte quand il la rappela.

— Qu'y a-t-il ?

— Veux-tu rester ici cette nuit ?

Hélène sentit son cœur battre à se rompre. Elle était à ce point prise au dépourvu qu'elle ne sut quoi répondre. Elle espéra qu'Alexander dirait encore quelque chose, mais il se contenta de la regarder.

Elle posa sa bougie avec précaution et se dirigea vers lui. Elle se moquait de savoir si quelqu'un trouverait à redire à ses actes ou non. Il ressentait les choses comme elle. Dans ce cas, soit leur attitude n'avait rien de répréhensible, soit il était aussi fautif qu'elle. Et en définitive, se dit-elle, il est de toute façon la seule chose que je veuille en ce monde. Lui et rien d'autre !

Les mois qui suivirent furent à couper le souffle. Impatience et angoisse, fol espoir et soudain abattement régnaient tour à tour. Il n'était guère de foyers, en Cornouailles, où des armes ne fussent dissimulées, il ne se passait plus de nuit sans que des hommes vêtus de noir se rencontrent au cœur d'une forêt, montés sur des chevaux rapides. Le comté paraissait vibrer d'excitation, on pouvait le sentir au détour de tous les chemins, le lire sur tous les visages. L'écrasante majorité des habitants des Cornouailles étaient des royalistes, beaucoup avaient perdu un être cher dans les combats, et ils se retrouvaient vaincus, opprimés par leurs propres compatriotes, humiliés et soumis, désarmés, livrés aux caprices de leurs vainqueurs. Peu importait la manière dont ils s'étaient jusqu'ici accommodés de leur nouvelle existence – en proie à une fureur impuissante ou à une résignation muette –, car tous étaient habités d'une espérance nouvelle. Peut-être allait-on vaincre et recouvrer la liberté.

Hélène ne voyait pas Alexander très souvent, tout au plus une fois par semaine, la nuit seulement, lors de ses rencontres avec d'autres comploteurs, à Charity Hill. Il s'était d'abord opposé à ce qu'elle participe à ces conversations, mais, à force de ténacité, elle était parvenue à imposer son point de vue.

Elle y découvrait un Alexander fort différent de celui qu'elle connaissait. Elle avait toujours vu en lui un être grave, réservé, et il se révélait soudain vivant, presque fougueux, capable d'enthousiasme. Quand, à la lueur d'une bougie, dans la pièce sombre, il élaborait des plans de campagne et de nouvelles stratégies d'une voix étouffée et âpre, ses yeux brillaient, étincelaient, lançaient des éclairs. Il était soldat dans l'âme, Hélène s'en rendait de mieux en mieux compte, hésitant un peu à s'en réjouir. Chaque fois qu'il parlait du soulèvement, elle était obligée de penser au grand nombre de ceux qui y laisseraient leur vie et, étrangement, elle incluait les ennemis dans ces considérations. Au début de la guerre encore, elle ne songeait qu'aux gens de son camp, se représentant inconsciemment les ennemis comme des menaces, les diabolisant, s'interdisant la pitié. Mais plus la guerre durait, plus elle découvrait la misère affectant les deux camps, moins il lui était possible de persévérer dans une vision unilatérale.

L'hiver s'écoula dans cet état d'excitation et de tension, puis toutes les pensées se concentrèrent bientôt sur le soulèvement imminent. De nouveaux plans ne cessaient de naître, des inconnus apparaissaient, ainsi que d'autres dont les noms avaient défrayé la chronique pendant la guerre et qui étaient à présent oubliés depuis longtemps.

Hélène et Alexander n'avaient que rarement l'occasion de se voir seuls. Ils réussissaient néanmoins, de loin en loin, à passer une heure ensemble, assis dans la petite chambre où ils s'étaient rencontrés pour la première fois après la mort de Jimmy. Ils parlaient alors de l'après-soulèvement. Ils n'avaient pas encore décidé où ils vivraient, à Charity Hill ou à Broom Lawn, le domaine d'Alexander près de Kent, mais Hélène comprenait qu'Alexander préférerait son propre bien. Elle y était d'ailleurs elle aussi favorable. Trop d'événements étaient associés à Charity Hill qu'elle désirait oublier. Partir ne porterait d'ailleurs pas atteinte au souvenir de Jimmy.

— Quelques semaines encore, et nous serons ensemble pour toujours, annonça Alexander un soir.

— Ah, que ce serait merveilleux, s'exclama Hélène en s'approchant de lui. Tu ne combattras donc plus jamais ?

— Si le roi a besoin de moi, il faudra bien sûr que je le fasse, mais je crains fort qu'il n'ait plus pour bien longtemps encore le pouvoir dans ce pays. Et je ne combattrai jamais pour le compte du Parlement !

— Comment ? Qu'est-ce que tu veux dire par là : le roi n'a plus pour longtemps le pouvoir ?

— Tu ne t'en es pas rendu compte, Hélène ? Les royalistes sont au fond déjà vaincus. Nous avons perdu, et le roi devra s'entendre avec ses ennemis ou quitter le pays !

— Mais alors pourquoi le soulèvement ? Si nous sommes dans tous les cas les perdants ?

— S'il réussit, nous jouirons de la liberté pour au moins une courte période, et puis... et puis nous saurons que nous nous sommes battus et que nous ne nous sommes pas rendus sans combattre. La liberté est ce qu'il y a de plus précieux au monde et nous ne devons jamais permettre que des gens sans scrupules exploitent notre désir de paix !

— Ce que tu dis, Alexander, je l'ai déjà entendu un jour. Il y a quatre ans de ça, dans la bouche d'un soldat à l'article de la mort, un rebelle à vrai dire. Il disait qu'on ne pouvait rendre les armes devant le mal, parce qu'il ne tarderait pas à être le maître du monde. Mais qu'est-ce que le mal, qui décide de ce qui est mal et de ce qui ne l'est pas ? Ce n'est pas toujours aisé d'y voir clair. Et la guerre est quelque chose de si effroyable, de si cruel ! Tout en moi se révolte contre la guerre !

— C'est tout à fait naturel et, crois-moi, Hélène, je suis dans le même état d'esprit, et beaucoup d'autres avec moi. Ignorant souvent ce qu'est le mal, nous sommes réduits à nous fier à des sentiments personnels. Nous aussi, nous sommes pleins de doutes et d'incertitudes.

Hélène eut un profond soupir.

— Pourquoi n'y a-t-il jamais de réponse définitive qui permette d'être sûr de la vérité, murmura-t-elle, pourquoi est-on toujours condamné à ne pas savoir si on agit comme il le faut ?

— Peut-être est-ce bien ainsi. Nous combattons, mais nous nous demandons en permanence si c'est juste. Je crois que sont vraiment dangereux les gens convaincus d'être les seuls dans leur bon droit !

Hélène se sentit d'un seul coup tranquillisée et assurée. Alexander, elle le savait désormais, n'était pas un être froid et brutal, mais un homme désireux de défendre ce à quoi il croyait, sans se considérer pour autant comme parfait. Elle ressentit un tel amour pour lui que son cœur se serra. Comme elle levait au même instant les yeux vers lui, il dut lire ses pensées, car il l'attira contre lui et l'embrassa. L'impression de sécurité qu'elle éprouva quand il la prit dans ses bras fut si forte qu'elle aurait tout donné pour ne plus jamais quitter cette étreinte, mais il le fallait. Lors de son départ, cette nuit-là, elle pleura tant elle était bouleversée. Et pourtant cet étrange mélange de bonheur extrême et de douleur profonde était le sentiment le plus extraordinaire qu'elle eût jamais ressenti.

3

Le soulèvement devait éclater le 13 mai, et, le 5, Alexander vint pour la dernière fois rendre visite à Hélène. Il était tard dans la nuit, la lune était brillante et claire dans le ciel. Les mains d'Hélène devinrent aussi froides que les rochers découverts par la mer quand elle entendit ce que lui déclara Alexander.

— Je ne reviendrai pas avant le 13 mai. Nous sommes déjà venus trop souvent à Charity Hill, et nous ne devons pas utiliser trop longtemps ce lieu de rendez-vous.

— Oui, je comprends.

— Tu dois avoir confiance, Hélène. Je reviendrai !

— S'il ne t'arrive rien entre-temps…

— Je crois fermement que je ne mourrai pas. S'il te plaît, Hélène, ne me rends pas le départ trop difficile !

Elle le regarda, les yeux pleins de larmes.

— Je ne veux pas te compliquer la tâche, Alexander. Mais c'est si injuste. Bien des gens ne connaissent peut-être pas la guerre de toute leur vie, et moi… je… jamais la tranquillité ne m'est donnée !

Elle se mordit la lèvre, mais ne parvint pas à retenir une larme qui roula sur sa joue.

Alexander la cueillit du doigt et la sécha.

— Ne pleure pas, je ne pourrais y résister !

Hélène se ressaisit. Si elle se laissait aller à pleurer une fois, elle ne s'arrêterait plus. Et il ne le fallait pas, pas maintenant ! Plus tard, quand Alexander serait parti, elle pourrait donner libre cours à ses larmes dans sa chambre, aussi longtemps qu'elle le voudrait. Pour l'instant, elle devait être courageuse, afin que le souci qu'il aurait d'elle ne vînt pas lui ôter les moyens dont il allait avoir besoin. Ah, qu'il était dur de ne jamais pouvoir se laisser aller en ces temps difficiles, alors qu'elle en aurait tant envie ! Elle lui sourit, les yeux encore humides et exprimant une telle douleur qu'Alexander en eut le cœur brisé. À la voir ainsi, vaillante en dépit de son désarroi, il aurait aimé lui dire qu'il allait rester avec elle et ne jamais la quitter, mais il devait à son tour se montrer aussi fort qu'elle. N'était-ce pas pour leur avenir à tous deux, dans un pays libre, qu'il combattait ? Et cet avenir serait dans de mauvaises mains s'ils se soumettaient inconditionnellement au nouveau pouvoir. Il ne s'offrait à eux aucun autre chemin, aussi amer fût-il.

Après le départ d'Alexander, Hélène revint dans sa chambre, mais, étonnamment, elle ne pleura pas. Elle fut envahie d'un calme proche de la résignation, son cœur battait à son rythme habituel, ses mains reposaient tranquillement sur le rebord de la fenêtre. C'était comme si son corps avait chassé tout sentiment, comme s'il voulait la protéger de la cruauté des événements à venir. Quand cette épreuve serait passée, elle pourrait recommencer à vivre, mais, à l'heure actuelle, elle avait encore à lutter contre sa peur et son désespoir, ne pas les laisser prendre le dessus.

— Vivez comme à l'ordinaire, les avait mis en garde Alexander, ne laissez rien voir de ce que vous savez. Ne soyez pas arrogants envers les ennemis, car ils ont beaucoup de flair pour ce genre de comportement !

En se levant, par ce matin de mai lumineux, Hélène était fermement décidée à jouer la comédie comme jamais encore dans son existence. Elle ferait son possible pour contribuer au succès, quand bien même il ne s'agissait que de se comporter comme chaque jour. Elle devait aujourd'hui se rendre à Fowey pour payer les taxes mensuelles, et elle surmonterait donc sa répugnance à affronter cette humiliation. Elle serait fière, mais sans insolence, et, brisée en apparence mais triomphant intérieurement, elle supporterait la stupide arrogance de ces gens. Ils pouvaient à leur guise la traiter avec condescendance et se montrer sournois, elle savait bien, elle, qu'ils auraient bientôt fini de rire ! S'étant habillée et peignée, elle jeta un dernier et bref regard dans le miroir et quitta la pièce. Dans le couloir, elle rencontra Prudence venant de la direction opposée avec un plateau chargé de victuailles.

— Où portes-tu donc tout ça ? lui demanda Hélène sans trop accorder d'importance à sa question.

— Je viens de chez lady Ryan, bougonna Prudence, parce qu'elle n'a pas voulu descendre pour le petit-déjeuner. Mais elle ne veut pas non plus manger !

— Est-elle malade ?

— C'est bien possible. Elle n'a rien mangé depuis avant-hier.

Il y avait dans la voix de Prudence un ton de reproche et Hélène, se sentant soudain un peu coupable, prit conscience de ne s'être souciée de personne dans la maison durant les derniers jours. Si sa tante n'allait vraiment pas bien, cela lui avait totalement échappé. Il fallait qu'elle prenne aussitôt de ses nouvelles.

— Donne-moi le plateau, Prudence. Je vais m'en occuper moi-même.

— Vous n'aurez pas plus de succès que moi. Mylady a bien essayé de manger, mais elle dit que ça lui soulève le cœur.

— Je vais en tout cas essayer, décida Hélène en prenant le plateau et en se rendant dans la chambre de sa tante.

Quand elle entra, Catherine, qui s'était assoupie, leva les yeux et sourit. À la vue du visage émacié et de l'étrange pâleur de la peau, Hélène fut épouvantée. Pourquoi ne s'en était-elle pas aperçue plus tôt : un pareil état ne se manifestait pourtant pas du jour au lendemain ! Quelqu'un ayant aussi mauvaise mine devait aller très mal depuis pas mal de temps déjà, et si elle avait cessé ne serait-ce qu'une minute de ne penser qu'à elle, elle l'aurait remarqué bien plus tôt. Posant le plateau sur la commode, elle alla rapidement jusqu'au lit et s'agenouilla. Elle prit les mains de Catherine dans les siennes.

— Tante Catherine, dit-elle effrayée, vous vous sentez très mal ?

Catherine eut un sourire rassurant.

— C'est juste de la faiblesse, assurément rien de grave.

— Depuis combien de temps cela dure-t-il ?

— Oh, à vrai dire, depuis assez longtemps. Ces derniers mois, déjà, je me sentais faible et exténuée. Mais, depuis deux jours, il s'est ajouté de violentes nausées.

Hélène lui caressa le front avec douceur. Jamais encore elle n'avait pris aussi nettement conscience de l'amour qu'elle portait à cette créature délicate au visage respirant la bonté, du besoin qu'elle avait d'elle. Que Catherine ne fût subitement plus là, qu'elle ne pût assister à sa nouvelle vie avec Alexander était pour elle quelque chose d'inconcevable. Mais de telles pensées étaient absurdes ! Hélène se traita d'hystérique. Ce n'était pas parce que Catherine connaissait momentanément une mauvaise passe qu'elle allait mourir. Tout être était malade un jour ou l'autre, et nombreux étaient ceux qui, bien que paraissant dans un état sérieux, s'en tiraient malgré tout. Et Catherine, si elle avait toujours été de constitution fragile, n'en était pas moins de santé robuste. Pourquoi toujours commencer par envisager le pire ?

— Parle-moi d'Alexander, dit Catherine interrompant le cours des réflexions d'Hélène. Tu l'aimes beaucoup ?

— Beaucoup, oui ! Au point que c'en est douloureux. C'est un sentiment si fort que tout, en moi, se contracte et me fait mal. Mais c'est une douleur étrange et merveilleuse.

— Oui, je vois ce que tu éprouves, dit Catherine d'un ton mélancolique, un sentiment étrange mais d'une beauté si inimaginable qu'on voudrait qu'il dure éternellement.

Hélène, songeuse, dévisagea sa tante.

— Avez-vous aimé oncle Charles de cette manière aussi ?

Catherine eut un frémissement des lèvres.

— Charles, dit-elle l'air absent, je l'aimais bien !

Elle se tut et Hélène eut l'impression, à son regard, qu'elle pensait à quelque chose remontant très loin dans le passé. Puis elle parut revenir dans le présent. De sa main fine, elle saisit le bras d'Hélène.

— Ne parlons pas de Charles et de moi, déclara-t-elle, mais de toi et d'Alexander. Quand allez-vous vous marier ?

— Ce n'est pas encore fixé.

Hélène hésita un peu, parce qu'elle n'était pas certaine que Catherine fût au courant des activités d'Alexander. Ce dernier avait exigé qu'un minimum de personnes soient mises dans le secret. Elle se contenta donc d'une réponse vague :

— Il a encore quelques affaires importantes à régler. Mais, dans un mois, il en aura fini.

— Et où comptez-vous vivre ?

— Vraisemblablement à Broom Lawn, le domaine d'Alexander. Vous viendrez bien entendu avec nous, à moins que vous ne préfériez retourner à Londres ou rester ici. Je ne sais pas, à vrai dire, ce que va devenir Charity Hill, car William et Janet s'en vont, Adeline est fort âgée et Elizabeth… Ce qui serait bien, c'est qu'elle se marie et habite ici !

— Elle ne se remariera pas, affirma Catherine, elle portait à Daniel O'Bowley un amour dont je ne soupçonnais pas qu'il existât. Elle n'en voudra aucun autre !

— Vous avez raison. Je vais essayer d'obtenir l'accord d'Alan ou de David pour qu'ils s'installent à Charity Hill, car je ne veux vendre le bien à aucun prix !

— David, Alan ! Savons-nous seulement s'ils sont encore en vie ? Nous n'avons plus de nouvelles d'eux depuis des années, peut-être sont-ils morts ou prisonniers.

— Il ne faut pas penser à ça. Avant de vous faire du souci, commencez donc par guérir, dit Hélène en se levant pour aller prendre le plateau sur la commode. Je vous en prie, mangez quelque chose.

Catherine refusa.

— Je ne peux pas, murmura-t-elle, je ne peux pas. J'ai essayé. Mais cela me donne envie de vomir !

— Il faut pourtant que vous mangiez, si vous voulez guérir !

— Non, s'il te plaît, n'insiste pas. Je crains de ne rien pouvoir garder !

Hélène renonça. Bien que très préoccupée, elle décida de ne pas le montrer à sa tante. Ce n'était pas le moment de l'inquiéter.

Fowey avait beaucoup changé, moins extérieurement – bien que les maisons et les rues aient l'air plus misérables qu'avant – que du point de vue de l'atmosphère qui y régnait. Quelques années plus tôt, c'était une bourgade côtière animée, dont les habitants, des gens sachant ce qu'ils voulaient, indépendants, fiers et aimables, aimaient les fêtes brillantes. Or ils étaient désormais écrasés sous la main de fer d'ennemis, sous la férule d'une religion impitoyable qui prétendait servir la gloire de Dieu, mais qui, si le Christ revenait sur cette terre, l'obligerait, horrifiée, à se couvrir la tête. Il n'était plus question de clémence ni de pardon, d'amour ni de grâce ! Tout ce qui était porteur de joie relevait du diable, tout rire bruyant était un péché. Des hommes vêtus de noir promettaient aux pécheurs les épouvantables punitions du Tout-Puissant, les appelant à se repentir et à détruire le mal. De véritables spécialistes de la destruction ! Jamais encore autant d'innocents n'avaient subi d'atroces tortures au fond de cachots humides, jamais encore autant de femmes et d'hommes, accusés d'être des sorcières et des diables, n'avaient été cloués au pilori, lapidés ou condamnés au bûcher. Et toujours la croix était présente lors de ces spectacles de mort, la croix avec son Christ blême, la tête effondrée sur la poitrine, comme s'il ne supportait pas la vue des souffrances autour de lui, comme s'il partageait l'agonie de chacun de ceux qu'on assassinait !

Au moins en apparence, les gens des Cornouailles s'étaient résignés à la violence. Ils portaient des vêtements sombres, défrisaient leurs cheveux, ôtaient nœuds et faux cils et se rendaient à l'église chaque fois qu'ils y étaient contraints. Il n'y avait plus de théâtre, plus de jeux, plus d'habits luxueux. L'espoir de voir un jour la fin de cette horrible servitude s'évanouissait lui aussi de jour en jour. Depuis qu'il s'était enfui d'Hampton Court en novembre 1647, le roi se trouvait sur l'île de Wight où, vivant comme un reclus, il était hébergé par le gouverneur, le colonel Hammond. Celui-ci était certes du côté du Parlement, mais, n'ayant jamais pu se détacher complètement de son souverain, il lui assurait l'asile dans son château de Carisbrooke, visiblement déchiré entre sa fidélité à ses convictions et ses devoirs envers son ancien roi. Depuis l'île, Charles tenta de gagner les Écossais à sa cause, de les amener à envahir l'Angleterre et à le remettre sur le trône, mais son projet échoua. Dès qu'il eut vent de l'affaire, le Parlement décréta l'état de siège sur l'île, renforça les mesures de surveillance et ne laissa plus passer aux barrages le moindre message venant du roi ou lui étant destiné. Quiconque recevrait à l'avenir une lettre de lui ou lui écrirait serait accusé de haute trahison. C'est ainsi que le roi vivait comme un prisonnier, certes libre de ses déplacements dans l'île et jouissant de toutes les commodités, mais coupé de son armée et de ses fidèles. Son soutien moral qui avait permis à ceux qui combattaient pour lui de garder l'espoir avait dès lors cessé de s'exprimer, favorisant la résignation et le découragement.

Nous n'avons jamais eu autant besoin de lui que maintenant, se dit Hélène devant la maison où devaient être réglées les taxes, mais peut-être une victoire dans les Cornouailles le poussera-t-elle à réagir et pourra-t-il alors libérer toute l'Angleterre.

Elle dut se faire violence pour, suivie de Janet, monter les marches et, bien que cette journée de mai fût exceptionnellement chaude, elle frissonna, gelée jusqu'à la moelle des os. Elle tenait fermement à la main la bourse contenant l'argent qui, réuni à grand-peine, décidait du sort réservé à Charity Hill.

— Mon Dieu, que je déteste tout ça, dit Janet, espérons qu'aujourd'hui ce n'est pas M. Swarthout qui est là, c'est le pire de tous.

— Il est là, tu peux en être sûre, répondit Hélène.

Prenant son courage à deux mains, elle frappa. De l'intérieur retentit une voix indifférente :

— Entrez !

L'ancien salon où elles pénétrèrent n'avait rien conservé de son confort d'antan. Près de la fenêtre, il y avait un bureau avec une chaise, une lourde croix noire était accrochée au mur. Le sol – des planches soigneusement récurées, sans aucun tapis – était d'une propreté glaciale malgré le soleil.

M. Swarthout était assis derrière le bureau, et, si le puritanisme et l'infatuation avaient jamais trouvé une personne en qui s'incarner, c'était bien en cet homme qui, droit comme un i sur son siège, les contemplait d'un regard bleu impénétrable. Sans changer d'expression, sans leur offrir de prendre place, il se contentait de les fixer en silence.

— Bonjour, monsieur Swarthout, dit Hélène le plus poliment possible, nous venons régler nos taxes.

— Nom ?

— Lady Hélène Golbrooke, de Charity Hill.

M. Swarthout inspira en émettant un sifflement et nota les données dans un gros livre.

Hélène serra les doigts si fort sur la bourse d'argent que les jointures saillirent, toutes blanches. Si seulement il arrêtait de respirer en sifflant ! Elle ressentit une telle haine en cet instant qu'elle se demanda comment elle pourrait garder son calme. Puis elle pensa à Alexander, et son spasme nerveux s'apaisa un peu. Ce n'était pas le moment de prendre le moindre risque, elle aurait bientôt sa vengeance, bientôt, bientôt...

— Donnez-moi l'argent !

Hélène sortit l'argent de la bourse et le posa sur la table. Il compta, le visage de marbre, puis reprit :

— À partir du mois prochain, nous augmenterons la taxe.

— Comment ! ?

Il la regarda froidement.

— Mais, écoutez, monsieur Swarthout, il nous est impossible de payer davantage, supplia Hélène simulant à merveille le désespoir.

Surtout ne pas agir à présent de manière inconsidérée, ne pas lui crier sur un ton sarcastique : « Oh, monsieur Swarthout, vous pouvez tranquillement oublier tout ça ! Dans un mois, c'est nous qui serons de nouveau les maîtres des Cornouailles et vous, vous croupirez dans un cachot ! »

Quoi qu'il lui en coûtât, elle devait contribuer à la victoire. L'enjeu était de vivre dans la liberté plutôt que dans une servitude humiliante. Cela seul comptait.

— Si vous ne payez pas, dit M. Swarthout, la respiration toujours sifflante, nous confisquerons Charity Hill !

Janet poussa un cri d'effroi, tandis qu'Hélène, les dents serrées, répondit :

— Nous paierons, quand bien même nous devrions pour cela donner jusqu'à notre dernier sou, vous pouvez nous faire confiance !

— Que vous payiez ou non m'est égal. Je me contenterai d'en tirer les conséquences !

Il tendit à Hélène un billet sur lequel, de son écriture calligraphiée, il confirmait la remise en bonne et due forme de l'argent, le 6 mai de l'an de grâce 1648. Elle le saisit avec un geste exprimant tout le mépris qu'elle éprouvait envers ce misérable puritain et s'apprêtait à quitter la pièce sans un mot de salutation, à son habitude. À mi-chemin de la porte, pourtant, sa voix la retint.

— Un instant !

Hélène se retourna, et Janet, qui était déjà arrivée à la porte, s'arrêta. M. Swarthout, debout, était à demi penché au-dessus de sa table. Son visage n'exprimait plus cette fois une froide indifférence, mais une franche indignation.

— Ramenez donc vos cheveux vers l'arrière, ordonna-t-il.

Hélène le regarda, désorientée.

— Comment ? demanda-t-elle pour se convaincre d'avoir bien entendu.

— Ramenez vos cheveux vers l'arrière !

Hélène, toujours désemparée, obéit d'un geste mal assuré. Elle ne comprenait pas à quoi cela rimait, mais elle sentait instinctivement qu'un danger la menaçait, si bien qu'elle préférait se montrer docile.

M. Swarthout cherchait à reprendre souffle, sur le point de s'étouffer.

— Qu'est-ce que ceci ? éructa-t-il.

— Pardon, quoi donc ?

— Ce que... ce que vous avez aux oreilles !

— À mes...

Hélène s'interrompit.

Il devait parler de ses boucles d'oreilles !

— Enlevez-les immédiatement !

C'étaient des boucles d'oreilles un peu voyantes certes et, à vrai dire, mieux à leur place dans un bal que dans la rue un jour non férié, un bijou en or avec de petits éclats de diamant non taillés. Mais Hélène les portait presque toujours parce qu'elles avaient été le dernier cadeau de Jimmy avant sa mort. Jamais ne lui serait venue l'idée qu'elles pourraient la mettre en pareille situation.

— Pourquoi ? Pourquoi faut-il que je les enlève ?

M. Swarthout avait retrouvé tout son sang-froid. Raide devant elle, fier et sûr de son bon droit, il continuait à inspirer avec un sifflement sortant de son petit orifice buccal.

— Parce qu'il s'agit d'un objet diabolique et qu'il ne saurait plaire à Notre Seigneur !

Plus tard, Hélène se dit qu'elle devait avoir eu à ses côtés un ange gardien pour l'empêcher de crier et de se précipiter sur cet homme. Seules quelques larmes jaillirent de ses yeux et roulèrent lentement le long de ses joues.

« Alexander, priait-elle en silence tout en détachant les boucles d'oreilles d'une main tremblante dont elle paraissait avoir perdu le contrôle, Alexander, avant le mariage, on se promet toujours une foule de choses, mais, de toi, je n'en désire qu'une : protège-moi ma vie durant d'êtres comme ce M. Swarthout, ne me laisse jamais, si tu le peux, affronter à nouveau une situation comme celle-ci. Je t'en prie, je ne veux plus jamais revivre ça ! »

Elle serrait les boucles entre ses doigts avec force, comme pour les écraser. La haine qui brûlait en elle était telle qu'elle en avait le vertige. Jamais encore elle ne s'était sentie autant à la merci d'autrui, à la merci des brimades d'un vieil homme minable. Jamais encore, même pas lorsque Charity Hill avait été occupé par la troupe ennemie, elle n'avait ressenti ce qu'elle ressentait en cet instant.

En sortant de la pièce, elle éprouva pour la première fois de sa vie la haine profonde et implacable qui rend l'être humain capable de tuer. Elle vit alors en M. Swarthout la personnification des ennemis qu'elle détestait en bloc, se refusant à les considérer comme des individus distincts et divers, des êtres bons pour certains, mauvais pour d'autres. Elle comprit Alexander et tous les soldats partant flamberge au vent, prêts à tailler en pièces tous ceux qui s'opposeraient à eux.

4

Le calme régnait sur Charity Hill, un calme tel qu'on n'entendait que le chant des oiseaux et, au loin, la mer. Le soleil était chaud. Dans l'herbe grasse, de tendres myosotis pointaient leurs têtes, les tulipes ainsi que les arbres et les buissons couverts d'une parure pareille à de la mousse avaient commencé leur floraison.

Assise sur un muret de pierre dans le jardin, perdue dans ses pensées, Hélène surveillait sa fille jouant à ses pieds. Cathy, avec ses cinq ans, avait tout d'une petite princesse, fine et délicate, au nez retroussé. Le soleil donnait leur plein éclat à ses cheveux dorés. Elle s'occupait très consciencieusement de sa poupée qu'elle avait appelée Emerald, Hélène lui ayant expliqué qu'elle avait une tante de ce nom, aux yeux aussi verts que ceux de la poupée. Cela avait plu à Cathy et elle traînait Emerald partout avec elle, s'entretenant avec elle pendant des heures. Elle la grondait et la félicitait, lui donnait à manger et à boire et la mettait tous les soirs au lit à heure fixe.

Pour l'instant, elle lui chantait une chanson enfantine qu'Hélène lui avait récemment apprise. Elle avait une agréable petite voix qui, dans les aigus, avait à vrai dire tendance à devenir stridente. En dépit de ses soucis, Hélène ne put s'empêcher de sourire. On était le 12 mai, et, ce jour-là ou le lendemain, le soulèvement serait déclenché. Alexander n'avait pas pu être plus précis. Le prince de Galles occuperait les îles Scilly avec l'appui de la flotte française, tandis que, parallèlement au soulèvement des royalistes dans les Cornouailles, une troupe commandée par le général Hopton envahirait le comté. Le projet avait été soigneusement élaboré, chaque mouvement des officiers responsables prévu dans le détail, mais l'essentiel était que les ennemis ne découvrent pas trop tôt la conspiration. Toute la tactique du soulèvement reposait sur l'effet de surprise, cette vieille ruse de guerre qui, si souvent déjà, avait permis à une troupe inférieure en nombre de sortir victorieuse d'une bataille.

Hélène ignorait ce dont Alexander était responsable, à quel moment et à quel endroit, car il avait estimé qu'il valait mieux qu'elle en sût le moins possible.

— Si quelqu'un t'interroge à mon sujet, avait-il dit, il faut que tu puisses répondre avec le plus grand naturel et une parfaite innocence. La plus petite hésitation de ta part pourrait te trahir !

Hélène n'était pas sûre d'être capable de répliquer avec calme, même en l'absence de toute information, mais elle était satisfaite de ne pas savoir grand-chose pour une autre raison. Chaque fois qu'il serait question, pendant le soulèvement, d'une bataille faisant rage quelque part, elle n'aurait pas à se dire le cœur battant : mon Dieu, Alexander est là-bas et il risque sa vie ! Ne pas savoir où il se trouvait revenait au fond, bien sûr, à fermer les yeux devant la réalité, mais cela la tranquillisait.

L'après-midi de ce même jour, elle apprit que tous les espoirs étaient déçus, que les projets forgés pendant des mois l'avaient été en vain. Les rebelles avaient été trahis. Soit le dénonciateur était venu de leurs propres rangs, soit il s'était agi de quelqu'un de l'extérieur ayant découvert la conspiration par hasard ; ils ne le savaient pas et ne le sauraient sans doute jamais. C'est un paysan des environs de Fowey, un des conjurés, qui vint leur annoncer que le plan avait échoué, qu'on procédait partout à des arrestations massives, que les routes grouillaient de soldats sous le commandement du général Waller. Hélène lui ayant demandé avec angoisse s'il savait ce qu'il était advenu du colonel Tate et de sir William, il secoua la tête d'un air navré.

— Il y a un tel chaos, mylady, que personne ne sait quoi que ce soit au sujet des autres. Je n'ai pas non plus la moindre idée de ce que mes propres fils sont devenus !

— Oui, bien sûr, murmura Hélène, je vous souhaite bonne chance, à vous comme à nous !

Il prit congé en avertissant que des soldats ennemis ne tarderaient pas à arriver, à la recherche de conspirateurs.

Ils vinrent en effet – on aurait dit un essaim de frelons agressifs –, conduits par un jeune major insolent qui posa à Hélène de brèves et sèches questions. Elle y répondit avec autant de calme qu'elle le put, ne cessant de songer qu'enfant elle était régulièrement démasquée à chacun de ses petits mensonges.

Non, aucun homme ne vivait dans la maison, en dehors du vieil Arthur, bien sûr, et des valets dans le bâtiment d'en face, mais ils passaient leurs journées aux champs. Si, lady Smalley était mariée, mais son mari, étant capitaine d'un navire, se trouvait pour le moment à Plymouth. Elle-même était veuve, depuis quatre ans. Des taxes ? Elle les payait ponctuellement, il pouvait se renseigner auprès de M. Swarthout. Il le lui confirmerait. Elles n'avaient rien remarqué de suspect. Ignorant tout de cette histoire de soulèvement, comment auraient-elles pu d'ailleurs prendre garde à quoi que ce soit ?

Le major, au terme de cet interrogatoire, était fort mécontent, n'ayant pas entendu ce qu'il aurait aimé entendre. Il était tombé sur l'innocence même, mais il savait trop bien qu'il n'y avait pas, dans toutes les Cornouailles, une seule famille qui n'ait eu vent de la conspiration. Il ordonna à ses soldats de fouiller la maison, les étables et les écuries, le jardin, à la recherche d'ennemis, et, une nouvelle fois donc, des dizaines d'hommes montèrent et dévalèrent les escaliers, envahirent chacune des pièces, mettant tout sens dessus dessous.

La remise en état les occupa ensuite tellement que personne n'eut le loisir de ressasser longtemps des idées noires. Hélène et Janet ne pensaient naturellement à rien d'autre qu'à Alexander et à William, mais elles se seraient senties beaucoup plus effondrées encore si elles étaient restées oisives dans leur chambre. Elizabeth, avec sa force de caractère et son naturel tranquille, fut pour elles d'un grand réconfort dans leur peine. Même Adeline fit à quelques reprises des remarques exprimant de la compassion. Elle alla jusqu'à proposer de rester au chevet de Catherine pendant que les autres s'activaient à nettoyer et à ranger. L'atmosphère était à l'harmonie ; comme chaque fois qu'un danger extérieur menaçait, elles semblaient se rapprocher et se serrer les coudes.

Le soir arriva, le soleil se coucha, le monde plongea lentement dans un léger voile bleu-gris, et d'innombrables étoiles d'or brillèrent dans un ciel qui, comme toujours par les nuits claires, paraissait si haut, si large et si profond qu'il faisait songer à une tente infinie déployée au-dessus de la terre.

Hélène était allongée, les bras croisés sous la nuque, contemplant la nuit silencieuse au-dehors. Elle était agitée par de nombreuses pensées, des pensées angoissantes, sur elle et sa destinée. Combien de fois avait-elle ainsi reposé sur un lit à regarder les étoiles, ici, à Londres et à Woodlark Park. Il lui fallait toujours disposer son lit de manière à faire face à la fenêtre. Est-ce qu'Alexander aimait lui aussi les étoiles ? Qu'il serait bon d'être à présent allongée contre lui, dans ses bras, et de suivre ensemble les astres dans leur course ! Elle soupira et ne tarda pas à s'endormir.

Un étrange crépitement la réveilla un peu plus tard. Elle regarda en direction de la fenêtre et, à cet instant précis, une grêle de petits cailloux vint frapper la vitre. Ainsi s'expliquait le bruit qui l'avait tirée du sommeil. Elle fut figée par la peur. Son premier mouvement fut de s'enfuir de la chambre et de se réfugier chez Catherine et Elizabeth, car l'idée qu'il y avait au-dessous de chez elle quelqu'un qu'elle ne connaissait pas la remplissait de panique. Mais, deux secondes plus tard, une autre idée lui traversa l'esprit : Alexander ! C'était Alexander qui était revenu et, ne sachant s'il y avait ou non des ennemis dans la maison, n'osait frapper à la porte.

D'un bond, Hélène fut à la fenêtre. Elle ouvrit le battant et se pencha. La nuit était claire et elle reconnut aussitôt Alexander qui, debout au pied du mur, scrutait intensément l'obscurité au-dessus de lui.

— Hélène, chuchota-t-il, c'est toi ?

— Oh, Alexander, oui ! Je...

— Dieu soit loué ! Je n'étais pas tout à fait certain que ce soit ta fenêtre ! Êtes-vous seules ?

— Oui ! Je vais de ce pas ouvrir la porte à l'arrière de la maison. Attends une seconde !

— Dépêche-toi ! Il y a ici quelqu'un d'autre que tu connais bien !

Hélène traversa sa chambre en courant, ouvrit la porte et dévala l'escalier. Elle n'avait ni chaussures ni robe de chambre, mais pour rien au monde elle ne se serait permis le moindre retard en cet instant.

Le verrou de la porte était lourd à manœuvrer mais elle y parvint. Elle fit un pas à l'extérieur et tomba dans les bras d'Alexander, son visage noyé de larmes serré contre son épaule. Elle perçut, sans saisir les mots, une voix apaisante paraissant venir de loin, puis, ses sanglots s'étant calmés, elle l'entendit lui dire :

— Hélène, regarde un peu qui j'ai amené avec moi !

Reculant d'un pas, elle tourna la tête et émit un léger « Oh ! » incrédule.

Alan était devant elle !

— Je t'avais promis de revenir, dit Alexander, et quand je... Aïe !

Ils étaient dans le salon, et Hélène était en train de verser goutte à goutte de l'eau-de-vie sur une estafilade qu'un coup d'épée avait laissée en travers de la moitié droite du visage d'Alexander.

— Excuse-moi, dit-elle.

— Je tiendrai le coup. Au moins, l'idée que le bonhomme qui m'a fait ce cadeau n'a pas meilleure mine que moi a de quoi me consoler !

— Ça, on peut le dire, confirma en riant Alan qui était appuyé contre le chambranle de la porte. Il ne s'attendait manifestement pas à une telle résistance de votre part !

— Il vaut mieux ne pas me sous-estimer. Mais je dois tout de même avouer que j'ai moi aussi sous-estimé mon adversaire !

— Où étais-tu pendant tout ce temps, Alan ? s'enquit Hélène occupée à appliquer avec habileté un pansement sur la joue d'Alexander. Sais-tu que nous n'avons plus eu de nouvelles de toi depuis 1644 ?

— Je vous ai écrit à maintes reprises, dit Alan, mais les lettres ont sans doute disparu dans la confusion générale due à la guerre.
— Dans quel régiment étiez-vous ? demanda Alexander.
— Celui du prince Rupert. Et, finalement, dans le vôtre, colonel.
— Laissez tomber le colonel ! Votre cousine et moi comptons tout de même bien nous marier.

Il avait dû déjà en informer Alan sur le chemin les menant à Charity Hill, car celui-ci n'eut pas l'air étonné. Il voulut dire quelque chose, mais Hélène fut plus rapide.

— Le régiment du prince Rupert ? Sais-tu quelque chose au sujet de Randolph ?

Alan parut bouleversé.

— Vous n'êtes donc pas au courant ? Il est tombé en 1645 lors de la bataille de Naseby. Je suis désolé de te l'apprendre aussi brutalement, Hélène.
— Nous nous en doutions bien un peu. Et David ? As-tu de ses nouvelles ?
— Oh oui, dit Alan d'un ton courroucé, il est à Londres, dans un poste administratif de tout repos, sous la protection du Parlement. Il a été amputé d'un bras !
— Oh, mais c'est horrible ! s'écria Hélène. Pauvre David ! Je voudrais pouvoir l'aider !
— Ma foi, répondit Alan sans la moindre compassion, mis à part le fait qu'il a contribué à jeter notre pays dans le chaos, à priver les gens de liberté et le roi de ses droits, c'est un gaillard tout à fait comme il faut !
— Comment peux-tu parler ainsi de ton propre frère ? Il ne savait pas ce qu'il faisait !
— C'est ce qu'ils disent tous après coup, intervint Alexander. Chaque fois que des gens, après y avoir mis

beaucoup du leur, ont réussi à causer des dégâts considérables, ils lèvent les bras au ciel, désemparés, en affirmant ne s'être pas doutés de ce qui pouvait arriver.

Voyant qu'Hélène était malheureuse, il lui caressa légèrement la main.

— Je te comprends, bien sûr, dit-il avec douceur, c'est ton cousin, et tu l'aimes bien. Nous sommes dans une situation diablement compliquée !

Hélène lui passa les bras autour du cou et l'embrassa sur la bouche, sans se soucier de la présence d'Alan. Puis elle se redressa.

— Ton pansement tient à présent. Bien sûr, tu as l'air un peu grotesque, mais, en fin de compte aussi, tout à fait héroïque !

— Merci pour ta dernière remarque qui sauve tout, répondit Alexander en tâtant avec précaution le chef-d'œuvre sur sa joue, car tu seras bien obligée d'admettre que, pour un homme, il est pour le moins accablant d'être blessé au combat, puis de s'entendre dire par sa fiancée qu'il a l'air grotesque.

— Oh, je suis désolée ! Si j'en avais le pouvoir, je vous accorderais une distinction pour votre bravoure, monsieur le colonel, se moqua Hélène. Dois-je te conduire dans ta chambre, Alexander, ou bien préfères-tu dormir ici ?

— Je crois que je préfère rester ici. Ma tête ne me paraît pas dans d'assez bonnes dispositions pour grimper un escalier.

Il s'allongea sur le canapé et, avant qu'Hélène soit sortie de la pièce, il dormait à poings fermés. Pensant que les domestiques, en entrant le lendemain matin dans la pièce, auraient la peur de leur vie en y trouvant un homme barbu et crotté, elle décida de leur envoyer Molly pour leur interdire d'y entrer.

Puis elle monta à l'étage avec Alan et lui indiqua une chambre. Il la pria de venir avec lui un instant, car il avait quelque chose d'important à lui confier. Curieuse, Hélène obéit à son invitation.

Il ferma la porte avec soin et commença aussitôt à raconter.

— Tu t'es certainement demandé où j'étais passé pendant tout ce temps. Je comprends à présent que cela n'a pas été bien de ma part de vous laisser si longtemps dans l'ignorance de mon sort. Je savais, en effet, qu'envoyer des lettres n'est pas le moyen le plus sûr pour transmettre des nouvelles. Mais il s'est passé tant de choses que je... eh bien, voilà que..., voilà, je me suis marié !

Hélène sursauta.

— Marié ? cria-t-elle. Quand ? Avec qui ?
— Pas si fort ! Tu vas réveiller toute la maison !
— Qui est-ce ?
— Elle s'appelle Amalia Olney. Enfin, elle s'appelait ainsi, puisqu'elle s'appelle Amalia Ryan à présent. Elle est originaire de Daventry, dans la région d'Oxford.

Contournant la table, il alla s'asseoir sur le rebord de la fenêtre.

— C'était il y a trois ans, en 1645, juste après la bataille de Naseby, au moment où je suis tombé malade. Je toussais, j'avais de la fièvre et des douleurs vives au niveau du cœur, tout ce que tu peux imaginer. J'étais incapable de monter en selle plus de trois minutes sans devoir m'arrêter, au risque, sinon, de vider les étriers. Mon commandant et mes camarades ne savaient que faire et finirent par décider de me conduire dans un domaine voisin de notre campement. Les propriétaires s'appelaient Olney !

— Ah bon ! Je crois que je connais la suite de l'histoire !

— Oui, tu as certainement raison. Lord et lady Olney ont en effet deux filles, Louisa, l'aînée, et Amalia. Amalia et moi sommes tombés amoureux et nous nous sommes mariés en octobre 1645. Après, il m'a fallu rejoindre ma troupe, mais la maladie avait laissé des traces au niveau de mes poumons. Je perdais le souffle au moindre effort. On m'a libéré, avoua Alan en gardant le regard fixé par terre. Au début, ce fut dur : je me sentais diminué, j'avais honte en présence d'Amalia et de ses parents. Notre union était en danger, mais Amalia a su me redonner courage, me rendre ma confiance en moi. C'est une femme merveilleuse. Nous sommes allés ensemble à Woodlark Park et c'est là que sont nées nos deux fillettes, Rebecca d'abord, puis, voici quelques mois, Juliett.

— Oh, Alan, et nous qui ne nous doutions de rien ! s'exclama Hélène en courant vers lui et en l'embrassant. Si j'avais su tout ça ! Je n'arrive pas à m'imaginer que tu es marié. Pourquoi n'as-tu pas emmené Amalia ?

— C'est que je ne suis pas ici pour mon plaisir ! Un vieil ami de Saint-Ives m'a rendu visite récemment et c'est lui qui m'a parlé du soulèvement. Après avoir réfléchi quelque temps, je me suis décidé à y participer.

— Pourquoi ?

— Pour deux raisons : d'abord, pour me venger. Je voulais une nouvelle fois combattre les gens à l'origine de cette guerre qui a coûté la vie à mon père. Tu sais qu'il est tombé à Naseby ? Il est mort tout à côté de moi, je n'ai rien pu pour lui et je ne l'oublierai jamais. Ensuite, c'est une question d'amour-propre. J'ai tellement souffert d'avoir été renvoyé de l'armée. Tu comprends ça ?

— Pas vraiment, répondit Hélène avec franchise. Je ne comprends ni les hommes qui combattent par passion, ni ceux qui le font pour renforcer le sentiment de leur propre valeur. J'ai terriblement peur de la guerre, mais je reconnais d'un autre côté qu'il faut se défendre et que... Ah, et puis je ne trouverai jamais de solution !

— En tout cas, ce ne fut pas une très bonne idée de vouloir retrouver ici ma confiance en moi. Puisqu'on a tout de même perdu !

— N'y a-t-il plus le moindre espoir ?

— Aucun. Les autres nous sont supérieurs en nombre. Seule une attaque surprise aurait pu nous permettre de vaincre, et elle a été déjouée. Peut-être que les combats continuent ici ou là, dans les Cornouailles, mais les chances de succès sont nulles !

— Je suis heureuse qu'il ne vous soit rien arrivé, à Alexander et à toi. J'étais tellement inquiète !

— Oh, nous nous en sommes sortis d'extrême justesse. Nous nous dirigions vers le sud, en compagnie du colonel Tate, quand un messager nous a prévenus que nous avions été trahis. Nous avons donc décidé de ne pas aller plus loin et de bifurquer vers l'ouest, en un lieu où plusieurs des nôtres devaient se rassembler. Nous espérions pouvoir les prévenir à temps, mais nous sommes arrivés trop tard. L'endroit grouillait déjà d'ennemis et c'est tout juste si nous avons nous-mêmes réussi à nous sauver. C'est à cette occasion que le colonel a été blessé.

Alan s'arrêta un instant avant de poursuivre :

— C'est un homme d'une grande bravoure, je suis heureux que tu l'épouses !

— Moi aussi. Je suis malade d'impatience !

Hélène se leva.

— Je crois que tu dois maintenant dormir, dit-elle d'un ton ferme. Rêve à Amalia !

— Tu peux me faire confiance. Je la vois sans arrêt en pensée.

Il attendit que sa cousine fût sortie de la pièce, puis il s'allongea, éteignit la chandelle et, comme Alexander avant lui, s'endormit aussitôt.

5

La gravité de l'état de Catherine apparut le lendemain matin quand Hélène, après avoir bien préparé la malade à cette rencontre, conduisit Alan dans sa chambre. Bien que visiblement heureuse, elle était trop faible pour manifester de l'enthousiasme et il sembla presque qu'elle souhaitait le voir quitter la pièce rapidement afin de se rendormir. Il était possible que, dans l'état étrange où elle se trouvait, entre veille et sommeil, elle n'ait pas été absolument certaine de reconnaître son fils dans l'homme qui se tenait devant elle, qu'elle se soit demandé si elle n'était pas la victime d'un mirage, d'un rêve confus. Elle lui tendit la main d'un geste qui lui coûta, murmurant quelque chose d'incompréhensible.

Alan fut secoué. Sentant que sa présence n'était pour sa mère qu'une fatigue supplémentaire, il se dépêcha de sortir. Dehors, il entreprit Hélène avec une forte insistance.

— Elle a absolument besoin d'un médecin ! J'ignore ce qu'elle a, mais ce n'est en aucun cas quelque chose de bénin. Depuis combien de temps n'a-t-elle donc plus rien mangé ?

— Elle mange tous les jours, mais un petit peu seulement, des aliments légers, répondit Hélène, la mine pâle et soucieuse, car jamais encore elle n'avait vu Catherine dans un état aussi pitoyable. Il y a longtemps que nous aurions appelé un médecin, si elle ne s'y était pas opposée avec autant d'entêtement. Elle pleurait presque quand nous voulions la convaincre.

— Il faut néanmoins que vous en appeliez un ! Je suis terriblement inquiet.

Alan eut une brève hésitation, puis il dit :

— Penses-tu que, dans ces circonstances, je dois rester ici ? En fait, je comptais rentrer aussitôt à Woodlark Park, mais...

Hélène lui toucha légèrement le bras.

— Si tu veux prendre le risque de franchir maintenant la frontière des Cornouailles, dit-elle, fais-le. Je sais par quelles épreuves passe Amalia tant que tu n'es pas revenu, et puis, à quoi servirait ta présence ici ? Tu ne peux rien faire !

Le visage d'Alan s'éclaira.

— N'est-ce pas très égoïste ? demanda-t-il toujours hésitant. Puis-je te laisser seule dans cette situation ?

— Mais je ne suis pas seule ! J'ai Alexander et Janet, Elizabeth, Adeline... Pars, va ! Catherine sera bientôt guérie !

— Je te remercie pour tes paroles de réconfort, Hélène. S'il n'y avait pas Amalia, je resterais. Je vais passer par Fowey et vous enverrai le médecin !

Hélène lui donna l'adresse du Dr March. Elle incita Alan à la plus grande prudence avant de l'accompagner jusqu'à la porte de la demeure. Elle l'embrassa au moment du départ.

— Je suis très heureux de t'avoir revue, dit-il avec tendresse. Vois-tu, après Amalia et ma mère, c'est toi que j'aime le plus.

— Ah, Alan, soupira Hélène en lui passant les bras autour du cou, chaque fois que je te vois, je pense à avant. C'étaient de merveilleuses années, pleines de sécurité, de bonheur et de stabilité. C'est étrange, mais c'est maintenant seulement que je vois combien j'étais heureuse ! À l'époque, tout cela me paraissait absolument naturel.

— C'est l'une des grandes tragédies de l'humanité, répondit Alan, être chassé du paradis et ne le comprendre qu'après coup. Il en est toujours allé ainsi à travers les âges.

Il monta en selle, sourit une dernière fois à Hélène et partit au galop, ses cheveux et son manteau flottant au vent de la course. Elle le suivit des yeux, prenant soudain conscience de ce que, par son caractère, sa manière d'être et de se mouvoir, il ressemblait à Jimmy. Ils avaient été d'excellents amis… Qu'avait bien pu ressentir Alan en apprenant la mort de cet ami ? Ils n'en avaient pas parlé. Elle, d'ailleurs, en dehors de son ultime remarque, n'avait pas non plus évoqué le passé. Seuls le présent et l'avenir semblaient intéresser Alan : Amalia, Alexander, la maladie de Catherine. Avait-il oublié tout ce qui avait été ? Combien avait été étrange sa phrase sur la tragédie de l'humanité, dite comme en passant et pourtant si pleine de sentiments douloureux. Comme s'il s'était fait violence pour rompre avec le passé, comme si ne lui importait désormais que de tirer le meilleur parti de l'avenir.

À son retour dans la maison, Hélène se sentit malheureuse comme elle ne l'avait plus été depuis longtemps. Tous ceux qui l'entouraient n'avaient-ils donc en tête que d'oublier ? Était-elle la seule à se cramponner au passé ?

Alexander était levé et avait fini de s'habiller quand Hélène entra dans le salon. Appuyé contre la cheminée, un verre d'eau-de-vie dans une main, un livre dans l'autre, il manifesta un net soulagement à sa vue.

— Que le ciel soit loué de m'avoir enfin envoyé quelqu'un, dit-il, j'étais prêt à quitter la pièce, mais j'ai pensé que tu ne serais peut-être pas d'accord !

— Oui, il vaut mieux qu'aucun des domestiques ne te voie. Je te conduirai ensuite dans la chambre de Molly, une cachette idéale. Comment va ta tête ? Tu as enlevé ton pansement !

— Je vais bien mieux. Je ne sens presque plus rien.

Alexander vida son verre d'un trait et posa le livre.

— J'espère que tu ne m'en veux pas de sentir l'alcool tôt le matin, reprit-il, mais je te garantis qu'il ne s'agit pas chez moi d'une habitude.

— Voilà qui me rassure ! Mais je ne te soupçonne pas de ce vice de toute façon, dit-elle en reculant d'un pas et en le considérant. Tu sais, sans vouloir te vexer, je dois t'avouer que tu devrais peut-être prendre un bain. Tu as vraiment l'air un peu… en piteux état.

Alexander baissa le regard vers ses vêtements crasseux, passa la main sur son menton couvert de poils gris et éclata de rire.

— Un bain serait le bienvenu en effet, confirma-t-il. Dois-je provisoirement renoncer à te prendre dans mes bras ?

— Crois-tu qu'un rien de crasse suffise à m'effrayer ?

Il sourit, alla vers elle et l'étreignit. Percevant, tandis qu'il l'embrassait, le parfum d'alcool qui émanait de lui, mélangé à l'odeur de tabac et de cuir, sentant ses joues mal rasées gratter les siennes, elle se disait qu'un homme paraissant tout droit sorti de la jungle était la meilleure chose au monde, qu'un tel homme était mille fois plus séduisant que n'importe quel élégant Londonien aux chaussures à boucles et à la perruque poudrée, plus attirant que toute une armée de Robin Arnothy aux cheveux noirs et frisés – qu'il était tout simplement irrésistible et excitant au point de la rendre presque honteuse. Elle poussa un profond soupir de bonheur et, l'espace d'un instant, elle se sentit ramenée cinq ans plus tôt, à un bel après-midi d'été où, assise à côté de Bridget dans la maison de Mme Thompson, elle avait retrouvé Alexander dans l'assistance, Bridget lui chuchotant avec effronterie :

— N'est-il pas merveilleux ? Quel effet cela doit-il faire quand il embrasse ?

À l'époque, elle était inquiète, mal assurée, irritable, sans espoir de jamais être sienne, et voilà qu'il lui appartenait, qu'elle était sur le point de voir se réaliser tous les rêves et les désirs nourris durant ces dernières années. S'imaginant les yeux stupides que roulerait Bridget si elle pouvait les voir en cet instant, elle ne put s'empêcher de pouffer. Alexander, d'étonnement, la lâcha et la dévisagea.

— Qu'y a-t-il de si drôle ? Est-ce ma barbe qui te chatouille ?

— Le moins qu'on puisse dire est qu'elle me fait effectivement tout drôle, répondit Hélène. Il faudrait maintenant que nous montions à l'étage. Le médecin ne saurait tarder, et, à ce moment-là, tu devras être dans ta chambre.

— Le médecin ? À cause de lady Ryan ?

— Elle allait assez mal ce matin, très tôt. Alan a estimé qu'il fallait absolument faire venir un médecin, même si elle s'y refuse. Au fait, il s'est déjà mis en route pour regagner le Yorkshire !

— J'ignorais que ce fût si grave, murmura Alexander, consterné. Il faut que tu restes auprès d'elle. Ne te soucie pas de moi, je t'en prie !

Hélène acquiesça. Elle lui saisit la main, inspecta le hall pour vérifier que personne ne pouvait les voir, puis l'entraîna à l'étage en toute hâte.

Molly mit aussitôt sa petite chambre à la disposition d'Alexander et promit en outre de lui procurer un baquet et de l'eau chaude. Elle s'entretenait encore avec Hélène quand on entendit dans la cour un bruit de roues et des chevaux s'ébrouer. C'était à n'en pas douter le médecin qui arrivait. Hélène prit congé d'Alexander et descendit.

Ayant longuement examiné Catherine, le Dr March confia à Hélène qu'il se trouvait face à un mystère.

— Il faut en premier lieu que lady Ryan garde des forces. Essayez de l'amener à manger, si possible des aliments pas trop gras, afin, peut-être, qu'elle soit moins dégoûtée ! Autrement… conclut-il en haussant les épaules d'un air navré.

— Je vous remercie d'être venu, répondit Hélène en le raccompagnant jusqu'à sa voiture.

Puis, le cœur lourd, elle rentra dans la maison. Était-il donc possible que sa tante fût à l'article de la mort ?

L'état de Catherine empira de jour en jour.

Désormais, Hélène passait ses journées au chevet de la malade dont les forces ne cessaient de décliner. Elle ne sortait dans le jardin que le soir, dans le but de se détendre quelques heures, mais aussi parce que sa passion pour les couchers de soleil l'attirait irrésistiblement au-dehors. C'était également le seul moment de la journée où Alexander pouvait sortir, car, même si aucune troupe ennemie ne s'était montrée à Charity Hill depuis des semaines, le danger n'était pas écarté. Durant la journée, il était obligé de rester dans la chambre de Molly, tous les domestiques n'étant pas dans la confidence. Il y avait en permanence dans l'écurie un cheval sellé qui lui permettrait de s'enfuir en cas de nécessité, bien que ce fût une entreprise quasiment vouée à l'échec, toutes les routes des Cornouailles, et même les sentiers les plus modestes, étant l'objet d'une surveillance renforcée. Et il était toujours possible qu'une sentinelle reconnût en Alexander l'un des chefs de la rébellion.

Aussi devait-il vivre reclus dans un espace minuscule, et, bien qu'il ne se plaignît jamais, Hélène savait qu'il s'y ennuyait à mourir. Elle-même étant sans cesse occupée auprès de Catherine, seul William, entre-temps revenu sain et sauf, lui tenait compagnie de loin en loin. Ce dernier, ayant franchi sans difficulté deux postes de contrôle lors de son retour, n'était manifestement pas recherché, mais il ignorait si Alexander l'était.

Un soir, dans le jardin, Hélène parla avec Alexander de l'avenir qui les verrait quitter Charity Hill. Assis au bord d'un grand carré de fraisiers, ils cueillaient de gros fruits d'un rouge foncé qui, doux et juteux, fondaient dans la bouche. Ayant la sensation qu'elle ne pourrait en ingurgiter un de plus, Hélène se laissa aller en arrière dans l'herbe fraîchement fauchée qui exhalait une odeur de foin, de terre et d'été semblable à nulle autre. Pas le moindre nuage ne se montrait dans le ciel bleu clair de cette fin de journée. Le son des cloches de Fowey parvenait jusqu'à eux dans la quiétude de cette soirée. Hélène eut un léger soupir.

— Tu sais, dit-elle, Charity Hill me manquera !

Alexander la regarda d'un air consterné.

— Il y a peu, tu étais encore toute disposée à t'en aller !

— Oui, bien sûr. En fait, en raison des souvenirs, je n'ai pas du tout envie de rester ici. Mais nous ne devons pas vendre le domaine, Alexander, jamais !

— Bien sûr que non, mon trésor.

Alexander se poussa vers elle et lui mit une fraise dans la bouche.

— Oh, mon Dieu, s'écria Hélène riant et gémissant tout à la fois, je vais éclater ! Je crois n'avoir encore jamais mangé autant de fraises de ma vie !

Roulant sur le côté, elle posa la tête sur ses bras croisés et observa Alexander qui continuait la cueillette.

— Il en va vraisemblablement toujours ainsi : quand on s'habitue à quelque chose, qu'on s'y attache, on voudrait ne pas s'en séparer. Je me rappelle que, après mon mariage avec Jimmy et ma venue ici, j'ai cru mourir de nostalgie en pensant à Londres et à Woodlark Park. C'est ce qui m'arrive maintenant avec Charity Hill !

— Broom Lawn est un très beau domaine. Il sera sans doute un peu à l'abandon quand nous y serons, mais il redeviendra vite comme avant. Tu t'y plairas !

— Certainement. Et je ne perdrai pas Charity Hill pour autant !

— Il faut même que tu le gardes. Après tout, c'est l'héritage laissé par Jimmy à Francis.

Et Broom Lawn ira à nos enfants, songea Hélène. Nos enfants – ça sonne si merveilleusement ! Elle s'imagina tout un tas de petits êtres ressemblant à Alexander et marchant à quatre pattes,

— Sais-tu déjà qui gérera Charity Hill jusqu'à ce que Francis soit devenu adulte ?

— Non, je ne vois pas encore très précisément. Il faut que ce soit quelqu'un en qui nous ayons pleine confiance. Ce que je préférerais, c'est que ce soit l'un de nos fermiers. Ils ont toujours travaillé dur pour nous et, pour eux, ce serait formidable d'habiter ici, dans cette grande demeure !

Bien sûr, se dit-elle, ils n'auraient pas la tâche aisée, car Charity Hill devra toujours payer de lourdes taxes à la Commission pour les Cornouailles. Une fureur terrible s'emparait toujours d'Hélène quand elle songeait à M. Swarthout lui annonçant l'augmentation des taxes.

Elle avait eu un très grand mal à réunir la somme exigée pour juin, et n'y était parvenue qu'au prix de sévères mesures d'économie.

— Nous trouverons bien quelqu'un, la réconforta Alexander.

— Oui, très certainement, répondit Hélène, un peu somnolente.

Elle était lasse, repue, et la douceur de l'air avait quelque chose d'enivrant.

Alexander se leva d'un geste décidé.

— Avant que tu t'endormes pour de bon, allons plutôt voir les framboises. Elles doivent être mûres à point !

— Alexander ! Je ne peux pas avaler quoi que ce soit de plus, protesta faiblement Hélène, je...

Mais il l'avait prise par la main et relevée sans autre forme de procès. Elle s'abandonna un instant contre lui, laissant son regard errer aux alentours. Ces fruits rouges et mûrs, cette vieille haie de guingois au pied de laquelle poussaient l'herbe et les pissenlits – il y en aurait à coup sûr également à Broom Lawn. Là-bas aussi, elle pourrait aller dans le jardin et, le soleil couché, s'appuyer contre une haie ayant accumulé la chaleur de la journée. C'était absurde, mais cela lui rappellerait Charity Hill et ceux qui avaient partagé son existence en ces lieux. Et, un jour de tristesse, elle retrouverait alors la joie de vivre.

6

Cet après-midi de juillet était torride. Rentrant d'une petite promenade dans le parc, Janet suait, à croire qu'elle allait se liquéfier. Cela tenait aussi sans doute au fait qu'elle était déjà terriblement forte et que tout mouvement lui était pénible.

Elle poussa un soupir en montant l'escalier. Deux semaines encore jusqu'à la naissance de son enfant, les deux semaines toujours les plus difficiles à son avis. Avoir un enfant ne lui procurait au demeurant plus aucune joie. Après coup, oui, quand elle était heureuse de tenir le bébé dans ses bras ; mais, avant, c'était un véritable supplice. On grossissait, on devenait laide, on était malheureuse, on croyait en permanence vivre la fin du monde.

Je vais dire à William que je ne veux plus avoir d'enfant, songea-t-elle, il comprendra sûrement.

De toute façon, William ne serait plus que rarement auprès d'elle. Si le Parlement lui avait confisqué pendant un certain temps son *Silverbird* en raison de sa fidélité au roi, il avait fini par le lui rendre car les bons capitaines étaient denrée rare. À partir de la fin septembre, il naviguerait de nouveau pour le compte de la Compagnie des Indes orientales. Ayant longtemps pensé ne jamais revoir son bateau, au moins pas en tant que capitaine, William avait été au comble du bonheur à cette nouvelle et, à présent, brûlait d'impatience de tourner le dos à Charity Hill et à la terre ferme en général. Dès que l'enfant serait né, il comptait bien se rendre à Plymouth pour surveiller le chargement.

Janet ne cessait de se demander si elle resterait à Charity Hill ou si elle réintégrerait son ancien appartement. D'un côté, l'idée de devoir cohabiter avec un couple de surveillants étrangers ne lui agréait pas particulièrement, mais, d'un autre côté, elle détestait Plymouth. Mais, si tous ceux d'ici s'en allaient…

Je pourrais vivre avec ma mère chez oncle Joseph, se disait-elle, mais c'est un abominable cuistre ! Et je peux difficilement imposer ma présence à Hélène. Surtout que, avec quatre enfants, je ne peux m'immiscer dans l'existence d'une autre famille qu'en cas de nécessité absolue. Ce serait sinon vraiment exagérer ! J'irai donc finalement à Plymouth, car, ici, je serais trop seule.

Arrivée à l'étage, elle tomba sur Elizabeth qui sortait de la chambre de Catherine. Elle avait les traits plus détendus qu'à l'ordinaire.

— Comment se porte lady Ryan ? demanda Janet par habitude, pour ainsi dire.

Elizabeth sourit.

— Mieux, je crois. Elle n'a presque pas eu mal de la journée et a même un peu mangé.

— Oh, mais c'est magnifique ! s'écria Janet. J'ai toujours dit qu'elle guérirait. Où est donc Hélène ? Elle doit être heureuse elle aussi !

— Elle est bien sûr très soulagée. Pour l'instant, elle est chez le colonel Tate.

Elizabeth adressa encore un signe de tête à Janet avant de descendre rapidement au rez-de-chaussée, sans doute pour aller chercher quelque chose à l'intention de sa mère. Décidément d'une sensibilité exagérée depuis peu, Janet se sentit ignorée. Personne ne se souciait de son état ; tout le monde était occupé par ailleurs. Bien sûr, la maladie de Catherine était plus importante, mais, malgré tout, Elizabeth aurait pu penser à elle un petit instant. En réalité, elle n'existait plus, personne ne l'aimait !

Janet éprouva soudain une violente envie de pleurer. Elle courut à sa chambre, s'appuya sur le rebord de la fenêtre et attendit que les larmes lui viennent. Elles ne vinrent pas en dépit de tous ses efforts. Ç'aurait pourtant été si bien de paraître au dîner les yeux gonflés, le visage hâtivement poudré cachant mal les traces laissées par les larmes, et de ne réagir aux regards soucieux et aux questions pressantes que par un regard mélancolique en direction de la fenêtre. À cette idée, elle ne put retenir un rire.

— Juste ciel, lady Smalley, se moqua-t-elle à haute voix, quel âge avez-vous au fait ? Vingt-quatre ans ? Eh bien, je pense que vous pourriez vous montrer plus raisonnable !

Un bruit derrière elle la fit se retourner. William était entré. Il referma doucement la porte derrière lui. Quand il fut en face d'elle, elle vit qu'il souriait.

— Que se passe-t-il ? demanda-t-elle, curieuse.

William alla vers le lit et s'y jeta, croisant ses hautes bottes de cavalier sur le pied du lit en bois.

— Quand je suis entré, tu ressemblais, vue de côté, à quelqu'un qu'on mène à l'échafaud ou quelque chose de ce genre. Spectacle du plus grand tragique en tout cas.

— Tragique, c'est le mot qui convient en effet, murmura Janet en se plaçant devant son miroir, se contemplant des pieds à la tête, puis se tournant vers son mari qui l'observait depuis le lit. Est-ce que tu me trouves belle encore, William ?

Il se redressa.

— Mais bien sûr, chérie, s'étonna-t-il, tu es jeune et jolie, exactement comme lorsque j'ai fait ta connaissance !

— Je devais bien être un peu plus mince, non ?

Son ton agressif l'intrigua. Elle était manifestement de fort mauvaise humeur.

— Ton apparence du moment n'est que provisoire, tenta-t-il de l'apaiser. Dès que le bébé sera là, tout redeviendra comme avant.

— Ce maudit bébé ! maugréa Janet qui, de fureur, froissa de la main un mouchoir et le lança par terre. J'en ai assez de sans cesse avoir des enfants ! C'est ce qu'on peut s'imaginer de plus horrible. Hélène elle-même le dit !

— C'est ce que tu penses pour l'instant. Quand tu l'auras…

— Non, William, c'est la dernière fois ! dit-elle en le fixant d'un air résolu. Je ne veux plus jamais avoir d'enfant ! Plus jamais ! Et je voudrais que tu respectes ma volonté.

— Chérie, nous en reparlerons. Tu n'es pour l'instant pas en bonne forme, répondit William avec impatience, viens, assieds-toi à côté de moi, et parlons d'autre chose !

Janet ne bougea pas, épuisée et résignée. Il était vain d'essayer d'aborder ce sujet avec un homme. Jamais il ne comprendrait. Les hommes – du moins ceux qu'elle connaissait – s'y prenaient d'une manière épouvantable avec une femme enceinte : aux petits soins pour elle du matin au soir, s'enquérant de son état, s'occupant en permanence de lui procurer les friandises les plus rares, au lieu de jamais entreprendre quelque chose de concret pour éviter une grossesse. Elle-même se serait cent fois satisfaite d'être simplement embrassée par un homme et d'entendre des paroles enflammées à propos de sa beauté, mais les hommes entendaient toujours assouvir la passion qui brûlait en eux. Ainsi s'expliquait sa triste situation actuelle.

William, qui avait suivi le jeu de physionomie de Janet, lui adressa un sourire d'encouragement qu'elle parvint effectivement à lui rendre. Elle se sentit un peu réconfortée. Il était si beau qu'il lui était difficile de s'entêter dans son intransigeance ! Il avait bien entendu vieilli au cours de ces longues années de guerre, des fils gris parsemant déjà ses cheveux noirs, mais il avait gardé sa minceur et sa robustesse d'antan. Sa peau avait conservé le hâle du temps où il naviguait. Elle était incapable de lui en vouloir !

— Tu sais, William, annonça-t-elle en commençant à se coiffer, j'ai pensé que le mieux pour moi, quand tu seras parti, sera de vivre à Plymouth, car ici je serais toute seule. Crois-tu que nous pourrons revenir dans notre ancien appartement ?

Elle entendit William se lever et, dans le miroir, elle le vit se diriger vers la fenêtre.

— Qu'y a-t-il, demanda-t-elle avec étonnement. Pourquoi ne me réponds-tu pas ?

Il parut lutter avec lui-même avant de parler.

— Janet..., commença-t-il avec hésitation, Janet, il faut que je te dise quelque chose.

— Oui ?

— J'aimerais... j'aimerais que tu m'accompagnes aux Indes et que tu vives là-bas !

Janet se retourna d'un bloc et le contempla, stupéfaite.

— Que je fasse quoi ? Que j'aille vivre dans la forêt vierge ?

— Mais ma chérie, objecta William avec un rire contraint, il y a, à Madras, une colonie anglaise où n'habitent que des Européens. Et dans de magnifiques demeures en plus, pas dans des cabanes en paille ou dans je ne sais quelles conditions !

— William, tu ne parles pas sérieusement ! Que ferais-je dans ce pays affreux où je ne connais personne ? Je veux rester ici, en Angleterre, c'est mon pays tout de même !

D'horreur, elle était au bord des larmes et trouvait cette situation irréelle et épouvantable.

— Janet, l'Inde est un pays merveilleux. Il y a beaucoup plus de chaleur et de couleurs qu'ici, c'est un pays plein de mystères. Tu ne serais en rien privée de tes distractions habituelles, car il y a une vie sociale très animée au sein de la colonie et…

Elle écouta à peine la suite de ses explications, car rien n'aurait pu la convaincre des avantages de ce lointain pays.

— Pourquoi ? Pourquoi devrais-je aller aux Indes ?

— Ah, tu ne comprends donc pas ? La guerre est finie et tout va redevenir comme avant. Je serai perpétuellement parti et tu resteras seule. Dans peu de temps nous nous chamaillerons autant qu'avant !

— Mais pourquoi devrais-je t'attendre en Inde et pas ici ?

— L'Inde serait dans un premier temps quelque chose de neuf pour toi, ce qui te distrairait. Plus tard, tu pourrais peut-être m'accompagner plus souvent et vivre alternativement là-bas et en Angleterre.

Janet se laissa tomber sur sa chaise et soupira.

— L'idée que tu pourrais limiter tes voyages ne te vient pas à l'esprit, dit-elle d'un ton amer. Jamais tu ne le ferais pour moi ?

— Non. Je ne peux pas.

— Et l'Inde te paraît un lieu plus sûr, n'est-ce pas ? Dans une société si réduite, je ne pourrais pas en venir à nourrir des idées idiotes et je devrais aussi me montrer réservée dans nos disputes afin de ne pas mettre tout le monde au courant. Tu ne manques pas d'imagination !

— Je ne te comprends pas très bien, Janet. Il fut un temps où tu aurais tout fait pour sauver notre couple.

Janet baissa les yeux. William continuait à parler, très concrètement maintenant, manifestement décidé à clore aussi vite que possible cette conversation.

— Nous attendrons naturellement que le bébé soit né. Il est attendu pour le début du mois d'août et, si nous partons en septembre, tu auras près de deux mois pour te remettre. Au cas où tu ne le serais pas encore pleinement d'ici là, nous pourrions peut-être repousser notre départ de quatre semaines !

Il parlait calmement, tout à fait normalement, et seul quelqu'un le connaissant depuis longtemps pouvait déceler dans ses propos le ton légèrement cassant qui signifiait en réalité : tout est prévu et toute résistance est vaine !

Ce ton, Janet le connaissait parfaitement et son impuissance la rendit furieuse. Il la traitait comme un petit enfant avec qui il pouvait agir à son gré. Blessée, elle se tut.

Bien entendu, le quatrième enfant mis au monde par Janet le 3 août fut une fille, et la légère ironie dans la voix de ceux qui félicitaient William pour la naissance de sa progéniture ne pouvait lui échapper. Il la supporta avec d'autant plus d'apparente sérénité que la petite était extraordinairement jolie, chacun devant en convenir. Transportée d'attendrissement comme chaque fois qu'elle avait un enfant, Janet, en dépit de ses humeurs capricieuses des semaines précédentes, obligeait tout le monde à admirer ce chef-d'œuvre de la création et à s'extasier. Elle ne cessait de poser la question : « N'est-elle pas merveilleusement jolie ? » et tous ses interlocuteurs d'affirmer aussitôt qu'il s'agissait du bébé le plus ravissant qu'ils aient jamais vu.

La petite fille fut baptisée Judith, deux semaines après sa naissance seulement, sur l'insistance de William qui voulait retourner avec sa famille à Plymouth aussi vite que possible afin d'y surveiller le chargement de son bateau. L'embarquement devait avoir lieu le 27 septembre et il avait encore d'innombrables problèmes à régler.

Chez Janet, le désespoir initial avait cédé la place à la résignation. Elle se soumettait à la décision de William, en partie parce qu'elle s'était rendu compte qu'il était vain de vouloir la contester, et aussi parce que, si elle était franche avec elle-même, elle devait concéder qu'elle comprenait William. S'il avait besoin de cette sécurité, il devait l'avoir. Elle finirait bien par revenir un jour en Angleterre.

Janet avait par ailleurs du mal à s'avouer que cette aventure avait commencé à l'attirer un peu. Non qu'elle ait soudainement ressenti l'envie de connaître ce pays non civilisé d'au-delà des mers ! Ce qui la séduisait, c'était l'idée d'être la première de sa famille à entreprendre un si long voyage. D'autant plus que les autres, Hélène notamment, manifestaient ouvertement de l'envie et de l'admiration.

— L'Inde, cela doit être un pays fantastique, imagine un peu, un pays où le soleil brille en permanence. Tu as vraiment de la chance !

— Ma foi, approuvait Janet d'un ton modeste, c'est l'occasion de voir autre chose !

— Autre chose ! C'est l'aventure de ta vie. Tu vas passer quelques années en Inde puis, quand tu ne t'y plairas plus, tu reviendras !

Janet acquiesçait en silence, taisant que la situation n'était pas aussi simple.

— Bien sûr, poursuivait Hélène, que nous nous retrouvions si loin l'une de l'autre m'attriste. Nous avons vécu tant de choses ensemble !

— Oui, c'est vrai. Nous vivons ensemble depuis sept ans, à part une interruption d'un an, quand j'étais à Plymouth. Et ce furent des années difficiles !

— Tout le temps qu'a duré la guerre, les informations plus terribles les unes que les autres, l'attente de nouvelles, l'arrivée des ennemis, l'occupation… je crois que le fait de vivre cela ensemble rapproche beaucoup plus que n'importe quoi.

Janet laissa glisser à terre la robe qu'elle s'apprêtait à ranger dans une caisse et s'assit sur le lit à côté d'Hélène.

— Je me rappelle très bien le jour de ton arrivée ici, dit-elle. Tu étais à côté de Jimmy dans le hall, avec une merveilleuse robe de Londres, et tu avais l'air si désemparée, si jeune que c'en était émouvant !

— Jeune ! Dis-moi, Janet, ai-je beaucoup vieilli ? Extérieurement.

Janet l'examina d'un œil critique.

— Oui, tu as vieilli, répondit-elle avec franchise, mais tu n'as pas l'air vieille, si c'est ce qui t'inquiète, tu parais juste plus mûre, plus sévère peut-être. Ton visage n'a plus l'expression innocente et ouverte qui m'avait alors attirée chez toi.

— J'avais une peur épouvantable et tu es la seule à m'avoir immédiatement inspiré confiance.

— Tu m'as tout de suite plu. Et je savais que des heures difficiles t'attendaient. Adeline avait d'emblée été mal disposée à ton égard, et cela n'avait et n'a toujours rien à voir avec ta personne. Il en serait allé de même avec toute femme que Jimmy aurait épousée. Elle est d'une jalousie maladive.

— Elle avait peur de vous perdre !

— Et voilà qu'elle a tout perdu à présent… Mon père, Jimmy, Randolph. Je suis l'unique survivante, et je vais aussi la quitter. C'est une vieille femme solitaire qui a passé toute son existence à tenir les autres sous sa coupe et à les rendre malheureux, dit Janet avec amertume, puis son regard s'adoucit à nouveau, ses mains s'emparant de celles d'Hélène. Nous ne devons pas nous oublier, implora-t-elle. Promets-moi, Hélène, de ne jamais m'oublier !

— Mais, Janet, je ne pourrai jamais t'oublier ! Tu es la meilleure amie que j'aie jamais eue, tu es presque pour moi davantage que Sarah Mallory, mon amie de Londres. J'ai en effet passé avec Sarah des années très belles, tandis que j'ai partagé avec toi tant d'épreuves et de privations... Je te connais mieux et j'éprouve pour toi une telle confiance !

— J'aimerais tant que nous ne soyons pas obligées de nous séparer, s'écria Janet avec violence, je voudrais que tout reste comme c'est. Tu ne devrais pas aller à Kent, et moi je n'irais pas en Inde ! Je voudrais...

Sa voix se brisa.

— Ne pleure pas, Janet, la supplia Hélène, ne pleure pas, sinon...

Mais déjà elle pleurait à son tour, presque sans bruit ; les larmes ruisselaient sur ses joues tandis que, attirant Janet contre elle, elle l'étreignait avec force. Elles demeurèrent ainsi assises côte à côte, sans se soucier du temps qui passait, toutes deux en proie à la douleur brûlante et insupportable des adieux, une douleur quasiment physique, une séparation aussi inéluctable qu'impitoyable, qui mettait fin pour l'une et l'autre à une longue période de leur existence.

La page fut tournée le 10 septembre. L'air était déjà plus frais, plus pur, le ciel plus bleu. Les feuilles des arbres se teintaient de rouge et de jaune quand Janet, jeune et belle dans sa nouvelle robe verte comme elle ne l'avait plus été depuis longtemps, dut se séparer en larmes de sa famille et embrasser sa mère pour qui elle éprouva, sans doute pour la première fois, un sentiment intense et véritable. Son dernier-né sur les bras, elle sortit de la vieille et sombre demeure qui, pour elle, avait toujours représenté une prison et un asile tout à la fois. Ils n'étaient plus très nombreux ceux dont elle devait prendre congé. Son père n'était plus de ce monde, pas plus que Jimmy et Randolph. D'autres étaient entrés dans la famille, Hélène, Elizabeth, Catherine, Alexander... Janet avait dit adieu aux deux derniers dans la maison, Catherine étant couchée pâle et pitoyable et Alexander ne devant pas quitter sa chambre pendant la journée.

Elle était à présent dans la cour, entourée des enfants qui, sous le coup de l'excitation, étaient encore plus dissipés que d'habitude. Henrietta s'assit dans une flaque d'eau avec sa robe fraîchement lavée, Carolyn attacha en cachette Annabella à un piquet par les rubans de ses tresses. S'étant aperçue de cette vilenie, celle-ci perdit pour la première fois son sang-froid et frappa sa petite sœur. Francis se sentit obligé de venir au secours de cette dernière et donna à Annabella un coup de pied dans les tibias, ce qui provoqua les hurlements de Cathy. À ce vacarme se mêlaient les sanglots de Molly et de Lilian, les deux bonnes qui s'étaient liées d'amitié et qui devaient elles aussi se quitter maintenant. Mais ce fut pour Hélène et Janet que les adieux furent les plus difficiles. Elles restèrent enlacées jusqu'à l'ultime minute, Janet en pleurs, Hélène comme figée, sans larmes, jusqu'à ce que William finisse par les séparer, avant d'aider Janet à monter dans la voiture. Elle ne se pencha pas par la portière quand les chevaux s'ébranlèrent. Seuls les mouchoirs des enfants flottaient aux fenêtres de la voiture, semblables à des mouettes battant des ailes.

Trois jours après le départ de Janet, Hélène dut vivre un nouvel adieu, non définitif certes et moins douloureux, mais qui l'affecta néanmoins beaucoup. Ce fut cette fois Alexander qui voulut quitter Charity Hill et il parut vain de tenter de le retenir.

— Il faut que je m'assure que tout est en ordre à Broom Lawn, expliqua-t-il à Hélène, et cela avant même que je t'y conduise. Je suis soudain très inquiet. Il est fort possible que je n'en sois plus le propriétaire depuis longtemps !

— Mais ils n'ont pas le droit de t'en déposséder, s'indigna Hélène, le roi est tout de même toujours le souverain de ce pays !

Alexander eut un grognement de mépris.

— Il est prisonnier et il va probablement soit quitter le pays, soit s'accommoder de la situation telle qu'elle est. Pour le moment, ce sont les parlementaires qui ont le pouvoir !

Dans l'optique d'Hélène il était quasiment monstrueux qu'un quelconque pouvoir séculier s'arrogeât le droit de limiter le pouvoir royal, mais elle fut bien obligée d'admettre qu'Alexander avait raison. Charles vivait toujours dans l'île de Wight, prisonnier du colonel Hammond, et Oliver Cromwell avait pris les dispositions propres à empêcher toute fuite. La raison d'Hélène se refusait toutefois à comprendre ce que tout le monde avait compris depuis longtemps, c'est-à-dire que la cause des royalistes était perdue et que les sacrifices avaient été vains. Quoi que réservât encore l'avenir, pour l'heure le roi et ses partisans étaient battus.

Le 13 septembre, Alexander quitta Charity Hill en pleine nuit, enveloppé dans un manteau noir, le visage dissimulé derrière un masque. Il lui fallait franchir la frontière du comté clandestinement, unique moyen d'échapper à l'arrestation.

7

Catherine mourut le 27 septembre 1648. Elle eut une agonie difficile, très douloureuse, et, bien que sans illusions, tous furent néanmoins pris par surprise.

Hélène s'était rendue à Fowey pour payer les taxes, ce qui avait duré fort longtemps, et, à son retour, l'irréparable s'était produit. Elizabeth l'accompagna dans la chambre de Catherine où la morte reposait sur le lit. Personne ne voulut lui raconter les derniers instants, mais Hélène n'avait pas non plus envie de les connaître. Elle s'agenouilla à côté de sa tante et, quand elle finit par se relever, elle ignorait combien de temps elle était restée ainsi. Elle eut l'impression qu'elle contemplait depuis une éternité le beau visage apaisé où les douleurs de l'agonie s'effaçaient rapidement. La morte paraissait dormir et semblait très jeune. Les cheveux blonds étaient défaits autour de sa tête, les paupières aux cils noirs reposaient déjà, lourdes, sur les yeux de la défunte. Elizabeth lui avait joint les mains qui tenaient quelques rameaux d'automne teintés d'or par les rayons du soleil couchant.

Comme pour la mort de Jimmy, Hélène ne ressentait les choses qu'à travers une sorte d'engourdissement. Plus tard, beaucoup plus tard, le désespoir s'abattrait sur elle et la plongerait dans un vide noir et tourbillonnant. Mais, pour le moment, l'apaisement l'emportait.

Elle sortit de la pièce et se rendit au jardin. Elle avait besoin d'être seule et elle savait qu'elle ne le serait nulle part mieux que là. Elle inspira une profonde bouffée d'air pur.

Puis elle marcha lentement dans l'herbe. Elle sentait sur son visage la caresse fraîche du vent. Fascinée, elle contemplait les branches des arbres se balancer, les feuilles s'entrechoquer comme des pièces d'or, elle distinguait les brins d'herbe ployant sous ses pas. Cette soirée orageuse, cette mort automnale, jamais elle ne les oublierait. Oui, ici aussi, la mort était au rendez-vous, une mort implacable, car la richesse, la vigueur et la plénitude de la nature semblaient une révolte, une résistance désespérée contre la mort qui n'allait pas tarder à la recouvrir de ses voiles de brume gris et désolés.

En cet instant où Hélène prit conscience de l'inexorable tomba aussi la carapace qui la protégeait. Une douleur sauvage la transperça, en même temps que l'envahit un sentiment indescriptible – un peu comme la somme de tous les sentiments humains –, si violent, si immédiat que la tête lui tourna pendant quelques secondes.

Elle se retint au tronc d'un arbre.

Je vis, se dit-elle, je vis et c'est extraordinairement bon ! Seigneur, je te remercie de pouvoir vivre et je te remercie de devoir mourir. Je te remercie d'avoir permis à Catherine de mourir !

Bien qu'habitée du désir impérieux d'exprimer ce qu'elle ressentait, elle savait que cela ne se prêtait pas à la description. Jamais encore elle n'avait autant apprécié qu'en cet instant le fait de vivre, le miracle divin de son existence, en cet instant qui, en même temps qu'il l'obligeait impitoyablement à regarder en face la mort et la disparition, lui donnait à voir le monde dans toute sa splendeur et sa perfection, gages d'éternité.

Catherine n'était plus, mais sa disparition était la garantie que chaque créature humaine relevait de la création divine, qu'elle en était partie intégrante et qu'il lui était donné d'y vivre. Loin d'être exclue de la création, elle était en elle, y vivait, y mourait, dans un cycle éternel.

La tristesse, la douleur que lui causait la mort de Catherine – celle aussi de tous les autres qui lui avaient été ravis – la rattraperaient un jour. Elle se retrouverait alors face à sa propre mort, habitée par la peur, peut-être. Mais cette soirée de septembre, orageuse, mystérieuse et pourtant si limpide, était en elle à jamais. Elle reprit sa marche, ayant trouvé la paix.

Les feuilles tombaient déjà et les jours avaient beaucoup raccourci quand Alexander revint, furieux, abattu, animé de l'esprit de révolte désespérée de celui qui a été lésé dans ses droits.

Broom Lawn ne lui appartenait plus. La propriété était désormais aux mains d'un parlementaire, un parvenu qui avait presque mis Alexander à la porte. Celui-ci s'était entendu dire qu'il avait délaissé son domaine, qu'étant en outre un ennemi de l'État en sa qualité d'officier du roi il relevait d'un traitement spécial et qu'il pouvait s'estimer heureux d'être encore en liberté.

La colère d'Alexander avait déjà tourné à la résignation quand il se retrouva en présence d'Hélène. Elle fut effrayée par l'étrangeté de son expression, par le vide dans ses yeux, le pli de fatigue autour de sa bouche. Elle pressentit qu'Alexander n'accepterait ni ne surmonterait la situation réservée aux royalistes vaincus. Pour ce qui la concernait, elle n'aspirait plus qu'au repos et au bien-être, elle souhaitait de tout son cœur retrouver la sécurité et l'aisance de l'existence assurée qui avait autrefois été la sienne. Loin de s'insurger, elle comptait tout faire pour se ménager, dans les conditions nouvelles, un havre de paix.

Alexander était différent. Les mots de liberté et de dignité étaient pour lui plus que de simples notions, c'étaient les lignes directrices de son existence. Ayant combattu durant cette guerre avec la conviction profonde de lutter contre les ennemis de l'humanité et du respect d'autrui, il ressentait la défaite, au-delà de l'humiliation, comme la perte de ce à quoi il croyait.

Hélène avait d'abord pensé qu'il en serait brisé. Mais quelque chose lui disait maintenant que la volonté d'Alexandre n'était pas anéantie. Abattu, il se repliait sur lui-même ; mais, dès lors qu'il aurait recouvré des forces, son naturel reviendrait et il reprendrait le combat avec une dureté inflexible. Personne ne pouvait dire quand cela se produirait, mais un jour viendrait où des hommes pareils à lui se rassembleraient pour se révolter contre le destin présent de l'Angleterre.

Hélène fut d'abord presque soulagée de devoir rester à Charity Hill. Plus qu'elle ne le savait elle-même, elle était attachée à la vieille demeure au cœur de ce paysage âpre et sauvage des bords de mer : tant de moments de sa propre destinée y étaient liés ! D'un seul coup, elle se demanda comment elle pourrait s'en séparer un jour. Il serait si merveilleux de vivre ici, à l'abri de hauts murs, sous la protection d'un homme qui lui ôterait des épaules le fardeau du perpétuel combat pour l'existence. Il leur fallait bien entendu se marier rapidement.

Le jour des noces fut fixé au 16 octobre. Les invités seraient peu nombreux, tant la guerre avait creusé de vides dans les rangs de leurs amis. De toute façon, personne n'avait le cœur à de grandes festivités.

Mais il y eut entre-temps un certain 7 octobre, journée fatidique qui apporta dans leur vie un tournant si brutal et durable qu'Hélène, longtemps après, se demanderait souvent si elle n'aurait pu le prévoir, ou du moins le pressentir. Mais le coup la prit totalement au dépourvu.

C'était une journée aussi grise et froide que les précédentes. Il pleuvait légèrement, par intermittence, et, à la tombée de la nuit, la brume s'épaissit au point de former une muraille blanche. La mer se déchaîna, le vent forcit et le monde disparut dans une obscurité sinistre.

Partis pour une promenade à cheval, Hélène et Alexander rentrèrent en toute fin d'après-midi, fatigués et gelés. Ayant confié leurs montures à Arthur, ils traversèrent la cour côte à côte.

— La première chose que je vais faire, déclara Hélène, sera de m'asseoir dans ma chambre, devant la cheminée, avec un thé, et de tremper mes pieds dans de l'eau bien chaude.

— Tu as si froid que ça ? demanda Alexander, amusé. Tu aurais dû partager un peu la vie des soldats dans leurs bivouacs. Depuis cette expérience, c'est une sensation que je n'ai plus.

Hélène frissonna.

— Ces campements m'auraient à coup sûr coûté la vie, murmura-t-elle. Heureusement que... oh, attention ! Qu'est-ce donc ?

Une voiture, immobilisée au beau milieu de la cour, avait brusquement surgi du brouillard entre-temps devenu si épais qu'on voyait à peine à un pas devant soi.

— Ce n'est tout de même pas la nôtre ? s'interrogea Alexander en fronçant les sourcils. Non, mais il ne me semble pas non plus la reconnaître. À qui peut-elle appartenir ?

— Je l'ignore. Oh mon Dieu, des visites à cette heure ! Je suis morte de fatigue.

— Nous n'y pouvons plus rien. J'aimerais seulement bien savoir de qui il s'agit !

Alexander pressa le pas au point qu'Hélène eut de la peine à le suivre. Ils tapèrent à la porte et c'est Elizabeth qui leur ouvrit.

— Qui sont les visiteurs ? s'enquit aussitôt Hélène d'une voix étouffée.

Elizabeth avait l'air effarée.

— C'est terrible, chuchota-t-elle. C'est Thérèse qui est là, avec un homme affreux. Ils veulent te parler !

— Qui est donc Thérèse ? demandèrent d'une seule voix Hélène et Alexander.

— Tu ne te rappelles pas, Hélène ? Thérèse, la vendeuse du salon de couture de Mme Linier, à Londres. Tu devrais te souvenir d'elle, c'est là que nous nous faisions confectionner la plupart de nos robes !

— Mon Dieu, oui ! Je vois à présent ! s'écria Hélène. Bien sûr – Thérèse !

Puis, se tournant vers Alexander, elle expliqua :

— Une fille toute simple, ne sachant pas compter jusqu'à trois. Je crois qu'à l'époque elle était une adepte convaincue du Parlement. Que peut-elle bien nous vouloir ?

Quittant sa pèlerine et son écharpe, elle entra dans le salon, suivie d'Alexander, l'air fort soucieux.

Thérèse, assise sur le canapé, n'avait pas changé d'un iota en sept ans. Le visage aux yeux vifs et sournois et aux commissures des lèvres tombantes avait une expression peut-être un peu plus rusée encore qu'avant ; les cheveux, autrefois frisés avec élégance, étaient à présent séparés par une raie stricte et peignés en arrière, comme il convenait à une femme vertueuse. Elle portait une simple robe grise, et il était manifeste qu'elle s'était rangée, de par son apparence, du côté de ceux qui détenaient désormais le pouvoir en Angleterre et dont elle escomptait qu'ils lui assureraient une vie aisée.

Dans le fauteuil en face d'elle était assis un homme à qui il était plus difficile encore qu'à Thérèse de dissimuler son véritable caractère derrière le gris protecteur du puritain. Son visage gras, bouffi, à la peau aux pores dilatés, trahissait le buveur ; le corps, mou et énorme, tenant à peine dans le large fauteuil, témoignait d'une vie de paresse et d'excès. À voir l'expression de ses yeux exorbités, Hélène pensa qu'ils étaient les plus répugnants qu'elle ait jamais connus. Quelqu'un ayant une telle apparence ne pouvait mener qu'une vie dissolue et vile.

Il ne se leva pas à leur entrée, se contentant d'adresser à Hélène un sourire méchant et empreint de familiarité, à Alexander un sourire délibérément insolent. Thérèse émit un dédaigneux :

— Oh, miss Calvy !

— Lady Golbrooke, s'il vous plaît, eut de la peine à répondre Hélène, avec un sourire contraint. Quel plaisir de vous revoir, Thérèse !

— Mme Corb, depuis quelque temps. Voilà mon mari, Adam Corb.

M. Corb avait toujours aux lèvres son sourire méchant.

— Asseyez-vous donc, lady Golbrooke, dit-il d'une voix mielleuse, et vous aussi, lord Golbrooke !

— Je ne suis pas lord Golbrooke. Je suis Alexander Tate.

— Oh ! s'exclama Thérèse en haussant un sourcil et en toisant Hélène avec froideur. Vous vivez ensemble ? demanda-t-elle d'une voix affectant la répulsion.

— Le colonel Tate et moi allons nous marier, répliqua Hélène avec froideur en s'asseyant sur une chaise. Lord Golbrooke est mort à la guerre.

— Vous nous en voyez désolés, susurra M. Corb. Allez, colonel, asseyez-vous !

— Merci, je préfère rester debout. Quelle est la raison de votre visite ?

— On a bien le droit de rendre visite à une vieille amie, dit M. Corb, n'est-ce pas, chère lady Golbrooke ?

— Je ne vous connais pas. Je ne connais que votre femme, et cela remonte à bien longtemps.

Hélène avait toutes les peines du monde à rester polie, et elle voyait qu'il en allait de même pour Alexander. Thérèse s'en aperçut elle aussi.

— Dis-leur pourquoi nous sommes ici, siffla-t-elle à son mari, le mieux est qu'ils le sachent tout de suite !

Ce qu'elle lut dans son regard fit froid dans le dos à Hélène. Elle se rappela un jour de mai 1641, quand, dans le salon de Mme Linier, avec Sarah, elle s'était laissée aller à une remarque sur le Parlement. Thérèse l'avait entendue et il s'était allumé dans ses yeux la même haine brutale. « Comme si elle avait eu envie de nous tuer », avait dit Sarah en riant.

La comparaison revint à l'esprit d'Hélène, mais elle n'eut pas le goût de rire. La crainte lui serrait la gorge.

Alexander, pourquoi es-tu si calme ? se dit-elle. Tu ne sens donc pas qu'un terrible danger nous menace ? Il est palpable, il est déjà dans la pièce…

— C'est une annonce regrettable que nous avons à vous faire, commença M. Corb. Mais ne devrions-nous pas au préalable boire quelque chose ?

La question s'adressait à Alexander, accompagnée d'un regard sans ambiguïté vers la bouteille de vin à demi pleine sur une étagère. Pourtant M. Corb ne donnait pas l'impression d'avoir en ce jour sacrifié à l'abstinence, il paraissait au contraire avoir déjà largement fait honneur à la dive bouteille.

— Je pense qu'il est préférable que vous nous disiez d'abord ce qui vous amène ici, répondit Alexander avec politesse, mais sur le ton sec, glacial, résolu que seul un officier peut avoir.

Le visage de M. Corb, recouvert jusqu'ici d'un masque de fausse amabilité, changea du tout au tout en une fraction de seconde. La cruauté perça dans les yeux larmoyants. Il se redressa un peu dans son fauteuil.

— Vous ne serez plus longtemps en situation de m'offrir ou de me refuser quoi que ce soit dans cette demeure. Pour être plus précis : désormais c'est moi qui jouerai le rôle d'hôte à Charity Hill. Car la propriété m'appartient !

C'est dans un sifflement qu'il émit le dernier membre de phrase, incapable de cacher plus longtemps son excitation. Puis il se laissa aller en arrière dans son siège, allongeant loin devant lui ses petites jambes grassouillettes.

Hélène fut dans l'incapacité de prononcer un seul mot. Elle restait là, assise, les yeux fixes au point qu'ils s'emplirent de larmes et la brûlèrent. Elle porta une main à sa gorge où le sang battait, l'autre serrant l'accoudoir de son fauteuil car la tête lui tournait. Elle aurait aimé crier d'horreur, car tout espoir que ces propos puissent se révéler n'être que des paroles en l'air s'était éteint en elle. Elle sentait que c'était la vérité.

— Pouvez-vous prouver cette affirmation d'une manière quelconque ? demanda Alexander.

— Je le peux, colonel, je le peux.

Corb plongea la main dans la poche de son pantalon et en tira un papier crasseux plié en quatre. Il le tendit à Alexander.

— Signé par la Commission des Cornouailles, noir sur blanc ! ajouta-t-il.

— Qu'y a-t-il d'écrit ? s'enquit Hélène d'une voix rauque.

— C'est impossible, dit Alexander, il est écrit qu'il manquait trois livres, le mois dernier, à la somme versée pour les taxes et qu'elles n'ont pas été réglées dans les délais impartis. Puis, tourné vers Hélène : tu m'avais pourtant bien dit que tu avais réglé le dernier mois dans sa totalité ?

— Je l'ai réglé. Je m'en souviens précisément. J'ai apporté à M. Swarthout exactement la somme exigée !

— Pas de chance ! s'immisça M. Corb qui avait retrouvé son sourire sardonique. Les taxes pour un bien de la taille de Charity Hill ont en effet été relevées de trois livres en septembre.

Thérèse fit entendre un gloussement de satisfaction.

— Vous auriez dû vous soucier davantage de la réalité que de votre futur époux, lady Golbrooke, remarqua-t-elle en riant.

— Ce n'est pas possible, murmura Hélène, désemparée, personne ne m'a informée de cette augmentation de la taxe !

— Eh bien, elle est en tout cas annoncée sur un avis affiché dans l'antichambre du bureau de la Commission, expliqua Thérèse d'un ton dédaigneux. Comme je le disais à l'instant, avec un peu d'attention…

— Alexander…, commença Hélène en plein désarroi, mais celui-ci, ayant remarqué qu'elle avait des larmes dans la voix, lui fit signe de se taire d'un imperceptible hochement de tête.

Il s'apprêtait à dire quelque chose à M. Corb quand Thérèse se leva. Le triomphe illuminait sa face pleine de méchanceté ; elle en avait la voix qui tremblait.

— Lady Golbrooke, vous allez sans doute devoir retourner à Londres ? Au cas où vous connaîtriez quelques soucis financiers… une place vous attend chez

Mme Linier ! N'est-ce pas étonnant ? Comme la vie peut parfois se montrer juste, quand même ! Nous venons d'échanger nos rôles. La belle et distinguée miss Calvy désormais vendeuse dans une boutique de Londres et l'horrible Thérèse, la mal dégrossie, maîtresse de Charity Hill ! Et uniquement parce que vous vous êtes retrouvée dans le mauvais camp !

Hélène sentit une violente émotion l'envahir, un tourbillon de sentiments où se mêlaient l'impuissance, la colère aveugle, une peur atroce et le désespoir. Incapable de contrôler plus longtemps son corps et son esprit, elle se rua sur Thérèse qui, en cet instant, n'était plus seulement Thérèse, mais aussi M. Swarthout et ses acolytes, tous les puritains, tous ses ennemis sur cette terre. Tel un chat, elle enfonça ses ongles dans le visage de l'autre femme, lui tira les cheveux. Thérèse poussa un cri, battant frénétiquement des bras autour d'elle, mordant et donnant des coups de pied. Mais Hélène ne sentait rien. Elle ne cessait de griffer le visage convulsé devant elle. Elle voyait les blessures sanguinolentes qu'elle infligeait à son adversaire sans remarquer celles qu'elle recevait. Son cœur cognait, elle était hors d'haleine. Les cris de Thérèse, les jurons de M. Corb et la voix d'Alexander paraissaient venir de très loin.

— Arrêtez ! Arrêtez tout de suite !

Elle sentit deux mains la saisir et la tirer en arrière, mais il fallut un petit moment à Alexander pour réussir à la séparer de son adversaire. Il l'entraîna pour mettre un peu de distance entre les deux combattantes, et, par mesure de précaution, évita de relâcher sa prise.

— Es-tu devenue folle ? Ce n'est pas comme ça que tu changeras les choses !

Les femmes se faisaient face, l'une et l'autre dans un état épouvantable, les cheveux ébouriffés, les vêtements déchirés, les bras et le visage griffés. Hors d'haleine, elles se toisaient, puis Thérèse se détourna et se réfugia dans les bras de M. Corb.

— Oh, Adam, sanglota-t-elle, regarde un peu ce que cette créature m'a fait !

— Ne pleure pas, mon trésor, elle ne recommencera pas de sitôt, je te le promets !

— Quittez cette maison, je vous prie ! intima Alexander avec froideur.

— Oho ! s'exclama M. Corb. Qui vous permet de me chasser de chez moi ?

— Croyez-vous sérieusement que ce bout de papier est suffisant pour qu'on vous remette Charity Hill ? demanda Alexander. Je parlerai moi-même aux personnes responsables.

— Elles ne vous apprendront rien de plus !

— C'est possible. Mais, en attendant, Charity Hill n'est pas votre propriété et je vous prie de quitter ces lieux sur-le-champ !

Il lâcha Hélène.

— Veux-tu, je t'en prie, sonner Molly pour qu'elle raccompagne nos hôtes ?

— Ce n'est pas la peine ! s'écria M. Corb. Nous trouverons notre chemin tout seuls. Viens, Thérèse ! Mais nous serons bientôt de retour, et définitivement cette fois.

Ils sortirent de la pièce l'un après l'autre.

Hélène s'était laissée tomber sur un fauteuil et, d'un geste las, passa une main sur son front.

— Je suis navrée, dit-elle, je ne sais pas ce qui m'a pris.

— Je te comprends, va, la consola Alexander en s'asseyant auprès d'elle sur l'accoudoir et en l'attirant vers lui. J'aurais volontiers infligé le même traitement à M. Corb. Mais cela n'aurait servi à rien, ça ne peut qu'aggraver les choses !

Il s'aperçut qu'Hélène était au bord des larmes.

— Tu sais, c'est bien fait pour cette Thérèse ! Ce qui me chagrine, c'est que ton visage ait tant souffert lui aussi !

— Oh, mon Dieu, oui, approuva Hélène en passant une main sur sa joue et en examinant ensuite le sang qui lui tachait le bout des doigts. Je dois avoir une tête épouvantable.

— En tout cas, tu as tout d'une guerrière. C'est douloureux ?

— Un peu. Ça brûle. Mais ce n'est rien !

Comme c'est étrange, songeait-elle, nous sommes assis là à parler des quelques griffures sur mon visage parce qu'aucun de nous deux n'ose évoquer ce qui vient de se passer. Nous ne pensons qu'à ça, mais n'osons pas aborder le sujet.

— Alexander, dit-elle tout bas, est-ce qu'ils peuvent nous prendre Charity Hill ?

Il parut hésiter, ne sachant que répondre, puis se décida.

— Chérie, je ne voudrais pas te donner de faux espoirs. Ils le peuvent, je le crains !

— Oh, mon Dieu, gémit Hélène. Pourquoi... pourquoi n'ai-je pas su que je devais encore de l'argent ?

— Tu n'y es pour rien, c'est un coup monté. Ils ne t'ont pas avertie, mais ils s'en tireront en prétextant que l'augmentation des taxes était placardée, visible pour tout un chacun !

— Et elle l'était d'ailleurs certainement, se désespéra Hélène. Il a juste fallu que je me démène en tous sens, à l'aveuglette, pour finir par tomber dans leur piège !

— Tôt ou tard, ce serait arrivé de toute façon. Ils voulaient Charity Hill et ils y seraient parvenus même si ce plan n'avait pas marché. Nous n'avions pas la moindre chance !

— Et il faut que ce soit cette Thérèse ! Sans compter cet horrible bonhomme ! Il est si gros, si vulgaire. Je suis certaine qu'il boit !

— Oh oui, sûrement. Et c'est précisément ce qui le perdra. Il n'a rien d'un puritain, quelque mal qu'il se donne pour le paraître, et, un jour ou l'autre, les autres s'en apercevront. On lui enlèvera alors Charity Hill !

— Mais, d'ici là, il aura ruiné le domaine ! Ah, Alexander, je suis incapable de l'abandonner. Pas de cette manière ! dit Hélène au milieu d'un torrent de larmes. J'aime tant Charity Hill, je l'aime à un point que tu ne saurais imaginer. Il signifie tant de choses pour moi. C'est là que j'ai longtemps vécu, que j'ai eu mes enfants. J'y ai passé tout le temps qu'a duré cette maudite guerre ; c'est là que j'ai trouvé refuge. Je ne peux pas partir. Je ne peux tout simplement pas !

S'étant levée, elle se mit à arpenter nerveusement la pièce. Alexander se leva à son tour pour la prendre dans ses bras. De le sentir contre elle l'apaisa un peu.

— Je me souviens d'un soir d'été au bord de la mer, dit-il, un soir où tu étais prête à quitter sur-le-champ ton pays, ton mari et tes enfants pour partir avec moi, « n'importe où » selon tes propres mots. T'en souviens-tu aussi ?

— Oui, murmura-t-elle.

Ses mains, serrées autour de sa taille, se durcirent. Jamais encore il ne l'avait ainsi enlacée, de manière aussi possessive, douloureuse. Elle pressentit instinctivement qu'il voulait en cet instant l'arracher à sa vie antérieure, à Charity Hill, parce que le domaine la reliait encore à Jimmy. Alexander n'était pas homme à partager une femme avec un autre, même en pensée. Il avait renoncé, avec calme et froideur, mais, à présent qu'elle lui appartenait, il la voulait à lui tout entière, corps et âme.

— Même si tu quittes Charity Hill, tu seras toujours avec moi, dit-il à voix basse.

C'était à peine si elle pouvait distinguer ses traits, car, dans la pièce, l'unique bougie étant presque entièrement consumée, l'obscurité régnait. Elle sentait seulement sa proximité, sa merveilleuse force protectrice. Elle pensait à une nuit où elle avait balayé tous ses scrupules, sous l'empire d'une idée profondément ancrée : je ne veux que lui. Rien d'autre. Et il en allait de même aujourd'hui. Ici, dans ses bras, elle savait qu'elle pourrait surmonter le départ de Charity Hill, prendre congé de tout ce qu'elle avait aimé, et que, même si le monde s'écroulait et le Jugement dernier s'abattait sur elle, elle ne supporterait jamais de ne plus être embrassée par lui, de ne plus voir ses yeux, de ne plus se blottir contre son épaule.

Quand il la lâcha, elle lui sourit et elle vit à son air qu'il comprenait ce qu'elle ressentait.

Il alla à la cheminée, en retira un copeau en train de brûler avec lequel il alluma quelques bougies dans la pièce. Puis, prenant la bouteille sur l'étagère, il se servit un gobelet de vin.

— En veux-tu aussi ?

Elle refusa de la tête et l'observa vider son verre d'un seul trait.

— Je vais au lit, dit-elle. Demain matin, il faudra annoncer à Elizabeth et Adeline ce qui est arrivé.

— Mon Dieu, oui, murmura Alexander, il faut aussi décommander les invités de la noce. Nous n'aurons pas le temps de nous marier.

— Alexander !

— Chérie, nous nous marierons à Londres. Ça n'a plus d'importance !

— Tu es donc convaincu que nous devrons partir ?

Il avala une nouvelle gorgée avant de répondre.

— Je te l'ai dit, je n'ai pas grand espoir. Mais nous pourrons loger à Londres.

— Juste ciel ! chuchota Hélène.

Alexander la regarda avec compassion, mais aussi, à ce qu'il lui sembla, un certain agacement.

— Tu le supporteras, dit-il. Il pourrait t'arriver bien pire !

— Oui, chuchota-t-elle, c'est vrai.

Puis, se dirigeant vers la porte, elle dit encore :

— Bonne nuit, Alexander.

— Bonne nuit.

Elle sortit et monta l'escalier d'un pas tranquille, mais, une fois dans son lit, elle se mit à pleurer, moins pour la perte de son bien que pour l'injustice subie et l'humiliation que lui infligeaient ces gens, les vainqueurs de la guerre. C'est fort tard dans la nuit que, épuisée, elle s'endormit.

Alexander eut beau se rendre d'une administration à une autre, parlementer avec des secrétaires, des employés et des officiers, protester, prier et argumenter, il échoua. Au contraire, la plupart des personnes avec lesquelles il parlait paraissaient prendre plaisir à se montrer particulièrement condescendantes et intransigeantes envers le colonel Tate, dont le nom n'était que trop connu. Elles disaient que lady Golbrooke n'avait pas été en mesure de payer les taxes dues et qu'elle en connaissait les conséquences.

Après d'interminables tentatives, Alexander revint à Charity Hill, lança son chapeau sur la table et dit :

— Ça suffit. J'ai mon compte d'humiliations. Nous ne pouvons rien changer et il ne nous reste plus qu'à essayer de nous comporter avec dignité.

Ils commencèrent à faire leurs bagages avec une hâte fiévreuse. Ils n'avaient pas le droit d'emporter le mobilier, mais Hélène empaqueta tous ses vêtements et sortit de la bibliothèque ses livres préférés. Elle réserva le même sort à plusieurs pièces de l'ancienne vaisselle en argent, à quelques chandeliers et rideaux, à ses bijoux, dans la mesure où il lui en restait, et aux nombreux petits cadeaux qu'elle avait reçus pour son mariage, sept ans plus tôt. Ils devaient quitter les lieux le 11 octobre, et ils décidèrent de partir la nuit pour n'avoir en aucun cas à rencontrer Thérèse et M. Corb. Faith et Diamond ainsi que deux autres chevaux achetés par Alexander tireraient la voiture. Bien entendu, cela avait été un achat onéreux car ils ignoraient ce qu'il était advenu de l'ancien bien d'Alexander à Londres, mais deux chevaux n'auraient pu à eux seuls tirer un tel chargement. Ils étaient en effet huit personnes au total : Hélène, Alexander, Adeline, Elizabeth, Francis, Cathy, Molly et Prudence, sans compter Arthur, le cocher.

Ils avaient eu à l'origine l'intention de gagner Londres par le chemin le plus direct. De là, Elizabeth se rendrait dans le Yorkshire et Adeline à Oxford. Hélène et Alexander espéraient trouver à leur arrivée le logement d'Alexander, ou même avoir la chance que la maison des Ryan soit toujours en la possession de ses anciens habitants. Sinon, il leur faudrait trouver un autre toit.

Entre-temps, il vint à Hélène l'idée de faire un petit détour par Torrington pour rendre visite à Emerald. Sa cousine, qu'elle n'avait pas revue depuis son mariage, lui manquait et elle brûlait de savoir ce qu'il était advenu d'elle. Certes, Emerald avait écrit de loin en loin, mais ses lettres étaient si courtes et insignifiantes qu'Hélène restait sur sa faim. Elle avait néanmoins pu retirer de leur lecture une conclusion : le vieux comte de Kensborough faisait partie de ceux qui savent franchir les temps difficiles en observant une stricte neutralité et, manifestement, lui et sa famille étaient sortis indemnes de la guerre civile. Si cela devait se confirmer, Hélène avait l'intention de demander à sa cousine de prendre quelque temps chez elle Francis et Cathy, au moins le temps qu'il leur faudrait, à Alexander et à elle-même, pour assurer leur existence à Londres. Hélène craignait en effet que les choses aient beaucoup changé à Londres et que de rudes épreuves les y attendent.

Le 11 octobre arriva. Comme pour rendre la séparation plus difficile encore, le froid, la pluie et le brouillard disparurent ce jour-là comme par enchantement, et une magnifique et claire matinée se révéla dans toute sa splendeur, l'or se mêlant à la profusion des teintes de l'automne. Jamais encore, aux yeux d'Hélène, la mer n'avait été si claire, le ciel si bleu, les arbres n'avaient eu de couleurs aussi éclatantes. Elle fit bonne figure toute la journée, mais, vers le soir, ayant bouclé tous les bagages et se trouvant libre de toute occupation, elle toucha le bras d'Alexander.

— Je n'ai pas envie d'aller dormir, Alexander. Je voudrais une fois encore marcher dans les prés, aller aux falaises et jusqu'à la mer. Tu viens avec moi ?

Il accepta et ils partirent ensemble dans le soir tombant, admirant le bleu pâle du ciel que le soleil couchant teintait d'un voile rougeâtre, fin comme un souffle. Ils marchèrent longtemps dans l'obscurité naissante, sentant le froid sur leurs visages. De la buée sortait de leur bouche, tandis que, frôlant de la tête des feuillages humides, ils foulaient un tapis bruissant légèrement à leur passage ; ils surprirent des chevreuils sortant des bois pour courir, tels des elfes sombres, dans les prairies ; ils descendirent les falaises escarpées pour atteindre la rive.

Contemplant les vagues noires, ils n'arrivaient pas à distinguer la limite entre le ciel et l'eau ; seules étaient visibles les étoiles et la lune, croissant d'argent étincelant dispensant une lumière belle comme jamais le soleil du grand jour ne saurait en émettre.

Durant tout ce temps, la douleur ne cessait de grandir dans le cœur d'Hélène, une douleur si forte qu'elle semblait devoir exploser. Pourtant, simultanément, naissait en elle le même étrange sentiment qui l'avait habitée lors de la mort de Catherine, un sentiment inexplicable, incompréhensible. Elle parcourut ainsi la grève, inlassablement, jusqu'à ce que le jour commençât à poindre à l'est, au-dessus de la mer. Ils durent alors rentrer.

Ils réveillèrent Adeline, Elizabeth et les enfants, appelèrent les domestiques, puis, sans que personne ait prononcé un mot, la voiture s'ébranla. Hélène ne se retourna pas. La nuit de veille, la fatigue de leur escapade firent alors leur effet : épuisée, elle sombra dans un sommeil profond.

8

Le voyage fut fort pénible, car, dès le matin du second jour, la pluie se remit à tomber, ramollissant les chemins en un rien de temps. Plus d'une fois la voiture s'enlisa dans la boue, obligeant chacun à descendre pour tenter de dégager les roues dans le froid et l'humidité. Leurs vêtements séchaient ensuite sur eux et, très vite, la petite Cathy fut prise d'éternuements, Elizabeth et Adeline se plaignant pour leur part de maux de gorge. Hélène avait elle-même la tête un peu lourde, les membres raides, mais c'était supportable. Elle ne surmonterait jamais totalement la douleur d'avoir dû abandonner Charity Hill mais, étrangement, c'était maintenant qu'elle sentait renaître en elle l'envie de vivre, une soif d'aventure. Quittant Fowey et les Cornouailles pour la première fois depuis 1641, elle prenait conscience qu'elle était encore jeune, avide de connaître des gens et des villes. Et c'était à Londres qu'elle retournait, la ville de son enfance et de sa jeunesse ! Qui n'aurait pas le mal de son pays ? Peut-être, se disait-elle, rencontrerai-je Sarah, Thomas et tous les autres. Et David, dont je n'ai plus de nouvelles depuis si longtemps. Alexander avait d'abord redouté qu'ils soient attaqués en chemin. Comme ils transportaient avec eux presque tous leurs biens, cela aurait été catastrophique. Mais il constata vite que cette crainte n'était pas fondée. Il y avait tant de soldats postés sur les routes, soumettant tous ceux qui passaient à un contrôle sévère, que les risques étaient pour ainsi dire inexistants.

— Pour un peu, nous devrions leur être reconnaissants, remarqua un jour Alexander. Quelle ironie du sort !

Ils avançaient lentement, passant la nuit dans de petites auberges. Hélène connaissait déjà certaines d'entre elles depuis son premier voyage, sept ans auparavant. À l'époque, à vrai dire, ils pouvaient se payer les chambres les plus confortables, alors qu'ils devaient désormais se montrer économes et se contenter d'hébergements modestes.

Parvenus à Okehampton, dans le Devon, ils tournèrent vers le nord en direction de Torrington. Le temps s'était amélioré, mais, à part Alexander, Molly et Arthur, ils étaient tous terriblement enrhumés, ou montraient au moins des signes de maladie. La petite Cathy était brûlante de fièvre, ce qui inquiétait extrêmement Hélène. Elle la tenait continuellement sur ses genoux, ne cessant de l'envelopper dans les couvertures dès qu'elle faisait mine de gigoter à l'air libre. Elle écartait sur son front les cheveux trempés de sueur, chantonnait à voix basse et, si, pour lui permettre de se reposer, on essayait de la persuader de confier l'enfant à quelqu'un d'autre pendant une heure, elle refusait. Elle ne l'exprimait pas, mais pensait à part soi : « Ils m'ont pris Charity Hill, et peut-être le leur pardonnerai-je un jour. Mais, si Cathy meurt parce qu'ils l'ont chassée par ce froid, je la vengerai, dussé-je en mourir ! »

Ils finirent par arriver à Torrington et n'avaient plus que quelques milles avant d'atteindre Kensborough Park, situé entre Torrington et Heronscome.

Elizabeth était un peu anxieuse, se demandant comment sa sœur réagirait devant la nécessité de loger tant de personnes, presque toutes malades de surcroît.

Mais Hélène la rassura. Emerald serait à coup sûr heureuse de revoir sa famille après de si longues années de séparation, et, en plus, il fallait bien faire la connaissance de Frederic, le fils d'Emerald, âgé de cinq ans maintenant. Hélène ne dit mot des circonstances tragiques de la naissance de l'enfant.

Bien qu'éloignée de quelques milles de la mer, la contrée, d'une grande âpreté à l'image de toute la côte occidentale anglaise, était bien moins riante que le paysage des environs de Fowey, mais elle possédait son charme propre. Le soleil venait d'ailleurs de percer la couche nuageuse, éclairant de part et d'autre du chemin les arbres presque complètement effeuillés par le vent ainsi que l'herbe haute et mouillée de pluie.

— Je sens l'odeur de la mer, dit Hélène. Le vent, ici, transporte les odeurs bien plus loin à l'intérieur des terres qu'à l'est. On voit bien qu'il a pu se déchaîner sur des milles et des milles en pleine mer, sans rencontrer d'obstacle.

— Ça ne me plaît pas beaucoup ici, constata Adeline. Regardez donc un peu cette forêt sombre, devant nous. Est-il seulement possible de la traverser ?

— Oui, il y a un chemin, assura Alexander en se penchant par la fenêtre, et même une barrière à claire-voie. Il est possible que la forêt appartienne déjà à Kensborough Park.

À cet instant, Arthur stoppa et descendit de son siège de cocher.

— Il faut que j'ouvre la barrière, expliqua-t-il, le domaine commence ici, à ce qu'il semble !

Ciel, se dit brusquement Hélène, quelle drôle d'impression cela a dû faire à Emerald d'arriver là ! Elle a dû penser qu'elle serait coupée du monde. C'est vraiment la forêt la plus obscure, la plus sinistre que j'aie jamais vue !

L'obscurité était effectivement telle, dans l'étroit chemin, que chacun avait de la peine à distinguer les traits des autres. La voiture cahotait et tanguait, des branches fouettaient le toit et les fenêtres avec un bruit sourd. Ils entendaient Arthur jurer et les chevaux s'ébrouer nerveusement, tandis qu'eux-mêmes se cramponnaient avec crainte.

— Mais c'est terrifiant ! s'exclama Adeline. Comment la jeune femme tient-elle le coup ?

— Peut-être que ça va s'arranger un peu plus loin, murmura Hélène. Mais si je devais passer mes jours ici, j'aurais cauchemar sur cauchemar !

— On est bientôt sorti, les tranquillisa Alexander, il fait plus clair là-devant.

— J'ai les membres rompus, se plaignit Molly, et puis je suis fatiguée, affamée, sale et…

— Nous le sommes tous, répondit Elizabeth de sa voix calme. Ah ! Que je suis heureuse à l'idée de revoir Emerald !

La forêt s'ouvrit, juste assez pour offrir la vision d'une grande clairière autour de laquelle, très vite, la barrière des arbres se refermait. En son milieu se dressait un gigantesque monstre de pierres grises, en forme de cube, seules les rangées de fenêtres rectilignes et le toit permettant de voir qu'il s'agissait d'une demeure. Ce bloc était entouré d'étroits sentiers de gravier, au tracé géométrique. Sur les pelouses soigneusement tondues poussaient quelques fleurs et des buissons qui laissaient tristement pendre des branches dénudées dégoulinantes de pluie. Il régnait une étrange atmosphère sur cette étendue désolée qui, bien qu'habitée, paraissait désertée par les hommes. On n'entendait pas un son.

— La porte est là-devant, dit Elizabeth d'une voix presque chuchotante, je présume qu'elle donne sur une cour intérieure.

— Je vais frapper, dit Alexander.

Il alla à la porte dont il actionna le lourd heurtoir en fer. Il ne se passa rien pendant un bon moment, puis quelqu'un ouvrit prudemment. Les femmes qui suivaient attentivement la scène virent Alexander dire quelque chose. Sans doute expliquait-il qui ils étaient et ce qu'ils désiraient. Là-dessus, la porte se referma pour aussitôt être rouverte, en grand cette fois. Alexander, d'un signe, ordonna à Arthur de faire avancer les chevaux. La voiture entra dans une grande cour intérieure carrée, entourée de murs absolument semblables à ceux de l'extérieur, gris, coupés d'interminables rangées de fenêtres, carrées elles aussi.

La voiture stoppa au milieu de la cour. Alexander ouvrit la portière et aida les occupants à descendre.

Le vieil homme qui avait parlementé avec Alexander leur dit, ne les quittant pas des yeux :

— Leurs Grâces arrivent à l'instant !

Hélène, serrant dans ses bras son enfant tremblant de fièvre sous la pluie qui avait repris, regarda autour d'elle cette muraille d'une incroyable tristesse. Ses yeux s'arrêtèrent sur une mince silhouette qui sortait au même moment de la maison et se dirigeait vers eux. Elle poussa un petit cri d'effroi et entendit qu'Elizabeth et Prudence, à côté d'elle, s'étaient elles aussi exclamées.

Mais non, se dit-elle, ce n'est tout de même pas Emerald ! Ce fantôme, cette loque humaine, ce ne peut pas être notre douce et mignonne Emerald dont les yeux mettent tous les hommes à genoux devant elle, elle si moqueuse, si boudeuse et si impertinente qu'on voudrait parfois la tuer et qui, la seconde d'après, câline, est capable de vous ensorceler. Non, ce n'est pas elle, c'est impossible !

Mais c'était bien elle. Elle portait une robe de velours bleu foncé, boutonnée jusqu'au menton, qui, lui collant au corps, soulignait sa maigreur. Ses beaux cheveux, librement peignés en arrière, découvraient un visage blême et figé, aux yeux écarquillés et ternes. Elle tordit sa bouche, dont le pourtour était creusé de rides, en un sourire convulsif qui mourut aussitôt.

Pour la première fois depuis que Cathy était souffrante, Hélène la mit dans les bras de quelqu'un d'autre, ceux de Molly en l'occurrence. Elle leva les mains en un geste de désarroi, puis, à sa grande épouvante et à celle de tous les présents, Emerald se jeta dans ses bras et se mit à sangloter sans retenue ni contrôle, comme si les larmes accumulées depuis des années s'écoulaient soudain, en un flot ininterrompu.

Hélène devait longtemps revivre cette scène en pensée. L'effroi sur le visage d'Alexander, la souffrance sur celui d'Elizabeth, l'incompréhension sur celui des autres, la pluie, la bâtisse grise. Elle se reverrait assistant par-dessus la tête d'Emerald en pleurs à l'apparition, sur le seuil, du comte qui leur adressait un sourire amical, ne comprenant manifestement rien à la situation. Elle se rappellerait avoir soufflé à Alexander qu'il leur fallait se mettre à l'abri, coucher les enfants et raconter une histoire quelconque au comte. Alexander, acquiesçant d'un air compréhensif, avait alors, avec beaucoup d'élégance, invité les voyageurs à entrer, pendant qu'elle-même, debout dans la cour, passait interminablement la main sur les cheveux de sa cousine. Emerald avait fini par se calmer au bout d'un très long moment, franchissant la porte à son tour, soutenue par Hélène.

— Nous avons quelque peu tardé à nous revoir, déclara-t-elle, j'en suis navrée.

Elle s'immobilisa, déconcertée, devant Alexander.

— Le colonel Alexander Tate – ma cousine Emerald, s'empressa Hélène. Alexander et moi allons nous marier, Emerald.

— Oh, quelle bonne nouvelle ! J'en suis très heureuse pour toi.

Après le baisemain d'Alexander, Emerald s'assit et regarda devant elle sans rien voir. Le comte, édenté, rayonnait littéralement.

— Il est très rare que nous recevions tant de visiteurs, dit-il. Kensborough Park est un peu à l'écart. J'ai appris que vous comptiez vous installer à Londres, lady Golbrooke ?

— Oui, nous espérons y trouver à nous loger. Il paraît que ce n'est pas pour le moment chose aisée, car de nombreux nobles, ruinés ou dépossédés, affluent dans la ville.

— Les places vont être chères, murmura le comte. Je suis heureux d'être ici aussi tranquille. La comtesse et moi menons une vie très retirée. Nous nous suffisons l'un à l'autre !

Hélène vit Emerald tressaillir et se mordre la lèvre inférieure jusqu'au sang. En même temps, ses yeux jusque-là sans expression étincelèrent une fraction de seconde.

— Vous semblez avoir été ici largement épargnés par la guerre, sir, se lança Alexander afin d'alimenter la conversation. Votre demeure ne paraît pas avoir été le théâtre de violents combats !

— Oh, mais non ! La guerre n'a pas existé pour nous. Nous l'avons passée de manière on ne peut plus confortable dans notre solitude, expliqua le comte tout sourires.

Il n'avait sans doute pas compris grand-chose au cours des événements, et son existence entière s'était certainement déroulée dans cet état d'isolement. Ni la guerre ni la politique ne sembla d'ailleurs l'intéresser, car il changea aussitôt de sujet.

— Nous venons d'avoir une bonne année, remarqua-t-il, une année chaude sans être pour autant trop sèche. Nous avons eu une bonne récolte de fruits. Vous aussi, colonel ?

— Je… eh bien, nous…, commença Alexander ne sachant à quel saint se vouer, car l'année écoulée ne lui avait pas laissé le loisir de penser à la récolte des fruits.

Hélène lui vint aussitôt en aide.

— En 1644, Charity Hill a été occupé par l'ennemi, précisa-t-elle. Tant d'arbres ont été abattus à cette occasion qu'il ne nous en est resté que fort peu.

— Il faut absolument que vous voyiez les miens. Bien sûr, ils sont pour l'heure dénudés, mais les troncs vigoureux méritent à eux seuls le déplacement.

— Volontiers, sir. Merci beaucoup, répondit Alexander d'un ton de politesse glacée.

— Tous les soirs, la comtesse et moi faisons une promenade dans le parc, poursuivit le comte, et j'en profite pour lui fournir beaucoup d'explications à propos de nos plantations, n'est-ce pas ?

Emerald se leva brusquement, le visage soudainement blanc comme un linge.

— Je vais me coucher, dit-elle d'une voix rauque, excusez-moi, je vous en prie !

— Mais quel est donc ce comportement ! s'écria son mari, indigné. Demande pardon à tes hôtes, s'il te plaît !

— Nous sommes tous fatigués, intervint Elizabeth qui paraissait à la torture.

Elle avait le cœur brisé de voir dans un pareil état sa sœur jadis si resplendissante. Elle se creusait la tête, cherchant à découvrir comment cela avait pu se produire. Ne l'avait-elle donc pas épousé par inclination, à l'époque ?

— Ma foi, si vous voulez tous aller dormir..., dit le comte à qui il ne vint pas à l'esprit que les parents de sa femme aient pu être choqués par la manière dont il la réprimandait. Mais attendez encore quelques instants. Il faut d'abord que vous voyiez la fierté de cette maison – mon fils et héritier Frederic Linford, le vingt-deuxième comte de Kensborough ! Va le chercher ! intima-t-il à Emerald.

Elle quitta la pièce sans un mot.

Je vais donc enfin le voir, se dit Hélène, lui qui est la cause de tout cela. Oh, mon Dieu, faites qu'il ne ressemble pas à Arnothy !

Elle avait beau ne guère espérer que sa prière fût exaucée, elle ouvrit de grands yeux au retour d'Emerald, car jamais elle n'aurait cru possible une chose pareille. Ce n'est pas vrai ! songea-t-elle. L'enfant, sur le seuil, était le portrait vivant d'Arnothy.

Grand et vigoureux pour son âge, le garçonnet avait des gestes souples et, dans ses yeux sombres, un regard en alerte, presque traqué. Les cheveux noirs, aux boucles folles, dessinaient sur le front une courte pointe. C'était, des pieds à la tête, son père tout craché sauf, peut-être, une apparence de plus grande sensibilité, de fragilité.

Confus, il gardait abaissés ses longs cils noirs. Emerald entoura ses épaules d'un bras protecteur.

— Tant de monde l'effraie, l'excusa-t-elle.

Alexander se leva.

— Il est déjà tard, dit-il, et nous avons eu une longue journée. Je crois que nous aimerions tous aller dormir.

— Oh oui, se hâta de répondre Emerald. La bonne va vous montrer vos chambres.

Quelques jours plus tard, les voyageurs se remirent en route, mais en moins grand nombre qu'à l'arrivée. Francis et Cathy resteraient chez Emerald jusqu'à ce qu'Hélène et Alexander aient trouvé un logement à Londres. Il en était de même pour Molly qui aiderait Emerald en raison de ce surcroît de travail. Il faisait un temps sec et clair, et ils purent ainsi avancer rapidement. À dire vrai, Hélène se sentait très mal en point, exténuée.

C'est certainement Cathy qui m'a contaminée, se disait-elle, soucieuse. Au moment du départ d'Hélène, sa fille allait déjà beaucoup mieux, mais elle-même, en revanche, allait de mal en pis.

Ils n'étaient plus très loin de Londres quand Hélène, un matin, se réveilla le front brûlant, la gorge fort douloureuse, ne percevant qu'indistinctement ce qui l'entourait. Elle se leva les jambes flageolantes et, un peu plus tard, dans la salle commune de l'auberge, parvint à peine à saluer les autres, tant elle était enrouée. La voyant dans un tel état, Alexander fut aussitôt d'avis de retarder leur départ, mais Hélène, persuadée que la maison grouillait de rats et de punaises, insista pour qu'ils s'en aillent. Elle était lasse des auberges crasseuses et bruyantes et n'avait qu'une hâte : pouvoir enfin habiter dans un appartement qui fût le sien, aussi petit fût-il, déballer ses bagages et laver tous ses vêtements. C'est dans ces conditions qu'ils continuèrent leur chemin, en dépit de la grisaille et de la tristesse d'un temps de novembre désormais revenu. Hélène passait le plus clair du temps allongée dans un coin de la voiture, ayant à peine conscience des gens autour d'elle. Ils finirent par atteindre, en novembre 1648, la ville où Hélène avait passé son enfance et qu'elle avait quittée, sept ans plus tôt, jeune femme au côté de lord James Golbrooke, sans jamais l'avoir revue.

9

Il était déjà tard et il faisait nuit noire quand la voiture, qui n'avait plus que deux occupants, Hélène et Alexander, s'arrêta devant une grande maison dans la très chic King's Street.

L'après-midi, ils avaient déposé chez des parents d'Adeline leurs trois compagnes de route. Adeline et Elizabeth avaient l'intention de poursuivre leur voyage, tandis que Prudence se proposait de trouver une nouvelle place. La séparation fut douloureuse, au moins pour Elizabeth et Prudence. Adeline se montra froide et réservée, et Hélène, que les parents en question, craignant la contagion, ne voulurent pas recevoir chez eux, était dans un trop triste état pour ressentir quoi que ce soit. Peut-être était-ce mieux ainsi, car elle ne supportait les adieux qu'avec beaucoup de peine.

Ils repartirent donc, traversant Londres jusqu'à Drury Lane. Mais l'ancienne et belle demeure des Ryan était occupée par des inconnus, des puritains vêtus de noir, qui dévisagèrent Alexander d'un air méfiant et hostile. Alexander s'enquit de David Ryan, le seul de la famille qui fût resté à Londres, mais ils ne savaient rien de lui. Alexander étouffa un juron en quittant la maison. Il ne voulait pas davantage emmener Hélène, malade comme elle était, dans une auberge et la confier aux soins d'une logeuse inconnue qu'il ne se sentait l'audace de la prendre avec lui dans son propre appartement. Ils n'étaient pas encore mariés, et il connaissait les dangers du qu'en-dira-t-on. Aussi revint-il à la voiture où il annonça à Hélène avec précaution :

— Hélène, tu ne peux pas retourner dans votre demeure. Connais-tu d'autres personnes qui pourraient t'héberger ?

Hélène ouvrit à demi ses yeux secs et brûlants.

— Non, murmura-t-elle très bas, personne !

Il s'était mis à pleuvoir. Hélène avait une respiration difficile, entrecoupée de râles. Il lui caressa les joues avec douceur.

— Pauvre Hélène, chuchota-t-il, tu es trop malade pour que je te trimballe encore longtemps de la sorte. Je n'ai plus qu'à t'emmener chez moi.

Il donna son adresse au cocher en espérant que sa logeuse avait gardé libre l'appartement qu'il avait toujours occupé à Londres. Sinon, il n'y aurait d'autre solution que l'auberge.

La logeuse était effectivement encore éveillée et elle poussa des cris de ravissement à la vue d'Alexander. Petite femme rondelette aux cheveux gris et frisés, aux yeux noirs, elle s'appelait Mme Maggett. Son mari était mort depuis longtemps et elle louait toujours quelques pièces de son appartement pour échapper à une totale solitude. Bien entendu, la décence exigeait que ces pièces soient situées tout en haut, sous le toit, qu'elles aient une entrée particulière et qu'elles soient indépendantes du reste du logement.

— Madame Maggett, demanda Alexander quand le torrent des paroles de bienvenue se fut un peu apaisé, vos pièces sont-elles encore libres ?

— Oh, colonel Tate, quelle chance vous avez ! s'écria-t-elle. Elles sont restées très longtemps louées, mais se sont libérées voici deux semaines. Vous pouvez les occuper sur-le-champ !

— Grand merci. Je suis vraiment soulagé, car je pourrais difficilement me mettre en quête d'autre chose. Je ne suis pas seul, voyez-vous, dit-il en montrant l'intérieur de la voiture.

Mme Maggett jeta un œil et poussa un cri d'effroi.

— Oh, mais elle est gravement malade, oh mon Dieu ! Est-ce votre femme ?

— Pas tout à fait, expliqua Alexander, nous ne sommes pas encore mariés, mais ce sera bientôt chose faite.

Les yeux de Mme Maggett se rétrécirent.

— Vous êtes mariés ? s'enquit-elle.

Alexander soupira.

— Presque mariés, répéta-t-il.

— Presque ou pas du tout, c'est la même chose, bougonna Mme Maggett pour qui les notions de décence et de morale avaient une grande importance et qui veillait à ce que les bonnes mœurs règnent en permanence chez elle. Cette jeune dame logera chez moi, déclara-t-elle d'un ton énergique. Sortez-la de la voiture, colonel !

Alexander obéit. Prenant dans ses bras Hélène qui, privée de volonté, s'abandonnait à tout ce qui lui arrivait, il la porta dans les escaliers jusqu'à l'appartement de Mme Maggett, où il la déposa sur le large canapé du salon. Elle bougea un peu, ouvrit les yeux et sourit.

— Alexander, chuchota-t-elle.

Il lui prit la main.

— Nous sommes à la maison, ma chérie, dit-il tout bas.

Hélène referma les yeux, elle laissa aller sa tête en arrière et son corps se détendit.

— Partez maintenant, intervint Mme Maggett, apportez les bagages de la dame et posez-les devant la porte. Quel est son nom, au fait ?

— Hélène Golbrooke. Lady Hélène Golbrooke. Elle est veuve.

— C'est certainement une femme fort jolie, mais elle a pour l'heure l'air très malade. Je crois que je l'aimerai bien.

Alexander se tourna, s'apprêtant à partir.

— Soyez mille fois remerciée pour votre aide, madame Maggett, dit-il. Nous ne l'oublierons jamais.

— Partez à présent. Je m'occupe de tout.

Hélène passa les jours qui suivirent dans une espèce de torpeur, entre rêve et veille. Elle n'entendait et ne voyait Mme Maggett qu'à travers un voile épais, et c'est à peine si elle saisissait ce qui se produisait autour d'elle. De temps à autre, elle avait l'impression qu'Alexander était là, qu'il la regardait d'un air soucieux et, quand elle entendait la pluie de novembre battre les carreaux de la fenêtre, elle prenait conscience d'être à Londres. Mais, généralement, elle se croyait à Charity Hill, appelant alors par leur nom les gens qui y vivaient : Catherine, Janet, Elizabeth et – ce qui avait le don de fort irriter Mme Maggett – également Jimmy.

La réalité ne fit son retour que progressivement. Un matin, ouvrant les yeux, Hélène distingua avec une grande netteté l'aménagement de la pièce. Étonnée, elle s'assit. À travers la vitre, elle aperçut le colombage d'une autre maison et même, dans le coin supérieur gauche, un pan de ciel gris. Elle entendait parfaitement les bruits des roues dans la rue, le martèlement des sabots et les cris, les jurons, les rires. Londres ! Elle était à Londres. D'un seul coup elle eut envie de sauter du lit, mais ses jambes se dérobèrent sous elle et un voile noir lui boucha la vue. Elle se sentit soudain extrêmement faible, en proie, de plus, à une faim dévorante. Elle se recoucha avec précaution, cherchant à se remémorer les derniers jours. Elle avait le vague souvenir d'une femme aimable, aux cheveux gris, qui s'occupait d'elle. Mais où était Alexander ? De faiblesse et d'inquiétude, ses yeux se remplirent de larmes.

— Alexander, sanglota-t-elle.

La porte s'ouvrit et Mme Maggett entra en toute hâte.

— Qu'y a-t-il ? s'écria-t-elle. Comment vous sentez-vous ?

Hélène cessa sur-le-champ de pleurer, tentant vivement d'essuyer les larmes de son visage. Elle trouvait tout à coup son comportement très puéril.

— Je me sens très bien, mais je ne sais pas exactement où je suis !

— Vous êtes à Londres. Et je suis la propriétaire de cette maison, Mme Maggett. Le colonel Tate loge ici.

Puis, posant la main sur le front d'Hélène, elle ajouta :

— Vous n'avez plus de fièvre, lady Golbrooke ! Et vous avez de toute façon meilleure mine. Avez-vous faim ?

— Terriblement faim !

Le visage de Mme Maggett se fit plus rayonnant encore.

— Je vous prépare sur-le-champ votre petit-déjeuner, promit-elle.

Hélène la retint.

— Alexander peut-il venir me voir ?

— Ce soir, répondit Mme Maggett. À cette heure, il est déjà parti travailler.

— Travailler ? Où donc ?

— Au port. Il aide à décharger des bateaux. C'est terrible, mais que peut-il faire d'autre ?

Hélène la considéra avec horreur.

— Il travaille sur le port ? demanda-t-elle, incrédule. Mais ce n'est pas possible. Je veux dire, ce n'est pas quelque chose pour lui !

— Il n'a plus rien. Il n'est pas le seul dans ce cas !

Mme Maggett disparut par la porte.

Hélène prit entre ses mains sa tête douloureuse. C'est à peine si elle parvenait à s'imaginer ce qu'elle venait d'entendre. Alexander travaillant sur le port ! Lui, un officier supérieur du roi mêlé à la foule bruyante des marins mal embouchés ! Suant, sale, injurié par des capitaines pleins de morgue ! Lui, si courageux et si noble, au milieu de tous ces gens ! Ah, mieux valait arrêter d'y penser.

Le soir, il vint enfin. Ayant appris à la porte de chez Mme Maggett qu'Hélène allait mieux, il se hâta de gagner le salon. Hélène, assise bien droite, appuyée contre une pile de coussins, l'accueillit avec un sourire radieux. S'asseyant par terre à côté d'elle, il lui prit les mains et les baisa.

— Enfin, dit-il, enfin tu es guérie !

Hélène le fixait comme fascinée, une telle infinie tendresse dans le regard, un tel amour que Mme Maggett, qui observait la scène en cachette depuis le seuil, en resta bouche bée. Quel beau couple !

Libérant sa main droite de celles d'Alexander, Hélène lui caressa les cheveux. Ils étaient drus, mats et revêches, n'ayant ni la clarté et ni la souplesse de ceux de Jimmy. Et s'il n'y avait que les cheveux ! Tout en lui paraissait si proche de l'état de nature. Hélène eut un coup au cœur en constatant que ses habits étaient déchirés et salis en divers endroits.

— Alexander, que fais-tu toute la journée ? chuchota-t-elle.

Il leva les yeux dans sa direction.

— J'effectue un travail utile, répondit-il en souriant, j'aide à décharger des bateaux sur le port !

— Ah ! souffla-t-elle.

Alexander lui pressa vivement la main.

— Mon honneur n'en souffre pas, assura-t-il d'un ton ferme, fais en sorte de ne pas en souffrir toi non plus !

— Mais, Alexander, c'est... je veux dire que tu ne fais pas partie des gens qui... qui traînent dans les ports !

— Ce sont des êtres humains. Certains sont bons, d'autres non. J'y ai trouvé des amis, et aussi des ennemis, sans compter ceux qui me laissent froid.

— Mais même ceux qui sont tes amis... ils diffèrent tout de même de toi, par l'esprit, la culture, l'éducation...

— Oui, c'est possible, rétorqua Alexandeur, songeur, mais qui sait quels seraient l'esprit et la culture de nombre d'entre eux s'ils avaient eu eux aussi les privilèges que m'a valus ma naissance au sein d'une famille riche et distinguée ?

Voyant le doute dans les yeux d'Hélène, il se fit pressant :

— Hélène, les temps ont changé. Désormais, tu auras beaucoup plus affaire à ces gens-là qu'auparavant. Tu n'auras pas d'autre choix que de voir en eux des êtres ayant les mêmes sentiments et les mêmes dispositions d'esprit que toi et moi, et que tous ceux avec qui nous avions jadis affaire. Ils sont comme eux, parfois pires, mais souvent aussi meilleurs !

— J'aimerais bien, oui, murmura Hélène, je veux y arriver. J'y arriverai, Alexander. C'est seulement que tout cela est si... nouveau !

— Bien sûr que tu y arriveras, l'encouragea Alexander avec tendresse. Toi, si douce et si pleine de bonté, tu y es jusqu'ici toujours arrivée ; et maintenant que la situation devient sérieuse, tu y parviendras encore !

Elle eut un sourire reconnaissant et se pelotonna dans ses coussins.

— Alexander, quand nous marierons-nous ? demanda-t-elle.

— Bientôt, mais tu dois auparavant être complètement remise. Que dirais-tu du 22 novembre ?

Elle réfléchit un bref instant.

— Bien, dit-elle enfin. 22, c'est un bon chiffre. Pourvu que rien ne vienne une nouvelle fois se mettre en travers !

Alexander déclara que, cette fois, il écarterait impitoyablement tout obstacle qui se présenterait. Il continuait à parler quand il s'aperçut soudain qu'Hélène s'était endormie. Posant un léger baiser sur ses joues, il quitta la pièce.

La guérison d'Hélène se poursuivit alors à un rythme rapide. Elle ne tarda pas à se lever et à aider Mme Maggett dans ses diverses tâches ménagères, à l'accompagner dans ses courses et ses promenades. Redécouvrir Londres, les rues et les places connues qu'elle considérait autrefois comme des choses allant de soi et qu'elle avait tant aimées suscitait en elle un sentiment étrange, de la joie non exempte de douleur. Tout avait tellement changé. Pas seulement sa situation personnelle, sa solitude, l'absence de famille. Non, l'atmosphère de la ville n'était plus la même. La ville bruyante, joyeuse, dissolue d'avant la guerre était devenue la forteresse grise des puritains, d'où toute vie paraissait avoir disparu.

Maudits puritains, se disait souvent Hélène, pleine de fureur, maudits puritains imbus d'eux-mêmes !

Il était une chose dont elle était incapable bien qu'elle se promît quotidiennement de s'y risquer : se rendre à son ancienne demeure de Drury Lane où habitaient à présent des étrangers, comme le lui avait raconté Alexander. Elle savait qu'elle ne supporterait pas la vue de ce lieu familier, théâtre de son enfance et de sa jeunesse.

Plus tard, décidait-elle, un peu plus tard je le ferai. Mais pas maintenant !

Elle visita l'appartement d'Alexander, un appartement très beau, renfermant quelques objets précieux. Elle avait plaisir à s'imaginer bientôt vivre ici, une fois devenue Mme Hélène Tate.

La veille du mariage, une journée fort pluvieuse, Alexander revint de son travail un peu plus tard qu'à l'ordinaire. Comme toujours, il passa d'abord par l'appartement de Mme Maggett pour dire bonjour à Hélène. Il paraissait plus soucieux que d'habitude. Il tenait à la main un grand paquet plat.

Assise devant la cheminée, Hélène courut à sa rencontre.

— Alexander ! s'exclama-t-elle. Combien je suis heureuse que tu sois là !

Il lui tendit le paquet.

— Qu'est-ce que c'est ? demanda-t-elle, étonnée.

— Dénoue-le !

Hélène défit les ficelles de ses doigts impatients, souleva le couvercle et écarta un papier de soie froufroutant. Elle poussa un léger cri.

— Alexander !

C'était une robe ! Il lui avait offert une robe, sa première robe neuve depuis quatre ans. Le souffle coupé, elle la sortit de l'emballage. Elle était en velours fin, couleur d'abricot, la jupe fendue par-dessus un jupon vert pâle, l'encolure et les manches ornées de nombreux ruchés. Des broderies vertes, dessinant des vrilles si gracieuses qu'on les aurait crues peintes, soulignaient la taille. Une merveille ! Hélène était au bord des larmes.

— Elle te plaît ? s'enquit Alexander, mort d'impatience.

— Oh, Alexander, c'est... c'est extraordinaire ! Je crois rêver ! Comment as-tu eu une telle idée ?

— Je voulais que tu aies pour notre mariage une robe vraiment belle. C'est tout de même une circonstance solennelle !

— Mon Dieu !

Hélène n'arrêtait pas d'aller devant le miroir, la robe serrée contre elle. Ses yeux étincelaient. Ce n'était pas seulement la robe qui l'enthousiasmait et l'émouvait à ce point, non ! Il s'agissait aussi du premier cadeau qu'elle recevait d'Alexander, la preuve de son amour.

Posant précautionneusement la robe sur un fauteuil, elle passa les bras autour du cou d'Alexander.

Quoi qu'il arrive, se dit-elle, quoi qu'il arrive, je t'aimerai aussi longtemps que je vivrai, et je ne vivrai que pour cet amour !

Tôt, le 22 novembre au matin, il pleuvait encore, mais quand Hélène se leva, la pluie avait cessé. Mme Maggett, plus émue que la fiancée, l'aida à se laver et à s'habiller, puis elle la coiffa avec un art consommé. Hélène se sentait comme dans un rêve. Tout lui paraissait irréel, et elle ne parvenait pas à concevoir que, comme tous les matins, la voiture du laitier passe à grand bruit et que les femmes de la maison d'en face se livrent à leurs querelles habituelles. Elle avait l'impression que le monde entier devrait se passionner pour ce qui allait arriver en cette journée.

Le velours de sa robe était lisse et moelleux, c'est tout ce dont elle devait plus tard se souvenir avec précision.

Le reste demeura pour toujours enveloppé dans une brume étrange : l'église, Alexander qui, avant la cérémonie, lui offrit et lui mit autour du cou un collier en or avec une émeraude, la belle voix claire du prêtre, le « oui » qu'elle émit presque à bout de souffle, la réponse calme et assurée d'Alexander.

Les quelques minutes passées avec lui devant l'autel furent le plus beau moment de son existence, accomplissement et promesse tout à la fois. Elle n'avait vécu que pour cet instant, il lui sembla que chaque regard, chaque souffle, chaque rire et chaque deuil n'avaient été jusque-là qu'un pas menant à cet instant. Les larmes lui montèrent aux yeux, si grande était son émotion, mais elle sentit aussitôt les doigts d'Alexander serrer les siens avec plus de force encore. Elle sentit son regard sur elle. Elle fut submergée par une félicité sans pareille. Elle vit de manière très nette le visage de Mme Maggett aux yeux rougis. Le vieux cocher Arthur était assis à côté de leur logeuse ainsi que M. et Mme Spencer, un couple qu'Alexander connaissait d'avant la guerre et qu'il avait invité. Après la cérémonie, Mme Spencer, ne cessant d'embrasser Hélène, lui dit qu'elle était ravissante et qu'elle lui souhaitait tout le bonheur possible ici-bas.

Ils passèrent l'après-midi dans l'appartement de Mme Maggett. Cette dernière et Mme Spencer entreprirent Hélène, voulant ne rien ignorer d'elle, l'interrogeant tour à tour sur Jimmy, Charity Hill et ses enfants. Hélène se prêta avec patience au jeu des questions, échangeant de temps en temps un sourire avec Alexander. La soirée était déjà fort avancée quand Mme Maggett se leva enfin et attira Hélène contre elle.

— Il faut à présent que vous y alliez, dit-elle tendrement, il est tard et la journée a été longue. Je vous souhaite une nouvelle fois d'être heureuse, ma chérie !

Mme Spencer l'embrassa elle aussi, son mari murmurant d'un air gêné quelques mots que lui seul entendit, et Arthur fit une révérence maladroite.

Alexander et Hélène les remercièrent, plus particulièrement Mme Maggett, puis ils quittèrent l'appartement et montèrent à l'étage. Alexander avait glissé le bras autour de la taille de sa femme dont la tête reposait sur son épaule. Jamais encore Hélène ne s'était sentie aussi en sécurité, aussi protégée.

— Alexander, chuchota-t-elle, je t'aime. Je t'aime tant !

Les heures qui suivirent furent le sommet de son existence, tout ce qu'elle avait auparavant enduré pour connaître cet instant étant alors oublié, payé au centuple.

10

Un matin, Hélène rencontra sur le palier Mme Maggett revenant de faire des courses. L'indignation flambait dans ses yeux.

— Madame Tate ! s'exclama-t-elle, connaissez-vous la nouvelle ? On est allé chercher le roi de force à Newport et on l'a transféré à Hurst Castle, sous la surveillance du colonel Ewer !

— Comment ? s'écria à son tour Hélène, horrifiée.

Le colonel Ewer était connu comme le plus fanatique ennemi de la monarchie. Il ne fallait attendre de lui aucune clémence, contrairement à ce qui avait été le cas avec le colonel Hammond, le dernier geôlier du roi. Et Hurst Castle, ce château sinistre, cette forteresse terrifiante ! Hélène eut aussitôt très clairement conscience du danger menaçant le roi. Les dernières semaines avaient d'ailleurs déjà apporté leur lot d'effervescence. Le colonel Hammond, dont on craignait qu'il laissât le roi s'enfuir, s'était vu adresser par Oliver Cromwell un avertissement sans équivoque. Auparavant, l'armée avait exigé du Parlement de Londres la mise en procès du roi et sa condamnation ainsi que de nouvelles élections parlementaires. L'ultimatum ayant été rejeté, l'armée était entrée dans Londres, occupant Whitehall et Westminster. Le colonel Hammond fut rappelé depuis son île de Wight, dans le but manifeste, comme cela s'avérait à présent, de permettre la capture du roi.

— C'est épouvantable, dit Hélène, mais ils ne vont tout de même pas oser condamner le... le roi ! Ils ne peuvent faire une chose pareille !

Il lui était tout simplement impossible de croire que quelqu'un aurait le front de traîner devant un tribunal comme un vulgaire criminel le roi, souverain par la grâce de Dieu.

— Ces gens ne respectent rien, s'indigna Mme Maggett, mais ils recevront leur juste punition, j'en suis certaine !

Satisfaite, elle rentra chez elle. Hélène la soupçonna de prendre plaisir, en son for intérieur, à tous ces événements qui apportaient du mouvement et de la sensation. L'avenir de l'Angleterre ne la tourmentait certainement guère.

Ces nouvelles, en dépit de leur caractère inquiétant, ne parvinrent pas à entamer le bonheur qu'Hélène éprouvait depuis son mariage avec Alexander. Elle avait l'impression d'être plongée dans un rêve merveilleux qui jamais ne prendrait fin.

Alexander était absent toute la journée, mais elle se réjouissait d'avance à l'idée de son retour. Ils se retrouvaient comme s'ils ne s'étaient pas vus depuis des années et devaient rattraper tout ce qu'ils avaient manqué. Bien que rentrant toujours fatigué par son dur travail, Alexander n'était jamais de mauvaise humeur, ni même bougon. La vue d'Hélène rayonnante, ses baisers, ses mots tendres lui rendaient son entrain et ses forces. Tandis qu'il prenait son bain, elle préparait le dîner qu'ils mangeaient assis côte à côte sur le tapis devant la cheminée. Ils pouvaient rester des heures à contempler le feu, à parler, à rire ou bien à se taire, blottis l'un contre l'autre. Au-delà de la force de leur attachement sentimental, ils éprouvaient une immense attirance physique, ce qui incitait Hélène à faire preuve de la plus grande prudence dans leurs rapports. Elle ne voulait en aucun cas avoir un enfant et c'est presque jalousement qu'elle veillait à ce qu'un tiers ne vienne pas un jour troubler son tête-à-tête avec Alexander. Tous les soirs, elle buvait en cachette un mélange d'herbes dont on prétendait qu'il prévenait les grossesses. Hélène en avait entendu parler quelques années plus tôt, à Fowey, lors d'une réunion de dames, l'une d'entre elles ayant évoqué ce remède à voix basse. Ayant noté la recette à tout hasard, Hélène en faisait à présent usage.

Ils se réveillaient tôt le matin et prenaient plaisir à se blottir un petit moment dans le lit bien chaud, comme à l'abri dans une forteresse, entendant la pluie d'hiver tomber au-dehors tout en conversant à voix basse. Hélène n'aurait jamais cru qu'il existât un être avec qui elle pourrait ainsi parler des sujets les plus variés. Il pouvait tout comprendre, la consoler de tout, et c'était parfois son rire qui la réconfortait et la mettait d'heureuse humeur.

Elle restait couchée quand il se levait enfin et elle le regardait se raser, à demi vêtu, devant la glace. Quand, d'une démarche alerte et vigoureuse, il traversait la pièce, elle le suivait du regard comme fascinée, et elle poussait un cri d'indignation chaque fois que, d'un geste brusque, il écartait la couverture qui la recouvrait et la tirait du lit. En robe de chambre, elle allumait le feu dans le poêle et préparait le petit-déjeuner. Quand il s'en allait, elle ne le quittait pas des yeux tant qu'il n'avait pas disparu. Elle passait la journée à attendre son retour et à penser à lui. Sa mémoire gardait le souvenir de chacun de ses regards, de chacun de ses sourires, et quelle que fût son occupation du moment, qu'elle fût en train de faire des courses ou de s'entretenir avec

Mme Maggett, une petite partie de son moi restait attachée à lui. Bien avant l'heure de son retour, elle consacrait quelque temps à se faire la plus jolie possible. Elle prenait des bains fréquents, se lavait les cheveux et utilisait des parfums odorants, emportés de Charity Hill, dont elle usait avec parcimonie.

Cette existence aurait pu durer éternellement s'il n'avait tenu qu'à elle. Ils n'avaient certes guère d'argent, mais, comme l'appartement était agréable et situé dans un beau quartier de Londres, elle n'y prêtait pour ainsi dire pas d'attention. Elle parvenait même à oublier le genre de travail auquel s'adonnait Alexander toute la journée, et c'est à peine si elle enregistrait que, de temps à autre, quelque objet disparaissait de leur logement car il avait été vendu. Elle avait chassé de ses pensées l'idée qu'il pourrait un jour en aller autrement.

Ce fut peu avant Noël que tout changea. Il faisait un froid exceptionnel ce jour-là, un vent violent hurlait au-dehors et le ciel gris et plombé laissait penser qu'il allait neiger. Hélène se sentait lasse et gelée quand, tard dans l'après-midi, elle rentra des courses. Elle était très déprimée car les rumeurs ne cessaient de courir les rues. Elle avait entendu dire de divers côtés que le colonel Harrison avait été envoyé à Hurst Castle pour ramener le roi à Windsor – ce qui ne laissait présager rien de bon.

— Le dernier espoir, c'est qu'il soit délivré en chemin ! avait chuchoté à Hélène l'homme qui lui vendait des œufs. Si ça échoue, que Dieu ait pitié de son âme !

Hélène soupirait chaque fois qu'elle pensait à cela. Elle déposa les vivres dans la cuisine, ralluma le feu et se mit à préparer le dîner. Son cœur recommença néanmoins à battre avec plus de vigueur et ses gestes retrouvèrent leur vivacité dans l'attente d'Alexander.

Entendant ses pas familiers dans l'escalier, elle se précipita vers la porte et l'ouvrit.

— Alexander ! s'écria-t-elle. Mon chéri, que je suis heureuse que tu sois enfin là !

— Hélène ! répondit-il en lui souriant et en la prenant dans ses bras comme toujours, mais d'un air plus contraint qu'à l'ordinaire, moins joyeux.

— Entre, tu parais gelé !

L'attirant dans l'appartement, elle lui enleva son manteau, rangea ses bottes tout en lui racontant d'une voix pleine de colère ce qu'elle avait appris dans la journée à propos du sort réservé au roi. Il l'écouta avec gravité, mais, quand elle eut terminé, il la prit par la taille et la considéra, l'air préoccupé.

— Pauvre Hélène ! Et c'est justement aujourd'hui que je dois t'annoncer de surcroît une nouvelle peu réjouissante.

Elle le regarda avec effroi.

— Qu'y a-t-il ? Oh, Alexander, il s'est passé quelque chose de grave ?

— Non, rien qui soit une question de vie ou de mort, si c'est ce que tu crains, se hâta-t-il de la rassurer, mais... je viens de parler avec Mme Maggett. Elle a fait quelques allusions prudentes mais sans équivoque sur le fait qu'elle nous a jusqu'ici consenti un loyer très bas et qu'elle ne peut continuer plus longtemps.

— Cela veut dire... que nous devons partir d'ici ?

— Je le crains, même en vendant tous les objets de valeur qui nous restent, cela ne suffirait que pour quelques mois.

— Mais comment Mme Maggett peut-elle agir pareillement ? s'écria Hélène perdant son sang-froid. Moi qui la croyais notre amie ! Quelle personne dissimulée !

— Il faut qu'elle vive elle aussi, Hélène. Son mari ne lui a pas laissé grand-chose, et ce loyer est son unique revenu !

— Mais qu'allons-nous devenir ?

— Nous pouvons vivre sans la générosité d'autrui, rétorqua Alexander d'un ton ferme. J'ai tout de même un travail !

Hélène éclata de rire.

— Un travail ! dit-elle d'un ton amer. Tu es obligé de te vautrer dans la saleté, et tout ça pour un salaire de misère !

Elle vit à son expression qu'elle l'avait blessé, mais ce fut pour elle comme un soulagement dans la situation présente. Se détournant, elle alla dans le salon où le feu répandait une chaleur agréable. Dehors il faisait déjà nuit noire, mais, regardant par la fenêtre, elle découvrit de légers flocons blancs tombant du ciel.

— Alexander ! s'exclama-t-elle. Il neige !

Il la rejoignit et elle s'appuya contre lui.

— Je regrette, murmura-t-elle, je ne voulais pas t'être désagréable.

— C'est bon, ma petite. Je comprends que cette nouvelle t'est tombée dessus de manière trop brutale. Mais à présent il va bien nous falloir en prendre notre parti.

Elle leva les yeux vers lui.

— Mais je t'en prie, Alexander, pas dans les Friars, le supplia-t-elle tout bas, pas là-bas ! Je ne le supporterais pas.

— Nous allons nous efforcer de trouver autre chose, promit-il, mais, s'il n'y a pas d'autre solution, le pire pourrait encore se produire !

— Oui, je sais. Si nous étions séparés… Mais cela n'arrivera jamais, n'est-ce pas ?

— S'il est en mon pouvoir de l'empêcher, non ! Je te le promets. Mais pourquoi parles-tu si souvent de cela ? Personne n'essaie de nous séparer !

— Peut-être mon imagination me joue-t-elle des tours, mais c'est comme un horrible pressentiment. Comme si... Oh, je ne parviens pas à l'exprimer. Peut-être cela vient-il aussi de ce que tout est si bien, que je suis si heureuse avec toi et que je t'aime tant. Je pense sans arrêt qu'il va bientôt me falloir payer pour un si grand bonheur.

Alexander l'embrassa.

— Il ne faut pas imaginer des choses pareilles, l'exhorta-t-il avec tendresse. Nous avons attendu ce bonheur pendant six ans ; il se peut que nous ayons déjà alors payé pour lui. Et puis, il n'y a à présent plus de guerre, que pourrait-il advenir d'autre ?

Effectivement, ils ne furent pas obligés de déménager dans les Friars et, si leur nouveau quartier n'était guère différent de celui-là pour ce qui était de la pauvreté et de la saleté, il n'était tout de même pas le rendez-vous de la pègre. Ils vivaient désormais à proximité de la Tour de Londres, dans une ruelle sombre et étroite, aux vieilles maisons de guingois. Les habitants y étaient particulièrement taciturnes et ne se souciaient pas les uns des autres. On était trop amer, on avait trop longtemps vécu dans la crasse pour s'intéresser encore à quoi que ce soit de ce qui se passait dans le monde. Il n'y avait ici ni rayon de soleil ni espoir. On naissait, on se battait une jeunesse durant pour survivre, on donnait naissance à son tour à de nombreux enfants dont seul un sur deux atteignait l'âge adulte, on végétait encore quelques années et on finissait par mourir. Qu'en dehors de ce monde ce fût le règne de l'absolutisme royal ou du Parlement, qu'il y eût la paix ou la guerre, tout cela était indifférent à ces malheureux.

Hélène et Alexander déménagèrent le 23 décembre, presque quatre semaines, jour pour jour, après leur mariage. Le petit logement, constitué d'une cuisine et d'une chambre, était situé dans les combles d'une maison très vétuste portant le nom prétentieux et absolument impropre de « Silvercourt ». Elle était tellement inclinée que la pointe du toit touchait presque celle du toit de la maison d'en face. Ici aussi s'amoncelaient dans la rue toutes sortes d'immondices. Pourtant, en raison du froid, la puanteur était supportable. En été, en revanche, cela devait être affreux.

Le même jour, le roi Charles arriva à Windsor, escorté par le colonel Harrison qui, peu avant, avait mis en échec une ultime tentative de libération dans les forêts de Bagshot. Le soir, Hélène et Alexander apprirent par le bouche à oreille qui propageait les nouvelles à la vitesse de l'éclair que la Chambre des communes, ayant exigé la condamnation du roi, avait nommé juges à cet effet plusieurs officiers, dont Fairfax, Cromwell, Skippon et Harrison. Quel que fût leur verdict, il devrait être mis à exécution dans un délai d'un mois au maximum.

Quand Hélène, deux jours avant Noël, se mit au lit dans leur logement froid et nu, elle eut l'impression que le roi se tenait devant elle, la fixant d'un air mélancolique et accusateur. D'un seul coup, elle sut avec une certitude absolue qu'il était proche de sa fin. Avec lui, s'achèverait une époque qui signifiait tout pour Hélène – le temps d'une jeunesse protégée, qui avait formé son esprit et marqué son âme de son empreinte. Cette perte revenait en définitive à voir périr tous ses rêves.

Les premières audiences, en janvier 1649, restèrent sans résultat, le roi se refusant à toute déclaration, se taisant même face aux témoins à charge qui formulaient à son encontre de dures accusations. On aurait dit que Charles escomptait toujours que le destin lui serait favorable, tant les marques de sympathie à son endroit étaient nombreuses. Dans le pays circulaient des feuilles critiquant la tenue du procès, dans les églises les prêtres conjuraient le tribunal de se montrer clément ; des légations venaient de l'étranger, porteuses de mises en garde contre cette innommable violation du droit. Dans la salle d'audience, toujours pleine de spectateurs, il se produisait quotidiennement des affrontements en raison des bruyantes manifestations en faveur du roi.

Mais Charles méconnaissait la détermination de ses juges. Ces derniers savaient parfaitement que le pouvoir du Parlement, encore bien fragile, ne reposait pour l'instant que sur l'armée, et celle-ci, presque unanimement, exigeait que le compte du souverain – qu'elle haïssait – fût réglé. Il fallait en conséquence rendre le plus rapidement possible un jugement.

Le dernier jour d'audience, le 27 janvier, des centaines de spectateurs se pressaient dans le prétoire, et, parmi eux, Hélène, venue contre l'avis d'Alexander. L'agitation des semaines écoulées lui était devenue insupportable et il était exclu, pour elle, de ne pas vivre cette heure décisive.

L'atmosphère, dans la salle, était tendue, lourde d'une hystérie cachée. Quand le roi fut introduit, l'excitation augmenta encore. Hélène, regardant droit devant elle, avait les mains qui tremblaient. Elle avait sous les yeux celui pour qui tant d'hommes avaient combattu et péri, à cause de qui il avait fallu traverser des épreuves cruelles et endurer des privations. Petit, mince, blême, il était là, debout devant eux. Mais il gardait un maintien plein de dignité tranquille, et il était le roi, il était toujours le roi ! Et ils l'aimaient ! Il ne pouvait pas ne pas sentir leur affection et leur vénération, leur volonté ardente de lui venir en aide.

Au bout de quelques minutes seulement, il fut évident que le tribunal n'était pas disposé à souffrir le moindre retard. Quand, pour la première fois depuis le début du procès, Charles voulut prendre la parole, le juge qui présidait l'interrompit. Bradshaw déclara que, devant le silence permanent de l'accusé, le tribunal en avait conclu à une reconnaissance de culpabilité, et qu'il n'aurait désormais plus le loisir de parler et que, en revanche, au terme d'une brève délibération des juges, le verdict serait prononcé.

L'agitation gagna les rangs des spectateurs. De partout fusèrent des interpellations et des manifestations de désapprobation. Le roi devint très pâle. Comme s'il prenait enfin pleine conscience de sa situation, une lueur passa dans ses yeux, ses mains se mirent à trembler. Quand il fut emmené hors de la salle pour la durée de la délibération, les spectateurs se déchaînèrent, criant de plus en plus fort, on ne distinguait plus un seul mot dans le brouhaha. Hélène, poussée sans ménagement contre le barrage des gardes, crut qu'elle allait perdre connaissance. Ces derniers avaient toutes les peines du monde à contenir la foule. Le calme ne revint d'un seul coup qu'à l'instant où les juges et l'accusé réapparurent. Il allait être donné lecture du verdict.

Bradshaw fit signe à l'un des greffiers qui énonça d'une voix monotone les accusations retenues contre le tyran et le traître Charles Stuart avant de terminer par ces mots :

— ... est par conséquent condamné à mort par décapitation !

Craignant une nouvelle émeute, Bradshaw se leva aussitôt et annonça sobrement :

— Ce jugement a été rendu et voulu par la cour de justice unanime.

Le roi le regarda, stupéfait.

— S'il vous plaît, balbutia-t-il, s'il vous plaît, sir, laissez-moi dire quelque chose.

— Après lecture du jugement, vous n'y êtes pas autorisé !

— Sir !

— Je regrette. Gardes, emmenez le prisonnier !

— Sir, je vous en prie, laissez-moi parler ! implora Charles en tendant les bras en direction de Bradshaw. Par le Tout-Puissant... j'ai le droit... je... ne peux me taire... Sir, je vous en conjure !

Sa voix devenait toujours plus rauque, un immense désespoir se lisait dans ses yeux.

Hélène eut tout d'un coup très chaud et fut prise de vertige ; elle avait de la peine à respirer. Non, se disait-elle, non, Majesté, ne mendiez pas la pitié de ces gens-là ! Gardez bonne contenance, je vous en supplie, je n'en peux plus !

À cet instant, la femme à côté d'elle s'évanouit et tomba par terre. C'est à peine si Hélène s'en aperçut.

Plusieurs soldats entourèrent le roi et le poussèrent hors de la salle. Les gardes postés près de la porte le dévisagèrent avec mépris, l'un d'eux osant même cracher à ses pieds. Ils ne cessaient de répéter deux mots d'une voix sourde et menaçante :

— Justice ! Exécution !

Mais soudain d'autres voix s'élevèrent, les voix du peuple. Non pas dans l'improvisation et le désordre comme précédemment. Ce n'étaient plus des cris incontrôlés et incompréhensibles, mais une exhortation formulée d'une seule voix, très distinctement, toujours plus fort, avec une ferveur croissante.

— Que Dieu protège Sa Majesté !

Le cri montait dans la salle et au-dehors, comme pour adresser au souverain un ultime salut, lui manifester les sentiments les plus profonds, un cri éloquent et impressionnant dans sa simplicité. Les nouveaux détenteurs du pouvoir pouvaient certes opprimer un peuple, mépriser sa volonté, mais jamais ils ne parviendraient à venir à bout de son esprit, jamais ils ne parviendraient à le soumettre. Un jour, aussi lointain fût-il, cet esprit l'emporterait et les jugerait à leur tour. Un léger sourire, résigné et apaisé, se dessina sur les lèvres du roi, tandis que, pour la dernière fois, il sortait de la salle qui avait été le théâtre d'un procès poignant.

Quand, ce même soir, Hélène rentra chez elle, la nuit était déjà tombée. L'air était glacial et le vent la cinglait, transperçant ses vêtements, menaçant de geler son nez et lui faisant monter les larmes aux yeux. Les impressions de la journée pâlissaient sous l'effet de ce froid mortel, de la faim et de la fatigue. La station debout, des heures durant, au milieu d'une masse de gens, l'interminable procès, Bradshaw, le roi, les cris de la foule surexcitée, tout cela avait plongé Hélène dans une légère ivresse dont elle s'éveillait seulement, dégrisée, ayant soudain l'impression d'être perdue et malade. Toutes ses pensées étaient dirigées vers un but unique, retrouver son lit et sa chaleur douillette.

Alexander l'attendait derrière la porte. Il avait l'air soucieux et fâché. Il l'apostropha :

— Où étais-tu, grands Dieux ?

Hélène entra dans la pièce en passant à côté de lui et, d'un bref regard dans la glace, constata qu'elle avait le teint cadavérique. Épuisée, elle se frotta les yeux.

— J'étais à Westminster, avoua-t-elle. Le roi est condamné à mort.

— Je sais. Mais pourquoi a-t-il fallu que tu ailles là-bas ? Je t'avais pourtant...

— Pour l'amour du ciel, rétorqua Hélène d'un ton plus vif qu'elle ne l'aurait voulu, ne commence pas une dispute maintenant ! C'est à peine si je tiens encore sur mes jambes, et je suis presque morte de froid. La seule chose dont j'aie envie, c'est d'enfin me coucher !

Elle regretta sur-le-champ le ton qu'elle venait d'employer car jamais encore elle ne lui avait parlé de la sorte. Elle posa la main sur son bras.

— Excuse-moi, le pria-t-elle à voix basse, je suis injuste, tu t'es fait du souci. Mais tout cela a tellement été affreux...

Alexander posa sur son front un baiser léger.

— Je regrette moi aussi. Je n'aurais pas dû te parler sur ce ton de reproche. Tu es vraiment très pâle. Mets-toi donc tout de suite au lit. Veux-tu manger quelque chose ?

Elle secoua la tête.

— Non, merci, je suis trop lasse. Tu te couches aussi ?

— J'ai d'abord une lettre à écrire. Mais je ne serai pas long.

Hélène passa d'un pas pesant dans la chambre et commença à ôter sa robe avec des gestes gauches. La pièce était glaciale, mais elle était elle-même gelée au point qu'elle ne s'en aperçut guère. Quand elle eut quitté tous ses vêtements, elle alla devant le miroir après un instant d'hésitation. Elle était mince, presque maigre, et elle eut beau s'examiner sous tous les angles, elle ne découvrit aucune rondeur suspecte. Cela faisait pourtant deux semaines que les premiers signes d'une grossesse s'étaient manifestés, mais les raisons pouvaient bien entendu en être diverses, la grande excitation par exemple ou bien le froid. Il était impossible qu'elle fût enceinte car, indépendamment de la boisson contraceptive qu'elle n'avait jamais cessé de prendre, son corps et son esprit étaient si fortement hostiles à la naissance d'un enfant que la nature ne se permettrait pas de lui jouer un tel tour. Elle ne voulait tout simplement pas être mère à nouveau, pas maintenant !

Elle essayait de se persuader qu'ils étaient trop pauvres pour nourrir un enfant correctement, mais, dans ses moments de lucidité, elle devait s'avouer que ce n'était pas là la véritable raison. En réalité, elle redoutait que la maternité ne l'obligeât à une certaine retenue qui la rendrait moins désirable aux yeux d'Alexander. Elle ne voulait pas se cantonner au rôle d'épouse et de mère de ses enfants, elle voulait rester l'amante séduisante, attirante et convoitée. Or l'un et l'autre états paraissaient s'exclure.

Hélène se demandait parfois si son idée de laisser Cathy et Francis chez Emerald n'avait pas aussi été le fruit de ce sentiment. Bien entendu, la décision avait été raisonnable et, à considérer l'infâme taudis où elle vivait, elle savait qu'elle agirait aujourd'hui de même. Mais les pensées qui la tourmentaient portaient sur ses véritables motivations. N'aurait-elle pas dû éprouver plus de chagrin ? Le sentiment du sacrifice ne devrait-il pas prédominer en elle ? Oh, elle aimait ses enfants bien sûr, ils lui inspiraient de la tendresse et de la fierté. Mais peut-être tenait-elle davantage encore à Alexander ? Son amour pour lui était un amour brûlant, presque douloureux, une attente jamais satisfaite, une souffrance. Cet amour était son existence, sa nourriture, l'air nécessaire à sa vie. Et, parfois, une légère crainte s'insinuait en Hélène parce qu'elle pressentait qu'elle se perdait en Alexander, que son bonheur n'était pas seul à dépendre exclusivement de lui, mais aussi son existence même.

Mais elle ne voulait pas penser à ça. Pas ce soir, car elle était beaucoup trop fatiguée. Les yeux fixés sur le miroir, elle se frappa durement du poing le bas-ventre.

— Je ne veux pas de toi ! menaça-t-elle. Ne te risque surtout pas à prendre forme, je ne veux tout simplement pas de toi !

Puis elle se glissa dans le lit, s'enveloppant étroitement dans la couverture et, tandis qu'une chaleur douillette envahissait lentement ses jambes et ses bras, ses yeux se fermèrent.

Le 30 janvier fut une journée marquée par un froid intense, si intense qu'on avait l'impression que les mains allaient geler au fond des poches. Il fallut ce matin-là une éternité à Hélène avant de se décider à se lever. Alexander était déjà parti depuis un certain temps. Il avait d'ailleurs dit qu'il ne s'attendait pas à trouver beaucoup de travail en un jour pareil. En effet, la plupart des gens assisteraient certainement à l'exécution.

Hélène avait eu la ferme intention de ne pas s'y rendre. Elle savait que cela la bouleverserait et que les images la poursuivraient pendant des mois. Mais, après s'être habillée, elle fut prise d'une grande agitation. Incapable d'entreprendre le moindre travail, elle passait d'une pièce à l'autre et finit par décrocher son manteau d'un geste résolu. Elle ne pourrait de toute façon pas penser à quoi que ce soit d'autre. Elle noua autour de sa tête une grande écharpe noire, enfila ses gants noirs et quitta l'appartement.

Dehors, le froid la saisit au point qu'elle faillit revenir sur ses pas, mais, se ressaisissant, elle poursuivit sa route à grands pas.

Plus elle approchait du palais, plus les rues se remplissaient. Il y avait partout du monde – du monde à perte de vue ! Les gens arrivaient en foule de toutes les directions, en un flot ininterrompu. Ils étaient certainement des milliers à affluer, venus rendre un dernier hommage à leur roi, lui dire adieu, gens de toutes les couches et de toutes les classes, riches et pauvres, nobles et paysans. Ils se côtoyaient et se mêlaient en cette circonstance. Il n'y avait ici plus de barrière, plus de distinction. Ils ne faisaient plus qu'un en ces minutes tragiques.

L'échafaud avait été dressé devant les fenêtres de la salle des banquets de Whitehall, un simple échafaudage de bois avec, en son milieu, le billot noir et la hache luisante et, à côté d'eux, le bourreau masqué. Partout des soldats formant comme un mur de fer, muets, immobiles, menaçants. Les membres du tribunal étaient assis sur un banc tout en longueur.

La bouche d'Hélène commença à trembler. Oh, mon Dieu, la salle des banquets, les hautes fenêtres. Elle y avait dansé à maintes reprises, jeune et joyeuse, insouciante. Elle revoyait la scène : la grande salle aux mille bougies illuminant la nuit au-dehors, les nombreux invités, élégants et distingués, les beaux jeunes gens, le roi, déjà mélancolique en ce temps-là, mais toujours aimable et cordial envers chacun. Et sa femme, la reine Henrietta Maria, un peu superficielle et frivole certes, mais bonne et chaleureuse.

Elle se vit aussi en personne, jeune fille pleine d'entrain, ne perdant pas une seconde de sa vie joyeuse à se soucier de questions politiques, uniquement préoccupée de beaux atours, n'ayant la tête qu'à la cohorte de ses admirateurs et aux amourettes sources de petits chagrins. Oh ! comme elle avait gardé un souvenir précis de l'exécution du comte de Strafford, en mai 1641. Seule l'habitait la crainte que sa fête d'anniversaire pût être annulée. Elle n'avait pensé à rien d'autre. Ni à la guerre, ni à la mort, ni à l'horreur sur le point de se produire. Dans son ignorance bienheureuse, elle ne se doutait de rien, rien de tout ce qui lui serait donné de vivre par la suite, rien de ce dont elle souffrait en ce jour encore.

La foule priait sans relâche. Un léger murmure, émis par des milliers de bouches, parcourait la vaste place. Hélène était incapable de prier. Elle avait la gorge serrée, l'esprit paralysé.

— Le roi doit déjà être dans le palais, dit un homme à côté d'elle. Il est certainement en train de parler avec un prêtre.

Il se produisit une certaine agitation parmi les soldats rangés devant les fenêtres. Certains se déplacèrent un peu. Le voilà, le roi ! Vêtu de noir de la tête aux pieds, très pâle mais impassible, il gagna l'échafaud par l'une des fenêtres. Une femme, devant Hélène, s'effondra sans un mot, d'autres se mirent à pleurer ou tombèrent à genoux.

— Hélène !

Alexander était à ses côtés, sa main la retint.

— Quelle chance de t'avoir trouvée. Partons !

— Non !

Elle avait les yeux rivés sur le roi qui s'approchait lentement du billot devant lequel il s'agenouilla. Les gens en prière élevèrent la voix, certains chantèrent. Ils étaient de plus en plus nombreux à s'effondrer.

Le roi pencha la tête en avant, la posa calmement sur le billot. Il leva les mains dans un geste d'impuissance – déjà la hache s'abattait en sifflant, tranchant net le cou.

— Non ! hurla Hélène.

Le peuple entier hurla en même temps qu'elle. Un seul cri, perçant, un cri d'horreur traversa la place, car tous, en cet instant, partagèrent la mort du roi, tous ressentirent la violence du coup de hache, tous éprouvèrent les tourments du supplice.

Il sembla à Hélène que le monde autour d'elle vacillait, que le ciel s'abaissait tandis que le sol s'élevait en une ronde infernale. Elle ne sentait plus que le bras d'Alexander qui l'étreignait et la retenait, elle entendait sa voix rassurante sans comprendre ce qu'il disait. Elle ne vit pas le bourreau brandir et agiter la tête ensanglantée du mort, mais elle entendit les cris reprendre, cris de fureur cette fois, stridents et désespérés. Au même moment, des pas cadencés résonnèrent. De tous les côtés les soldats convergeaient vers la place. Lentement, la foule reflua, pas à pas d'abord, pour enfin prendre la fuite, précipitamment, impuissante devant la force des détenteurs du pouvoir. Hélène, qui n'avait pas encore retrouvé l'usage de ses sens, se sentit entraînée par le flot. Une unique idée lui martelait le crâne :

— Charles Stuart est mort, il est mort, il est mort !

Au même instant pourtant, une voix à côté d'elle, celle d'un vieil homme, lui parvint.

— Le roi Charles Ier est mort ! dit-il à voix basse.

Puis, d'un ton de triomphe soudain, il s'exclama :

— Vive le roi Charles II !

Oui, le fils de Charles vivait, il était en sécurité en France et il reviendrait un jour, lui, le souverain légitime de l'Angleterre. Il reviendrait.

11

À la mi-février, désormais certaine d'être enceinte, Hélène cessa de nier la réalité. À longueur de journée, elle retournait le problème dans sa tête sans trouver de solution. Elle savait bien entendu qu'il existait des femmes susceptibles d'aider en pareille situation, mais, outre le fait qu'elle ignorait comment entrer en contact avec ce genre de personnes, elle reculait dans son for intérieur devant un tel pas. Sans oser pousser cette idée jusqu'à ses conséquences ultimes, elle désirait néanmoins que se produisît quelque chose de nature à empêcher la naissance de l'enfant. Elle décida en tout cas de ne provisoirement pas informer Alexander de son état. D'après ses calculs, le bébé devrait venir au monde en septembre. Elle bénéficiait donc d'un certain délai avant que sa grossesse devînt visible. D'ici là, elle serait pleinement libre de sa décision et trouverait peut-être une issue.

Le premier choc surmonté, la vie reprit son cours normal. Alexander se rendait tous les jours sur le port, et Hélène l'attendait. Elle faisait les courses et la cuisine, veillait à tenir les deux pièces dans un grand état de propreté et bavardait de temps à autre avec les voisins, mais cela lui laissait de grands loisirs. Quand Alexander était là, elle était heureuse du calme régnant autour d'elle. Elle se sentait alors comme sur une île, loin, très loin de tous les hommes, plongée dans le bonheur d'être unie à lui.

Les journées sans lui étaient en revanche longues et solitaires. Hélène caressait de plus en plus souvent l'idée de se mettre à la recherche d'un travail, mais le projet se heurtait chaque fois à la même question : que savait-elle faire au juste ? Elle avait appris le français dans sa jeunesse, et aussi un peu de latin, ainsi qu'à jouer du piano, danser, monter à cheval et dessiner. Elle n'était pas particulièrement habile de ses mains, pas plus qu'elle n'était bonne cuisinière. Il ne pouvait en conséquence être question de trouver une place de bonne ou de femme de chambre, et ce d'autant moins que seules les femmes célibataires entraient en ligne de compte. Travailler dans une auberge comme aide-cuisinière ? À cette seule idée, Hélène avait la nausée. Ah, si seulement elle avait encore son bel et grand appartement de Drury Lane, elle pourrait y sous-louer quelques pièces !

Elle bénéficia d'une brève et bienvenue distraction le jour où Mme Maggett vint la voir, lui apportant deux lettres qui lui avaient été envoyées à son ancienne adresse, l'une d'Elizabeth, dans le Yorkshire, l'autre d'Emerald.

Elizabeth écrivait qu'elle était arrivée saine et sauve chez Alan et qu'elle y avait été accueillie très chaleureusement. Elle s'était fort bien habituée à sa nouvelle existence et s'entendait à merveille avec Amalia, l'épouse d'Alan, une femme charmante. Vivaient en outre à Woodlark Park les beaux-parents d'Alan, lord et lady Olney, la sœur d'Amalia, Louisa, ainsi que son mari et deux cousines âgées de lady Olney. « Tous sont des gens merveilleux, écrivait-elle, joyeux et pleins d'humour, très larges d'esprit. Et puis Alan et Amalia ont un tel amour l'un pour l'autre ! Je suis heureuse ici, l'es-tu également à Londres ? »

Hélène laissa retomber la feuille de papier. Elizabeth avait retrouvé l'agrément et la chaleur d'un vieux manoir et d'une famille aimante. L'enviait-elle pour cela ? La lettre lui apprenait en outre que Woodlark Park n'avait pour ainsi dire pas eu à souffrir de la guerre, un officier supérieur du Parlement résidant dans le Yorkshire ayant été très lié d'amitié avec feu lord Ryan. Contrairement à nombre d'autres amitiés, celle-ci avait résisté aux conflits politiques.

Mon Dieu, songea Hélène avec un peu de jalousie, si seulement nous avions nous aussi eu un ami comme lui !

La lettre d'Emerald était d'une tout autre tonalité que celle de sa sœur, beaucoup plus triste, moins stimulante. Elle donnait des nouvelles de Francis et de Cathy qui allaient très bien et qui avaient très vite lié amitié avec Frederic. Ils jouaient et couraient comme des fous toute la journée dans les bois et le parc de Kensborough, et ce n'est que dans les tout débuts que Cathy avait parfois pleuré le soir, réclamant sa mère. Les enfants étaient très joyeux et pleins d'énergie.

« Il n'y a que moi qui ne serai certainement jamais plus heureuse, écrivait Emerald. Oh, Hélène, je me sens si vieille, si malade et dans une telle détresse. Je n'ai pourtant que vingt-cinq ans ! Ne voudriez-vous pas un jour revenir nous voir tous les deux, toi et Alexander ? Votre visite a été pour moi quelque chose de si merveilleux… »

Hélène poussa un léger soupir. Elle aussi aurait aimé aller voir Emerald ou Elizabeth et Alan, mais Alexander ne pouvait se permettre de s'absenter de son travail, ne serait-ce qu'un seul jour, au risque de le perdre. Et partir en voyage sans lui était hors de question !

En effet, quand il était auprès d'elle, elle se sentait heureuse. Avec lui, elle parvenait à oublier le logement sombre, leur existence difficile, les terribles pertes subies dans le passé et l'avenir noir de menaces.

Même la mort du roi, aussi atroce qu'elle ait été, passait au second plan face au bonheur d'Hélène. Les autres événements politiques ne l'émouvaient guère non plus tant qu'ils ne la touchaient pas directement. Entre-temps, la royauté et la Chambre des lords avaient été abolies, l'Angleterre ayant été officiellement transformée en république. C'est un Conseil d'État, composé de quarante et un membres – dont le comte de Salisbury, Oliver Cromwell et John Bradshaw –, qui réglait les problèmes politiques. Le poète John Milton qui, durant la guerre civile, avait plaidé avec passion en faveur de la souveraineté du peuple, était devenu secrétaire d'État.

Le nouveau gouvernement était néanmoins très inquiet. Le cri poussé par le peuple anglais lors de l'exécution de Charles Stuart lui avait montré combien son pouvoir était fragile. La conséquence naturelle de cette incertitude avait été le renforcement des mesures prises par le régime contre quiconque était suspecté d'agir d'une manière ou d'une autre contre lui. Un libelle, un mot prononcé de manière irréfléchie pouvaient mener leur auteur en prison. Il y eut des arrestations en masse, de nombreuses exécutions. Un réseau de mouchards parfaitement organisé répandait la terreur dans tout le pays, inspirant aux habitants la crainte et semant la suspicion. Les dénonciations calomnieuses étaient à l'ordre du jour. Les fuites à l'étranger aussi.

Mais, pour Hélène, cela ne jouait aucun rôle. Elle se croyait enfin à l'abri de tout ennemi, de tout persécuteur, ne s'imaginant pas une seconde que cela pouvait très vite évoluer.

On était déjà vers la fin avril quand Hélène observa de premiers changements dans le comportement d'Alexander. Soir après soir, il commença à rentrer plus tard qu'à l'accoutumée. Ce n'étaient pas de très gros retards, mais ils se comptaient tout de même en heures, une ou deux parfois, souvent davantage. Il expliquait qu'il y avait beaucoup à faire sur le chantier naval et qu'il pouvait ainsi gagner plus d'argent. Elle le croyait, mais, quand il s'attardait particulièrement, elle était chaque fois saisie de peur et d'inquiétude, courant d'une fenêtre à l'autre pour scruter la ruelle obscure. Dans ces moments-là, une profonde méfiance s'éveillait en elle, sentiment dont elle avait extrêmement honte. Mais était-il possible qu'il travaillât aussi longtemps ? Et, sinon, à quoi s'occupait-il donc, juste ciel ? Elle savait qu'après le travail nombreux étaient les hommes qui traînaient d'une auberge à l'autre, se soûlant d'alcool bon marché jusqu'à en tomber raides, phénomène devant lequel, à Londres, même les puritains étaient impuissants. Mais Alexander ne rentrait jamais ivre et il n'y avait pas non plus sur lui de parfum étranger comme Hélène le vérifiait en cachette. Elle ne cessait de se dire que ses soupçons étaient sans fondement, et elle se gardait d'ailleurs de poser la moindre question, feignant de croire que tout cela était on ne peut plus normal. Jusqu'à un certain dimanche où elle finit par se convaincre qu'il se tramait quelque chose de grave. Ayant dormi longtemps, ils se disposaient à se lever quand quelqu'un frappa à la porte du logement.

— Mon Dieu ! s'écria Hélène, effrayée. Qui donc cela peut-il être ?

— Chérie, je vais ouvrir.

Alexander passa dans la pièce d'à côté. Hélène tendit l'oreille, mais n'entendit qu'une voix d'homme sans distinguer la teneur de ses propos. D'un seul coup, elle ressentit une peur inexplicable.

Alexander revint bientôt, une lettre blanche à la main, une expression de gravité sur le visage.

— Hélène, je suis vraiment désolé, mais je dois partir sur-le-champ.

— Pourquoi dois-tu partir ? s'enquit Hélène, soudain terrifiée. Et où vas-tu ?

— Je vais rencontrer un certain nombre de personnes, déclara Alexander, montrant la lettre. On vient de m'annoncer que je dois venir aussitôt, ne m'en demande pas plus, tu ne dois absolument rien savoir de tout cela.

— Alexander, qui sont ces personnes ?

— Hélène, je t'en prie ! Ce sont des amis d'autrefois. C'est une affaire… non, moins tu en sauras, mieux cela vaudra.

— Pour l'amour du ciel ! s'exclama-t-elle. Quelle sorte d'affaire ?

Elle sauta du lit d'un bond, mais, d'un seul coup, la tête lui tourna horriblement.

Alexander réussit à la retenir à la dernière seconde, juste avant qu'elle ne s'écroule. Dans ses bras, elle se mit à sangloter sans raison.

— Dis-moi où tu vas ! parvint-elle à articuler. Dis-le-moi tout de suite !

— Hélène chérie, je t'en prie, ne te mets pas dans un tel état. Tu es toute blanche ! Oh, je t'en supplie, cesse de pleurer ! dit-il, désemparé.

Hélène sanglotait toujours, avec des spasmes.

— C'est aussi chez ces gens que tu vas le soir, quand tu es prétendument au travail ?

Il acquiesça.

— Je n'avais pas l'intention de te mentir, mais cela m'a paru plus simple de te l'expliquer ainsi. C'est pour nous tous beaucoup plus sûr si tu ignores de quoi il retourne. Aussi, je t'en prie, ne me pose plus de questions, mais crois-moi si je te dis que tout est en ordre et que je fais extrêmement attention.

— Tu travailles contre le gouvernement, n'est-ce pas ?

Alexander l'embrassa sur la bouche.

— Je serai bientôt de retour, promit-il. Ne pleure plus à présent. Habille-toi ou remets-toi au lit, sinon, tu vas prendre froid.

Il la lâcha avec douceur, prit sa cape et quitta l'appartement en pressant le pas. Hélène le suivit des yeux, figée, puis elle se jeta sur le lit, enfonça la tête dans ses oreillers et commença à sangloter éperdument. Elle pleurait si fort qu'elle tremblait de tout son corps et qu'elle trempa le tissu autour d'elle. Tout était fichu, à présent ! On savait parfaitement le sort réservé à ceux qui s'opposaient au nouveau gouvernement ! Y avait-il jamais eu une vague d'arrestations et d'exécutions comparable à celle qui se déroulait actuellement ? Et ils allaient attraper Alexander comme ils attrapaient tout le monde. Elle allait le perdre alors qu'ils avaient tous deux surmonté les épreuves de la guerre et les coups du sort.

Elle resta au lit la journée entière et pleura jusqu'au moment où, épuisée, elle finit par s'endormir.

Une main qui lui touchait la joue la réveilla. Il faisait déjà sombre dans la pièce et elle ne distingua que vaguement Alexander penché sur elle.

— Alexander ! cria-t-elle en se jetant à son cou. Alexander, oh Alexander chéri, j'ai eu tellement peur !

— Chut, ma petite, pas si fort. Pourquoi avais-tu peur ?

— Parce que tu fais quelque chose de terriblement périlleux. Ah, Alexander, je ne suis pas sotte, je sais très bien ce qui se passe. Tu as rejoint un de ces innombrables groupes de résistance qu'il y a un peu partout. Mais sais-tu ce qui arrive quand ils vous découvrent ? Vous serez tous exécutés !

— Hélène, tu…

Alexander s'interrompit et l'examina de plus près.

— As-tu pleuré ?

Elle fit signe que oui. Il l'attira à lui et caressa ses cheveux défaits.

— Ma pauvre Hélène, dit-il à voix basse, cela a été un choc pour toi, ce matin. J'aurais aimé pouvoir te l'apprendre avec plus de ménagements.

— Cela n'aurait rien changé à la chose. Je n'arrive pas à comprendre pourquoi tu agis ainsi !

— Hélène, ce sont ces gens à présent au pouvoir qui ont exécuté le roi. Ils oppriment le peuple et gouvernent avec cruauté. Nous ne pouvons l'accepter !

— Mais tu as déjà tellement payé de ta personne ! Tu as combattu quatre ans pour le roi et risqué ta vie. Tu as de plus été l'un des principaux artisans du soulèvement en Cornouailles. Nous sommes enfin en sécurité même si nous sommes pauvres. Et voilà que tu veux tout remettre en cause ?

— Nous ne sommes pas en sécurité, car nous ne sommes pas libres, nous sommes privés de nos droits. Je ne peux cesser de me défendre, moi et mon peuple. La liberté doit en tout temps être notre idéal suprême. Aussi la défendre est-elle un devoir.

Hélène se mit sur son séant et lui prit la main.

— Et moi ? demanda-t-elle à bout de souffle. Est-ce que tu penses à ce que je deviendrai si tu meurs ? Si je me retrouve seule ? Ou bien la liberté a-t-elle une telle valeur qu'elle est seule à compter à tes yeux ?

— Hélène, dit Alexander avec douceur, c'est parce que je t'aime que la liberté a une aussi grande valeur. Car, désormais, je ne la défends pas seulement pour moi, mais aussi pour l'être que j'aime le plus au monde.

C'est à peine si Hélène l'écoutait. De ce qu'il disait, elle retint seulement qu'elle aurait beau le supplier il ne cesserait pas de combattre. La colère et le désespoir l'envahirent.

— Oh, Alexander, tu n'as pas le droit ! s'écria-t-elle tout à coup. Tu n'as pas le droit, tu entends ? Pas maintenant, Alexander, pas maintenant. Ne m'abandonne pas maintenant précisément !

— Pourquoi ? Que veux-tu dire ?

— Je veux dire… je veux dire…

Elle reprit son souffle à deux ou trois reprises.

— Je... je vais avoir un enfant, voilà le problème !

Elle lut sur son visage l'étonnement en même temps qu'une expression d'incrédulité, et cela accrut sa colère.

— Tu ne me crois pas ! Tu penses que je te dis cela uniquement pour te faire changer d'avis. Mais, juste ciel, c'est vrai, et il va bien falloir que tu t'accommodes de cette réalité !

Les mains tremblantes, elle resserra autour de son corps son ample chemise de nuit. Il était impossible de ne pas remarquer la rondeur de son ventre.

— Eh bien ? demanda-t-elle, un léger triomphe dans la voix.

Alexander la contemplait, stupéfait.

— Grands Dieux ! dit-il. À combien de mois en es-tu donc ?

— Bientôt à cinq mois.

— Pourquoi ne m'as-tu jamais rien dit ?

— Eh bien, parce que...

Hélène hésita un peu.

— ... parce que je ne voulais pas de ce maudit bébé.

Alexander, décontenancé, hocha la tête.

— Pourquoi ne veux-tu pas de bébé ?

— C'est absolument impossible, répondit Hélène. Nous sommes tellement à l'étroit ici et nous avons si peu d'argent – et avoir une bouche de plus à nourrir par-dessus le marché. Je trouve que, pour l'instant, c'est... presque irresponsable, et si j'avais eu connaissance d'un moyen sûr...

— Je ne savais pas que tu avais une telle... aversion, dit Alexander, je croyais au contraire que tu voulais un enfant !

Il la dévisagea, puis, se levant soudain, il la prit dans ses bras.

— Chérie, poursuivit-il tendrement, tu m'as annoncé cette nouvelle d'une manière si étrange que je n'ai pas eu le loisir de te remercier. Car, vois-tu, moi, je voudrais que nous ayons ce bébé, et il m'est indifférent que nous ayons beaucoup de place ou non et que nous devenions plus pauvres encore. Tout ça n'a aucune espèce d'importance !

Hélène se dégagea de son étreinte et recula d'un pas.

— Mais pour moi, cela a de l'importance, lança-t-elle d'un ton saccadé, pour moi, ça joue un rôle primordial. Ce n'est ni une question de place, ni une question d'argent – je n'ai que faire de ça ! C'est toi que je veux, toi tout entier, pour toujours et à jamais, toi tout seul, et je ne veux te partager avec personne, même pas avec cet enfant. Tu n'appartiens qu'à moi, Alexander, parce que je t'aime, parce que je t'aime si immensément que, sans toi, je ne suis rien !

Un sanglot vibra dans sa voix, ses yeux se mirent à briller.

— Alexander, je t'aime, poursuivit-elle en un propos toujours aussi décousu. Et j'ai besoin de toi ! Tu n'as pas le droit de te mettre en danger, car ta mort serait aussi la mienne. Je t'aime tant, Alexander, au nom du ciel ! Je t'aime tant !

Les larmes inondaient ses joues sans qu'elle s'en aperçût.

Alexander avait l'air totalement désemparé et malheureux.

— Je ne peux pas arrêter, dit-il d'un ton pressant. L'affaire est trop importante, et nous avons à présent besoin de chacun. Les autres ont aussi des familles et ils agissent néanmoins. Je ne peux pas me retirer, et je ne le veux pas non plus.

Hélène poussa un gémissement presque imperceptible, elle serra les poings. Confusément, se faisait jour en elle que jamais, pas une seconde, Alexander ne l'avait aimée avec le même don de soi qu'elle. Toujours, toujours, il y avait pour lui quelque autre chose à côté d'elle, quelque chose qui l'attirait et éveillait sa passion. Aujourd'hui encore, il parlait de la liberté, de ses devoirs envers elle et de sa volonté de tout mettre en œuvre pour elle. Tandis qu'elle-même devait constater qu'elle ne possédait qu'une partie de lui. Et pourtant, à l'instant où elle en prenait conscience et quelque douleur qu'elle en éprouvât, elle devait admettre que jamais elle n'avait aussi ardemment aimé et désiré cet homme. Elle se rendait compte d'un seul coup qu'elle avait en permanence tout pressenti et que c'était justement cela qui l'avait d'emblée subjuguée.

S'apercevant qu'il la dévisageait d'un air soucieux, elle risqua un léger sourire. Il lui sourit en retour, soulagé.

— Dieu soit loué, dit-il. J'ai eu peur que nous commencions une terrible dispute.

Hélène se glissa à nouveau dans le lit, s'enveloppant dans la couverture.

— Allez, le mieux est de dormir à présent.

Se penchant vers la bougie, elle la souffla. Dans la pénombre, elle percevait néanmoins ses gestes souples et vifs. Quand il s'allongea à côté d'elle, elle se blottit contre lui et, à demi endormie, elle se dit dans une semi-inconscience : « Mon Dieu, quoi que tu me réserves, je t'en supplie, ne me le prends pas, prends-moi tout ce que tu veux, mais pas lui ! »

Alexander eut beau se refuser à dévoiler à Hélène le lieu secret où il rencontrait ses amis, elle finit par l'apprendre. En effet, se dégoûtant elle-même, elle l'espionna.

Un après-midi ensoleillé, l'ayant suivi en cachette alors qu'il quittait l'appartement, elle découvrit où il se rendait.

Elle tourna alors les talons et rentra chez elle, s'appliquant de son mieux à mémoriser le trajet.

Je ne suis pas sûre d'avoir agi correctement, se disait-elle, mal à l'aise, mais j'ai le sentiment que cela pourrait être utile un jour !

Des semaines s'écoulèrent. Alexander était souvent absent, mais Hélène goûtait d'autant plus les heures qu'ils passaient ensemble. Elle s'inquiétait perpétuellement à son sujet, et elle avait besoin de toute sa volonté pour chasser les idées noires. Un soir, durant la deuxième semaine de mai, alors qu'Alexander n'était pas là, Hélène, assise dans le salon, brodait une couverture pour le bébé à venir. La nuit était déjà tombée et il pleuvait à torrents. De temps à autre, on entendait au loin des coups de tonnerre. Hélène, détendue, ressentait une agréable lassitude. Il avait fait lourd toute la journée, et cette pluie apportait une fraîcheur bienfaisante.

Alexander n'allait pas tarder à rentrer. Il était déjà fort tard et elle avait terriblement sommeil ! Mais elle devait rester éveillée jusqu'à son retour afin de pouvoir lui ouvrir. Et elle n'osait pas laisser le verrou tiré.

Elle était néanmoins sur le point de s'assoupir totalement, quand des coups violents à la porte la réveillèrent en sursaut. Elle se leva d'un bond en pensant, soulagée : enfin ! Pourtant, au même moment, un sentiment d'angoisse l'étreignit. Pourquoi frappait-il aussi violemment, avec autant d'insistance ?

Elle alla à la porte en trébuchant, mal réveillée, l'ouvrit en grand, un sourire de bienvenue aux lèvres... et se figea.

Sir Robin Arnothy se tenait devant elle !

12

Il était trempé comme un chien sortant du bain. L'eau dégoulinait du chapeau, des cheveux, du manteau, des bottes, des gants, même des cils, mais c'était indiscutablement le Robin qu'Hélène avait vu pour la dernière fois huit ans plus tôt. Il ressemblait cependant beaucoup moins au voleur de grand chemin d'alors, hardi et effronté ; son visage sombre, sur lequel se lisait toujours sa grande prédilection pour le vin et les femmes, exprimait plutôt la tension et la détermination.

Hélène le contemplait, stupéfaite. Lui la jaugea du bref regard dont, en connaisseur, il gratifiait certainement toute femme passant à sa portée. Il s'ébroua un peu, comme un chat mouillé, puis, d'un mouvement rapide, passant à côté d'Hélène, il entra dans l'appartement et ferma la porte. Hélène sortit de son abasourdissement.

— Que venez-vous faire ici ?

Anthony eut un geste comme pour l'adjurer de se taire.

— Chut, murmura-t-il, personne ne doit savoir que je suis ici.

Puis, s'assurant que la porte était bien fermée, il se retourna vers Hélène.

— Où est votre mari ? demanda-t-il sans autre forme de procès.

— Quoi ?

— Vous êtes bien devenue Mme Tate, n'est-ce pas ? Eh bien, où est le colonel Tate ?

Hélène eut l'impression qu'on lui serrait lentement le cou. Elle tenta désespérément de déglutir, mais elle avait la gorge sèche, sa langue paraissait avoir grossi et enflé. Mon Dieu, que savait-il ? Et que voulait-il ?

Arnothy s'aperçut de sa terreur.

— Écoutez, dit-il, je sais que vous me considérez comme un misérable gredin – peut-être que j'en suis un, d'ailleurs – et j'aurai sans doute plus tard l'occasion d'en débattre avec vous. Mais, pour l'instant, je suis dans votre camp et il faut absolument que je sache où se trouve votre mari.

— Pourquoi ?

— Parce qu'il est en danger. Il y a eu trahison et il doit être prévenu.

— Trahi ?

— Juste ciel, n'essayez pas de gagner du temps ! Où est-il ? Faites-moi confiance, supplia Arnothy avec douceur. Je vous jure que j'appartiens au même groupe de résistance que le colonel Tate.

Les pensées se bousculaient dans la tête d'Hélène. Que devait-elle faire ? Il était fort possible qu'Alexander fût véritablement en danger, et elle pouvait le sauver si elle montrait le chemin à Robin Arnothy. Mais comment savoir si c'était vrai ? Elle avait devant elle cet homme hâlé, aux cheveux noirs et bouclés, dont elle n'avait jamais entendu dire que du mal et qui, étrangement, ne cessait de croiser son chemin. Ce n'était après tout qu'un viveur sans foi ni loi, certes autrefois rangé dans le camp royal mais qui pouvait tout aussi bien s'être depuis longtemps rallié à l'autre parti si cela devait lui rapporter de l'argent et d'autres avantages.

Elle poussa un gémissement. C'était plus qu'on ne pouvait lui en demander ! La vie d'Alexander dépendait de sa décision et endosser cette responsabilité était au-dessus de ses forces. Jamais encore elle n'avait eu à connaître quelque chose d'aussi cruel, douloureux et irréel tout à la fois, que cette scène dans l'appartement obscur, par une nuit de mai pluvieuse.

— Je ne peux pas, chuchota-t-elle.

Robin avança d'un pas et voulut lui poser une main sur le bras, mais elle recula. Se mordant les lèvres, il dit alors d'une voix basse mais fort distincte :

— Madame Tate, chaque seconde d'hésitation de votre part met en danger non seulement la vie de votre mari mais aussi celle d'une douzaine d'hommes. Vous allez me dire à l'instant comment me rendre à la cachette de votre mari ou bien, quelque regret que j'en aie, les minutes à venir seront foutrement désagréables pour vous !

Quelque chose, dans sa voix, avait le ton d'une étrange sincérité. Hélène ne savait pas comment l'expliquer, aussi se contenta-t-elle de demander :

— Pourquoi êtes-vous venu me trouver, moi, et non la femme d'un autre ?

— Parce que vous me connaissez, répliqua-t-il avec calme.

— Mais…, voulut-elle objecter.

Elle s'arrêta net, car, en cet instant, elle comprit ce qui lui était d'abord apparu comme une contradiction. Elle comprit ce qui, dans la voix de cet homme, venait de la rendre perplexe.

Elle le connaissait ! Et c'est là-dessus qu'il comptait. Car, n'ayant cessé d'être confrontée à ses canailleries, elle savait qu'il n'avait ni conscience ni égards pour quoi que ce soit, et qu'il était en même temps d'une sincérité absolue. Riant d'un rire sans scrupule il ne reniait aucun de ses méfaits : qu'il attaque une voiture de poste, qu'il trompe une maîtresse avec l'autre ou qu'il mette à la porte une jeune fille enceinte de ses œuvres, il le faisait toujours avec une impitoyable et déconcertante franchise !

Duper quelqu'un de longue main, en recourant à des procédés ingénieux de dissimulation, n'était pas dans sa nature ; agir ainsi devait même probablement lui répugner. Hélène noua un foulard autour de ses cheveux.

— Venez, dit-elle.

Comme s'il ne s'était attendu à rien d'autre, Robin ouvrit la porte, s'effaça devant Hélène et la suivit en silence. S'efforçant de faire le moins de bruit possible, ils descendirent l'escalier qui craquait sous les pas, se glissèrent le long des appartements des voisins et sortirent comme des ombres dans la rue. Il pleuvait sans discontinuer et l'on entendait l'eau gargouiller dans les rigoles. Hélène frissonna.

— Vite ! la pressa Robin. Dans quelle direction ?

— Par ici.

Robin courait presque et Hélène avait de la peine à suivre son rythme. Elle avait déjà de l'embonpoint et elle s'essoufflait rapidement. Robin s'en aperçut.

— Vous attendez un bébé, n'est-ce pas ? dit-il sans la moindre gêne. Vous ne préférez pas me décrire le chemin et retourner chez vous ?

— Ce n'est pas possible. Je ne connais pas assez bien le trajet. Je peux seulement essayer de le trouver grâce à des maisons précises que j'ai notées.

— Allez-vous tenir le coup ?

— Bien sûr. Tout va bien.

La peur lui donnait des forces insoupçonnées. Elle avançait de plus en plus vite, bien que respirant bruyamment. Elle avait la poitrine douloureuse et des points de côté comme si des centaines d'aiguilles la piquaient. Elle avait de plus en plus envie de se laisser tomber par terre pour soulager ses poumons à la torture. Et, pour la première fois, elle ressentit même une légère crainte en pensant à son bébé. Elle avait toujours souhaité qu'un incident empêchât la naissance de cet enfant et, maintenant que ce danger était bien réel, un instinct maternel s'éveillait en elle, à sa grande surprise, un instinct la poussant à protéger cette vie à naître.

Mais la peur de perdre Alexander fut plus forte que celle de nuire à l'enfant, plus forte que les douleurs. Ce fut elle qui l'obligea à affronter la pluie et le vent, à vaincre l'obscurité et sa faiblesse, à continuer d'avancer. C'était une peur sans nom qui l'entourait comme un lourd brouillard, menaçant de l'étouffer. Pourvu qu'il ne soit pas trop tard, mon Dieu, pourvu qu'il ne soit pas trop tard ! Des idées confuses et décousues lui parcouraient l'esprit, mais la même phrase lancinante revenait sans arrêt : « Ce fut trop court ! Nous n'avons eu que terriblement peu de temps. Bien trop peu de temps ! Ah, Alexander, Alexander chéri... »

— Est-ce encore loin ? demanda Robin à côté d'elle.

Hélène s'immobilisa un bref instant et regarda autour d'elle. Tout était tellement semblable dans le noir ! Mais elle devait être sur le bon chemin, ces maisons ne lui étaient pas inconnues.

— Nous y sommes bientôt, dit-elle, hors d'haleine.

Robin l'examina, l'air soucieux.

— Vous y arriverez ?

— Oui, oui.

Ils finirent par atteindre la maison, noire et silencieuse, comme endormie sous l'incessante pluie battante. Hélène la reconnut aussitôt. Cherchant à reprendre son souffle, elle s'appuya lourdement contre Robin.

— Là... c'est là, parvint-elle à balbutier.

— C'est parfait, dit Robin en tirant son épée. Vous rentrez à présent chez vous, ordonna-t-il, mais sans vous presser, sans vous faire remarquer. Une fois chez vous, cachez vos vêtements mouillés et arrangez-vous pour vous sécher les cheveux. Il ne faut pas que quelqu'un apprenne que vous êtes sortie cette nuit !

Sans attendre de réponse et sans s'assurer qu'elle lui obéissait, il traversa la rue silencieusement, se dissimulant dans l'ombre des maisons. Hélène resta un instant sans bouger, déconcertée à l'idée que Robin croyait réellement qu'elle allait partir. Elle l'observa frapper à la porte et être introduit dans la maison peu après. Alors, elle courut pour le rattraper tout en essayant de contrôler un peu sa respiration. Il fallait qu'elle apprenne de quoi il retournait en ce lieu, et si les choses se passaient bien pour Alexander. Tout paraissait si tranquille, on n'entendait que le murmure monotone de la pluie. Pourtant, une menace semblait suspendue dans la nuit noire, impression qui pouvait aussi bien être le fruit de l'imagination que d'un sûr instinct. On ne voyait toujours pas de lumière derrière les rideaux fermés, mais peut-être les hommes étaient-ils réunis dans la cave ou dans l'une des pièces situées à l'arrière de la bâtisse.

Hélène actionna le heurtoir avec précaution. Comme rien ne bougeait, elle frappa à nouveau, plus fort cette fois. Il fallait bien qu'il y eût quelqu'un, puisque Robin avait été introduit, mais il était possible qu'il existât un mot de passe inconnu d'elle. Elle allait abandonner la partie quand la porte fut ouverte brutalement, une main l'empoigna avec rudesse, une froide lame d'acier étincela, posée contre sa gorge, et une voix masculine siffla :

— Pas un mot !

Tirée sans ménagements à l'intérieur, elle heurta de la tête une poutre si bien qu'elle laissa échapper un léger cri de douleur. L'homme, aussitôt, la lâcha, leva une lanterne et lui éclaira le visage.

— Grand Dieu ! Une femme ! Qui êtes-vous ?

Aveuglée par la lumière vive, Hélène cligna des yeux et distingua un homme grand et mince, les joues non rasées, les cheveux non peignés. Elle eut l'impression d'avoir déjà vu ce visage. Frottant son poignet encore endolori et brûlant tellement l'homme avait une poigne de fer, elle répondit :

— Je suis Mme Tate. Je viens retrouver mon mari.

— Le colonel Tate ?

— Oui, c'est moi qui ai conduit sir Robin jusqu'ici. Il m'a dit que vous étiez en danger !

— Venez !

Passant devant elle, il monta un escalier de pierre en colimaçon qui menait au premier étage. Des voix provenaient d'une pièce. Hélène reconnut celle de sir Robin.

Perdant tout sang-froid, elle dépassa d'un bond celui qui la guidait, ouvrit grand la porte et, tremblante d'excitation, s'immobilisa sur le seuil.

— Alexander !

Toutes les têtes se retournèrent à la fois. Sept hommes étaient réunis, sir Robin y compris, debout devant la cheminée.

— Vous êtes encore là ? l'apostropha-t-il alors qu'Alexander, ahuri, criait :

— Hélène !

— Qui est cette dame ? s'enquit un troisième d'un ton sévère.

— C'est ma femme, répondit Alexander en faisant quelques pas vers elle. Je ne comprends pas...

Robin soupira.

— Je vous dois quelques explications, intervint-il. C'est Mme Tate qui m'a conduit jusqu'ici. J'ignorais en effet où se trouvait la cachette, mais je devais absolument venir vous prévenir. Bien sûr, je l'ai ensuite renvoyée chez elle, mais... elle a sans doute tenu à jouer les épouses aimantes, ajouta-t-il avec un soupçon de son ancien penchant à la raillerie.

— C'est ma femme qui vous a conduit ici ? demanda Alexander, incrédule. Mais elle ignorait totalement où nous étions !

Hélène n'osait pas le regarder.

— Non, dit-elle, je le savais. Un jour, je t'ai suivi en cachette.

— Quoi ?

— Oh, je t'en prie, ne m'en veux pas ! Il fallait tout simplement que je sache où tu étais ! Et, tu vois, ce fut une bonne chose...

— Tu t'es exposée à un grand danger, Hélène, s'emporta Alexander, et, tout à fait indépendamment...

— On n'a pas le temps de s'occuper de ça, les interrompit un autre homme avec impatience. Si ce qu'a dit Arnothy est vrai, nous n'avons plus qu'à disparaître d'ici le plus vite possible !

Alexander, bien que toujours furieux du comportement d'Hélène, se ressaisit.

— Vous avez raison, approuva-t-il, il faut partir. Je propose que nous passions par la sortie de derrière, car on ne peut exclure qu'il y ait déjà des soldats devant la porte de la rue.

— Sir Robin et Mme Tate ont tout de même pu entrer sans encombre, objecta un autre homme.

Alexander fit non de la tête.

— Cela peut n'avoir été qu'un piège. Non, nous allons essayer de nous enfuir par la cour. Mais, si nous devions néanmoins être attaqués...

— ... nous nous défendrons jusqu'à notre dernière goutte de sang, termina le colonel Flames, l'homme qui avait laissé entrer Hélène.

Alexander jeta sur celle-ci un regard inquiet.

— Ils ne lui feront rien, dit Flames à qui ce regard n'avait pas échappé, si elle se tient tranquille.

— Bon Dieu ! gronda Alexander. Hélène, tu vas rester juste derrière moi. Mais, si nous sommes amenés à combattre, tu te mettras à l'écart.

Hélène acquiesça de la tête, incapable de proférer un son. La peur se lisait dans ses yeux écarquillés.

D'un geste rapide, Alexander l'attira contre lui.

— Tout ira bien, chuchota-t-il.

— Suivez-moi, ordonna Flames.

Au même instant, on entendit un énorme craquement au rez-de-chaussée, immédiatement suivi de cris sauvages et d'une galopade.

— Ils sont entrés dans la maison ! hurla Alexander.

En un éclair il eut tiré son épée, comme les autres, et repoussa Hélène.

— Va là-bas, dans le coin, et ne bouge pas d'un poil !

— Mais…

— Fais ce que je te dis ! gronda-t-il.

Hélène recula jusqu'à se heurter à une armoire dont elle saisit les poignées de porte. Deux dizaines de miliciens lourdement armés faisaient déjà irruption dans la pièce. Sans hésiter une seconde, ils se ruèrent sur les conjurés qui se défendirent courageusement. En un rien de temps, tout l'espace fut rempli de l'horrible cliquetis des épées entrechoquées et des hurlements des blessés. Hélène, qui n'avait jamais assisté de près à un combat, se mit à trembler de tout son corps. Elle était inondée de sueur et avait les lèvres froides et sèches. Elle s'agrippait de toutes ses forces aux poignées pour ne pas s'effondrer.

Alexander se battait comme un lion furieux. Extraordinairement habile au maniement de l'épée, il parait des coups qui auraient terrassé tout autre que lui. Trois soldats qu'il avait mortellement touchés gisaient sur le plancher, un autre, grièvement blessé, chancelant et visiblement à moitié fou de douleur, se raccrochait au mur.

Mais, parmi ses compagnons, il y avait déjà deux morts et un blessé grave. Celui-ci se défendait encore avec acharnement contre son adversaire, mais sa situation, comme celle de ses amis, était désespérée. Les autres étaient trop supérieurs en nombre pour que subsistât la moindre chance de l'emporter.

Hélène aperçut soudain Robin Arnothy ouvrir en un tournemain une fenêtre, profitant d'une seconde d'inattention de ses adversaires, basculer avec adresse pardessus le rebord et sauter dans le vide. Le tout si rapidement qu'aucun des combattants ne s'en avisa.

Espèce de lâche ! pensa Hélène envahie, une fraction de seconde, par le dégoût. L'instant d'après, une question s'imposa à elle : pourquoi Alexander n'en faisait-il pas autant ? Faire preuve de courage n'avait absolument aucun sens !

Se retournant et cherchant Alexander des yeux, elle vit un soldat le toucher de son épée juste au-dessus du cœur. Alexander chancela et s'écroula, son épée lui échappant des mains.

Ce fut pour Hélène comme si le monde vacillait. Elle tenta de se ressaisir, mais elle avait perdu toute énergie. Elle avait de forts bourdonnements dans les oreilles et, dans le ventre, de violentes douleurs spasmodiques. Elle claquait des dents, la bouche ouverte.

— Alexander ! dit-elle, mais ce ne fut qu'un croassement.

Alexander souleva lentement et lourdement la tête, cherchant quelque chose du regard, mais pas dans sa direction. Ses yeux restaient fixés sur le visage de l'homme qui l'avait touché.

Oh Dieu, que lui arrivait-il ? Ces douleurs, ces douleurs intolérables dans tout le corps ! Alexander ! Alexander, reste avec moi ! Ne m'abandonne pas, car je ne suis rien sans toi ! Si tu meurs, tu me tues, toi seul donnes un sens à ma vie ! Je ne peux vivre sans toi, oh, je t'en prie, Alexander, reste avec moi ! Je t'aime tellement... je mourrai si tu me quittes... Alexander, regarde-moi !

Même en cet instant, même durant la dernière minute de son existence, il ne renia le soldat de Sa Majesté qu'il avait toujours été, corps et âme. Il regardait son adversaire, avec calme, sans peur, une ombre d'ironie souriante autour de la bouche. Il dit quelque chose qui fit pâlir de rage son vainqueur. Puis sa tête tomba en arrière, son corps d'abord parcouru d'un tressaillement fut le théâtre d'une brève lutte et son âme quitta ce bas monde.

13

La nuit même où, à Londres, le soulèvement de quelques officiers du roi avait été si impitoyablement réprimé, Emerald, comtesse de Kensborough, n'avait pas quitté depuis des heures une des fenêtres de l'entrée de son château, contemplant fixement la nuit. Dans le nord-ouest du Devon, il ne pleuvait pas. Au contraire, comme depuis des semaines déjà, le ciel noir était sans nuage. On entendait au loin le bruit de la mer se mêlant au léger bruissement des cimes des arbres agitées par le vent. Le mois de mai bénéficiait d'un temps merveilleux ici, à Kensborough Park, et il serait suivi d'un été doré et chaud, à l'image de toutes les années précédentes. Les saisons se succédaient avec une régularité paisible. Le monde pouvait ailleurs vivre ou s'écrouler, ici tout restait d'une tranquillité immuable.

Emerald eut un petit rire sec. La paix, la tranquillité, elle y avait goûté jusqu'à l'écœurement. Elle n'avait que vingt-cinq ans et menait l'existence d'une vieille femme.

Elle poussa un gémissement comme si elle avait la fièvre. Elle pensait à Robin, à ce qu'aurait pu être l'existence avec lui. Elle griffa les carreaux de ses ongles. Elle avait bu du vin et se trouvait dans un état étrange, changeant. Elle était habitée tour à tour par un désespoir profond et une légèreté proche de l'absence.

Oh Dieu, combien elle regrettait sa jeunesse ! Les bals et les escapades, la joie d'avoir des robes neuves, les amourettes avec les nombreux galants. Et son premier amour, son véritable, son unique, son éternel amour... Robin, Robin, Robin !

Elle geignit doucement. C'était fini, fini et perdu à jamais, irrévocablement, pour l'éternité. Jamais la jeunesse, le bonheur et l'amour ne reviendraient. Elle s'y résignait, enfin, après d'interminables années.

Elle savait bien sûr ce qu'elle avait à faire. Depuis des jours, un projet mûrissait en elle, flou d'abord, mais elle avait déjà entrepris les premiers pas en envoyant ce matin chez leur mère Francis et Cathy, sous la conduite de Molly. Ce qu'elle avait en tête ne concernait qu'elle, outre Frederic et Benedict, à l'exclusion de tout autre. Ses hôtes étaient donc partis. Emerald avait donné comme adresse à Molly celle de Mme Maggett, bien qu'ignorant si Hélène et Alexander y habitaient toujours. Mais Mme Maggett connaîtrait sans aucun doute leur éventuel nouveau lieu de résidence et viendrait en aide aux voyageurs.

Les domestiques étaient également partis. L'exploitation proprement dite, les étables, les écuries et les pâturages étaient à l'écart de la demeure, à l'autre bout du vaste parc, et c'était là qu'habitaient les ouvriers agricoles. Dans le château ne vivaient que la femme de chambre d'Emerald, la cuisinière et un serviteur et ils avaient tous obtenu deux jours de congé leur permettant de rendre visite à leur famille, offre qui avait rencontré un assentiment général. Ils étaient partis en fin d'après-midi ; Frederic avait été mis au lit à 7 heures et, à 8 heures, c'était le comte qui s'était couché. On pouvait à présent entendre ses bruyants ronflements. Sinon, le silence était total dans le château, rien ne bougeait.

Emerald but encore un demi-verre de vin, puis elle traversa le hall et monta l'escalier, ses genoux se dérobant sous elle. Elle atteignit à grand-peine le second étage où elle se dirigea aussitôt vers la porte de la chambre où dormait le comte. Elle mit le verrou extérieur. Murmurant à voix basse des propos décousus, elle se traîna jusqu'à une niche vitrée où elle avait caché un gros copeau de bois enveloppé dans un chiffon imbibé d'huile. Elle le prit, le présenta à la flamme de la bougie qu'elle avait à la main et le lança contre la rampe de l'escalier. Le bois sec et vermoulu s'enflamma. Emerald mit encore le feu à quelques piliers et à quelques poutres. En un éclair toute la cage d'escalier fut envahie par une fumée épaisse parmi les crépitements et les pétillements. Une sauvage lueur rouge brillait dans ses yeux. Elle eut une nouvelle fois l'impression de se revoir, jeune fille, dans le cercle de ses amis et admirateurs, mais cela n'était plus douloureux, elle éprouvait plutôt un étrange sentiment de bonheur. Elle restait debout, fascinée, fixant la mer de feu et s'étonnant qu'il n'y eût encore aucun mouvement du côté de Benedict et de Frederic.

Entre-temps, l'incendie avait dévoré l'escalier au point qu'il était devenu impossible de l'emprunter. Emerald vit aussi qu'un des piliers supportant le toit menaçait de se briser à tout moment, ce qui déclencherait une avalanche de pierres. D'un geste vif, elle empoigna Frederic, qui, enfin réveillé, sortait de sa chambre en courant et avait déjà toutes les peines du monde à respirer au milieu de toute cette fumée, et elle l'entraîna à sa suite dans la pièce la plus proche. Le petit se débattait, conscient du danger, mais Emerald le tenait d'une poigne de fer.

— Viens, mon petit, chuchota-t-elle, mieux vaut ne pas être écrasé par les pierres qui vont tomber. Attendons plutôt la fumée !

Frederic se mit à pleurer.

On entendit soudain la voix grêle et aiguë du comte derrière la porte de la chambre à coucher.

— Emerald, criait le vieil homme d'une voix chevrotante. Emerald, au secours ! Aide-moi ! Je t'en supplie, viens à mon secours !

Emerald resta un instant immobile, un doux sourire s'étalant sur son visage.

— Benedict, murmura-t-elle, il va brûler !

— Maman ! sanglota Frederic.

Il essaya de s'arracher à son étreinte, mais elle l'entraîna dans une autre pièce encore. Tremblant de tout son corps, il enfonça entre les genoux de sa mère sa tête aux boucles noires. Emerald le caressa avec amour. Elle tressauta quand, dehors, la lourde charpente s'effondra, les pierres et les tuiles s'écrasant à grand fracas. Déjà une fumée âcre pénétrait dans la petite pièce. Emerald fut prise d'une violente quinte de toux. Elle tendit l'oreille, espérant entendre la voix du comte, mais elle s'était tue. Peut-être était-il déjà mort ?

Mon Dieu, comme les yeux lui piquaient, comme ils larmoyaient ! Et ce petit être qui tressaillait et se tortillait entre ses bras, poussant des sanglots à moitié étouffés, était pour elle une torture. Ne sentait-il donc pas la force sauvage du feu, l'énergie et la vie qu'il dispensait ?

Respirer était de plus en plus difficile. Sa tête devenait pesante, son corps également. Ses mains laissèrent glisser sans vie le fardeau qu'elles retenaient, tandis qu'elle-même s'enfonçait tout au fond du fauteuil. Comme elle se sentait légère ! Elle n'entendait plus qu'un chant alentour, un chant vivant poussé par mille poitrines. Des vagues de chaleur couraient le long de son corps, les vagues d'une onde pure ; il n'y avait plus à présent qu'une lumière, une clarté aveuglante, dansante. Elle suffoqua, ses poumons, ardents, tremblaient ; à travers ses sourcils lourds et brûlants, elle se vit, elle, ainsi que tous les êtres qu'elle connaissait. Ils lui faisaient signe, et ils avaient des visages plus grands que la normale, aussi clairs que du cristal. Ils lui souriaient avec amour et, de leurs bras caressants, l'éventaient. La chaleur cruelle reflua, une douce tiédeur enveloppa son corps embrasé, la clarté douloureuse se changea en une lumière joyeuse. Au beau milieu des flammes, elle vit Robin, transfiguré, lavé de tous ses péchés. Il lui tendait les bras, prêt à l'emporter avec lui. Une dernière fois, dans une lutte désespérée, ses poumons eurent un soubresaut, le corps tressauta lui aussi, violemment, dans les affres de la mort.

Puis ce fut la fin de toutes les douleurs de ce monde, de tous ses maux, et il n'y eut plus qu'une vie nouvelle et meilleure, une vie paisible et éternelle.

14

Le procès contre sir Thomas Woolf, le colonel Precord et Hélène Tate se conclut par deux condamnations à mort et une peine de prison qui n'était toutefois que provisoire, susceptible d'être à tout instant commuée en condamnation capitale elle aussi.

Woolf et Precord terminèrent sur le billot, car le tribunal n'eut aucun mal à établir et à prouver leur rôle dirigeant dans le complot révolutionnaire. Comme ils étaient les uniques survivants du massacre opéré par la troupe de miliciens, il fallait les faire disparaître au plus vite de la circulation ; aussi furent-ils exécutés sans tambour ni trompette au nom du peuple, un peuple laissé dans l'ignorance du forfait. Dans le cas de la coïnculpée Hélène Tate, les choses se présentaient différemment, l'affaire paraissant beaucoup plus compliquée. Les juges parvinrent à la conclusion qu'elle était effectivement complice, mais qu'elle n'avait jamais collaboré activement au projet révolutionnaire. Son nom ne figurait dans aucun des nombreux documents découverts dans l'appartement, pas plus qu'on ne trouva d'indice relatif à la participation d'une femme. En outre, Woolf lui-même avait soutenu sous la torture que, si Mme Tate avait été présente sur les lieux, c'était uniquement parce que la peur de voir son mari pris par surprise avait été la plus forte. Ni lui ni Hélène ne trahirent sir Robin, comme ils avaient eu le temps d'en convenir au cours d'un bref instant où on ne les surveillait pas.

— Complicité passive ou complicité active, dit le juge Lawrence, sont presque aussi graves l'une que l'autre. Mais ce n'est justement pas tout à fait la même chose !

La perplexité fut grande jusqu'au moment où on découvrit que la jeune femme était enceinte. La situation avait changé du tout au tout !

— Jamais nous n'attenterons à une existence innocente, proclama le juge Lawrence d'un ton pathétique où perçait le soulagement d'avoir trouvé une issue.

Malgré sa réputation de sévérité et de fanatisme, il était ému d'étrange façon par cette femme : il ne pouvait s'empêcher de frissonner à la vue de son beau visage, pareil à un masque de pierre, et de ses yeux où se lisait une douleur sauvage, indicible.

Il la condamna à la prison à perpétuité, au moins provisoirement, étant entendu que le cas serait réexaminé une fois l'enfant né. En secret, il savait qu'on oublierait certainement Hélène Tate, car son rôle dans l'affaire avait été trop insignifiant pour faire sensation. Elle resterait donc en prison jusqu'à la fin de ses jours et ne serait pas livrée au bourreau.

La prison où fut enfermée Hélène était un très vieux bâtiment de pierre, humide et puant, couvert d'une moisissure séculaire. Située dans la partie orientale de Londres, l'énorme et laide bâtisse faisait frissonner les passants qui ne pouvaient s'empêcher d'avoir une pensée pour les pauvres diables vivant en un tel lieu, derrière les minuscules fenêtres grillagées.

On avait traîné Hélène dans un cachot, au sous-sol, qu'elle partageait avec quatre autres femmes. La petite pièce, tout en longueur, n'avait pas de fenêtre ; la seule source de lumière consistait en quelques bougies de suif brûlant sans éclat et lançant contre les murs des ombres fantomatiques. Sur l'un des côtés étroits se trouvait une porte, sur l'autre ainsi que sur l'un des côtés plus longs couraient d'étroits bancs de pierre en face desquels étaient étalées cinq médiocres paillasses. De la mousse et des champignons poussaient sur les murs humides, des araignées et des cafards se promenaient sans hâte un peu partout et, continuellement, des rats noirs, maigres et agressifs, surgissaient de leurs trous.

On avait transporté Hélène dans ce cachot immédiatement après son arrestation. Elle avait été brièvement sortie pour les audiences avant d'y être finalement ramenée. Ne sachant que peu de choses à son sujet, ses codétenues étaient d'abord restées perplexes devant son attitude, car, les deux premiers jours, Hélène avait pleuré presque sans discontinuer. Cela n'était pas étonnant, la plupart des nouvelles détenues commençant par pleurer. Mais elles le faisaient d'une tout autre manière. Elles sanglotaient et criaient sans retenue, presque hystériquement, se lamentant sur leur sort à l'aide des mots les plus violents. Cette femme se contentait de pleurer calmement, presque sans bruit. Le chagrin altérait ses traits au point qu'on était saisi de pitié. Elle restait assise sans bouger toute la journée, ne touchait à aucune nourriture, ne buvait que de loin en loin une gorgée d'eau et, à l'aide d'un mouchoir ourlé de dentelle, essuyait ses joues émaciées. À toutes les questions elle répondait d'une voix basse et tranquille, toujours polie, mais sans jamais sortir de sa réserve, sans jamais parler librement d'elle-même.

Ce fut sa douleur qui lui valut, à son insu, des sympathies qu'elle n'aurait pu, autrement, que gagner au prix de grands efforts. Car, avec un sûr instinct, ses compagnes d'infortune avaient aussitôt reconnu en Hélène une dame de qualité. En dépit de sa vieille robe usagée, de ses cheveux défaits et de son visage gonflé, c'était quelqu'un de distingué, dont la présence en ce lieu était totalement déplacée. Les quatre autres femmes provenaient des basses couches de la société : Tempera était sous les verrous pour vol et prostitution, Ruby pour son perpétuel état d'ébriété, Meg était dans l'incapacité de payer ses dettes – elle aurait dû se trouver dans la prison pour dettes de Newgate, mais avait atterri dans cette cellule où on l'avait oubliée – et enfin Barbara qui avait planté un couteau dans le cœur de son mari et qui avait sauvé sa tête parce qu'il avait pu être prouvé qu'elle avait agi en état de légitime défense.

Bien que toutes de l'âge d'Hélène – Tempera un peu plus jeune, les autres moins –, elles paraissaient vieilles, leur long emprisonnement les ayant transformées en épaves humaines, aux joues creuses et au corps malade. Il y avait déjà quatre ans que Meg était là et, de tout ce temps, elle n'avait plus aperçu le moindre rayon de soleil ; elle était pourtant la plus tranquille des quatre, alors que Tempera souffrait de continuelles crises d'hystérie, se démenant comme une furie. Les détenues étaient certes attachées aux bancs par un anneau de fer autour d'une cheville, mais les chaînes étaient assez longues pour leur permettre de se déplacer dans toute la geôle.

Au bout de deux jours de pleurs et de jeûne, Hélène était épuisée, ayant perdu toute énergie. La tête lui tournait, si grande était sa faim, mais, simultanément, la vue du moindre aliment lui donnait envie de vomir. Bien que n'ayant plus de larmes, elle avait l'impression qu'elle allait pleurer éternellement. La mort d'Alexander l'avait plongée dans un tourbillon noir, dans un monde d'obscurité et de douleur, un monde hors de toute réalité. Elle ne parvenait toujours pas à comprendre ce qui s'était produit, tout en sachant avec une certitude absolue que cela s'était bel et bien produit. Elle avait vu mourir Alexander de ses propres yeux, mais sa raison se refusait à l'admettre. C'était si irréel, si atrocement irréel. La nuit dans cette maison obscure remplie d'hommes inconnus, le combat, la mort d'Alexander, sa comparution devant le tribunal, ce trou sombre avec ces femmes sales et la voix dure de la gardienne, tout cela était trop étrange et trop lointain ! Une chose pareille ne pouvait tout simplement pas arriver à une Hélène Calvy !

Mais elle était seule à présent ! Hélène jeta un regard circulaire dans le cachot – mon Dieu, si désespérément seule et, pour la toute première fois de sa vie, sans personne pour l'aider. Sans aucun espoir, car l'espoir était mort en même temps qu'Alexander. Quand bien même elle réussirait à sortir de cette prison, c'était également l'enfer qui l'attendrait au-dehors. Comment vivre ? Hélène était paralysée par le désespoir, l'impression atroce de ne pouvoir vivre tout en voyant son corps travailler et la maintenir dans cet état de désespérance. Il n'y avait plus de rêves, plus d'envies. Il n'y avait plus que le vide en elle et autour d'elle, mais aussi la douleur, une douleur si écrasante qu'elle aurait pu crier.

Les journées en prison s'écoulaient d'une manière immuable. Le matin, on leur donnait un peu de pain et d'eau, tous les deux jours un baquet d'eau supplémentaire afin qu'elles se lavent. Quand elle vit pour la première fois cette eau sale et brune, Hélène n'en crut pas ses yeux. Si elle se lavait avec ça, elle en sortirait plus sale encore qu'avant.

— Prends donc ta part, lui conseilla Barbara qui avait remarqué son hésitation, tu t'y habitueras et, avec le temps, tu trouveras que c'est mieux que rien.

— Mais d'où vient cette eau ? demanda Hélène sous le choc. Elle a un aspect abominable !

— Sans doute des éviers de la cuisine, répondit Ruby sans y voir malice.

Hélène se détourna, presque malade de dégoût, et s'allongea sur sa paillasse, pâle comme une morte et s'efforçant manifestement de ne pas vomir. Les autres l'observaient, mi-moqueuses, mi-apitoyées. La dame si distinguée faisait maintenant connaissance avec la vie véritable, la vie se déroulant loin des châteaux et des habits de soie, mais, d'un autre côté, il devait bien sûr être épouvantable pour elle de se retrouver d'un seul coup dans cette situation, et aucune de ses compagnes n'aurait voulu être à sa place.

Hélène s'habitua effectivement à utiliser cette eau croupie. Au bout d'un certain temps, elle parvint même à manger la répugnante viande pleine de graisse qu'on leur servait une fois par semaine et sans laquelle on était condamné à tout simplement mourir de dénutrition. Il n'y avait en effet à manger, à part ça, que du pain sec, et en quantités aussi réduites que possible. La seconde fois où on leur apporta de la paille fraîche, elle s'arrangea pour s'attribuer sans barguigner la part qui lui revenait, alors que, précédemment, elle n'avait mis la main que sur quelques pauvres restes sur lesquels il était impossible de dormir sans douleurs.

Cet étrange instinct de survie s'était développé spontanément, sans qu'il y eût de sa part calcul ou réflexion. Hélène était toujours plongée dans un monde de désespoir ne laissant place à aucun avenir. Quand, assise, elle contemplait fixement le sol, seul le passé l'habitait. Elle revivait chacune des minutes vécues en compagnie d'Alexander avec une précision atroce. Les autres observaient souvent avec intérêt sa physionomie sortir lentement de sa torpeur habituelle, la douceur d'un rêve lumineux la transfigurer, tandis que naissait une étincelle de vie dans ses yeux grands ouverts.

— Voilà qu'elle pense de nouveau à cet homme, se moquait alors Tempera.

Hélène sursautait et sortait de son rêve. Elle se mordait les lèvres, se tordait les mains et, en pleine confusion mentale, se demandait pourquoi elle ne mourait pas, pourquoi elle continuait d'exister dans cet enfer.

Dans le trou obscur qu'était cette geôle enterrée, il n'y avait ni jour, ni nuit, ni saison. Les détenues savaient l'heure qu'il était en se fiant à l'arrivée des repas et au fait que les gardiennes leur disaient « bonjour » ou « bonsoir », mais elles ignoraient tout du monde extérieur, ignoraient s'il pleuvait ou s'il faisait beau, s'il y avait du brouillard ou si le vent soufflait en tempête. Hélène, pourtant, était certaine que l'été était arrivé. Arrêtée le 23 mai, elle avait ensuite cessé de compter les jours, mais, en se livrant à un compte à rebours, elle pensait qu'on devait être autour du 10 juin.

Un jour, la gardienne étant entrée dans la cellule, sa jupe avait effleuré le visage d'Hélène : le tissu en était chaud et portait l'odeur du soleil. Elle avait alors constaté que la vie se poursuivait à l'extérieur, parmi les fleurs, les parfums et la chaleur. Elle avait été saisie d'une très forte envie, pour la première fois depuis la mort d'Alexander et depuis qu'elle était ici. L'été, la saison qui ne cessait de la rendre heureuse et de l'enchanter ! Quand elle imaginait l'été, c'était celui de Charity Hill, l'été des vagues bleues et surmontées d'écume, de l'herbe à l'odeur âpre, de l'écorce des arbres inondée de soleil, des rochers lisses et chauds.

Mais le temps de Charity Hill était révolu. Même si elle pouvait un jour y retourner, plus rien ne serait pareil.

Lentement, les quatre femmes et Hélène s'habituèrent les unes aux autres. Hélène ne se trouvait plus isolée face à un groupe fermé, ses compagnes ayant constaté que, loin d'être arrogante et prétentieuse, elle manquait manifestement plus d'assurance que n'importe laquelle d'entre elles et qu'elle était la plus perturbée de toutes. Paraissant vivre dans un monde de désespoir infini, elle était bien loin de se sentir au-dessus de quiconque.

Meg, la plus âgée, se mit à la materner. Elle conversait avec elle, l'aidait dans la mesure du possible, lui parlait d'elle d'une manière apaisante que renforçait encore son anglais fort dialectal. Hélène était heureuse d'avoir quelqu'un qui s'occupât d'elle, car elle allait très mal. Elle ressentait fréquemment une douleur aiguë dans la tête, des vertiges et des éblouissements dès qu'elle risquait un geste un tant soit peu rapide. Et l'enfant était si lourd ! Elle avait bien du mal à respirer, avec l'impression qu'un poids pesait sur sa poitrine, qu'un horrible fardeau lui enfonçait les côtes. En plus de tout, elle souffrait de perpétuelles nausées, l'envie de vomir la saisissant dès qu'elle entreprenait quoi que ce soit, et, surtout, elle ne pouvait que fort peu manger.

C'est alors qu'Hélène comprit enfin pourquoi bien des femmes pâlissaient quand on leur apprenait qu'elles étaient enceintes. Jusque-là, une grossesse avait été pour elle la chose la plus simple du monde. Elle n'arrivait pas à se souvenir d'avoir souffert de quelque malaise pour Francis et Cathy. Jusqu'au jour de la délivrance, elle s'était promenée sans problème.

Or maintenant, tout paraissait se liguer contre elle. Les douleurs la tourmentaient depuis la nuit où Alexander avait été assassiné et où, peu avant, elle avait couru comme une folle dans la nuit noire et sous la pluie torrentielle, croyant à tout instant qu'elle allait mourir si elle ne s'arrêtait pas sur-le-champ. Depuis, elle ne s'était plus jamais sentie bien. À peine parvenait-elle encore à s'imaginer ce que c'était que d'être en bonne santé et de ne souffrir de rien.

Ses compagnes d'infortune étaient elles aussi en souci.

— Tu es beaucoup trop maigre pour avoir un enfant, lui disait Barbara. Tu n'as plus que la peau sur les os !

— Eh bien, tu n'as qu'à lui donner tous les jours un peu de ta ration de pain, remarqua Tempera d'un ton acerbe.

Celle-ci avait en général la langue bien pendue, n'épargnant personne et, ce matin-là justement, elle avait été prise d'une des crises dont elle était victime à intervalles réguliers. Les autres avaient eu toutes les peines du monde à l'empêcher de se fracasser la tête contre le mur tandis qu'elle ne cessait de hurler qu'il lui fallait sortir à tout prix, retrouver l'air pur et le soleil, et qu'elle vivait ici la mort la plus horrible qu'on puisse imaginer.

— Tu peux mettre au monde un bébé mort-né, prévint Barbara en ignorant la provocation de Tempera. Or c'est la dernière chose que tu aies de ton Alexander...

Hélène tressaillit violemment, ses yeux s'assombrirent. Elle ne pouvait toujours pas entendre prononcer son nom sans recevoir une véritable décharge dans le cœur. Meg s'en aperçut.

— Laisse-la donc, Barbara, dit-elle, je comprends qu'Hélène n'ait pas faim dans ce trou pourri !

Le temps s'écoulait et rien ne se produisait. Dehors, l'été prospérait avec ses tilleuls en fleurs, ses roses qui embaumaient, ses champs ondulant sous le vent et ses eaux scintillantes. Les paysans travaillaient jour après jour sur leurs terres, les pissenlits poussaient dans la fournaise, couverts de poussière, tandis que, paresseusement couchés au bord des chemins, à l'ombre des buissons, les animaux rassasiés observaient d'un œil endormi la campagne alentour.

Rien de tout cela ne parvenait jusque dans le cachot obscur. Il n'y avait en ce lieu rien d'autre qu'une nuit moite et une solitude sans fin. Parfois, Hélène croyait perdre la raison, puis un fol espoir germait à nouveau en elle, l'espoir qu'on la gracierait peut-être à la naissance de l'enfant, car, en fin de compte, elle était innocente. Mais que ferait-elle une fois libre ? Comment, juste ciel, pourrait-elle vivre sans Alexander ?

Elle ne rêvait cependant jamais de lui. Ah, voilà qui était peut-être le plus grand tourment : se réveiller d'un sommeil profond qui avait apporté l'oubli ! Mais toujours revenait la réalité, la brutale prise de conscience qu'Alexander était mort et qu'elle était seule. Qu'elle croupissait dans cette oubliette, agonisant lentement. Qu'est-ce qui la différenciait donc des innombrables rats galeux qui filaient entre leurs jambes ? Elle avait les cheveux rêches, elle sentait si atrocement mauvais qu'elle en avait la nausée, son corps était couvert d'eczéma suintant qui la démangeait et son gros ventre débordait du corset déboutonné. Mais non, il ne fallait pas remuer ce genre d'idées ! Se sentant coupable, elle se caressait alors le ventre. C'était l'enfant d'Alexander qu'elle portait et, même s'il ne pourrait jamais le remplacer, même si elle n'attendait pas sa naissance dans la joie parce qu'Alexander ne pourrait y assister, elle devrait pourtant l'aimer et le protéger.

Une nuit, alors qu'elle s'allongeait avec précaution pour retrouver le sommeil, une brève douleur aiguë dans le dos l'arrêta dans son geste, une douleur si forte qu'elle se mit à transpirer, mais qui, aussi vite qu'elle était venue, disparut. Hélène crut presque que cela avait été un effet de son imagination, mais, au même instant, elle eut une sensation de profond étirement dans le bas-ventre, accompagnée d'une nouvelle douleur aiguë. L'effroi lui coupant le souffle, elle regardait droit devant elle dans le noir.

— Ce n'est pas possible, ce n'est pas possible, murmura-t-elle d'une voix blanche.

Passant sa langue sur ses lèvres sèches, elle se redressa péniblement. Un gémissement lui échappa quand une nouvelle vague de douleur l'envahit. Lentement, sur les mains et les genoux, elle se traîna sur le sol. En dépit de la totale obscurité, elle savait à peu près où se trouvait la couche de Meg. Elle dut s'arrêter un instant pour, tordue de douleur, laisser passer une nouvelle attaque. Ses mains s'enfoncèrent enfin dans de la paille, puis elle sentit la chaleur d'un corps. Elle le secoua avec précaution.

— Meg, chuchota-t-elle, Meg, réveille-toi !

Elle entendit un léger mouvement.

— Qu'y a-t-il ? demanda Meg d'une voix ensommeillée.

— Meg, oh Meg, il faut que tu m'aides, je suis en train d'accoucher !

Hélène était à présent allongée sur sa paillasse, calme, gardant fermées ses paupières rougies ; sa poitrine se soulevait et s'abaissait à un rythme régulier. Elle offrait un spectacle pitoyable, comme si tout son visage avait été déformé par la souffrance, mais une certaine paix flottait désormais sur ses traits. Son fils était venu au monde une heure plus tôt, petit paquet d'os et de peau ayant à peine apparence humaine et n'ayant même pas vécu dix minutes. Meg l'avait baptisé en toute hâte avec l'eau sale de la cuisine, lui donnant le nom d'Alexander, puisque son père s'appelait ainsi. Elle ne savait certes pas si ce baptême avait la moindre valeur, mais elle avait pensé que Dieu, peut-être sensible à sa bonne volonté, accueillerait l'âme du pauvre enfant.

Mme Scott, la gardienne, emporta le petit cadavre, Ruby et Barbara pleurèrent de concert et Tempera afficha une fois encore le sourire moqueur qu'elle avait adopté dès le début. Hélène, elle, était trop épuisée pour demander des nouvelles de son enfant. Elle gisait comme morte et, en ces premières minutes, ne ressentait que le soulagement d'être enfin délivrée des douleurs atroces.

Mme Scott, à son retour, se pencha sur Hélène et l'examina d'un œil expert.

— Elle s'en sortira, conclut-elle, mais c'en est bien entendu fini de sa beauté !

— Comment pouvez-vous dire une chose pareille ! s'écria Meg. Elle redeviendra aussi belle qu'avant !

Hélène ouvrit les yeux et eut un léger sourire.

— Où est mon bébé ? demanda-t-elle d'une voix faible.

Il régna un silence gêné, puis Meg, se penchant sur elle, la prit dans ses bras.

— Ma bonne, chuchota-t-elle d'une voix étouffée par les larmes.

— Comme c'est touchant, se moqua Tempera, comme vous êtes toutes pleines d'égards et de tact ! Personne n'ose dire la vérité à la jeune mère !

Se levant, elle se plaça au milieu de la pièce, mit les poings sur les hanches et annonça :

— Ton bébé est mort, Hélène, il est mort aussitôt après sa naissance !

— Quoi ?

— Il est mort, répéta Tempera. C'était un garçon.

— Espèce de sans-cœur, Tempera ! s'exclama Ruby.

Tempera haussa les épaules.

— Au moins, la voilà au courant, dit-elle avec indifférence. Aucune de vous n'aurait réussi à le lui dire.

Hélène ferma les yeux. Elle était si fatiguée, si horriblement fatiguée. La nouvelle de la mort de son fils s'effaçait derrière cette fatigue, comme s'effaçaient les silhouettes autour d'elle, la pièce, la misérable paillasse. Le monde n'était plus que sommeil, un sommeil profond, interminable, consolateur. Un sommeil réconfortant, empli de vie. Elle ne pressentait pas qu'il aurait facilement pu l'emporter loin de cette terre.

Elle était plus malade et affaiblie qu'elles ne l'avaient toutes cru. La naissance avait été le coup ultime, mais, auparavant déjà, elle était au bout de ses forces. C'est à peine si elle avait mangé depuis la mort d'Alexander, elle avait peu dormi, les idées noires, les larmes et le désespoir l'avaient rongée. Maintenant que sa grossesse était terminée, l'épouvantable maigreur de son corps se remarquait vraiment. Elle avait la peau livide et jaunâtre, les joues hâves, les yeux sans éclat, le regard éteint. Peu de temps après l'accouchement, elle fut prise d'une fièvre qui dura plusieurs jours. Meg et les autres furent alors persuadées que la fin était proche.

Mais une volonté de vivre farouche sommeillait au plus profond d'elle-même. Une volonté qui n'avait rien à voir ni avec la raison ni avec un quelconque sentiment, car elle désirait mourir pour retrouver Alexander. Il s'agissait bien plutôt d'un instinct de survie, qui allait à l'encontre de sa volonté. Et c'est ainsi que, sans le vouloir, Hélène luttait avec acharnement contre la maladie et la mort. Elle luttait obstinément pour la moindre heure de vie, refusant de s'avouer vaincue.

Et ce fut la vie qui l'emporta. On était déjà en septembre quand, s'appuyant sur Meg, Hélène effectua ses premiers pas dans la cellule. Squelettique, les jambes en flanelle, elle sentait pourtant déjà une force nouvelle couler dans ses veines. Elle comprit que, en dépit des épreuves et des souffrances, elle ne pourrait renier sa jeunesse. Elle se mit à manger, à boire et à se laver comme si un espoir s'était éveillé en elle, un espoir lui rendant la vie. Elle avait d'abord eu peur que, son enfant étant né, on la reconduisît devant un juge, comme cela lui avait été annoncé. Mais Meg la tranquillisa : si telle avait été leur intention, il y a longtemps que cela aurait eu lieu. Il était plus vraisemblable qu'on l'avait oubliée. Pour réconfortante que fût cette hypothèse, elle n'en était pas moins épouvantable. Être oubliée dans ce trou obscur, enterrée vivante pour toujours... Hélène commença à devenir nerveuse, l'élan retrouvé après sa maladie se mua alors en une irritation et une mauvaise humeur croissantes. L'enfermement minait ses forces physiques à une vitesse affreuse.

15

Un matin, inopinément, Mme Scott fit son apparition et annonça qu'Hélène était transférée dans une cellule d'isolement. Elle ne répondit pas aux questions angoissées d'Hélène, se contentant de la brusquer, lui intimant de faire rapidement ses adieux et de la suivre.

— Meg, qu'est-ce que ça peut vouloir dire ? demanda Hélène qui avait pâli et qui luttait contre les larmes.

— On va enfin juger Hélène ! s'écria Tempera.

— C'est idiot, répliqua Meg en prenant Hélène dans ses bras. Ne m'oublie pas, et sois courageuse. J'ai un bon pressentiment !

— Mais Meg, j'ai peur, je…

— Calme-toi, Tate, ordonna Mme Scott, tu n'y peux rien de toute façon. Allez, viens !

Hélène se libéra des bras de Meg, donna la main à Rudy et à Barbara et, après une brève hésitation, à Tempera aussi qui souriait d'un air supérieur.

— Allez, allez, viens, la pressa Mme Scott.

Hélène prit sa couverture et eut tôt fait de réunir ses affaires. Elle suivit alors la surveillante. Elles longèrent un couloir faiblement éclairé sur lequel donnaient, à droite et à gauche, d'innombrables portes, grimpèrent deux escaliers et s'arrêtèrent devant l'une d'elles. Mme Scott sortit son grand trousseau de clés, ouvrit et poussa Hélène dans la pénombre d'une petite cellule. Hélène s'attendait à se voir de nouveau enchaîner par un pied, mais, à sa grande surprise, Mme Scott s'en abstint. Elle sortit aussitôt et verrouilla la porte. Ses pas s'éloignèrent rapidement, puis ce fut le silence absolu.

Hélène inspecta la geôle. Elle était peu différente de la première, à part le fait qu'elle était plus petite et plus haute – peut-être était-elle même au niveau du sol. Elle ne pouvait pas le savoir avec exactitude, car il n'y avait pas de fenêtre, juste deux minces bougies qui n'émettaient qu'une pâle lumière. Hélène s'assit sur sa paillasse, s'entortilla dans sa couverture et regarda sombrement dans le vide. C'en était définitivement fini pour elle. Seule pour toujours dans cette cellule. Elle aurait voulu pleurer, mais ne put verser la moindre larme. Elle se sentait paralysée, à jamais incapable d'une émotion quelconque.

Elle passa deux jours à remuer des idées noires et à se rebeller. Mais le troisième, dans la soirée, la porte s'ouvrit, une fille apparut sur le seuil. Sans un mot, elle alla droit à Hélène qui n'avait pas encore réussi à s'endormir et la fit se lever de force.

— Suivez-moi, chuchota-t-elle en ressortant aussitôt.

Bien que ne comprenant pas ce qui arrivait, Hélène prit sa couverture et rejoignit la jeune fille qui attendait devant la porte pour la refermer. Cette dernière prit les devants, longea quelques couloirs, descendit un escalier, en remonta un autre jusqu'à atteindre une petite porte devant laquelle était assis un gardien. Sur un signe de la jeune fille, il ouvrit la porte et laissa passer les deux femmes sans problème. Hélène franchit le seuil – l'obscurité était totale, mais l'air nocturne, pur et frais, la frappa au visage : de l'air, du bon air pour la première fois depuis plus de quatre mois. Hélène resta un moment immobile, incapable de bouger d'un pas. Mais déjà on la saisissait par le bras.

— Venez ! souffla la jeune fille.

Elles longèrent le mur d'une maison, tournèrent dans une ruelle latérale, puis dans une seconde, une troisième. Une silhouette se détacha de l'ombre d'une maison.

— Lil ?

— Oui, c'est moi. Voilà la femme.

Lil poussa Hélène vers l'homme qui avait surgi devant elles, murmura encore quelque chose et disparut en un éclair.

— Mais…, commença Hélène, interrompue par l'homme qui, d'un geste de la main, lui fit signe de se taire.

— Suivez-moi, ordonna-t-il comme la jeune fille à l'instant.

Elle obéit, tourna sur ses talons le coin de rue le plus proche où une voiture stationnait. Son cocher ouvrit une portière et l'aida à monter. Puis il s'élança sur son siège. Les chevaux se mirent à tirer sans attendre et partirent à travers les rues désertes, avançant d'un trot rapide.

Hélène, toujours en pleine confusion, n'arrivait pas à comprendre ce qui se passait. Il s'était produit tant de choses ces dernières minutes qu'elle ne savait que penser. Elle était manifestement délivrée, mais par qui ? Elle ne connaissait Lil et cet homme ni d'Ève ni d'Adam. Qui se cachait derrière ça ? Qui était donc au courant de son arrestation ? Elle ne comprenait rien à rien, et personne ne paraissait vouloir la renseigner. Et où la menait cette course inquiétante ? Il était évident qu'ils avaient traversé la moitié de Londres. Hélène poussa le rideau de la fenêtre avec précaution et scruta les ténèbres. Elle distingua vaguement quelques maisons, mais sans parvenir à découvrir dans quel quartier elle était. Peut-être allaient-ils quitter la ville ?

Cette hypothèse se révéla la bonne, car, au bout de quelques minutes, la voiture stoppa et il suffit d'un autre coup d'œil par la fenêtre pour convaincre Hélène qu'ils se trouvaient devant les murs de la ville.

Elle entendit grincer les gonds d'une porte et, peu après, ils sortaient des limites de Londres.

L'allure s'accéléra alors. Ils devaient avoir à présent laissé loin derrière eux la cité et n'avaient toujours pas atteint le but de leur course. Hélène commença à se sentir de plus en plus inquiète, un peu comme si elle était victime d'un enlèvement. Pourtant, d'un autre côté, celui qui en était le commanditaire, quel qu'il fût, ne pouvait avoir d'autre dessein que celui de la sauver. Si seulement elle pouvait avoir une certitude ! Elle était sur le point de passer la tête hors de la portière et de demander au cocher de faire une halte quand la voiture prit un brusque virage à gauche. Un fort piétinement remplaça le bruit étouffé des sabots, comme si les chevaux galopaient sur des pavés. Déjà, ils s'arrêtaient. La porte fut ouverte avec vivacité, le cocher tendit la main à Hélène et l'aida à descendre. Elle distingua dans le noir une grande cour et une puissante demeure, un véritable palais entouré d'arbres très vieux et gigantesques. Sans aucun doute, elle était face à l'une des nombreuses et riches propriétés qu'on trouvait tout autour de Londres. Jeune fille, elle avait été invitée dans beaucoup d'entre elles, à l'occasion de soirées ou de bals, mais elle ne connaissait pas celle-ci. Non, elle se souviendrait d'une demeure semblable si elle l'avait déjà vue.

— Oh, s'il vous plaît, demanda-t-elle en se tournant vers son accompagnateur, s'il vous plaît, où sommes-nous ?

— À Chestnut Court.

— Et qui habite Chestnut Court ?

— Sir Robin Arnothy !

— Sir..., s'exclama Hélène le souffle coupé. Sir Robin ?

L'homme lui lança un regard méfiant.

— Vous le connaissez, non ? s'étonna-t-il.

— Oui, oui, bien sûr. Je pensais seulement qu'il...

— Venez. Et ne faites pas de bruit !

Ils pénétrèrent dans le bâtiment par une petite entrée latérale qui, à l'évidence, servait rarement, car tout était plein de poussière.

L'homme s'immobilisa devant une porte en chêne sculptée et frappa.

— Entrez !

L'homme ouvrit et s'effaça.

Elle se trouvait dans une pièce recouverte de boiseries, de tableaux aux cadres dorés, de livres à la reliure de cuir, de vaisselle d'étain brillante, et agrémentée d'un feu de cheminée pétillant. Le maître de cette richesse et de cette splendeur, sir Robin Arnothy, s'appuyait contre la cheminée avec toute la grâce d'un corps qui n'avait rien perdu de sa souplesse !

Il lui sourit, puis, s'avançant, lui prit les deux mains.

— Bienvenue à Chestnut Court, dit-il en s'inclinant avec élégance, avant de se tourner vers l'homme resté sur le seuil. C'est bon, Edward. Vous pouvez aller maintenant et préparer vos bagages.

Edward disparut. Robin tourna à nouveau son regard vers Hélène, l'examinant des pieds à la tête. Elle se sentit rougir de honte. Elle était là, devant lui, sale, puante, les cheveux gras où de la paille était encore accrochée, maigre, décharnée, dans une robe déchirée, sentant la sueur aigre. Et il fallait que ce fût précisément sir Robin qui la vît dans un état pareil. Il remarqua bien entendu qu'elle passait d'un pied sur l'autre tant elle était embarrassée et eut un sourire moqueur. Elle se sentit obligée de dire quelque chose.

— Sir Robin, se lança-t-elle, c'est... c'est très aimable à vous...

— C'était la moindre des choses, madame Tate.

— Non, ce n'est pas la moindre des choses. C'est fort courageux de votre part... et je vous en remercie.

— Ce fut pour moi un grand honneur, assura Robin.

Persuadée qu'il se moquait du ton sur lequel elle conversait, déplacé chez une femme ayant croupi quatre mois en prison, elle rougit à nouveau.

— Vous vous êtes exposé à de grands dangers...

— Vous devriez pourtant savoir que j'aime le danger et que je m'y expose sitôt que l'occasion s'en présente ! dit sir Robin en la regardant ironiquement. Ce que j'apprécie tant en vous, madame Tate, c'est qu'en toute situation vous vous comportez avec moi comme une froide lady anglaise !

Puis il se pencha en avant, sa voix et ses traits tout à coup empreints de douceur et de bonté :

— Hélène, tout cela est du passé, tout ce qui a pu se produire durant ces longues années, tout cela est passé, et vous êtes en sécurité. Vous n'avez plus à être hostile et méfiante.

Il la mena vers un large fauteuil, la fit s'asseoir confortablement et prit place face à elle. Hélène releva la tête. La froideur et l'aversion s'étaient effacées de son visage, où se lisaient à présent l'angoisse et la gratitude, ses yeux reflétant toute sa détresse.

— Je vous remercie, dit-elle sur un ton où ne perçait plus la moindre froideur, je vous remercie si sincèrement. Je n'aurais pas supporté l'épreuve bien longtemps encore. Là-bas, c'était...

Elle s'interrompit et baissa les yeux le long de son corps comme pour signifier que son apparence était la meilleure description qui soit de ce qu'elle avait enduré. Puis elle ajouta :

— Mais... pourquoi ?

— Hum, fit Robin.

Il se leva, versa du vin dans deux gobelets en étain, puis en tendit un à Hélène.

— Buvez, cela vous fera du bien.

Effectivement, Hélène se sentit mieux. Une vague de chaleur la parcourut et la fatigue reflua.

— Voyez-vous, reprit Robin, je crois que j'éprouve pour vous comme un amour secret.

— Quoi ?

— Pourquoi êtes-vous si étonnée ? Vous êtes une très jolie femme !

— Pour l'heure...

— Oui, bien sûr que non, pas maintenant, naturellement ! Mais vous aurez bientôt retrouvé votre beauté, je l'entrevois à travers toute cette crasse.

Cette voix à la fois rude et caressante l'engourdissait. Confusément, elle songea aux nombreuses femmes qui avaient succombé au charme de cet homme. Il possédait un étrange pouvoir de fascination.

— Vous êtes perturbée, Hélène, constata soudain Robin. Perturbée, inquiète et totalement épuisée. Je ne voudrais pas vous dire à présent le fond de ma pensée. Mais vous êtes une femme très particulière. Je vois en vous autant d'ardeur que de morale, autant de courage que de timidité, autant de joie que de crainte devant la vie. Venez, ajouta-t-il en se levant, il faut que vous dormiez. En tout cas, vous êtes une des rares jolies femmes qui restent fidèles.

Sans savoir pourquoi elle se laissait aller à cette confidence, Hélène dit à voix basse :

— Je n'ai pas toujours été fidèle.

— Ah oui ? Vous aimiez déjà votre second mari quand le premier vivait encore, n'est-ce pas ?

Elle sursauta.

— Comment êtes-vous… ?

— Je ne suis au courant de rien. C'est juste ce que je me dis et il semble que je ne me trompe pas. Eh bien, cela vous a-t-il au moins un peu tourmentée ?

— Oui.

— De mieux en mieux ! Une jolie femme dotée d'une conscience. D'une conscience puritaine.

— Je ne pense pas avoir une conscience puritaine. Vous avez seulement cette impression parce que vous n'en…

Elle s'interrompit. Robin éclata de rire.

— Parce que je n'ai pas de conscience du tout, c'est ce que vous voulez dire ? Mais chère madame Tate ! D'où vous vient cette idée ?

— Je pense à Emerald, rétorqua Hélène en prenant son courage à deux mains.

— Emerald ?

— Oui. Vous avez brisé son existence !

— Ah, voilà ! Et vous jouez à présent les anges vengeurs !

— Je…

— Ne pensez-vous pas que cette dame était assez grande pour savoir ce qu'elle faisait ?

— C'est en tout cas ce qu'on pourrait en effet penser. Mais, manifestement, certaines femmes ne sont pas assez grandes en certaines circonstances. Et Emerald ne pouvait pas encore…

— Emerald ? l'interrompit Robin. Je crois pouvoir affirmer qu'Emerald, justement, n'était pas si innocente que vous le croyez.

Puis, voyant la tête d'Hélène, il ajouta :

— Je parle de sa mentalité. Au fait, puisqu'il est question d'Emerald, elle a envoyé vos enfants à Londres, chez cette Mme Maggett.

— Mes enfants ?

Robin acquiesça.

— J'ai rendu visite à Mme Maggett voici quelques semaines. Je voulais apprendre ce qui vous était arrivé, à vous et au colonel Tate et, quelqu'un m'ayant informé que vous aviez logé chez elle, j'ai pensé qu'elle pourrait peut-être me renseigner. Eh bien non ! En revanche, elle s'est jetée sur moi comme une véritable furie, me criant que vos enfants étaient arrivés chez elle depuis un bon bout de temps, ainsi que leur bonne, qu'elle avait renvoyé la bonne d'enfants qui avait trouvé du travail quelque part, mais qu'elle ne pouvait pas jeter les enfants à la rue comme ça.

— Où sont-ils à présent ?

— Ici, chez moi. J'ai prié Mme Maggett de les garder quelque temps encore, que je payerais pour tout. Je suis allé les chercher il y a trois jours de cela.

Hélène se releva d'un bond.

— Où sont-ils ? Je veux les voir !

— Il ne vaut mieux pas. Ils dorment déjà. Si on les réveille brusquement, ils vont se mettre à crier.

Il lui jeta un regard inquisiteur.

— Excusez-moi, dit-il, mais, la dernière fois que je vous ai vue, n'étiez-vous pas enceinte ?

— Le bébé est mort peu après sa naissance, il était prématuré.

— Je suis désolé !

De nouveau, dans sa voix où dominaient habituellement l'insolence et l'ironie, se fit entendre la douceur du début de leur entretien. Hélène se demanda comment elle avait pu un jour le détester.

— Je vais sonner Mme Felberry, dit-il. Elle va vous montrer votre chambre. Mme Felberry sait que vous étiez en prison, mais elle n'a pas besoin de connaître votre nom.

— C'est entendu.

Hélène voulait encore demander ce qu'il allait désormais advenir d'elle, mais elle était trop lasse. D'ailleurs, la porte s'ouvrait déjà, laissant passer la gouvernante.

— Ah, madame Felberry ! s'écria Robin. Voici ma cousine, Mme Killyham. Elle vient de vivre des moments épouvantables, aussi veillez bien sur elle, je vous prie !

— Certainement, sir, assura Mme Felberry en examinant Hélène d'un œil amical.

C'était une femme rondelette et chaleureuse, aux yeux gris brillant d'intelligence.

— Bonne nuit, chère Martha ! dit Robin, se penchant vers Hélène et l'embrassant tendrement sur la joue droite.

Elle frissonna.

— Bonne nuit… Robin, murmura-t-elle.

Puis, suivant Mme Felberry, elle monta un escalier et entra dans une charmante petite pièce. Il y avait, dans un coin, un baquet rempli d'eau chaude. Presque à moitié endormie déjà, Hélène laissa Mme Felberry la baigner et lui laver les cheveux. L'eau tiède et odorante lui parut sortir d'un rêve. Mme Felberry enduisit d'un onguent frais les écorchures de son corps et les pansa. Ensuite, elle la revêtit d'une chemise de nuit douillette et bouffante et l'aida à gagner son lit. En s'endormant, Hélène prit conscience de la merveilleuse finesse du drap de lin sur lequel, pour la première fois après des mois passés sur de la paille, elle pouvait enfin étendre son corps de tout son long.

16

Un soleil lumineux inondait la pièce jusque dans le dernier recoin quand Hélène, le lendemain, se réveilla. Un bref instant, c'est avec stupeur qu'elle découvrit les murs lambrissés, les tapis splendides et les meubles précieux qui l'entouraient. Puis elle comprit où elle se trouvait, et la journée de la veille lui revint en mémoire. Croisant les bras derrière la tête, elle s'étira avec un soupir d'aise. Par son confort, la pièce lui rappela un peu la chambre qu'elle occupait jadis à Londres. Ce souvenir, en même temps qu'elle se remémorait la sollicitude affectueuse de Mme Felberry à son égard, la veille au soir, lui donna presque la sensation d'être revenue à l'époque où elle n'était encore qu'une toute jeune fille. Mais, en cet instant précis, elle entendit des voix d'enfants se disputant quelque part dans la maison et cela la ramena brusquement à la réalité. Ses enfants étaient ici ! Vite, il fallait aller les retrouver ! D'un seul coup, elle fut prise d'un ardent désir de les revoir, un désir infini. Repoussant la couverture du pied, elle bondit à la fenêtre. Du plus loin qu'elle pouvait se le rappeler, ses premiers pas, le matin, avaient toujours été pour aller à la fenêtre, et elle en avait été privée pendant plus de quatre mois. Elle ouvrit en grand les battants et se pencha à l'extérieur. Le soleil était déjà chaud dans un ciel d'un bleu immaculé. Son regard glissa sur des pelouses soigneusement tondues, des parterres de rosiers en fleurs, des chemins recouverts d'un gravier bien ratissé, à l'ombre de puissants marronniers. Elle entendit des poules caqueter, des chevaux hennir. L'air était rempli du bourdonnement des abeilles qu'entrecoupaient de temps à autre des voix rassurantes. La propriété était merveilleuse, pleine d'un charme propre à cette région de l'Angleterre. Et cette non moins merveilleuse journée de la fin de l'été paraissait, par sa splendeur, vouloir lui prouver – elle qui avait si longtemps été comme morte – qu'elle était maintenant entourée d'une vie exubérante. Hélène n'y voyait rien derrière le voile de larmes qui embuait ses yeux. Elle joignit les mains, incapable d'émettre un seul mot. Elle était emplie de gratitude, de bonheur et d'amour ainsi que d'une énergie nouvelle, réconfortante. Elle prit une profonde inspiration... et, d'un seul coup, un noir complet se fit autour d'elle. Elle eut le souffle coupé, le désespoir menaçant de la terrasser.

« Alexander, devrai-je éternellement penser à toi ? N'y aura-t-il plus jamais d'instants de bonheur pour moi ? Suis-je à tout jamais condamnée à souffrir ? »

Oh, elle n'allait pas se laisser abattre ! Elle s'arracha de force au spectacle du jardin. Elle ne devait plus s'autoriser de rêves en présence de la beauté parfaite, car, lui ne pouvant plus la contempler, il s'ensuivrait inéluctablement le plus profond des désespoirs ! Un désespoir qu'il lui fallait contenir : au seuil d'une existence nouvelle, elle avait besoin d'énergie et de confiance. Son esprit ne devait plus se préoccuper que de choses pratiques. Elle se regarda dans le miroir.

— Plus de rêve en plein jour, Hélène, ordonna-t-elle d'un ton sévère.

Elle examina attentivement son image dans la glace. Elle avait toujours cette singulière pâleur au visage, mais, au moins était-elle propre ; ses cheveux n'étaient plus les mèches poisseuses de la veille. Non, sa beauté n'était pas encore détruite !

En regardant autour d'elle dans la chambre, elle constata que le baquet de bois était de nouveau rempli d'eau et qu'une robe, du linge et des bas avaient été posés sur le dos d'une chaise à côté de laquelle on avait mis une paire de chaussures neuves. Mme Felberry avait dû apporter tout cela pendant son sommeil.

Elle se demanda si elle allait la sonner, puis décida de se préparer seule. Ce serait un tel plaisir de barboter dans l'eau chaude et de s'habiller comme une dame qu'elle voulait le faire durer le plus longtemps possible, et la présence d'une personne étrangère aurait risqué de le gâcher. Elle ôta sa chemise de nuit ornée de dentelle et entreprit de se laver à fond. L'eau propre et claire, fleurant bon une essence précieuse, était un véritable délice ! Hélène eut toutes les peines du monde à en sortir, tant elle avait été longtemps privée de ce plaisir.

Quand elle eut enfin terminé sa toilette, elle s'habilla avec soin. La robe était d'un rouge chaud qui donnait un peu de couleur à son visage. Bien que très serrée à la taille, elle flottait, sur le corps d'Hélène. Celle-ci découvrit heureusement une ceinture tressée, en cuir doré, qui lui permit de l'ajuster. Les chaussures confortables semblaient en revanche faites sur mesure. Satisfaite, elle se tourna et se retourna devant le miroir. Mon Dieu, qu'elle avait donc déjà meilleure mine ! Elle brossa ses longs cheveux noirs, les laissant librement retomber sur ses épaules, se pinça les joues et sourit.

Puis, se redressant de toute sa taille, elle quitta la pièce. Mais elle ne tarda pas à constater qu'elle ne s'y retrouverait jamais dans le labyrinthe des couloirs. Elle parvint néanmoins à revenir dans sa chambre et sonna. Mme Felberry apparut au bout de quelques minutes.

— Madame Killyham ! s'écria-t-elle avec étonnement, mais vous êtes déjà habillée !

Ce qui rappela à Hélène qu'elle était censée être la cousine de sir Robin. Pour un peu elle l'aurait oublié.

— Oh, madame Felberry ! répondit-elle. J'ai dû apprendre à vivre sans femme de chambre, voilà pourquoi je n'ai pas appelé.

— Pas de femme de chambre ! s'exclama Mme Felberry. C'est absolument horrible ! Ma pauvre ! Comme vous avez dû souffrir ! Comme vous avez mauvaise mine ! Ah…

— Pourriez-vous me conduire à mes enfants, s'il vous plaît ? se dépêcha de la couper Hélène.

Mme Felberry hésita.

— Sir Robin m'a donné l'ordre de vous conduire à lui dès que vous seriez prête, risqua-t-elle d'un ton peu assuré.

— Bon, eh bien, conduisez-moi à lui d'abord. Je suis incapable de trouver mon chemin, même avec la meilleure volonté du monde.

— Alors, permettez-moi de passer devant, madame.

Mme Felberry la précéda dans l'escalier descendant à ce qu'elle appela la salle du petit-déjeuner. Elle ouvrit la porte.

— Mme Killyham, sir, annonça-t-elle.

Sir Robin se leva de la table abondamment servie à laquelle il était assis et avança vers elle les bras ouverts.

— Ma chère Martha ! s'écria-t-il avec emphase. Combien je suis heureux que tu me tiennes compagnie pour ce repas !

Il l'embrassa sur les deux joues et elle eut le sentiment qu'il savourait sans retenue son désarroi. Mais, cette fois-ci, elle n'hésita pas. Bien qu'il eût excellente mine avec son pantalon noir ajusté, ses bottes de cavalier et sa chemise blanche largement ouverte, la lumière du jour le faisait cruellement apparaître beaucoup moins séduisant que la veille, à la faible lueur des cierges. Dans la pénombre, il avait eu l'aspect mystérieux d'un aventurier sans scrupules, un homme qui avait tout de même été son intrépide sauveur. Elle remarquait à présent que l'alcool et les femmes laissaient des traces sur un visage qui, notamment autour de la bouche, donnait une curieuse impression de mollesse, relâchement dû à une vie de débauche.

— Bonjour, Robin, dit-elle d'un ton on ne peut plus naturel.

Ayant recouvré ses esprits, il lui était indifférent de rentrer dans son jeu. Elle nota qu'il en était étonné et cela l'amusa.

— J'espère que tu as bien dormi, mon trésor, dit-il.

Elle eut un sourire rayonnant.

— Merveilleusement, Robin ! Je me suis attardée au lit !

— Mais non. Pour une femme, tu t'es même levée exceptionnellement tôt.

Hélène avait déjà sur les lèvres une remarque ironique sur son expérience en la matière, mais Mme Felberry étant encore présente, elle la ravala. Au lieu de quoi elle lui demanda :

— Puis-je maintenant voir mes enfants ?

— Naturellement, acquiesça Robin en faisant un signe à Mme Felberry. Amenez les enfants ici !

Puis il se tourna vers Hélène.

— Ce sont des enfants beaux comme des astres. Catherine est extraordinairement entêtée et gâtée. Francis est farouche, mais docile.

Quand la porte se fut refermée sur Mme Felberry, il ajouta :

— Vous n'imaginez pas comme il a été difficile de leur faire retenir que, pendant quelque temps, ils s'appelleraient Killyham ! Je leur ai expliqué qu'il s'agissait d'une aventure périlleuse, et Francis a aussitôt été dans son élément. J'ai eu plus de mal avec Catherine. Je lui ai promis une robe de soie verte si elle tenait le coup et, jusqu'ici, elle n'a pas encore laissé échapper le secret.

Hélène ne put s'empêcher de rire.

— Vous avez manifestement tout de suite décelé le point faible de Cathy, constata-t-elle, amusée.

— Ce n'était pas un exploit. Elle a déjà sa petite personnalité, elle aimera toujours être élégante, avec un certain côté snob. Elle est en outre déjà bougrement maligne et en passe de devenir une beauté ensorcelante.

Robin fourra dans sa bouche une grosse prune bleue.

— Dans dix ans, vous serez obligée de la protéger contre moi, ajouta-t-il en mâchant, sinon j'en ferai mon amante.

— Votre vision des femmes se limite à cela, n'est-ce pas ?

— Oh, c'est de ce seul point de vue qu'elles veulent être considérées !

— Mais non !

— Mais si, et vous le savez. Vous êtes justement une de ces femmes qui préfèrent être considérées comme des amantes. Bien que votre morale vous oblige à l'être, vous voudriez n'être ni épouse, ni mère, ni rien de trop sage, vous voudriez n'être que l'amante adorée, belle et excitante.

Hélène en eut le souffle coupé.

— Comment osez-vous… ?

Mais Robin l'interrompit aussitôt.

— Je vous en prie, ne jouez pas la comédie, car j'ai raison. Pourquoi, par exemple, n'avez-vous pas gardé vos enfants avec vous quand vous avez épousé Alexander Tate ?

— Notre situation était par trop incertaine. Nous habitions dans un appartement affreux. C'est pourquoi les enfants étaient entre de meilleures mains chez Emerald.

Robin éclata de rire.

— C'est ça et quoi encore ? Tant d'aussi bonnes raisons... Mais si vous êtes honnête envers vous-même, avouez que vous ne vouliez pas, devant Alexander Tate, jouer la mère sans cesse occupée à enlever la morve du nez de ses enfants.

— Ah, vous dites des âneries !

— Mais pas du tout. Ne croyez pourtant pas que cette attitude me conduise à vous mépriser. Au contraire, elle est la preuve que votre caractère comporte une bonne dose d'égoïsme, et cela me rassure sur votre capacité à vous en sortir, même en France.

— Où ?

— En France, répéta Robin. Je ne vous ai pas encore parlé de ça ?

Hélène le regarda, horrifiée.

— Mais, balbutia-t-elle, ce n'est pas possible. Je ne peux pas aller dans ce pays !

— Non ? Alors, dites-moi un peu ce que vous envisagez, sinon ? Vous vous êtes en effet enfuie de prison et vous serez donc en danger tant que vous serez en Angleterre.

— Mais je ne suis pas une criminelle dangereuse ! s'écria Hélène. Je ne suis pas assez importante pour qu'ils me recherchent longtemps. J'irai dans le Yorkshire, chez mon cousin Alan, et personne ne m'y trouvera.

Robin prit une autre prune.

— Chère madame Tate, dit-il sans se départir de son flegme, il est hautement probable qu'on ne vous retrouve pas. Il est néanmoins possible qu'on vous retrouve quand même. Et, dans ce cas, vous ne serez pas la seule à être convaincue de fuite et de complicité de fuite, mais toute une série d'autres personnes le seront, moi y compris !

— Jamais je ne vous dénoncerai !

— Vous êtes touchante ! Ils vous feront de ces choses après lesquelles vous iriez jusqu'à dénoncer votre cher Alexander. Et je n'ai pas envie de passer le reste de ma vie à avoir peur qu'on vous retrouve !

Hélène, que l'effroi avait rendue plus pâle encore qu'auparavant, allait répondre quand la porte s'ouvrit. Mme Felberry entra, un enfant à chaque main. Le cœur d'Hélène s'affola. Ses enfants ! Ils étaient soudain là, devant elle, ces enfants qu'elle avait vus pour la dernière fois presque une année entière auparavant. Un sentiment de profond amour et de nostalgie monta en elle. Elle les prit dans ses bras, tandis que ses yeux s'emplissaient de larmes.

— Francis, murmura-t-elle, Cathy !

Ils avaient l'un et l'autre, en dépit de leur joie, l'air embarrassé de revoir leur mère. Une année, pour des enfants, c'est long, et c'est pourquoi leur mère leur était devenue un peu étrangère. Ils ne savaient en fait que dire.

— Mère, finit par demander Cathy, nous allons toujours rester ensemble ?

— Oui, ma chérie.

— C'est vrai que nous allons en France ? s'enquit Francis.

Hélène jeta un regard hésitant à Robin.

— Oui, Francis, répondit-elle, nous allons en France.

— Mais je préférerais rester ici, bougonna Cathy, et, d'ailleurs, je veux retourner chez tante Emerald !

— Tu te plais donc mieux auprès d'Emerald qu'auprès de moi ? s'enquit Hélène.

Cathy l'enlaça aussitôt en secouant la tête. Elle avait tout de même bon cœur, pensa Hélène, émue.

— Je crois qu'il faudrait que votre mère prenne enfin son petit-déjeuner, intervint Robin en avançant poliment une chaise à Hélène. Je t'en prie, assieds-toi.

— Mère, nous avons déjà pris le nôtre. Est-ce que nous pouvons sortir ? s'écria Francis, plein d'impatience.

— Vous pouvez y aller, répliqua Hélène en s'asseyant.

Les deux enfants partirent comme des fous et Mme Felberry quitta elle aussi la pièce. Hélène se tourna aussitôt vers Robin, l'air grave.

— Comment envisagez-vous les choses ? De quoi vivrai-je dans un pays inconnu dont je ne parle pas la langue ?

— Ma foi, répondit Robin, très serein, en lui servant une copieuse ration d'œufs brouillés, vous maîtrisez certainement la langue. Son apprentissage fait partie de l'éducation d'une jeune dame de votre condition.

— Il ne m'en est pas resté grand-chose.

Hélène se revit en des temps bien éloignés, assise avec ses cousins et ses cousines dans le salon de leur demeure londonienne, rendant la vie impossible à leur gouvernante française. Ils s'étaient sûrement livrés à plus de bêtises qu'à autre chose.

— Vous chercherez en France du travail et un logement, continua Robin, et, dans les premiers temps, je vous aiderai financièrement.

— Je ne peux l'accepter, s'indigna Hélène faiblement, protestation de pure forme.

Robin eut un sourire moqueur.

— N'accepte jamais d'argent d'un homme, mon enfant ! C'est sans doute ce que votre tante n'a cessé de vous seriner. Mais, premièrement, la question n'est plus d'actualité car j'ai de toute façon déjà beaucoup dépensé afin d'acheter les gardiens de la prison de Londres. Et, deuxièmement, j'ai encore une dette envers vous… depuis l'attaque de votre voiture sur les grands chemins, autrefois, la première fois que nous nous sommes vus.

Hélène se rappela cet événement si palpitant. Elle était alors très heureuse, peu après son mariage avec Jimmy, au seuil d'une nouvelle période de son existence.

— Je vous rendrais votre collier en saphirs avec plaisir, annonça Robin d'un ton de regret, mais je ne l'ai plus.

Il n'en paraissait pas vraiment contrarié ! Aussi Hélène ne revint-elle pas sur l'incident. Au terme d'un petit silence, il reprit :

— Je désire vraiment que nous puissions être tous les deux de bons amis. Mais vous ne me pardonnerez sans doute jamais d'avoir laissé la pauvre Emerald en plan ?

— J'ai une dette envers vous, répondit Hélène à voix basse, il ne m'appartient pas de juger.

— Ah, revoilà la lady anglaise dans toute sa splendeur ! Sachant se tirer d'affaire en toute circonstance au prix de quelques phrases adroites. Je sais parfaitement que vous m'en voudrez toujours à cause de cela… Hélène, il faut que je vous dise quelque chose, à propos d'Emerald. Mais… non, je vous le dirai plus tard.

— Quoi donc ?

— Ce n'est pas si important que ça pour l'instant. Nous devons parler en détail de la manière dont vous allez gagner la France.

Hélène osa une ultime tentative, sans grand espoir.

— S'il vous plaît, laissez-moi rester en Angleterre. Je n'ai pas la moindre idée de ce que je vais bien pouvoir faire en France !

Robin appuya les coudes sur la table et se pencha un peu en avant.

— Je pense vous avoir expliqué pourquoi c'est inévitable, dit-il avec gravité.

Elle acquiesça en silence. Robin sourit.

— Edward vous accompagnera. Les personnes qui vous embarqueront sur leur bateau le font de manière illégale et contre une grosse somme. Vous pouvez imaginer qu'il ne s'agit pas d'individus fort recommandables. Il vaut mieux que vous voyagiez sous la protection d'un homme. De plus, Edward doit de toute façon quitter le pays. Comprenez-moi, ceux qui vous ont libérée à Londres ne me connaissent pas, ils ont reçu des instructions et de l'argent sans savoir d'où cela provenait. Leur seul contact était Edward, et il représente par conséquent lui aussi un danger pour moi. Il va donc vous accompagner, puis poursuivra sa route en direction de l'Italie.

— Vous songez à tout !

— Oui, n'est-ce pas ? approuva Robin, visiblement flatté. Malheureusement, il va vous falloir partir sitôt votre petit-déjeuner terminé.

— Après le petit-déjeuner ?

— Je suis désolé. Mais vous avez devant vous un long chemin.

Hélène commença à se sentir de plus en plus malheureuse. Se trouver ici dans un beau manoir anglais par une magnifique journée de la fin de l'été et savoir qu'il allait falloir tourner le dos à une patrie qu'elle aimait tant, avec de plus la certitude de ne pas la revoir avant des années, était d'une étrange irréalité, une irréalité plus grande encore que celle de la prison. Hélène parvint à refouler ses larmes au prix d'un gros effort.

Par chance, tout alla alors si vite qu'il ne lui resta guère de temps pour ressasser ses craintes. On lui donna deux grandes caisses dans lesquelles Mme Felberry avait rangé des vêtements et du linge, puis elle se vit remettre de l'or et des diamants en quantité considérable, qu'on lui conseilla de répartir sur tout son corps afin qu'ils soient plus en sécurité. Elle était Mme Martha Killyham, en route pour Old Fawhill, une petite localité dans le sud du Sussex.

On avait fait la leçon aux enfants, leur enfonçant dans la tête de ne rien dire en chemin et de laisser parler leur mère. Flairant le danger, Francis eut les yeux qui se mirent à briller. Il fallut en revanche promettre à Cathy une autre robe de soie. Hélène se jura in petto de ne plus jamais acheter sa fille de quelque manière que ce soit.

Il n'était pas loin de midi et le soleil commençait à taper fort quand ils quittèrent le manoir.

Devant la voiture, Hélène tendit la main à sir Robin. S'étant assurée que personne ne les entendait, elle lui dit à voix basse :

— Je vous remercie, Robin, de tout mon cœur !

C'étaient moins ces quelques mots que ses yeux qui exprimèrent en cet instant sa profonde affection pour cet homme, et son infinie gratitude. Elle l'avait certes détesté, mais, durant ces quelques secondes, elle revint sur toutes les graves préventions qu'elle avait pu nourrir à son encontre.

Arnothy la regarda d'un air empli de gravité, puis s'inclina et lui donna un léger baiser sur les lèvres.

Il ne peut pas s'en empêcher, se dit Hélène avec tendresse. Oh, elle comprenait Emerald et toutes les autres. Il exerçait une véritable fascination. Mais elle ne s'abandonna à aucune illusion : si elle devenait par extraordinaire son amante, il la laisserait tomber au bout de quelque temps tout aussi cruellement que les autres. Aujourd'hui, elle avait acquis assez de sagesse pour le savoir. Mais, lors de leur première rencontre, si elle n'avait pas été mariée avec Jimmy, peut-être aurait-elle succombé à ses prévenances d'une charmante impertinence. Aucune jeune fille ne pouvait résister à ses avances.

Ils montèrent dans la voiture, Edward sauta sur le siège du cocher et ils partirent aussitôt, descendant la large rampe d'accès au manoir. Hélène et ses deux enfants se penchèrent longtemps à la portière en faisant signe de la main, jusqu'au moment où la demeure eut disparu derrière les marronniers.

Ils ne traînèrent pas en chemin. Ils s'arrêtèrent à plusieurs reprises pour laisser souffler les chevaux et Edward, au début très renfermé, se dégela peu à peu. Il raconta qu'Oliver Cromwell séjournait depuis août, avec une armée, en Irlande pour y rétablir l'ordre, car on avait laissé la situation s'y détériorer considérablement. Des bruits couraient à propos de grandes atrocités qui s'y perpétraient, car il n'était pas disposé à user de clémence à l'égard des catholiques irlandais.

— Et il n'a même pas honte, ajouta Edward avec indignation, de rester la moitié de la nuit à genoux dans les églises pour implorer Dieu de lui venir en aide dans son action !

Tard dans la soirée, ils atteignirent Old Fawhill où ils passèrent la nuit. C'est là qu'ils devaient embarquer le lendemain matin. Les chambres étaient exiguës et sales, mais Hélène était tellement habituée à bien pire qu'elle ne s'en aperçut guère. Elle coucha ses enfants qui s'étaient déjà endormis durant la dernière partie du trajet, puis ouvrit en grand la fenêtre pour contempler la fraîche nuit d'été, sa dernière nuit en Angleterre. Elle inspira goulûment l'air humide montant des prairies ; à l'ouest, se détachant sur l'horizon qui, encore éclairé d'une bande lumineuse, était d'un bleu presque turquoise, les arbres lui apparurent sous la forme de gigantesques ombres noires. Elle entendait, plus près d'elle, un vent léger agiter les branches de ceux qui se dressaient vers un ciel déjà sombre ; un petit chat se glissa, silencieux, à travers l'herbe haute.

Hélène posa la tête sur ses mains. Malgré sa lassitude, la nervosité la tenait tout à fait éveillée.

Que m'arrive-t-il ? se demandait-elle. Ah, mon Dieu, je n'ai plus mon destin entre mes mains. Les événements surviennent, m'entraînent et je suis impuissante !

Son cœur battait violemment. Il y avait en elle une telle tristesse, une nostalgie si forte qu'elle menaçait de l'écraser. Une aspiration mystérieuse, indéfinie. Là-bas, au loin, un monde immense et inconnu, ici son Angleterre, son Charity Hill, et les êtres qu'elle aimait. Où étaient-ils ? Non, non, il ne fallait pas penser, ne pas ruminer des idées noires. Inexorablement, ses pensées aboutissaient à lui. Il ne fallait pas, pas encore. La douleur épouvantable était trop cruelle, trop impitoyable. Elle se détourna de la fenêtre. Il fallait dormir à présent, pour être dispose demain. Elle avait devant elle des jours difficiles et, au-delà de la crainte qui l'habitait, elle remercia Dieu : ces épreuves l'empêcheraient de trop penser.

Ils se mirent en route de bon matin. Le bateau, au nom de *Blue Swallow* sonnant si bien, se révéla un monstre délabré, s'enfonçant dans l'eau de manière inquiétante. L'équipage se composait de gaillards barbus, à la mine patibulaire. Hélène n'aurait pas aimé rencontrer l'un d'eux dans un coin sombre. Elle fut heureuse d'avoir Edward auprès d'elle.

Elle était appuyée au bastingage quand le *Blue Swallow* appareilla. Un matin ensoleillé se levait sur l'Angleterre, aussi clair et paisible que s'il ignorait tout de l'époque et de ses maux.

Je reviendrai, se dit Hélène, je jure que je reviendrai. Ce n'est pas un adieu sans retour.

Elle fut tirée de ses pensées par Edward qui était arrivé derrière elle.

— Madame, dit-il tout bas.

Elle leva les yeux.

— Oui, Edward ?

— Une lettre, madame. De sir Robin. J'étais chargé de vous la remettre dès que nous aurions quitté l'Angleterre.

Il lui tendit un rouleau de parchemin.

— Merci, Edward.

Il s'inclina et s'éloigna.

La lettre était très courte. Robin l'informait qu'Emerald et sa famille avaient trouvé la mort dans l'incendie de leur château. Il terminait par ces mots : « Je n'ai pas osé vous le dire moi-même, parce que je sais que vous m'en voulez beaucoup de la manière dont je me suis conduit avec Emerald. Mais j'ai pensé que vous deviez le savoir, aussi épouvantable que cela puisse être pour vous. Robin. »

Lâche, se dit Hélène. Lâche !

Elle enroula à nouveau soigneusement la lettre. Elle était très calme. Seules ses mains tremblaient un peu. Pauvre Emerald, si belle jadis ! Elle qui voyait s'ouvrir devant elle une existence si prometteuse, connaître une fin aussi tragique ! Mais elle-même, en cet instant, comme assommée, ne ressentit pas la moindre douleur. Elle contempla la côte, illuminée et rougie par le soleil levant. Puis elle fit demi-tour et quitta le pont.

LIVRE TROISIÈME

1

Plus tard, repensant aux années passées en France, Hélène n'arriverait qu'à grand-peine à comprendre comment elle avait réussi à résister dans un pays qu'elle détestait à ce point. C'est désemparée et désespérée qu'elle se retrouva dans cet environnement totalement étranger, où elle n'avait aucun repère, rien qui lui rappelât son pays natal, où tous ceux qu'elle rencontrait ne semblaient lui manifester qu'hostilité. Dans son regret d'avoir perdu son Angleterre natale, elle commença par condamner la langue et les façons de vivre des Français, sans examen préalable et en toute injustice, et par se réfugier toujours plus avant dans sa solitude. Elle songeait parfois qu'il aurait mieux valu rester en prison, car elle y serait sans doute morte depuis longtemps et n'aurait pas eu à supporter l'amertume de cette existence nouvelle. Il lui semblait qu'il s'était écoulé cent ans depuis qu'elle avait vécu avec Alexander une vie misérable et pourtant si heureuse dans l'un des pires quartiers de Londres. Le souvenir de Charity Hill et de ses habitants, de l'horrible guerre civile et de sa jeunesse lumineuse et joyeuse était encore plus lointain. Le temps transfigurait les images du passé, effaçant les terreurs et les angoisses et ne laissant subsister que la chaleur et la sécurité qui, en dépit de tout, l'avaient entourée en ces circonstances. Et Alexander était là, qu'il fût parti combattre ou qu'il fût à ses côtés. Elle s'était accrochée à lui, avait toujours vu en lui sa propre destinée. Il y avait des moments où elle pensait à lui avec une douleur aussi violente que celle ressentie peu après sa mort, mais il y en avait d'autres, aussi, où elle lui en voulait, comme elle en voulait à l'amour qu'elle lui avait porté et qui avait provoqué la perte de la vie douillette et réglée à laquelle, dans ses rêves, elle se voyait promise. Sans cet amour, elle serait aujourd'hui en Angleterre, certes ni avec Jimmy, ni dans le vieux château des Cornouailles, mais dans son pays natal, auprès des êtres qui lui étaient chers. Elle savait pourtant parfaitement que pour rien au monde – même pas un retour immédiat en Angleterre – elle ne regretterait avoir vécu avec Alexander ce qu'ils avaient vécu ensemble. En dépit de la colère et de l'amertume présentes, il demeurait la seule chose qu'elle ait jamais voulu posséder envers et contre tout, même si l'amour du combat qui le caractérisait l'avait plongée dans la situation où elle se trouvait.

Hélène eut beau tout tenter pour se tenir à l'écart de la réalité dans ce pays honni, elle ne put à la longue ignorer totalement le présent. Francis et Cathy, assez jeunes pour tout considérer comme une aventure captivante, s'habituèrent peu à peu à la France, apprirent sa langue et cherchèrent des amis. Sans en avoir véritablement conscience, ils se sentaient abandonnés par leur mère, et Hélène voyait s'instaurer une certaine distance entre elle et les enfants. Sous l'effet de la culpabilité, elle s'efforçait de se soucier plus encore d'eux, car elle savait n'avoir pas accordé beaucoup de temps ni d'attention à sa tâche de mère. Tandis qu'elle sortait lentement de ses souvenirs, elle eut à affronter d'autres soucis. L'argent de sir Robin qui leur avait longtemps assuré la sécurité et les avait mis à l'abri du besoin commençait à toucher à sa fin. Ce fut un choc quand Hélène s'aperçut qu'il ne lui en restait que fort peu. Elle n'avait désormais d'autre issue que de prendre en main son destin et celui de ses enfants. Elle déménagea dans un logement minable mais bon marché où elle n'eut plus pour voisins que des personnages peu recommandables. Elle chercha du travail et finit par trouver une place d'aide-cuisinière dans une auberge de bon niveau. Là, son existence commença à tourner au cauchemar. Son employeuse la harcelait, l'humiliait et l'invectivait, tandis que ses collègues l'évitaient en raison de son origine étrangère et que certains clients au caractère particulièrement vil la raillaient et l'exploitaient. Jamais elle n'aurait pensé possible qu'une Hélène Calvy pût tomber aussi bas, dans la misère et la crasse. Elle avait l'impression de n'être elle-même plus que fatigue, faim et froid. Chaque journée était un nouveau combat dont elle ignorait comment elle sortirait. Hélène n'osait penser à ce qui arriverait si elle ne parvenait plus à faire face un jour, mais il était évident que cette situation devait inévitablement se produire à un moment ou à l'autre. Six ans après son départ de l'Angleterre, elle contracta une pneumonie qui faillit l'emporter. Quand, au bout de quatre semaines, elle put quitter son lit, elle avait perdu son travail, ses dernières économies et toute énergie.

Elle comprit alors que rien n'était impossible dans la vie. Et intervint alors l'inimaginable : elle décida de se remarier et se mit à l'œuvre avec une astuce dont elle ne se serait jamais crue capable. Recourant aux services d'une vieille entremetteuse, elle parvint à attirer sur elle l'attention d'un homme, issu d'une vieille famille noble, aussi riche que bien considéré. Elle utilisa tous les moyens à sa disposition, se présentant habilement comme une aristocrate anglaise distinguée, privée de sa richesse, de ses propriétés et de sa patrie par une révolution sanglante, et contrainte de se frayer maintenant un chemin avec courage dans un pays étranger, afin d'assurer sa propre subsistance et celle de ses deux enfants.

Le comte Antoine de Moville avait quarante-sept ans, il était veuf depuis de nombreuses années et, en raison de sa richesse et de son charme, excitait la convoitise de nombreuses femmes. Convoitises qu'il décourageait régulièrement, vivant en solitaire. Il fit la connaissance d'Hélène lors d'un bref séjour à Paris avec ses trois enfants adultes, et elle fut la première femme depuis longtemps à réussir à littéralement le fasciner. Il lui fallut un bon moment avant de s'avouer qu'il l'aimait et il se demanda souvent comment et pourquoi il en était arrivé là. Hélène avait l'air trop malheureuse pour être encore véritablement belle. De surcroît, le fait de vivre avec deux enfants adolescents et dans l'un des quartiers les plus misérables de Paris n'augmentait guère ses attraits. Pourtant, Antoine tomba amoureux d'elle comme d'aucune autre femme avant. Il se mit à aimer en elle tout à la fois son désarroi et son courage, sa timidité et sa confiance naissante. Il fut même plutôt renforcé dans sa résolution par les froncements de sourcils de la bonne société française et la violente indignation de Colette, sa propre fille. Le 5 juillet 1656, il fit d'Hélène une comtesse de Moville qu'il emmena avec lui en Bretagne, dans son ravissant château des bords de mer.

Par leur légèreté apparente et leur sérénité, les années qui suivirent rappelèrent à Hélène sa vie d'avant la guerre civile. Le vieux manoir enseveli sous les roses hébergeait en permanence de nombreux invités, on y organisait des bals, des excursions et des fêtes en toute occasion. Cathy s'amusait beaucoup et Francis paraissait heureux, ce qui soulageait considérablement leur mère. Mais ce mariage et ces années n'étaient pour elle rien d'autre qu'un répit bienvenu après de longues souffrances. C'est avec un peu d'inquiétude qu'elle observait les sentiments d'Antoine devenir toujours plus profonds et ardents à son égard. Si elle avait en effet eu absolument besoin de lui et si elle lui vouait une grande affection, elle n'avait pour autant jamais perdu l'espoir de retourner un jour en Angleterre. Oliver Cromwell, qui régnait maintenant en tant que lord protecteur, ne pouvait vivre éternellement. Pourtant, quand bien même un roi devrait un jour gouverner à nouveau l'Angleterre, quitter la France ne serait pas chose aisée.

Hélène voyait bien qu'Antoine l'aimait véritablement, car il se comportait envers elle avec une grande tendresse et beaucoup de sollicitude. Ces sentiments se renforcèrent encore quand, environ un an après leur mariage, elle mit au monde un fils, Victor.

Antoine en conçut bonheur et fierté, il semblait que son existence entière se réduisît à Hélène et à son petit garçon.

Ce fut à cette époque qu'Hélène recommença à vivre dans ses vieux souvenirs, en dehors de toute réalité. Elle y fut poussée par son sentiment de culpabilité envers Antoine, mais aussi par l'existence insouciante qui se déroulait sous ses yeux et qui contrastait si vivement avec ce qu'elle avait enduré jadis. Il n'y avait personne, parmi les gens autour d'elle, qui eût la moindre idée de ce qu'avait été sa vie antérieure, sans même parler de l'avoir partagée. Personne ne savait rien de la véritable Hélène. Cela lui devint subitement insupportable, il lui fallait trouver quelqu'un qui la connût et à qui elle n'eût pas besoin de donner le change. Elle se mit alors à écrire des lettres, des lettres à Alexander, jamais envoyées, des lettres totalement absurdes, une conversation à une seule voix, avec un mort, à seule fin de se soulager. Chaque fois qu'elle était seule, elle se réfugiait derrière son bureau et se mettait à écrire en toute hâte, page après page. Elle racontait son existence présente, parlant de tous les petits incidents d'une journée, de Francis et de Cathy, des enfants d'Antoine, de Victor. Mais elle décrivait aussi ses propres sentiments, ses impressions, se remémorait des moments du passé, envisageait l'avenir et son retour dans une Angleterre libérée. Elle évoquait Antoine, sa bonté et sa générosité, mais aussi la froideur indigne qu'elle lui réservait, sa déloyauté. Pas un seul instant il ne lui vint à l'esprit qu'elle agissait là de manière dangereuse et qu'elle allait obligatoirement provoquer un malheur.

Hélène ne comprit à quel point elle s'était comportée de manière imprudente et irréfléchie que la nuit où elle se retrouva face à un Antoine aux traits altérés, ivre, fou de douleur et de rage. Il avait trouvé les lettres, les lettres d'une année entière, et y avait découvert tout ce que sa femme lui avait caché.

Il avait appris que sa rencontre avec elle, à Paris, jadis, n'avait pas été le fait du hasard, il était au courant de son désir de revoir l'Angleterre, de sa haine de la France, et il savait aussi qu'Alexander était toujours l'unique homme qu'elle aimait. Ce fut la nuit la plus terrible de la vie d'Hélène. Comme pétrifiée d'horreur, debout dans la belle et vaste chambre à coucher éclairée par quelques bougies, elle regardait devant elle cet homme qui lui était toujours étranger et qui empestait horriblement l'eau-de-vie.

Le tendre Antoine était méconnaissable. L'homme paraissait détruit, furieux, blessé, désemparé et avide de vengeance. Elle n'aurait jamais cru qu'il fût capable de crier si fort, de lui inspirer un jour une frayeur telle qu'elle reculait pas à pas devant lui. Les lettres à la main, lançant à son encontre accusations et insultes, il ne la laissa pas une seule fois prendre la parole. Il n'avait plus rien de commun avec le comte courtois et charmant dont l'expression paisible et tranquille mettait chacun en confiance. Pour finir, il y eut la scène la plus terrible, le moment où, jetant les lettres d'Hélène à ses pieds, il se rua hors de la chambre, passant devant elle sans un regard, et sortit dans la nuit de septembre, sous les hurlements d'un vent soulevant des vagues furieuses, une nuit où ni la lune ni les étoiles ne perçaient l'obscurité. Hélène ne sut jamais ce qui était réellement arrivé, si Antoine était parti à cheval vers la côte escarpée dans l'intention de se précipiter du haut des falaises ou si, parvenu là, il avait glissé sous l'effet de son excitation et de son état d'ébriété. Mais les gens qui s'étaient éparpillés dans la campagne à sa recherche le trouvèrent près de la mer, sur un rocher émergé. Il n'avait bien entendu pas survécu à sa chute et seul le hasard avait empêché que son corps ne fût entraîné au large. Durant cette nuit, il apparut à Hélène combien sa vie avait jusqu'ici été empreinte d'un inébranlable égoïsme. Il lui fallut regarder en face les lettres sentimentales et ridicules qui avaient été cause de la mort d'Antoine. Il lui fallut se regarder en face, elle, cette femme qui, partie sous le nom d'Hélène Calvy, les yeux rayonnants, à la conquête du monde, se trouvait maintenant devant les ruines de ce que, enfermée dans son égoïsme, elle avait elle-même détruit. La jeune Hélène Calvy qui n'imaginait pour elle que la plus belle et la meilleure des existences n'était désormais plus qu'une étrangère à ses yeux.

Après son mariage avec Jimmy et sa rencontre avec Alexander, elle avait tout de même été une adulte dont le sort était lié à celui d'autres êtres. Elle aurait dû en tenir compte et considérer cette réalité nouvelle comme une obligation à laquelle elle ne pouvait se soustraire. Or, l'enfant qu'elle était restée, obstinée et intransigeante, avait refusé de renoncer à un bonheur qu'elle n'entendait laisser limiter par personne. Elle voulait Alexander et, si Jimmy n'était pas mort, elle aurait harcelé son mari – elle n'avait aucun doute à ce sujet – jusqu'à ce qu'il la laissât partir, cela dût-il lui briser le cœur. Oui, elle l'aurait détruit. Antoine, lui, elle l'avait effectivement détruit ! Alors que c'étaient les deux hommes de son existence qui n'avaient pas mérité d'être ainsi traités, deux hommes l'ayant aimée profondément, sincèrement, fidèlement. Alors qu'elle s'était indéfectiblement attachée à un Alexander, qui, avec son sens de l'honneur et du devoir, avec son caractère de lutteur, ne lui avait justement jamais rien sacrifié. Bien que sachant combien elle serait seule s'il lui arrivait malheur, il n'avait pas cédé à ses supplications. Il l'avait abandonnée et, aujourd'hui encore, elle l'en récompensait en lui vouant un amour passionné qu'elle n'éprouvait pour personne d'autre.

Elle s'était toujours imaginé être une dame, alors qu'elle ne l'avait pas été une seule seconde. Toujours, elle avait cru que les belles manières et le savoir-vivre étaient l'essentiel, et il lui avait fallu attendre jusqu'à l'instant présent pour prendre conscience de ce qui était le propre d'une authentique grande dame : supporter avec sérénité et sang-froid ce que le sort réserve et auquel on ne saurait échapper, accueillir les défaites avec dignité et fierté, offrir à sa famille et au monde un visage souriant, même quand on est intérieurement en proie aux tempêtes.

Or elle n'avait jamais su se comporter ainsi ! Alexander était mort, mais, nom de nom, des centaines de femmes avaient perdu leur époux ou leur amant durant cette guerre, des milliers durant les guerres antérieures, et elles avaient bien été obligées de surmonter ce coup du sort ! Mais elle, Hélène, centre autoproclamé de l'univers et de toute existence, exigeait que le monde, pétrifié, retînt son souffle face à son deuil.

Elle n'avait cessé de gémir et de soupirer, elle s'était sentie abandonnée de tous, livrée à la destinée. Quelle créature ingrate et gâtée elle avait pu être ! Toujours, il y avait eu d'autres êtres pour se soucier d'elle, mais elle avait tenu leur aide pour minime et insignifiante.

Oh, elle pourrait crier de honte face à de telles lettres ! À dix-sept ans, il était permis de se livrer à de telles sottises, mais pas à trente-trois. Elle n'avait plus l'âge de s'abandonner à ce genre de réactions outrées et stupides. Du plus loin qu'elle s'en souvenait, il en avait toujours été ainsi, dans la joie et le chagrin, dans le bonheur et le deuil, dans l'amour et la haine ! Elle était excessive et, incapable de maîtriser ses sentiments, elle était à leur merci totale. Elle les amplifiait au contraire, inlassablement, jusqu'à ce qu'un malheur arrivât et qu'elle se retrouvât alors, comme en cet instant, face à sa culpabilité, enfin en mesure de la constater et de l'appréhender.

Culpabilité qu'il lui faudrait assumer seule jusqu'à son dernier jour.

2

Oliver Cromwell était mort. Avec lui était morte aussi la force qui, des années durant – depuis la décapitation du roi –, avait porté et conduit l'Angleterre. Il gouvernait le pays avec dureté, d'une main de fer. Il était malade et brisé depuis longtemps mais, comme immortel, il ne cessait de se redresser, ferme comme un roc, n'ayant rien perdu ni de son énergie, ni de sa détermination.

Pourtant, en septembre 1658, cette étoile finit par s'éteindre à son tour. Le lord protecteur fut pris d'une forte fièvre qui obscurcit son esprit. L'agonie dura trois jours et trois nuits.

Le matin du 3 septembre, Cromwell fit convoquer quelques membres du Conseil d'État pour leur annoncer qu'il désirait voir son fils Richard lui succéder au poste de protecteur. Puis il sombra dans ses délires fébriles avant, dans l'après-midi, de mourir paisiblement.

Les fenêtres de Whitehall furent alors tendues de noir. Pourtant, le peuple ne ressentit ni tristesse, ni regret du tyran défunt, mais une grande crainte. La peur se propagea dès l'annonce du décès, car, si personne n'avait aimé Cromwell, il avait néanmoins représenté une protection et nul ne savait ce qui allait se passer, lui parti. Les atroces souvenirs de la guerre étaient encore profondément enracinés dans les esprits, et chacun redoutait la reprise des combats.

Richard Cromwell n'était absolument pas apte à poursuivre dans la voie ouverte par son père. Au bout de huit mois, il se démit de ses fonctions.

En février 1660, le général écossais Monk fit son entrée dans Londres et occupa la capitale. Il ordonna la convocation d'un nouveau Parlement qui, constatant la force grandissante du courant royaliste au sein du peuple, proclama roi Charles Stuart II en mai 1660. Le même mois, le fils de Charles Ier fit dans Londres une entrée triomphale. Le pays entier fut submergé par une vague d'enthousiasme. Que ce moment avait été attendu ! Les terribles années de la guerre civile avaient détruit des familles entières, la violation du droit qu'avait représentée l'exécution du roi avait fait saigner le cœur de chacun des Anglais. Le gouvernement puritain avait voulu faire disparaître l'envie et la joie de vivre, mais elles allaient refleurir, plus vivaces et plus fortes que jamais.

Déjà, le souhait de retrouver l'ancienne existence n'était plus la seule revendication. Non ! Dans l'ivresse engendrée par la libération des énergies, la vague ne cessait de monter, d'enfler. Tout le monde aspirait fougueusement à vivre enfin, à mener une vie magnifique, dissolue, pleine de cris, d'animation, dans la profusion et l'opulence. Pouvoir enfin rire, danser, boire, jurer, aimer. Et se venger. La vengeance qui s'exerça à l'encontre des assassins de l'Angleterre, des assassins du roi, fut terrible. Rares furent ceux qui réussirent à s'enfuir, rares furent ceux qui eurent la chance d'être graciés ; on exécuta le plus grand nombre d'entre eux sous les vivats du peuple. Animé d'une haine farouche, Charles Stuart n'épargna même pas ses ennemis morts. On exhuma de leurs tombes les corps de Cromwell, de Bradshaw et d'Ireton pour les écarteler et les décapiter en public.

Une Angleterre nouvelle naissait, une ère nouvelle commençait. Le roi Charles II montra la voie. Ce fut l'époque où une fête chassait l'autre, où la frivolité et l'effronterie triomphaient, où chacun se prévalait publiquement de ses maîtresses et chacune de ses amants. Tout un peuple sombra dans l'ivresse de ce défoulement.

Mais tout cela n'avait plus rien à voir avec l'existence d'avant la guerre civile. Cette existence-là avait été brisée et avait péri dans ses décombres.

Le 15 mars 1661, Hélène rentra en Angleterre, accompagnée de deux femmes de chambre, de trois domestiques ainsi que de son fils Victor, alors âgé de trois ans.

Hélène n'avait pas vu passer ses deux dernières années en France, après la mort d'Antoine ; elles paraissaient avoir été plongées dans une brume étrange. Bizarrement, elle avait quelque peu perdu le contact avec sa propre famille. Tous se montraient aimables, prévenants et affectueux à son égard, mais quelque chose avait changé. Peut-être agissait-on ainsi avec elle pour la ménager dans son deuil, mais il semblait à Hélène qu'on n'avait subitement plus besoin d'elle, comme si elle était devenue une étrangère.

Un matin de juin 1660, au réveil, Hélène avait découvert une lettre dans laquelle son fils Francis lui annonçait que, en compagnie d'un ami, il s'était enrôlé comme marin et était déjà en route pour les Indes occidentales.

« Tu sais, mère, j'ai toujours rêvé de naviguer et de devenir capitaine, avait-il écrit, et je trouve que le temps est maintenant venu de connaître la vie sur un bateau et les terres lointaines. Je t'en prie, ne m'en veux pas ! Il faut que je tente et réussisse cette aventure, mais je serai bientôt de nouveau auprès de toi ! »

Son Francis ! Oui, elle ne pouvait qu'accepter qu'il se détache d'elle et suive sa propre voie ; elle devait se réjouir de le voir agir avec hardiesse et sans se laisser détourner de son but. Il avait tout de même dix-huit ans et était capable de se débrouiller seul. Mais comme était proche le temps où, au même âge que lui aujourd'hui, elle attendait son premier enfant, lui en l'occurrence ! Il était si petit, et elle si fière d'avoir donné naissance à cette merveille qui gigotait, criait et dormait.

Alors, le projet de quitter la France avait mûri en elle ; sa vie n'était plus ici, et sa nostalgie du pays natal était de plus en plus forte. Elle avait d'ailleurs des obligations, car Charity Hill, Broom Lawn et la maison de Londres étaient de nouveau en sa possession. Au beau milieu des préparatifs avait éclaté comme un coup de tonnerre la nouvelle des fiançailles de Cathy. L'élu de son cœur était un Parisien riche, légèrement plus âgé qu'elle, un peu insouciant, mais charmant et présentant fort bien.

— Je rendrai votre fille heureuse, madame, assura-t-il. Je l'aime beaucoup et nous aurons une vie merveilleuse !

Hélène considéra les deux jeunes gens avec affection. Dieu, qu'ils étaient jeunes et inconscients, mais qu'ils semblaient heureux ! Et peut-être était-ce bien ainsi. Cathy s'en tirerait toujours, elle en était certaine. Et elle qui avait tant souffert d'avoir été éloignée de son pays ne pouvait pas forcer sa fille à l'accompagner dans un pays étranger pour elle. Cela aurait été égoïste de sa part. De plus, quelle que fût par ailleurs sa fierté maternelle, il lui fallait bien s'avouer que Cathy ne lui avait jamais voué un amour débordant. Elle était si consciente de sa propre valeur, si forte, qu'elle n'avait plus besoin de sa mère en dépit de ses tout juste dix-sept ans. C'est à cet âge d'ailleurs qu'Hélène aussi avait quitté sa maison. Il était vrai qu'ensuite elle n'avait pas toujours eu la vie facile. Il n'en serait pas de même avec Cathy.

Les noces, célébrées le soir de Noël 1660, furent l'un des événements les plus éclatants que Paris eût jamais connus. On avait invité quiconque représentait d'une manière ou d'une autre quelque chose dans la vie publique ; les noms les plus célèbres, de bonne ou de moins bonne réputation, figuraient en tête de la liste des invités. Cathy était ravissante et flirtait avec tous les hommes de l'assistance.

Le soir même, le couple partit en voyage en Italie dans l'intention d'y passer quelques semaines, et Hélène retourna au château de Moville pour se consacrer de nouveau aux préparatifs de son départ. Il lui fallait encore régler divers problèmes, notamment à propos des droits à l'héritage. Hélène, s'il n'avait tenu qu'à elle, aurait renoncé à tout, mais, ne serait-ce que par égard pour le petit Victor, elle n'en avait pas le droit.

Elle partit par un matin gris et pluvieux, un voile de brume enveloppant le rude paysage breton, et pourtant elle ressentit une légère douleur lors de l'adieu. Elle avait vécu ici des heures de bonheur, mais, de toute façon, bonheur ou pas, une brève période de son existence était inséparable de ce pays, raison suffisante pour ne jamais éprouver de l'indifférence envers lui. Appuyée au bastingage, tenant Victor par la main, elle était étonnée de ne pas être plus heureuse en un instant qu'elle avait attendu avec tant d'impatience. Elle en ressentait seulement le caractère quelque peu solennel.

Quand ils arrivèrent en vue de Londres, le premier messager de la patrie qu'aperçut Hélène fut la Tour. Puis, sur le port, soutenue par Marie, sa femme de chambre, elle regarda autour d'elle. Des voix, des cris, des rires, des jurons emplissaient l'air, des sons familiers, si familiers qu'elle eut l'impression de les avoir entendus pour la dernière fois la veille seulement.

— Nous sommes vraiment en Angleterre, dit-elle, ce n'est pas une illusion, nous sommes arrivés !

— Pardon, madame ? demanda Marie en français.

Hélène s'aperçut que, sans y prendre garde, elle avait parlé anglais.

— Oh, excuse-moi, Marie, je pensais simplement tout haut. Jacques, ramène un fiacre !

Jacques commanda un des nombreux fiacres stationnant alentour et, tandis qu'Hélène prenait place, ses compagnons de voyage chargeaient les bagages.

— Où allons-nous, madame ? demanda le cocher.

Hélène sourit.

— À Drury Lane.

Ces mots firent enfin naître en elle un frisson de joie. L'ancienne demeure de Drury Lane, sa maison, qu'elle avait quittée dix-neuf ans plus tôt et où elle n'avait plus jamais remis les pieds ! Une impatience fiévreuse s'empara d'elle. Revoir la demeure, parcourir les pièces familières, sa chambre, peut-être même retrouver les meubles d'autrefois. Elle n'avait pas encore compris que cette maison si familière, désormais vide, sans les voix de la famille, pourrait justement évoquer des souvenirs douloureux.

Dans quel état allait-elle la retrouver ? D'autres personnes y habitaient-elles ou bien avaient-elles déjà déménagé ? Si nécessaire, ils devraient passer la nuit dans une auberge, puis elle se rendrait aussi vite que possible auprès du roi pour réclamer la restitution de ses biens. Hélène était maintenant à la fenêtre de la voiture cahotant avec lenteur le long des ruelles. Elle connaissait tous ces lieux, cette maison-ci, cet arbre-là. Rien n'avait changé, ni la vieille fontaine de King's Street, ni le lierre exubérant de la belle maison au bout du Strand. Elle eut l'impression que le temps s'était figé. Cette tiède soirée des premiers jours du printemps était comme des centaines d'autres qu'elle avait vécues ici. L'air, les odeurs, les femmes vendant des fruits et des fleurs, tout était comme avant.

Hélène n'arrivait pas à se rassasier de ce spectacle, elle aurait voulu crier et raconter à tout le monde qu'elle connaissait tout cela.

Les domestiques avaient l'air perdus et malheureux. Pour eux, tout était nouveau et étranger et, s'ils avaient eu à choisir, ils seraient retournés en France. La voiture prit un virage à grand fracas et ils se retrouvèrent dans Drury Lane. La nuit tombait déjà, mais Hélène distinguait nettement chacun des bruits.

— Jacques, dis au cocher qu'il s'arrête quatre maisons plus loin, ordonna-t-elle.

Elle apercevait déjà le pignon ainsi que les carreaux colorés et ronds de la fenêtre la plus haute. Quand la voiture s'immobilisa enfin, sans attendre que quelqu'un ouvre la portière et l'aide à descendre, elle sauta à terre, courut vers la maison et grimpa les marches du perron en pierre. Le cœur battant à tout rompre, elle se retrouva devant la porte devant laquelle elle s'était si souvent trouvée, enfant, et elle actionna le lourd heurtoir en laiton. Peut-être qu'il n'y avait personne, car tout était silencieux, sans lumière. Mais déjà des pas traînants se firent entendre, et la porte s'ouvrit. Une femme âgée, aux yeux gris, se tenait devant Hélène. C'était Anne, l'ancienne cuisinière des Ryan.

Les deux femmes restèrent un moment face à face, comme figées sur place, puis s'écrièrent en même temps :

— Anne !
— Mademoiselle Hélène !

— Oh, Anne, quelle joie de te rencontrer ici ! reprit Hélène en saisissant le bras d'Anne des deux mains. Je ne m'y attendais pas du tout, mais je suis si heureuse ! Chère Anne, mais ne pleure pas !

Anne se tamponna les yeux avec un coin de son immense tablier.

— Mademoiselle Hélène, sanglota-t-elle, ma chère mademoiselle Hélène ! Qu'il m'ait été donné de vous revoir en cette vie ! Ah, elle s'interrompit brusquement, effrayée, mais vous n'êtes plus du tout ma petite mademoiselle Hélène ! Mon Dieu je crois toujours avoir devant moi la jeune fille qui nous a quittés. Vous êtes une dame élégante ! Lady Golbrooke, n'est-ce pas ?

— Mon premier mari est mort à la guerre, Anne. Je m'appelle maintenant madame Lescal.

— Madame Lescal ? s'étonna Anne, tout à coup méfiante. Mais ce n'est pas un nom anglais, ça !

— Non, non, mon dernier mari était français. J'arrive de France, où j'ai vécu douze ans.

— Vous vous êtes remariée ?

— Oui, et avant ce mariage, il y en a eu encore un autre. Oh, il s'est passé beaucoup de choses, je te raconterai tout ça plus tard. Mais auparavant…

Elle fut interrompue par les domestiques qui arrivaient sur le perron avec les bagages. Marie tenait Victor par la main.

— Oh, s'exclama Anne. Quel charmant enfant ! Est-il à vous, madame ? Vous avez déjà un enfant ?

Hélène se mit à rire, car, manifestement, Anne commençait à avoir quelque peu perdu la notion du temps.

— Anne, je me suis mariée il y a dix-neuf ans, expliqua-t-elle avec amusement, et j'ai déjà deux enfants adultes. Lui est mon plus jeune fils, Victor Lescal.

— Comme il est mignon ! Bonjour, Victor.

L'enfant la regarda, l'air perdu.

— Il ne parle malheureusement que le français, ainsi que mes domestiques. Mais tu arriveras bien à t'entendre avec eux.

Se tournant vers Jacques, elle lui mit quelques pièces dans la main.

— Donne ça au cocher.

— Eh bien, entrez, l'invita Anne. Je demeure plantée là, en vous obligeant à rester dehors, tellement je suis heureuse de vous revoir.

Hélène entra lentement et regarda autour d'elle avec crainte et timidité. Malgré la pénombre, elle constata que tout était comme avant, au moins dans la petite antichambre.

— Presque rien n'a changé, dit Anne avec fierté, les gens qui logeaient ici ont certes déménagé pas mal de choses dans le débarras, mais j'ai tout ressorti !

— Même les anciens tableaux sont là ! s'exclama Hélène en découvrant, dans l'étroite cage d'escalier lambrissée, les ancêtres des Ryan dans leur cadre doré. Anne, tu es merveilleuse. Je n'arrive pas à dire combien je suis heureuse de retrouver tout cela !

— Je n'ai fait que mon devoir, répondit Anne. Quand lady Ryan a quitté Londres, jadis, elle m'a confié la mission de garder la maison en bon ordre, jusqu'au retour de la famille. C'est ce que j'ai fait !

— Mais toutes ces années difficiles ! La guerre, la révolution... et il y a bien eu des étrangers qui ont habité ici. Comment as-tu vécu entre-temps ?

— Quand les étrangers sont entrés ici, ils m'ont proposé de rester à leur service, mais je leur ai dit : « C'est la maison de lady Ryan et je ne travaillerai ici que pour elle. » Je suis alors partie et j'ai trouvé une autre place, non loin de Whitehall. Je suis passée tous les jours devant cette maison. Ce n'étaient pas de mauvaises gens, madame, ils étaient même aimables avec moi.

— Mais comment es-tu parvenue à les faire sortir d'ici ?

— Je n'y suis pour rien, dit Anne en commençant à monter l'escalier derrière Hélène. C'est le jeune lord Ryan qui est venu en personne à Londres peu de temps après l'entrée du roi.

— Alan ?

— Bien sûr, madame. Il a veillé à ce que la maison redevienne la possession de la famille Ryan. Il m'a vue par hasard et m'a demandé de m'en occuper, parce qu'il était obligé de retourner dans le Yorkshire. C'est en effet là-bas qu'il vit, madame, à Woodlark Park !

— Je sais. Comment va-t-il ?

— Oh, il allait très bien quand il est venu ici. Il est marié, il a quatre enfants. Il m'a tant parlé de sa famille, il m'a raconté tout ce que j'ignorais. Que mylady est morte…, s'interrompit Anne les larmes aux yeux. Ma chère mylady, gémit-elle.

Hélène lui caressa les cheveux pour la consoler.

— Mais Anne, cela remonte à si longtemps, maintenant. Nous sommes tous bien obligés de surmonter ça. Et qu'est-ce qu'Alan a raconté d'autre ?

— Je me souviens à présent qu'il m'a dit que votre époux était tombé à la guerre, madame. Et il a dit aussi que vous vouliez en épouser un autre, un officier. Mais il était en grand souci parce qu'il n'avait pas réussi à savoir ce que vous étiez devenue. On lui avait dit, je ne sais où, que vous aviez été arrêtée, mais le juge était mort entre-temps, et personne n'arrivait à découvrir quel sort vous avait été réservé. Je pense que lord Ryan vous croyait morte. Mais moi je disais toujours : « Elle n'est pas morte. Pas ma Mlle Hélène ! » Et c'est moi qui avais raison !

— A-t-il également dit quelque chose à propos d'Elizabeth ?

— Oui, il a parlé d'elle aussi. Elle vit avec eux à Woodlark Park. Elle aussi est veuve depuis longtemps. Et miss Emerald, vous avez su qu'elle est morte ? Son château, dans le Devon, a brûlé une nuit. Elle et sa famille ont péri dans les flammes.

Hélène acquiesça avec lassitude.

— Pauvre Emerald, dit-elle tout bas, on l'a dépouillée de tout ce qu'elle désirait avoir. Peut-être a-t-elle été la plus malheureuse de nous tous. Et sais-tu quelque chose au sujet de David ?

— Oh, madame !

Les lèvres d'Anne furent alors prises à nouveau d'un fort tressaillement.

— M. David Ryan est mort lui aussi ! Il s'est suicidé, peu après l'exécution du roi, d'après ce que lord Ryan a pu apprendre. Personne ne sait pourquoi. Peut-être parce qu'il était estropié.

— Il est mort ?

— On l'avait amputé d'un bras. Il avait été obligé, un jour, de fuir au travers des lignes ennemies, et c'est alors qu'il avait été blessé !

Hélène ferma les yeux, car elle se sentait d'un coup malade à en mourir. David, le plus beau garçon de la famille, si jeune, si fort et si fier, qu'elle aimait même quand il s'était rangé dans le camp ennemi. Or il était mort, et de toute cette famille il ne restait plus désormais en vie qu'Elizabeth, Alan et elle-même.

Elle était sur le point de se remettre à pleurer quand son regard tomba sur Anne et les autres domestiques qui la considéraient tous avec un peu d'inquiétude et de désarroi. Sur Victor aussi qui avait l'air infiniment las et menu. Cela lui redonna des forces.

— Nous devrions aller dormir, dit-elle. Anne, veux-tu montrer aux autres leurs chambres. Victor dort chez Marie. Je vais dans mon ancienne chambre. Je trouverai mon chemin sans problème. Jacques, apporte-moi mes valises.

Là aussi, Anne avait tout remis dans la disposition antérieure. Les mêmes meubles, les mêmes tapis, les mêmes rideaux, jusqu'au jeté de dentelle blanc sur le lit ! Hélène alluma les bougies.

Elle toucha avec précaution le bois de la lourde et ancienne commode, puis, levant les yeux, elle se regarda dans le miroir suspendu au-dessus du meuble. Combien de fois s'était-elle tenue là pour examiner son visage. Aujourd'hui, elle avait quelques fines rides autour des yeux, elle était plus mince et plus pâle. Peut-être même, se dit-elle, plus belle d'une certaine manière.

Elle alla à la fenêtre et l'ouvrit. Le chambranle craqua et gémit comme il l'avait toujours fait. Une douce brise pénétra dans la pièce, pleine de senteurs printanières.

Le cerisier était toujours là, pas encore en fleurs, mais avec déjà de tendres petits bourgeons. Son vieux cerisier ! Il avait encore grandi et ses plus grosses branches venaient presque toucher le mur de la maison. Pourtant, il était resté le même, paraissant doté d'une existence inébranlable. Il poussait et fleurissait, produisait des fruits et voyait ses feuilles se faner, selon le cours immuable et paisible du temps. Il n'avait que faire de ce qui se passait autour de lui, il le voyait, mais il vivait en lui-même.

Nous, songea Hélène, nous, avec tout notre savoir, notre raison, nos passions, nos amours et nos haines, nous chancelons, nous luttons et nous détruisons. Mais nous créons aussi, nous aimons, nous pardonnons.

Jamais nous ne nous abandonnons, ni à nous-mêmes, ni au monde et à ses lois.

On frappa à la porte. Hélène referma la fenêtre.

— Entrez !

C'était Jacques avec ses bagages.

— Dois-je simplement les poser, madame ?

— Oui, pose tout ça par terre. Merci beaucoup et bonne nuit !

— Bonne nuit, madame !

Jacques sortit. Hélène se sentit d'un seul coup très lasse. Elle se déshabilla rapidement et ôta ses bijoux. Ne sachant où les mettre, elle ouvrit l'un des tiroirs de la commode. Il était rempli de mouchoirs de batiste au parfum délicat. Sur le dessus, il y avait un petit bouquet de boutons de rose totalement secs qui tombèrent en poussière quand elle les toucha.

— Oh mon Dieu, murmura Hélène tout bas, pourquoi cela encore ? Cette fois-ci je vais pleurer pour de bon !

Les boutons de rose ! Le souvenir d'une des premières journées du printemps s'éveilla en elle. Une journée de chaleur, une journée de bonheur avec Jimmy ; il lui avait offert ces fleurs, l'avait embrassée et lui avait dit combien il l'aimait. Ensuite, il y avait eu le mariage, le départ pour les Cornouailles et, dans le tourbillon des événements, elle avait oublié le bouquet. Elle venait de le retrouver !

Je ne dois pas pleurer, se dit-elle, je dois ne plus penser qu'à une chose : je suis enfin revenue chez moi.

Avec un soupir, elle se pelotonna dans son lit et ferma les yeux.

Charles Stuart, le roi d'Angleterre, était assis dans l'un de ses petits appartements fastueux de Whitehall et, l'air un peu morose, gardait les yeux dans le vide. Toute la matinée, il y avait eu un perpétuel va-et-vient, un défilé d'hommes et de femmes, de pauvres et de riches. Ils se pressaient en rangs serrés dans les antichambres et, sitôt admis auprès du roi, se précipitaient sur lui, parlaient du sort qu'ils avaient connu durant et après la guerre, demandaient que leur soient restitués leurs biens ou sollicitaient un dédommagement. Charles n'était en mesure de leur venir en aide que dans de rares cas, mais il était au-dessus de ses forces de renvoyer ces gens ; il préférait leur faire des promesses qu'il serait dans l'incapacité de tenir. Cela assombrissait son humeur. Ses sujets lui manifestaient leur amour et leur fidélité, jour après jour, avec une sincérité qui le touchait profondément. Il voulait être heureux avec tous ces gens-là, ensemble, et oublier les longues années noires.

— Samuel, dit-il au laquais qui entrait, renvoie ces gens. J'en ai assez pour aujourd'hui.

— Très bien, Majesté !

— Qui aurait été le suivant ?

Le laquais consulta la liste qu'il avait à la main.

— Madame Lescal, comtesse de Moville, lut-il tout haut.

Charles leva les yeux.

— Comtesse de Moville ? s'étonna-t-il.

— La dame est anglaise, Majesté. Elle dit être la veuve du colonel Tate.

— Oh, Samuel, fais-la entrer. On ne peut renvoyer la veuve du colonel Tate !

Le laquais s'éclipsa. Peu après Hélène entra dans la pièce. Elle donnait l'impression d'être très nerveuse, mais de se contrôler. Elle avait revêtu une tenue élégante et coûteuse, car elle ne voulait pas donner l'apparence de quelqu'un dans le besoin. Bien que conservant pour Victor l'essentiel de l'héritage d'Antoine, elle avait reçu une part qui lui permettrait de bien vivre pendant des années.

Charles s'était levé à son entrée et l'examinait avec intérêt. Elle est belle, la jugea-t-il en son for intérieur, et triste. Il lui sourit.

Hélène prit la main qu'il lui tendait et s'inclina très bas.

— Majesté, dit-elle, je vous remercie d'avoir bien voulu me recevoir.

— Asseyez-vous donc, madame !

La voix de Charles s'était élevée d'un ton comme chaque fois qu'il s'adressait à une femme séduisante. De plus, il se rendit compte qu'il l'impressionnait et cela lui plut.

Ayant gardé le souvenir du roi Charles Ier, de sa petite taille et de son apparence un peu insignifiante, Hélène était effectivement étonnée par son fils. Très grand, il avait des yeux noirs dans un visage étroit. Il y avait en permanence, dans son expression, un air de supériorité et d'amusement. Il n'a pas grand-chose de commun avec son père, se dit-elle, mais il est un peu trop beau, et il manque de fermeté, surtout envers lui-même. Oh, je comprends maintenant pourquoi on dit de lui qu'il est le roi des femmes !

— Madame, dit Charles, j'ai entendu dire que vous avez été l'épouse du colonel Tate, aujourd'hui décédé. Me permettez-vous de vous dire qu'il a été l'un des serviteurs les plus loyaux de mon père ? Je me souviens de l'avoir souvent entendu parler de votre époux avec le plus grand respect.

J'aurais volontiers renoncé à tout cela, si seulement il avait survécu, songea Hélène, mais elle dit à haute voix :

— Merci, Majesté. Il ressentait comme un honneur le fait de combattre pour son roi.

— Vous aussi, vous avez certainement connu des temps très durs ?

— Oui, j'ai été obligée de quitter l'Angleterre en 1649, peu après que mon mari… a été tué. On m'a suspectée d'avoir pris part au soulèvement projeté par lui et quelques autres, et on m'a mise en prison. Je suis heureusement parvenue à m'enfuir.

Charles haussa les sourcils.

— Il semble que vous vous soyez sortie de quelques aventures, jugea-t-il d'un ton admiratif.

Hélène se mit à rire.

— Ce n'a pas été aussi palpitant qu'il y paraît. Tout s'est passé sans grande participation active de ma part.

Elle se tut, espérant le voir effectuer les premiers pas. Charles le sentit.

— Je suppose que vous avez été à l'époque dépossédée de votre propriété. A-t-elle aussi été détruite ?

Hélène lui lança un regard de gratitude.

— Non, répondit-elle, mes biens sont seulement occupés par des étrangers.

— Il faut bien sûr que nous y remédions. Comment s'appellent ces domaines ?

— Charity Hill dans les Cornouailles et Broom Lawn dans le Kent.

Le roi fronça les sourcils.

— Charity Hill ? s'étonna-t-il. J'ai déjà entendu ce nom. Il me semble qu'une demande de restitution a déjà été formulée.

Il fit appeler son secrétaire qui ne tarda pas à apparaître.

— Le domaine de Charity Hill, rapporta-t-il, a déjà été enlevé à ses occupants illégitimes l'an passé, à la demande d'un certain lord Ryan, du Yorkshire, qui a été en mesure de prouver qu'il était le cousin de la veuve de l'ancien propriétaire, lord James Golbrooke. À ma connaissance, il y a installé un régisseur.

Le roi regarda Hélène d'un air interrogateur.

— Cela peut-il être vrai ?

— Oui, bien entendu. Alan est mon cousin.

— Alors, tout est en ordre. En ce qui concerne l'autre domaine – Broom Lawn dans le Kent, n'est-ce pas ? – mon secrétaire va vous délivrer un pouvoir qui refera de vous sur-le-champ la propriétaire légitime des lieux.

— Merci infiniment, Majesté. J'ai encore un souhait. Il s'agit de quelques femmes qui, à une époque très difficile, me procurèrent aide et réconfort. Elles étaient mes compagnes de prison.

— Elles n'y sont certainement plus. La roue a tourné. Ce sont à présent les juges d'alors qui ont pris leur place.

— Non, les condamnations de ces quatre femmes étaient sans rapport avec la révolution, elles avaient commis d'autres délits. J'aimerais qu'elles retrouvent la liberté. Je paierai pour leurs méfaits. Mais aucune d'elles ne doit apprendre que c'est moi qui suis derrière cette libération !

Le roi sourit.

— Je vais m'en occuper, promit-il. Quand vous vous en irez tout à l'heure, donnez leurs noms à mon secrétaire dans l'antichambre.

— Je remercie Votre Majesté, dit Hélène en se relevant. Peut-être avez-vous entendu dire cela trop souvent déjà ces derniers temps, mais j'y tiens néanmoins : je suis infiniment heureuse que l'Angleterre ait de nouveau un roi. Et, je crois, l'un des meilleurs qui puisse exister.

— C'est pour moi un honneur d'être le roi de sujets comme vous, répondit Charles en se penchant sur la main d'Hélène.

Le roi m'a baisé la main, pensa Hélène, c'est un bon début pour mon arrivée en Angleterre !

Mais elle ne retrouvait pas la tranquillité d'esprit, et ne la retrouva pas non plus quand elle se décida enfin à retourner à Charity Hill. Si, à Londres déjà, des souvenirs l'assaillaient dans chaque rue, à chaque carrefour, devant chaque maison, cela ne pouvait qu'empirer dans le vieux château au bord de la mer ! Là-bas, le temps passait et tout demeurait immuable. Hélène y arriva par une très chaude journée d'avril : les arbres étaient en pleine floraison, il y avait partout des fleurs, bercées par une brise légère, l'air était peuplé de chants d'oiseaux, embaumé de mille senteurs. La demeure, sous le soleil, reposait, silencieuse et paisible, comme si ses occupants, partis en excursion le matin ou bien en visite chez des voisins, ne rentreraient qu'en fin d'après-midi retrouver l'abri de ses murs. Il n'y avait plus aucune trace des dévastations jadis occasionnées par les rebelles. On avait replanté des arbres fruitiers dans le jardin, partout on avait semé des fleurs, aménagé des sentiers recouverts de gravier, les champs étaient cultivés et les étables remplies de bétail bien nourri.

Le régisseur mis en place par Alan, M. Gordon, fut très fier de pouvoir montrer à Hélène le bon état du domaine.

— Tout était à l'abandon, raconta-t-il. Les derniers propriétaires, ne disposant que de moyens limités, n'eurent guère la possibilité de réparer les dégâts dus à la négligence de leurs prédécesseurs.

— Comment s'appelaient donc les derniers propriétaires ? l'interrompit Hélène.

— M. et Mme Ramley.

— Je croyais qu'ils s'appelaient Corb ?

M. Gordon eut un reniflement méprisant.

— Ceux-là sont partis depuis longtemps. M. Corb était ivre du matin au soir et Mme Corb était la créature la plus négligée qui ait jamais vécu à Fowey. Le domaine leur a été retiré.

— Pour le remettre aux Ramley ?

— Oui. Mais ces derniers durent ensuite partir à leur tour en tant que partisans du protecteur. C'est lord Ryan qui a mis tout cela en route.

— Il a eu raison de vous engager comme régisseur, tout est merveilleusement en ordre.

— Ma foi, oui, j'ai vraiment beaucoup travaillé, reconnut M. Gordon visiblement flatté, mais je me suis également vu mettre à ma disposition pas mal d'argent.

— Je vous serais reconnaissante de bien vouloir poursuivre votre activité de régisseur, monsieur Gordon. Vous pouvez continuer à habiter avec votre famille dans le château. Moi, je ne m'y entends pas tellement en matière d'agriculture. Et, ajouta-t-elle à voix basse, plus pour elle-même que pour son interlocuteur, je ne resterai peut-être pas longtemps ici.

Revoir Charity Hill était une douleur, comme celle occasionnée par une cicatrice mal soignée se rouvrant et se mettant à saigner. Hélène n'avait pas envisagé que cela pût lui être aussi difficile de traverser les pièces familières, de découvrir mille détails disparus de sa mémoire, mais qui, d'un seul coup, éveillaient autant de souvenirs.

Peu de choses avaient changé, y compris à l'intérieur de la demeure. Quelques objets de valeur avaient disparu, vraisemblablement – comme le supposa Hélène avec fureur – afin de fournir en alcool Thérèse et son époux. La plupart des meubles avaient gardé leurs emplacements d'antan, les anciens rideaux et tapis étaient également toujours là, de même que les grands tableaux des ancêtres. Charity Golbrooke, au-dessus de la cheminée du hall d'entrée, avait conservé son doux sourire, en dépit d'une déchirure en travers du visage qui rappellerait à jamais les jours tumultueux de la guerre civile. L'accroc avait été réparé de manière sommaire, mais, bien qu'ayant à présent les moyens de le faire disparaître totalement, Hélène s'en abstint. Elle préférait garder le tableau dans cet état, tel un fragment d'histoire.

Hélène s'installa dans son ancienne chambre, dont l'aspect suscita chez ses femmes de chambre françaises, Marie et Lucille, une grimace de désapprobation. L'aménagement, ne correspondant en rien à la mode du moment, était lourd, massif et totalement contraire au goût français. Mais Hélène ne voulut rien modifier. En farfouillant dans les armoires et les coffres familiers, elle trouva une paire de vieux escarpins en soie ainsi qu'une robe qu'elle aimait porter au début de son mariage. Comme elle paraissait désormais démodée avec sa jupe large et sa taille haute !

Les souvenirs de Charity Hill l'obsédaient et, durant quelques jours, Hélène éprouva presque du plaisir à stimuler sa mémoire, jusqu'au moment où le chagrin menaçait de l'étouffer. Elle passait des heures sur la plage, assise sur le rocher où, le soir de sa rencontre avec Alexander, elle l'avait imploré de l'emmener avec lui. Elle revoyait Alexander comme s'il était là, devant elle, elle entendait chacun des mots qu'il avait jadis employés. La nostalgie qu'elle ressentait en ces instants avait bien sûr pour objet l'amant qui allait devenir son mari, mais aussi l'époque où elle avait été jeune, amoureuse et comblée. Passionnée et irréfléchie, impétueuse et uniquement préoccupée d'elle. S'il était à présent avec elle, songeait-elle avec mélancolie, ils pourraient ensemble revisiter ces lieux et se rappeler ce qui était arrivé. Quel bonheur ce serait !

Elle se rendit aussi dans le bâtiment des garçons de ferme où lui revint en mémoire cette journée interminable et torride où, agenouillées au milieu de la saleté, des gémissements et de la puanteur, elles soignaient des soldats à l'article de la mort. Et la mansarde où dormait Molly ! Ah, et puis le salon où tout le monde passait tant de temps, à attendre ou à se quereller sans discontinuer. La chambre d'Alexander, enfin, où il lui avait demandé si elle voulait bien l'épouser. Tout se bousculait dans sa mémoire, avec autant de netteté et de vivacité que si cela s'était produit la veille.

Elle allait aussi dans le petit cimetière familial, au bout du parc. Beaucoup de Golbrooke y reposaient, mais il y avait également la tombe de tante Catherine, ainsi que deux pierres portant les noms de Jimmy et de Randolph, même si les corps ne gisaient pas là.

Il régnait ici un calme si grand, une telle présence du passé ! Un jour, des enfants joueraient parmi les tombes, et les rayons du soleil illumineraient des pierres couvertes de mousse et de lierre où auraient pâli les noms des morts. Car ils étaient morts, comme était mort le temps jadis. Hélène devait oublier, mais elle savait qu'elle n'y parviendrait pas ici. Pas à Charity Hill qui marquait une époque fatidique. Le soir, assise à la fenêtre de sa chambre, la brume montant de la mer et entourant la demeure d'un voile froid et humide, elle croyait entendre les voix de ceux qui avaient vécu en ces lieux, le rire de Janet, les récriminations d'Adeline, les versets lus par Elizabeth et les discours politiques de William, les hurlements de pirate de Francis, les chants de Cathy et de Carolyn. Les lourds murs du château retenaient pour toujours prisonniers ces sons du passé.

— Je vais repartir, confia Hélène à M. Gordon. Je vous en prie, continuez à gérer mes affaires. Je déposerai de l'argent chez un orfèvre de Fowey. Un jour, un de mes fils reprendra le domaine. Et puis j'aimerais que vous vous rendiez dans le Kent, à Broom Lawn, un autre de mes domaines. J'ai une attestation du roi ainsi qu'une lettre de ma main que vous devrez y produire. Veillez à ce que tout ce qui m'appartient là-bas me revienne et installez-y un régisseur fiable.

M. Gordon fut extrêmement heureux d'une telle marque de confiance et promit d'exécuter au mieux sa mission. Hélène resta quelques jours encore. Elle voulait rendre une visite à Mme Thompson, mais on lui apprit que la famille était partie pour une destination inconnue. Il ne restait de ses anciennes connaissances que Bridget Cash, à Ivy Castle. Or Hélène n'éprouvait bien sûr pas la moindre envie de la revoir. Elle voulait partir et ne voulait pas non plus aller à Broom Lawn. C'était là qu'Alexander avait vécu et cela lui serait insupportable. Mais elle pouvait se rendre dans le Yorkshire, retrouver Alan et sa famille, retrouver Elizabeth.

Elle partit fin juillet. Longtemps, elle regarda derrière elle le château s'éloigner.

— Tu représentes beaucoup pour moi, Charity Hill, dit-elle à voix basse, j'ai été très heureuse entre tes murs, mais je ne pourrai plus jamais l'être.

Loin était le temps où elle croyait que Charity Hill lui serait un rempart contre le monde, une forteresse sûre, un refuge. En ce jour, elle fuyait ses murailles, s'y sentant plus faible et triste qu'en aucun autre endroit.

Le voyage fut long des Cornouailles jusque dans le nord de l'Angleterre, et l'automne avait déjà commencé quand Hélène arriva à Woodlark Park. La grande et vieille demeure suscita chez elle le même sentiment de douceur et de sécurité qu'elle lui inspirait quand, petite fille, les nœuds de ses cheveux flottant au vent, elle courait dans les prairies s'étendant à perte de vue. Lourde et paisible, elle était blottie au cœur d'une campagne sévère sur laquelle ne cessaient de s'abattre les rudes vents du nord venus d'Écosse, une campagne fréquemment noyée dans le brouillard.

Le lierre partait toujours à l'assaut des façades de pierre, des enfants jouaient encore dans la partie arrière du parc, espace sauvage où les espèces foisonnaient. Comme avant, des jeunes filles, assises sous la véranda, se laissaient courtiser par de jeunes hommes. Les générations venaient et s'en allaient, mais la terre sur laquelle elles vivaient n'en avait cure.

Lord Alan Ryan avait changé avec les années. Le mince adolescent de jadis était devenu un monsieur imposant, un tantinet rondelet et grisonnant, tout le portrait de son père. En apercevant Hélène, il n'en crut pas ses yeux, et celle-ci, pour la première fois depuis qu'elle le connaissait, le vit pleurer quand il la prit dans ses bras.

— Tu es vivante, murmura-t-il, ma toute douce, tu es vivante !

Sa famille s'était entre-temps rapprochée et, tourné vers elle, Alan fit les présentations.

— Amalia, approche. Voici ma cousine Hélène dont je t'ai si souvent parlé.

Lady Amalia, une délicate femme blonde, s'avança, enlaça Hélène et l'embrassa sur les deux joues.

— Bienvenue à Woodlark Park, dit-elle d'une voix chaleureuse, je suis tellement heureuse de faire ta connaissance.

Dès ce premier instant, Hélène conçut une profonde affection pour Amalia. Elle n'était pas d'une beauté rayonnante, mais il émanait d'elle une bonté à laquelle il était difficile de résister.

Les quatre enfants, blonds comme leur mère, avaient la beauté physique des Ryan. Les deux sœurs aînées, Rebecca et Juliett, avaient quatorze et treize ans. Suivaient dans l'ordre Charles, onze ans, et Peter, sept ans. Éveillés, pas timides, ils traitèrent leur nouvelle tante avec beaucoup de prévenance. Peter, prenant aussitôt Victor sous sa coupe, lui montra la maison et les communs sans se laisser le moins du monde troubler par le fait que Victor ne comprenait goutte à ses explications.

Les retrouvailles avec Elizabeth furent presque plus émouvantes encore que celles avec Alan. Quand Hélène se retrouva face à la petite femme aux cheveux gris, ce fut un peu comme si elle retrouvait une mère. Comme autrefois, quand elle avait été triste, folle de joie ou honteuse, elle se jeta dans les bras d'Elizabeth.

— Elizabeth, tu m'as tellement manqué !

Elizabeth lui caressa les cheveux et lui sourit avec tendresse. Ses yeux brillaient, mais elle fut incapable de s'abandonner à une joie bruyante et débordante. Durant toutes ces années, elle était demeurée l'être qu'elle était devenue après la mort de son mari, tournée sur elle-même, vivant dans d'autres mondes.

Les jours suivants s'écoulèrent vite. Hélène dut raconter ce qu'elle avait vécu, et toute la famille l'écouta, le souffle coupé. Elle laissa bien entendu quelques détails de côté. Elle n'évoqua pas, par exemple, comment elle avait provoqué le mariage avec Antoine, pas plus qu'elle ne parla de la terrible dispute avant sa mort. Ces secrets étaient pour toujours enfermés en elle.

L'automne fut frais et lumineux, si bien qu'Hélène passa beaucoup de temps hors de la maison. Elle fit du cheval avec les enfants ou partit en promenade avec Alan, Amalia et Elizabeth. Le gris-bleu de l'air, le spectacle des champs moissonnés, la robe duveteuse des chevaux qui revêtaient leur pelage d'hiver, tout lui était familier et l'emplissait d'une douce mélancolie. Quand, flânant à travers champs en compagnie d'Alan, elle retrouvait les lieux de son enfance, elle avait le cœur lourd et léger à la fois, elle se sentait apaisée et pourtant bouleversée.

« Alan, remarques-tu que tout est comme avant ? », aurait-elle aimé demander. « Te rappelles-tu comment, enfants, nous jouions dans ces vastes prairies et dans ces forêts ? Vois-tu encore le ciel de plomb et les bancs de brouillard flottant au-dessus des chaumes ? Seul brillait un pâle soleil, l'air était frais, les mouettes criaient, il y avait une odeur de résine mouillée. Sur l'écorce rude des chênes centenaires sous lesquels nous marchions, la mousse était verte et humide. »

C'était d'un paradis perdu que rêvait Hélène, mais ici, dans cette famille vive et joyeuse, elle ne pouvait succomber à la tristesse. L'atmosphère était pleine de vie et de paix quand, le soir, tous assis autour du feu crépitant dans la cheminée, ils mangeaient des pommes cuites au four et fourrées de raisins secs à la cannelle ou des châtaignes grillées accompagnées de crème fouettée. Quand elle était couchée, Hélène entendait à travers la cloison Rebecca et Juliett chuchoter, exactement comme elle et Emerald jadis : Rebecca gémir d'un ton rêveur : « Richard a les yeux les plus noirs du monde ! » et, là-dessus, la sœur cadette interroger avec curiosité : « Dis-moi, Beck, est-ce qu'il t'a déjà embrassée un jour ? »

Oui, c'était là le secret de Woodlark Park : ici grandissait une génération nouvelle, des êtres n'ayant ni vécu la guerre ni connu l'ancien temps, qui, vivant dans le présent, étaient heureux, considérant chaque bal comme le plus important de leur existence, parlant des heures durant de robes et de coiffures, des nuits entières de leurs admirateurs. Le sentiment de détresse ne pouvait résister à cette ambiance.

Quelques semaines après l'arrivée d'Hélène à Woodlark Park – on était déjà en décembre et le pays était couvert d'une épaisse couche de neige – le domaine accueillit un hôte supplémentaire, Thomas Connor, l'ami d'enfance d'Alan, d'Elizabeth et d'Hélène. Il expliqua que, en voyage d'affaires dans le Yorkshire, il n'avait pas voulu laisser passer l'occasion de rencontrer ses anciens amis. Hélène, qui l'avait vu pour la dernière fois durant l'été 1644, lui réserva un accueil enthousiaste. Elle eut un immense plaisir à le voir s'étonner d'abord quand il l'aperçut, puis saisir qui elle était et enfin rayonner de joie.

— Tu as failli ne pas me reconnaître, hein ? s'écria-t-elle.

Thomas l'étreignit.

— Bon Dieu, mais c'est réellement Hélène, s'exclama-t-il. Je n'arrive pas à y croire ! Tu es devenue une vraie dame, et si belle par-dessus le marché !

— Toi aussi, tu as changé, Thomas, répondit-elle, tu as encore plus fière allure qu'avant.

Contrairement à Alan, Thomas Connor avait conservé un corps mince et musculeux. Sa peau bronzée, ses épais cheveux noirs et son agilité à se mouvoir lui donnaient une allure juvénile. Mais l'expression de son visage avait changé. Tout ce qui le caractérisait autrefois avait disparu : son rire, son insouciance, la joie qu'il prenait sans réserve à jouer, à tirer des armes, à flirter. Il était devenu sérieux, semblant parfois perdu dans ses pensées.

— Il est passé par de rudes épreuves, raconta Alan à Hélène le soir. Son père et ses cinq frères ont péri à la guerre, et sa mère est morte de chagrin. Il s'est ensuite marié, mais sa femme, trois ans plus tard, a succombé à la variole. L'enfant unique auquel il se raccrochait avait été contaminé et mourut à son tour peu de temps après.

— Mon Dieu, quelle horreur ! s'écria Hélène, des larmes dans les yeux. Pauvre, pauvre Thomas ! Que le destin peut parfois être cruel, impitoyable !

Elle s'occupa alors beaucoup de lui et constata qu'il retrouvait en sa présence un peu de son ancienne gaieté. La solide amitié qui les liait autrefois n'avait pas souffert de leur longue séparation. Il est probable, se disait Hélène, qu'il voit en moi ce que je vois en lui : quelqu'un qui a survécu à tout, avec d'innombrables blessures certes, mais qui représente un souvenir du passé.

Par une froide soirée de la mi-décembre, Hélène, sous le coup d'événements intervenus dans la journée, n'arrivait pas à dormir, et elle se décida à ressortir. Un peu d'air frais lui ferait certainement du bien.

Quand, une grande écharpe de laine autour des épaules, elle quitta la maison, des flocons de neige tourbillonnants lui frappèrent le visage et un vent glacial lui plaqua ses vêtements contre le corps. Elle se hâta de traverser la cour, poussa la porte de l'écurie et entra avec un léger soupir de soulagement. Il faisait chaud à l'intérieur, tout était calme, on n'entendait que la légère respiration des chevaux et le bruit de leur mastication. Mais elle s'aperçut aussitôt qu'elle n'était pas seule. Une lanterne était allumée, et Thomas était appuyé contre l'un des box.

Il se retourna quand elle s'approcha.

— Hélène, que fabriques-tu ici ?

— Je n'arrivais pas à dormir et je suis sortie faire un petit tour.

Elle s'immobilisa à côté de lui.

— Et toi ? demanda-t-elle.

— J'ai remarqué, tôt ce matin, que Savage boitait, expliqua-t-il. J'ai voulu lui jeter un dernier coup d'œil.

Tous les deux examinèrent le cheval.

— Ses pattes semblent en bon état, jugea Hélène.

— Oui. Peut-être que je me suis simplement fait des idées.

— Je pourrais le monter demain matin, et tu regarderais s'il boite encore.

— Oui, c'est une solution. C'est gentil de ta part, Hélène.

Ils restèrent silencieux un petit moment, jusqu'à ce que Thomas, qui avait semblé nerveux durant toute cette scène, se mît à parler.

— Hélène, je voulais ne pas aborder le sujet, mais l'occasion me paraît propice, et je sais à présent de manière définitive ce que je veux faire à l'avenir. Je veux quitter l'Angleterre.

— Quitter l'Angleterre ? répéta Hélène, incrédule.

Thomas acquiesça.

— Je vais vendre tout ce que je possède. Cela me permettra d'acquérir du terrain en Amérique et d'y créer une plantation.

— C'est donc cela que tu veux ?

— Ne me regarde pas avec cet air épouvanté ! Je veux et je dois quitter ce pays !

— Mais pourquoi donc ? Quitter l'Angleterre ? Volontairement ? Juste au moment où la vie y redevient belle et où la liberté revient ? C'est à présent que tu veux partir ?

Thomas évita son regard.

— Belle ? dit-il d'un ton amer. Ah, Hélène, ici la vie ne sera plus jamais belle. Je n'arrive pas à oublier les êtres que j'ai perdus, que nous tous avons perdus. Je n'arrive pas à oublier la guerre, ni ce qui existait avant.

— Mais nous connaissons pourtant un nouveau départ maintenant. Nous avons un roi et nous avons la paix !

— Regarde un peu ce roi et sa cour ! Une bande de noceurs ramollis ne pensant qu'à danser et à boire !

Puis, voyant la tête d'Hélène, il se reprit :

— Excuse-moi, je ne voulais pas dire les choses aussi crûment, même si ce qui se passe à Whitehall a tout de la foire, les favorites se marchant littéralement sur les pieds. Tu sais, ajouta-t-il avec un semblant de sourire, que ce genre de vie me plaisait beaucoup jadis. Et ce n'est d'ailleurs pas ce qui me dérange et me pousse à m'enfuir.

— Qu'est-ce alors ?

— C'est difficile à expliquer. Écoute, Hélène ! poursuivit-il en cherchant ses mots. Je veux redonner un sens à ma vie, et ce n'est pas ici que je le trouverai. Autrefois, je pensais le trouver dans les agréments de la vie, mais la guerre m'a appris à reconnaître d'autres valeurs. Tu me vois demeurer sur mes riches domaines, à attendre que l'argent afflue vers moi de tous côtés ? Les bals, les réceptions et les soupers, tout cela ne me satisfait plus. Je refuse de rester plus longtemps à ne rien faire sur les propriétés héritées de mes ancêtres. Peux-tu le comprendre ? demanda-t-il en fixant Hélène.

— Oui, acquiesça-t-elle avec une certaine hésitation, je pense, oui. Mais...

— En Amérique, je pourrai réaliser mon rêve, continua Thomas sans tenir compte de l'objection d'Hélène, je pourrai me constituer mon propre bien, bâtir de mes mains une maison, pierre à pierre, planter des arbres, cultiver des champs. Je veux voir pousser ce que j'aurai semé, je veux me battre contre les forces de la nature et contre des ennemis. Je veux aider à bâtir ce pays magnifique.

— Écoute, Thomas, je comprends parfaitement ce qui se passe en toi. Le besoin de s'accomplir de cette manière… c'est là quelque chose qui doit exister chez beaucoup, car une multitude de gens partent en Amérique, et pas seulement des puritains qui, à présent que Cromwell est mort, voient l'Angleterre livrée à l'immoralité et à la dépravation. Mais moi, j'ai vécu douze ans en exil et, pendant tout ce temps, je n'ai rêvé que d'une chose, rentrer au pays. C'est ce rêve qui m'a permis de tenir. Je suis revenue et je tombe sur quelqu'un qui veut partir à tout prix. Il m'est impossible de vraiment te comprendre.

— Tu parles d'un rêve, Hélène, et c'en était certainement un. Ou bien aurais-tu par hasard trouvé la réalité dont tu rêvais ? Je ne le crois pas, vois-tu. Il est manifeste que tu ne trouves pas la paix. Tu as été à Londres, comme tu me l'as raconté, puis dans les Cornouailles, et ici ensuite. Tu ne trouves nulle part le bonheur que tu recherches !

— Tu te trompes, l'interrompit Hélène. Ici, à Woodlark Park, je suis heureuse. Et je resterai ici.

Thomas la considéra d'un air moqueur.

— Tu as vraiment beaucoup changé, dit-il. Vivre dans la famille de ton cousin, tolérée en ta qualité de tante ayant perdu ses maris, te suffit. Je te croyais plus ambitieuse et plus exigeante !

— Qui te permet de me parler ainsi ? s'exclama Hélène, furieuse.

— Excuse-moi. J'ai été trop dur, j'ai été injuste. Mais cette vie ne correspond pas à ce que tu es. Imagine donc un peu ce qu'est l'Amérique ! Un pays vaste comme aucun autre sur cette terre, dont on ne connaît jusqu'ici que la partie orientale, sans savoir ce qui peut encore se trouver à l'ouest ! Un pays de liberté, où la nature est intacte, et si fertile. Et qui ressemble à l'Angleterre. Je le tiens de gens qui s'y sont déjà rendus. Il y a là-bas d'immenses forêts, avec des chênes, des hêtres, des épicéas et des érables, de vastes prairies avec une herbe grasse, du trèfle, des anémones, des pissenlits. L'eau des rivières y est claire et vive, comme celle des lacs paisibles et profonds, on y trouve des collines boisées et des montagnes qui touchent aux cieux. Les êtres qui choisissent d'aller là-bas sont tous désireux d'abandonner la vieille Europe, l'Europe poussiéreuse et malade ; ils sont en quête de liberté et de bonheur. Ils n'ont pour seuls biens que leur courage et leur énergie. Dis-toi bien qu'un pays qui est bâti par des êtres comme ceux-là, un pays né de tels rêves, sera peut-être un jour le gardien de la paix et de la liberté dans le monde entier !

— À t'entendre, on croirait que c'est moi que tu veux persuader d'aller en Amérique. Alors que c'est toi qui veux y aller et que je n'ai pas l'intention de t'en empêcher !

— Enfin, tu t'en aperçois, dit Thomas qui retrouva d'un coup un peu de son ancien charme quand, souriant, il prit la main d'Hélène. Tu ne penses pas que tu pourrais venir avec moi ? demanda-t-il d'une voix douce.

— Pour ne pas avoir à vivre ici en tant que parente tolérée ?

— Oh mon Dieu, voilà que tu m'en veux ! J'ai tenu inconsidérément des propos que je regrette profondément. Tu ne peux pas les oublier ? Non, Hélène, tu dois venir avec moi pour t'éviter de végéter ici, à la recherche de quelque chose qui n'existe plus. Les êtres que nous aimions sont morts et il ne reste rien d'eux. À part nous, personne ne se souviendra plus jamais d'eux. Connais-tu le mot du poète Ovide ? « Si jamais devait rester de nous autre chose que le nom et l'ombre... » Hélas, Hélène, il ne reste en effet rien d'autre !

— Le nom et l'ombre, répéta Hélène tout bas, oui, c'est tout ce qu'il reste de ceux qui étaient avec nous. Et nous, nous ne gardons que la culpabilité.

— La culpabilité ? Soit, la culpabilité est éternelle. Comme le souvenir. Et l'une et l'autre peuvent te détruire si tu t'y agrippes. La culpabilité et le souvenir demeurent, mais il subsiste aussi, Hélène, l'aspiration à un bonheur nouveau. Voilà pourquoi tu dois abandonner ce qui a été, le conserver enfoui dans ton cœur, mais tu dois l'abandonner !

— Ah, Thomas...

— Viens avec moi, et nous surmonterons tout. Il faut bien que tu saches ce que j'éprouve pour toi, ce que j'ai toujours éprouvé. Tu es plus séduisante que tu ne l'as jamais été. Quand nous étions jeunes, je t'aimais de manière superficielle et tu m'aimais de même. Mais ce sentiment est à présent plus profond, plus authentique.

— Thomas, tu es pour moi le plus cher des amis...

— Je sais ce que tu veux dire. Nous sommes l'un et l'autre encore attachés à des êtres que nous ne pouvons oublier. Mais si nous nous marions et partons... je ne veux pas faire pression sur toi. Tu peux réfléchir tranquillement à tout ça.

— J'y réfléchirai, promit Hélène. Bonne nuit, Thomas !

— Bonne nuit.

Quittant l'écurie, elle regagna la maison et sa chambre. Une fois dans son lit, elle ne trouva pas le sommeil, tant elle était troublée et émue. Il ne lui serait jamais venu à l'esprit de partir de Woodlark Park et, encore moins, de se marier à nouveau. Thomas Connor. Son ami d'enfance. Ils avaient constamment un peu flirté, ils avaient toujours été un peu amoureux. Qu'il serait étrange de l'épouser à présent ! Jamais elle ne pourrait l'aimer comme elle avait aimé Alexander, mais ses sentiments envers lui étaient plus profonds que ceux qu'elle avait pour Antoine quand elle l'avait épousé. Et ce mariage ne serait pas fondé sur un mensonge. Ils ne se jouaient pas la comédie.

« Nous sommes l'un et l'autre attachés à des êtres que nous ne pouvons oublier », avait dit Thomas. La voie qu'il avait choisie pour surmonter son passé était-elle la bonne ? Et elle, était-elle sur la mauvaise ?

Une parente tolérée. Elle savait que jamais ici on ne l'amènerait à ressentir une chose pareille et que, d'ailleurs, on ne la considérait vraisemblablement pas comme telle.

« Je te croyais plus ambitieuse et plus exigeante. » La phrase résonnait dans ses oreilles. Oh, Thomas avait su toucher chez elle une corde sensible. Une vie entière, elle avait été exigeante, et bien souvent aux dépens d'autrui. Or, maintenant qu'elle pouvait se montrer telle sans causer de mal à quiconque, voilà qu'elle reculait. Mais… quitter l'Angleterre ! Partir pour ce pays non civilisé qu'était l'Amérique. Laisser derrière elle ce qui avait été et repartir de zéro. Hélène sentit monter en elle comme une légère tentation, encore mêlée de peur et de profond abattement.

— Que dois-je faire ? se demanda-t-elle tout bas.

Ah, Alexander, que me conseilles-tu ? poursuivit-elle en pensée. Toi, tu partirais, n'est-ce pas ? Tu n'hésiterais sans doute pas aussi longtemps. Mais moi, je ne sais pas à quel saint me vouer. Je ne sais vraiment pas.

3

En février 1662, Hélène Lescal et Thomas Connor se marièrent. Le mariage ne fut pas une surprise pour les Ryan, ce qui les étonna davantage, ce fut la nouvelle du départ du couple pour l'Amérique.

— Mais Hélène, c'est précisément alors que tu es enfin ici que tu veux repartir, constata Alan d'un ton préoccupé, tandis qu'Amalia et les enfants faisaient eux aussi triste mine.

Seule Elizabeth, avec qui Hélène s'était longuement entretenue les semaines précédentes, sourit d'un air compréhensif.

La décision d'épouser Thomas et de partir avec lui avait donné naissance, chez Hélène, à un sentiment nouveau qui sommeillait sans doute en elle depuis longtemps et que les propos tenus par Thomas dans l'écurie avaient réveillé. C'était comme une espèce de force jeune, irrésistible, une audace aventureuse. Durant les longues semaines où elle n'avait cessé de réfléchir à la décision à prendre, ce sentiment avait grandi. Ce qu'elle vivait ici, à Woodlark Park avec la famille d'Alan, était-ce véritablement le bout du chemin ? Elle n'était certes plus une jeune femme, mais elle n'était pas non plus trop âgée pour se marier, refonder une famille et partir pour un grand pays vierge. C'était un défi qui, d'un seul coup, l'excitait. Être l'une des premières à vivre et à bâtir là-bas, à lutter contre les dangers, n'était-ce pas là le sens de la vie dont parlait Thomas ?

Et n'avait-il pas raison quand il affirmait qu'elle ne trouverait jamais la paix en Angleterre ?

Hélène regardait au-dehors les grands arbres dénudés se dressant dans le ciel d'hiver. Elle aimait infiniment ce pays, mais elle n'arrivait pas à se débarrasser de la douleur qui lui était liée. Peut-être y parviendrait-elle dans la lointaine Amérique ?

Elle réfléchissait aussi, bien sûr, à la nature de ses sentiments pour Thomas. Il était le meilleur de ses amis, aujourd'hui encore. Elle l'avait aimé autrefois, à la manière des enfants, et sa charmante amabilité de même que sa prestance la fascinaient autant que jadis. Ils se comprenaient, avaient confiance l'un dans l'autre et se connaissaient si bien qu'entre eux il n'y avait pas de place pour la moindre duplicité.

Des mariages ont déjà été conclus sur des bases pires, se disait Hélène. Des semaines de lutte intérieure s'écoulèrent encore, où les hésitations angoissées laissaient place à la soif d'aventure et à l'audace, et inversement. Peut-être le printemps naissant fut-il à l'origine du triomphe final du courage.

— Je crois que tu as raison, lui dit Alan le soir des noces. Toi et Thomas, vous êtes faits l'un pour l'autre. Je vous souhaite de tout cœur d'être heureux.

Puis, après un bref silence, il ajouta :

— Si vous vous étiez mariés plus tôt, quand vous n'étiez que des tout jeunes gens... il est bien possible que vous auriez moins souffert, l'un et l'autre. Mais à quoi bon se casser la tête à ce sujet ? Nous avons tous eu à supporter notre destin ces dernières années. Je pense parfois que nous sommes une génération trahie. Mais, après tout, dans chaque guerre, c'est toujours la jeunesse la première victime des tromperies.

Il y eut encore beaucoup de questions à régler avant le départ. Thomas s'occupa de la vente de ses biens, et

Hélène dut veiller à ce que tout ce qu'elle laissait en Angleterre fût géré dans de bonnes conditions. Par chance, Alan était là qui accepta de surveiller à l'avenir l'ensemble de ses propriétés. Charity Hill et Broom Lawn restèrent entre les mains des régisseurs en place, la demeure de Londres fut confiée aux bons soins d'Anne, la cuisinière.

— Vous pouvez sans problème prendre des locataires, lui dit Hélène quand elle vint à Londres, en mai. Veillez seulement à ce que tout reste en ordre.

— Vous pouvez compter sur moi, madame, promit Anne, mais, mon Dieu, l'idée de vous voir partir, non ! Mon Dieu, qu'il faille encore que vous partiez !

Hélène n'avait eu aucune nouvelle de Francis. Il devait sans doute penser qu'elle vivait encore à Brest, mais il obtiendrait des Lescal l'adresse de Cathy et celle-ci lui apprendrait qu'Hélène était en Amérique et qu'il lui serait à tout moment possible de prendre contact avec lord Ryan pour recueillir son héritage en Angleterre, dès qu'il serait las de naviguer.

Au début de février, Hélène avait écrit une longue lettre à Cathy dans laquelle elle lui exposait l'ensemble de la situation, et, en juin, elle avait reçu la réponse, à Londres comme elle le lui avait demandé. Cathy était bouleversée par le projet de sa mère de partir dans des contrées sauvages, mais, à son habitude, elle ne consacrait que quelques lignes à cette question, s'enthousiasmant tout au long des autres pages de la vie excitante et variée que Georges et elle menaient à Paris.

« Bien sûr, écrivait-elle pour finir, je veillerai à ce que Francis apprenne où s'adresser à son retour. Et, ma très chère mère, avant que j'oublie : si tout se passe bien, tu seras grand-mère en novembre de cette année ! Ta Catherine qui t'aimera éternellement ! »

— Grands Dieux ! dit Hélène en laissant retomber la lettre et en riant. Grand-mère ! Je crois que je ne vais pas en parler tout de suite à Thomas !

Elle venait juste de fêter ses trente-huit ans et se sentait vieille comme Mathusalem. Il n'empêche que le médecin consulté dès son arrivée à Londres lui avait assuré qu'elle pouvait encore avoir des enfants.

— Vous êtes en bonne santé, madame Connor, avait-il dit, il n'existe aucun problème de ce côté-là. Bien entendu, ce ne sera pas chose aisée dans ce pays non civilisé !

Hélène n'était pas préoccupée par ce problème. La perspective de la traversée lui était en revanche beaucoup plus désagréable. Elle craignait de souffrir du mal de mer. Mais, faute de solution, elle s'y résignait avec un certain frisson d'horreur.

Thomas la rejoignit enfin à Londres. Son mariage avec Hélène et l'idée que les attendait un avenir inconnu l'avaient rajeuni de plusieurs années. Il avait retrouvé sa gaieté d'antan et, quand ils parcouraient les rues de Londres en voiture, il lui arrivait de temps à autre de conter fleurette à une jolie femme.

Ils devaient embarquer à la mi-août à Plymouth, sur le *Seas's Crown*, pour rejoindre Jamestown en Virginie. Quelques semaines auparavant, ils quittèrent Londres dans deux voitures. Ils formaient une véritable troupe : Hélène et Thomas, Victor, Marie, la jeune fille française, et Jacques, le domestique. Le groupe comptait encore une jeune fille anglaise engagée par Hélène, car Lucille était retournée en France, et deux domestiques appartenant à Thomas.

Ils traversèrent des forêts murmurant sous le vent, des prairies en fleurs, longèrent des ruisseaux au clair gazouillis, laissant derrière eux des villages pittoresques et idylliques aux maisons couvertes de toits de chaume.

— L'Angleterre en été est enchanteresse, dit Hélène. Plus jolie que n'importe quel pays au monde.

— Regrettes-tu ta décision ? s'inquiéta Thomas.

Hélène fit non de la tête.

— La Virginie en été est aussi belle, dit Thomas, mille fois plus belle même. Et ne va pas croire qu'on s'y ennuie ! On donne là-bas tant de soirées et on s'y rend tant de visites que nous serons bien aises d'avoir des moments de tranquillité.

Ils n'étaient pas encore très loin de Londres, quand un incident se produisit. La matinée était ensoleillée et ils se trouvaient au milieu d'une forêt quand les voitures s'arrêtèrent soudain. On entendit au-dehors des voix rudes.

— Grands Dieux ! murmura Thomas. Des bandits de grand chemin !

Il saisit son pistolet, mais Hélène lui immobilisa la main.

— Non, supplia-t-elle, écoute comme ils sont nombreux. Tu ne pourras rien contre tant d'hommes.

Thomas vit qu'elle était pâle et acquiesça.

— Que le diable les emporte, grogna-t-il. Si jamais ils découvrent le double fond derrière nos sièges, nous perdrons tout ce que nous possédons.

— Pas tout, le contredit Hélène, la plus grande partie de ma fortune est en dépôt à Londres !

— Malgré tout, je...

Thomas ne put continuer, car la portière fut brutalement ouverte et un homme barbu passa la tête.

— Dehors ! ordonna-t-il.

Tous les occupants sortirent en hésitant. On avait effectivement affaire à un fort groupe de cavaliers qui avaient encerclé les voitures. Tous étaient masqués. Une partie d'entre eux surveillèrent les voyageurs, les autres fouillant les bagages.

Hélène se retourna vers Victor et constata avec soulagement qu'il était tranquille dans les bras de Marie. Elle était néanmoins effrayée et furieuse, et elle vit que Thomas tremblait de rage.

Des gaillards ignobles, pensa-t-elle. Ah, je donnerais cher pour les voir pendus sur la colline de Tyburn, tous tant qu'ils sont !

L'un des cavaliers masqués s'avança au petit trot et s'immobilisa devant eux. Quand il commença à parler, Hélène écarquilla les yeux.

— Je veux bien sur-le-champ griller en enfer, s'exclama-t-il, si ce n'est pas là Hélène Tate !

— Sir Robin ! cria-t-elle.

Le cavalier enleva son masque, et le visage hilare de Robin apparut.

— C'est la surprise la plus extraordinaire de ma vie, mon cœur ! s'écria-t-il. J'attaque une voiture et voilà qu'une fois encore c'est vous qui l'occupez !

Thomas avait l'air absolument ahuri.

— Sir Robin, dit Hélène, voici mon mari, M. Thomas Connor. Thomas, je te présente sir Robin. J'ai une grosse dette envers lui.

Robin agita son grand chapeau à plume et s'inclina d'un geste théâtral.

— C'est un honneur pour moi, monsieur et madame Connor. Puis-je vous prier de me pardonner ce genre de rencontre si peu conventionnel ? Bien entendu, en tant que vieux amis, je ne vais pas vous dépouiller.

Il se tourna vers ses hommes.

— Hé, cria-t-il, l'affaire est terminée. Ce sont des amis à moi. Remettez tout en place ! Monsieur Connor, dit-il d'un ton amical à Thomas, veuillez aller veiller auprès des voitures à ce que tout soit rangé comme il faut !

— Hélène..., commença Thomas, mais elle l'interrompit.

— Ne te fais pas de souci, vas-y. J'arrive tout de suite.

Thomas s'exécuta. Robin, sautant de cheval, prit Hélène par le bras et l'entraîna un peu à l'écart. Puis il s'immobilisa et la toisa de la tête aux pieds.

— C'est bien l'Hélène d'avant, conclut-il. Mais dans un bien meilleur état que la dernière fois. Vous êtes apparemment une dame riche ?

— Je le suis, répliqua Hélène, depuis six ans déjà !

Robin haussa les sourcils.

— Alors, c'est que vous avez fait fortune en France, dit-il. Vous voyez, j'étais certain que vous vous débrouilleriez !

— Je vous serai toujours infiniment reconnaissante. Je ne sais pas si j'aurais survécu à la prison.

— Oh, il n'y a pas de quoi. Je ferais tout pour vous.

Puis il eut un geste de la tête en direction de Thomas :

— Votre troisième époux ?

— Mon quatrième.

Robin éclata de rire.

— Chapeau ! Vous les consommez à une vitesse impressionnante !

Hélène eut l'air blessée. Il lui caressa le bras.

— C'était sans mauvaise intention, l'apaisa-t-il. Où vous mène votre voyage ?

— D'abord à Plymouth. Puis en Virginie.

— En... quoi ?

— En Virginie. Nous quittons l'Angleterre.

— Ce n'est pas croyable. Ma petite Hélène nous quitte. Juste au moment où la vie redevient belle !

— Vous voulez dire au moment où vous pouvez de nouveau piller les voitures en toute quiétude ? rétorqua Hélène ironiquement.

Effectivement, depuis le retour du roi, les brigands de grand chemin tenaient le haut du pavé. Circonstance qui, parmi les dames et les messieurs entrant dans Whitehall et en sortant, s'était transformée en une espèce de sport qu'ils tenaient pour le plus merveilleux amusement du monde.

— Tout à fait, les temps me sont favorables, concéda Robin, mais sérieusement, Hélène, vous n'allez tout de même pas partir au-delà des mers ?

— Qu'est-ce qui vous chagrine là-dedans ?

— Beaucoup de choses.

Sur son visage ironique, marqué par la débauche mais toujours séduisant, passa l'expression de bonté qu'Hélène avait parfois observée chez lui, rarement certes, mais à plusieurs reprises néanmoins.

— J'interprète comme un signe du destin de vous avoir rencontrée ici, dit-il. Vous n'ignorez pas que j'ai toujours eu pour vous un petit faible.

— Ah, sir Robin...

Il lui posa un doigt sur la bouche.

— Silence, mon ange. N'allez pas dans cet horrible pays désert. Venez avec moi ! Il suffit de partir d'ici à cheval, ensemble, sans autre forme de procès. Ce sera une aventure formidable !

— Sir Robin, vous oubliez que je ne suis plus la jeune fille de dix-sept ans que vous avez rencontrée pour la première fois il y a vingt et un ans de cela. Je suis trop vieille pour faire une fugue, comme ça, juste pour vivre une aventure. De plus, j'aime mon mari.

— Mais moi aussi je vous aime !

Hélène secoua la tête en signe de dénégation.

— Oh non, le contredit-elle. Si vous m'aviez en votre possession et que je vous aime, vous me détruiriez. C'est ce que vous faites avec toutes les femmes une fois qu'elles sont à votre merci.

— Comme vous parlez avec sagesse, Hélène !
— Mais j'ai raison.
— Peut-être.

L'ancienne étincelle brilla à nouveau dans les yeux de Robin.

— Et si je meurs à présent, le cœur brisé ? interrogea-t-il.

— Cela ne risque rien, répliqua Hélène, impitoyable.

Robin soupira.

— Mais Hélène, dit-il tout bas, je crois véritablement que je ne vous oublierai jamais. Depuis le premier jour où je vous ai vue, jamais je ne vous ai oubliée.

— Je ne vous oublierai jamais, moi non plus, Robin.

— Vous rappelez-vous comment nous nous sommes rencontrés la première fois ?

— Naturellement. C'était dans l'escalier obscur d'une vieille auberge.

— Et, le lendemain, je vous ai tendu une embuscade. Ce que je vous ai dit alors, est-ce que vous vous en souvenez aussi ?

— Vous avez dit tant de choses !

— Je vous ai dit : « Vous n'êtes pas aussi sage et respectable que vous vous en donnez l'air. En réalité, vous êtes différente, ce qui se révélera dans certaines situations. »

— Ah oui, c'est effectivement ce que vous avez dit.

Robin lui prit la main.

— C'étaient des propos stupides, regretta-t-il, des propos en l'air, pour vous provoquer. Aujourd'hui, je vous dis que vous êtes une dame. Vous l'avez été en toute circonstance et pleinement, du début jusqu'à présent. Je le dis au meilleur sens du terme et avec un grand respect.

— Sans vous moquer en rien ?
— Sans me moquer en rien !

Hélène sourit. Se dressant sur la pointe des pieds, elle l'embrassa sur la bouche, un baiser rapide et léger. Robin le lui rendit.

— Bonne chance, petite, chuchota-t-il avec tendresse. Ne te fais pas enlever par les indigènes !

— Bonne chance, Robin, veille à ce qu'ils ne finissent pas par te pendre !

Les voitures ayant été rechargées, les occupants y reprirent leurs places.

— Bon voyage, cria Robin. Méfiez-vous des voleurs de grand chemin !

Il éclata de rire, agita son chapeau, hurla quelque chose à ses hommes, et déjà ils étaient partis au triple galop, dans un nuage de poussière.

Hélène les suivit des yeux. Ainsi le cercle s'était-il refermé. Au début et à la fin, il y avait eu sir Robin, indestructible, incorrigible. Et ce qui s'était passé entre ces deux rencontres, il fallait désormais l'oublier.

— Partons, Thomas, dit-elle. Je te raconterai tout à propos de ce Robin Arnothy.

Tout, sauf les derniers mots de leur conversation.

Quand ils arrivèrent à Plymouth, un vent favorable venait de se lever, et le capitaine du *Seas's Crown* jugea qu'ils pourraient appareiller dès le lendemain. Les bagages furent embarqués à la hâte, des tas de caisses et de coffres, car il était difficile de se procurer en Amérique de nombreuses choses nécessaires à la vie de tous les jours. Aussi était-il plus simple de les emporter d'Angleterre.

Le départ était prévu le 12 août. Par une claire et chaude matinée, Hélène, tenant Victor par la main, mit pied sur le grand voilier d'un blanc immaculé, au milieu des jurons des matelots, des cris des mouettes et des ordres hurlés.

— Il faut encore que je m'occupe de quelques bagages, chérie, dit Thomas.

Hélène acquiesça et s'approcha du bastingage. Le soleil, déjà haut, éclairait le port et son agitation colorée, son activité. Les vagues, jouant, scintillaient.

— Levez l'ancre ! cria une voix de stentor.

Le vent gonfla les voiles. Lentement, très lentement, le puissant bâtiment s'ébranla, esquissa un quart de tour, glissant imperceptiblement sur l'eau.

— Bon voyage ! s'exclamaient des gens restés sur le port, les matelots leur répondant par des braillements incompréhensibles.

Fascinée, Hélène ne quittait pas la côte des yeux. Son cœur battait à tout rompre et elle était obligée de s'agripper des deux mains au bastingage.

Elle ne pouvait détacher les yeux du pays qui s'éloignait en cette matinée estivale et qu'elle ne reverrait peut-être pas. C'était cette fois de son plein gré qu'elle le quittait. L'adieu était néanmoins douloureux, car c'était d'une existence presque entière qu'elle prenait congé. Elle abandonnait tant de choses derrière elle !

— Angleterre, Angleterre, murmura-t-elle d'une voix couverte par les claquements des voiles et les cris des mouettes, te reverrai-je ?

Elle recula d'un pas et, comme incapable de s'en détacher, elle lança un ultime regard vers la rive maintenant lointaine.

— Et voudrai-je jamais te revoir ?